W0365510

MATTHIAS GERON

Die Eisbärin

MATTHIAS GEREON

Die Eisbärin

Thriller

GMEINER SPANNUNG

Besuchen Sie uns im Internet:
www.gmeiner-verlag.de

Genehmigte Lizenzausgabe für die Gmeiner-Verlag GmbH
Im Ehnried 5, 88605 Meßkirch
Telefon 07575/2095-0
info@gmeiner-verlag.de
Copyright der Originalausgabe:
© 2013 dotbooks GmbH, München
Alle Rechte vorbehalten
1. Auflage 2016

Lektorat: Claudia Senghaas, Kirchardt
Herstellung: Mirjam Hecht
Umschlaggestaltung: U.O.R.G. Lutz Eberle, Stuttgart
unter Verwendung eines Fotos von: © stokkete – Fotolia.com
Druck: GGP Media GmbH, Pößneck
Printed in Germany
ISBN 978-3-8392-1886-0

Personen und Handlung sind frei erfunden.
Ähnlichkeiten mit lebenden oder toten Personen
sind rein zufällig und nicht beabsichtigt.

Du breitest aus deine eisigen Schwingen und legst sie auf uns nieder,
quälst und erstickst uns mit kaltem, bleichem Gefieder.
Du gierst, raffst hinweg, vernichtest wie ein dämonischer Krieger,
steigst mächtig empor, im ungleichen Kampf der ewige Sieger.

Du hast viele Gesichter, hässlich, erschütternd und kalt,
bist unweigerlich nah, machst vor niemandem halt.
Kommst als Unfall, Krankheit, Feuer und rollende Flut,
benutzt die Menschen, schickst Terror und Kriege, unbändige Wut.

Das Grauen, dir zu begegnen, dich zu erforschen, verstehen,
wie viel Hass, Zerstörung und Leid habe ich schon im Leben gesehen.
Du Geißel der Menschheit, man nennt dich flüsternd den Tod,
doch gehörst du zum Leben wie die Luft und das tägliche Brot.

Dennoch versuchen wir stets zu fliehen, letztlich jeder vergebens,
du wartest und lauerst, besiegelst das Ende des irdischen Lebens.
Du fühlst dich als Herrscher, als kühner, erhabener Held,
doch in Wahrheit bist du nur das Tor in die andere, bessere Welt.

Günther Klein, Oktober 2009

PROLOG

Sie lag wach in ihrem Bett und zog sich die dünne Decke bis unters Kinn. Sie fror. Die gedimmte Lampe auf dem Nachttisch warf nur spärliches Licht in den karg möblierten Raum. Sie horchte ins Halbdunkel hinein und hörte das Bullern der Heizung, die es kaum schaffte, das Zimmer zu erwärmen.

Außer den ruhigen flachen Atemzügen ihrer Freundin, die aus dem Bett nebenan leise zu ihr herüberwehten, war nur das regelmäßige Ticken der Wanduhr zu hören. Sie strengte sich an, um die Zeiger zu erkennen. Es war 20 Minuten vor zehn. Über eine halbe Stunde lag sie also schon da und konnte nicht einschlafen. Wie so oft.

Sie dachte an die schönen, schaurigen und lustigen Geschichten, die ihre Mutter ihr früher vorgelesen hatte, wenn sie nicht schlafen konnte. Ronja Räubertochter, Aschenputtel, Rapunzel und die Brüder Löwenherz. All diese liebenswürdigen Gestalten waren treue Begleiter auf ihrem Weg ins Land der Träume gewesen. Als sie anfing, selber zu lesen, waren es die Geschichten von Hanni … Plötzlich riss sie etwas aus ihren Gedanken. Das Geräusch von Schritten auf dem Linoleumboden des Flurs drang in das Zimmer. Sie erstarrte, während lähmende Angst in ihren kleinen Körper kroch und sich wie ein wucherndes Geschwür ausbreitete.

Sie kannte die Schritte und wusste nur zu gut, was sie erwartete. Wie gelähmt starrte sie auf die Zimmertür. Sie würde das Böse nicht aufhalten können. Panisch sah sie mit an, wie die Klinke sich bewegte, die Tür langsam aufglitt und hinter der eingetretenen Gestalt geräuschlos ins Schloss fiel.

Der Mann verharrte im trüben Schein der Nachttischlampe und durchmaß den Raum mit einem prüfenden

Blick. Dann sah er ihr direkt in die Augen. Im selben Moment zogen sich seine Mundwinkel nach oben und verliehen seinem Gesicht einen schauderhaften Ausdruck.

»Wie ich sehe, schläft deine Freundin.«

Der Klang seiner Stimme ließ alles in ihr verkrampfen.

»Wollen wir sie wecken?«

Das Flüstern wurde noch leiser, während er auf sie zukam.

»Nein, heute Abend kümmere ich mich nur um dich.«

Seine Worte drangen wie durch Watte an ihr Ohr und verursachten Übelkeit.

Langsam schritt er bis zum Fußende ihres Bettes, schlug wortlos die Decke beiseite und ließ seine Blicke gierig an ihrem Körper entlanggleiten. Sie sah, wie das widerwärtige Lächeln erneut seine Mundwinkel umspielte, als er sich an dem Reißverschluss seiner Hose zu schaffen machte. Dann packte er sie an den Füßen und zog ihren Körper näher zu sich heran. Er beugte sich vor, griff in den Bund ihres Schlüpfers und zerrte ihn zusammen mit der Schlafanzughose von ihren dünnen Beinen. Der beißende Geruch von Schnaps stieg ihr in die Nase. Unter die quälende Angst und die Übelkeit mischte sich das Gefühl unbeschreiblichen Ekels.

Sie spürte seinen eisernen Griff an ihren Fußgelenken, das grobe Auseinanderdrücken ihrer Beine. Als er kurz darauf mit einem Stöhnen in sie eindrang, explodierte ein flammender, stechender Schmerz in ihrem Körper. Sie durfte nicht schreien, das wusste sie. Wenn sie schrie, würde er ihr noch viel größere Schmerzen zufügen, damit hatte er wieder und wieder gedroht.

Völlig benommen vor Angst und Schmerz und unfähig, ihrem Peiniger ins Gesicht zu schauen, drehte sie den Kopf zur Seite.

Julia hatte sich vollständig unter der Bettdecke vergraben. Sie war also wach.

Selbst in ihrer grenzenlosen Qual hoffte sie, dass er ihre Freundin heute verschonen würde. Sie wollte ihn nicht provozieren, lag einfach nur da und ertrug den Rhythmus seines massigen, schwitzenden Leibs.

Nach und nach legte sich ein Schleier über ihr Bewusstsein. Die Geräusche wurden leiser, der Schmerz wurde dumpfer, die Gefühle verschwammen. Sie wurde leicht. Das alles geschah nicht ihr, stellte sie sich vor. Sie lag gar nicht mehr in diesem Bett. Sie war hochgeflogen und saß wie ein kleiner Vogel in einem sicheren Versteck weit oben im Baum. Von dort schaute sie auf eine völlig Fremde herab.

Ein erneutes Aufwallen des Schmerzes ließ sie zurückkehren und kündigte endlich an, dass das Martyrium für dieses Mal zu Ende war.

»Danke, Kleine«, raunte der Mann spöttisch, nachdem er von ihr abgelassen hatte, und schloss mit zittrigen Fingern den Reißverschluss seiner Hose. Einen kurzen Moment starrte er sie ohne erkennbare Gefühlsregung an. Dann wandte er sich zum Gehen. Mit dem Gesicht zur Tür, die Hand lag bereits auf der Klinke, hielt er inne und flüsterte: »Ihr wisst, was mit euch passiert, wenn ihr jemandem davon erzählt. Denkt an meine Worte.« Dann ließ er sie allein.

Die Stille legte sich wie ein bleierner Schleier über die Sinne der beiden Mädchen.

»Ist er weg?« Julias angstvolle, brüchige Stimme drang kaum durch die Decke.

Das Herz schlug so laut in ihren Ohren, dass sie Julias Worte kaum verstand.

»Ja«, antwortete sie schließlich, »es ist vorbei. Versuch zu schlafen.«

Es dauerte eine Weile, bis sie wieder fähig war, sich zu bewegen. Vorsichtig tastete sie nach ihren Sachen, zog sich die Schlafanzughose an, presste die Knie ganz dicht an die Brust und schmiegte ihren Kopf an das alte Stofftier. Der Eisbär war ein Geschenk ihres Vaters zu ihrer Geburt gewesen, und seit sie denken konnte, hielt sie ihn jede Nacht in ihren Armen.

Sie wünschte sich so sehr zu ihren Eltern, klammerte sich so intensiv an jeden Gedanken, den sie fassen konnte, dass die Eindrücke der gerade erlittenen Grausamkeiten mehr und mehr von ihr abrückten.

Lautlose Tränen liefen ihr übers Gesicht, während sie dalag und in ihren Gedanken nach Nangijala reiste, jenem Ort aus der Geschichte der Brüder Löwenherz, wo alle Menschen, denen es schlecht geht in dieser Welt, stark, gesund und glücklich sind.

Draußen hatte starker Regen eingesetzt, der böige Wind ließ die Tropfen gegen das Fenster prasseln. Es war eine kalte Oktobernacht, wenige Wochen nach ihrem elften Geburtstag.

I. TEIL

DONNERSTAG, 23. SEPTEMBER, 19.40 UHR

Herbert Lüscher saß in der Küche und betrachtete die Anzeige der brummenden Mikrowelle. Drei – zwei – eins – Pling! Er stand auf, lud die dampfende Pizza auf den Teller und setzte sich auf den einzigen Stuhl in dem kleinen Raum.

Während er kaute, fiel sein Blick auf die trübe verregnete Welt jenseits des Küchenfensters. Sie war ihm zutiefst zuwider.

Seine Gedanken schweiften zu der kleinen Holzhütte, wo er im Frühjahr wieder Station machen und Fische fangen würde. Nur dort, an diesem abgeschiedenen Ort, fühlte er sich wohl. Nur in der menschenleeren Stille war er frei. Doch bis er wieder aus der verhassten Stadt abreisen konnte, musste er noch einige dumpfe Monate hinter sich bringen.

Nachdem er das letzte Stück Pizza verzehrt hatte, stand er auf, stellte den Teller ins Spülbecken und legte den leeren Karton zu den anderen in den Schrank. Vier Stück. Er würde bald wieder einkaufen müssen. Sein Blick wanderte hinüber zu der kleinen Kuckucksuhr. Ärger wallte in ihm auf, als er feststellte, dass er sich mit dem angesammelten Tagesabwasch beeilen musste, wenn er die Sendung um 20.15 Uhr nicht verpassen wollte.

Schließlich galt es, vorher noch einen wichtigen Anruf zu tätigen. Beim Gedanken daran verbesserte sich seine Stimmung augenblicklich.

FREITAG, 24. SEPTEMBER, 11.00 UHR

»Verflucht!«, schrie Sabine Kleiber auf und riss ihren Arm hastig zurück. Beim Versuch, einen Teebeutel aus dem Wandschränkchen zu ziehen, war sie zu nah an die Ausgussöffnung des Wasserkochers geraten. Der heiße Dampf hatte ihren rechten Unterarm verbrüht und ließ einen kleinen roten Flecken auf ihrer Haut zurück.

Während sie die Stelle unter das kalte Wasser des Küchenhahns hielt, klingelte das Telefon. Mit tropfendem Arm ging sie hinüber ins Wohnzimmer und erkannte die Nummer auf dem Display des Wandapparates sofort.

Mit einer Mischung aus Überraschung und plötzlicher Besorgnis nahm sie ab.

»Ja, Sabine hier, was ist los?«

»Mami, ich bin's. Mathe fällt heute aus!« Die Stimme ihrer Tochter klang hell und aufgeregt. »Frau Braun ist krank geworden. Kannst du mich abholen?«

»Ach Liebes, du bist es«, versuchte Sabine, die leichte Irritation in ihrer Stimme plausibel erscheinen zu lassen. »Was ist denn los, warum läufst du nicht?«

»Wegen Nicole. Kannst du sie auch nach Hause bringen? Ihre Mama ist nicht da, und der Papa ist arbeiten.«

»In Ordnung, wartet vor dem Haupteingang, ich bin in fünf Minuten da.«

Als sie auflegte, merkte sie, wie sich ihre Anspannung wieder löste. Markus und sie hatten ihrer Tochter Laura für Notfälle ein Handy geschenkt, auch wenn sie erst acht Jahre alt war. Es war ein Prepaidgerät, und soweit Sabine es überblicken konnte, ging Laura sparsam mit ihrem Guthaben um. So erklärte sie sich die Alarmglocken in ihrem Kopf, die bei jedem der seltenen Anrufe ihrer Tochter sofort schrillten.

Drei Minuten später saß Sabine im Wagen und fuhr Richtung Heisingen, einem Stadtteil von Essen, der wie eine Halbinsel von den Wassern der Ruhr umschlossen war. Hier ging Laura in die dritte Klasse der Georgschule, einer kleinen Grundschule mit ausgezeichnetem Ruf, die weniger als einen Kilometer Fußweg von zu Hause entfernt lag.

Als Sabine in die letzten 200 Meter der Heisinger Straße einfuhr, erkannte sie Laura schon an ihrem langen blonden Zopf, der roten Jacke und dem bunten Tornister. Das Mädchen neben ihr war Nicole Kraus, zurzeit ihre beste Freundin. Laura kannte sie erst seit dem Sommer, als Nicole neu in die Klasse gekommen war, aber die Mädchen verstanden sich blendend. Sie verbrachten viel Zeit miteinander und übernachteten oft gemeinsam bei ihnen oder Nicoles Eltern.

»Hi, Mami«, rief Laura, als Sabine neben den beiden anhielt. Vergnügt verstaute ihre Tochter die beiden Tornister im Kofferraum des dunkelblauen BMW Kombi. Sie schien über den frühzeitig beendeten Schultag nicht allzu traurig zu sein. Lachend kletterten die Kinder auf die Rückbank und legten die Gurte an.

»Hallo, ihr zwei«, begrüßte Sabine die Mädchen. »Soll ich dich nach Hause fahren, oder möchtest du erst einmal mit zu uns?«, fragte sie Nicole.

»Nö, ich hab einen Schlüssel, und Mama ist bestimmt nur kurz einkaufen.«

»Hast du Bescheid gesagt, falls sie vom Einkaufen direkt hierherfährt?«, erkundigte sich Sabine.

»Hab ich unserer Klassenlehrerin gesagt.«

»Mathe fällt noch die ganze nächste Woche aus«, verkündete Laura fröhlich. »Aber ab Montag haben wir eine Vertretung«, fügte sie mit gespielt ernster Miene hinzu. »So ein Mist.«

Gut gelaunt berichteten die beiden Mädchen während der Fahrt von ihrem Tag, und Sabine ließ sich von der fröhlichen Ausgelassenheit anstecken.

Nachdem sie Nicole kurz nach halb zwölf am Steinhagen im Stadtteil Steele abgesetzt und gewartet hatte, bis das Mädchen mit einem Winken im Haus verschwunden war, wandte sie sich an Laura: »Was möchtest du heute essen, Liebes?«

»Hm«, Laura gab vor, angestrengt nachzudenken, »am liebsten Kartoffelbrei mit Fischstäbchen!«

Sabine schmunzelte, denn natürlich hatte sie die Antwort schon vorher gekannt. »Oje, da muss ich aber erst nachschauen, ob ich das Rezept noch irgendwo finde!« Sie grinste, und beide mussten lachen.

Sabine dachte nach, Kartoffeln und Milch hatte sie noch zu Hause, doch der Vorrat an Fischstäbchen hielt dem scheinbar unstillbaren Verlangen ihrer Tochter nie lange stand. Sie steuerte den nächstgelegenen Supermarkt an, und schon bald hatten Mutter und Tochter alles in den Einkaufswagen geladen, was sie für die nächsten Tage brauchen würden. Auf dem Weg zur Kasse fiel Sabine noch etwas ein.

»Liebes, ich habe meinen Tee vergessen, er müsste dort drüben stehen.« Sie sah ihre Tochter an und zwinkerte verschwörerisch. »Gegenüber von den Süßigkeiten.«

Nach diesem Zauberwort folgte Laura ihrer Mutter mehr als bereitwillig zurück durch die Gänge des Supermarkts. Es dauerte nicht lange, bis Sabine den klassischen schwarzen Darjeeling gefunden hatte. Sie nahm die Packung aus dem Regal und drehte sich zum Einkaufswagen hin. Für den Bruchteil einer Sekunde streifte ihr Blick dabei die Warteschlange vor der Kasse.

Es war ein Blick in den Abgrund der Hölle.

FREITAG, 24. SEPTEMBER, 12.10 UHR

»Mach nur den Mund weit auf. Ja, so ist es gut.«

Er richtete die Leuchte aus und fing an, den Mundraum des Jungen mit dem kleinen Handspiegel zu untersuchen. Der Zehnjährige war kurz zuvor mit akuten Zahnschmerzen und seiner besorgten Mutter in die Praxis gekommen und lag nun verängstigt und kleinlaut auf dem großen Untersuchungsstuhl.

Nachdem die Spritze ihre betäubende Wirkung erreicht hatte, rückte Markus Kleiber mit geübten Handgriffen dem kariösen Zahn zu Leibe. Kurze Zeit später konnte er Mutter und Sohn verabschieden und ließ sich für einen kurzen Moment erschöpft auf einen Stuhl sinken. Es war ein stressiger Tag gewesen, und er sehnte sich schon nach dem Dienstschluss am Nachmittag. Er freute sich, nach Hause zu kommen und seine Frau Sabine zu sehen. Ja, er freute sich sogar sehr auf Sabine.

Sie kannten sich bereits zwölf Jahre, von denen sie rund neun Jahre verheiratet waren, und er liebte sie noch wie am ersten Tag. Er hatte Sabine in Münster kennengelernt, auf einer der zahlreichen Studentenpartys im Jahr vor seinem Abschluss. Für ihn war es Liebe auf den ersten Blick gewesen. Gern und oft dachte er an jenen Abend zurück, wo er sie plötzlich in der tanzenden Menge entdeckt und zunächst aus sicherer Entfernung beobachtet hatte. Das hellblaue Sommerkleid, das sich eng um ihre zierliche Gestalt schmiegte, die schulterlangen kastanienbraunen Locken, die ihr bei jeder ihrer anmutigen Bewegungen ins Gesicht fielen, ihre sanften braunen Augen, die Kraft und intensive Wärme ausstrahlten.

Für Sabine hatte er sich so sehr ins Zeug gelegt, so viel Zeit, Anstrengungen und Kreativität investiert wie bei keiner anderen Frau zuvor. Nur wenige Monate später hielt er nach einem romantischen Abendessen um ihre Hand an und wäre vor Glück und Stolz beinahe zersprungen, als sie lächelnd einwilligte. Als fünf Monate nach der Hochzeit ihre Tochter geboren wurde, war er der glücklichste Mensch auf Erden. Er liebte Laura ebenso sehr wie Sabine und hoffte, dass sich seine Familie in Zukunft noch vergrößern würde.

Lächelnd nahm er sich vor, seine Frau am Abend mit einer kleinen Aufmerksamkeit zu überraschen.

FREITAG, 24. SEPTEMBER, 12.15 UHR

Es war, als gefröre die Welt um sie herum zu Eis, während in ihrem Inneren ein rasender Sturm tobte. Sabines Herz pochte mit ungeheurer Wucht gegen die Brust und dröhnte hämmernd in ihren Ohren. Eine plötzliche übermächtige Angst kam auf sie zu und schwappte wie eine riesige Brandungswelle über sie hinweg. Blitzbilder schossen durch ihren Kopf. Sie war unfähig, zu denken.

So verharrte sie ein paar Augenblicke, die Augen geschlossen, die Finger krampfhaft um den Griff des Einkaufswagens geklammert, das Gefühl für Raum und Zeit verloren, vor Angst erstarrt.

Eine ferne Stimme schien etwas zu rufen, erst leise, dann immer lauter und fordernder. Aus den undeutlichen Worten glaubte sie ihren Namen herauszuhören. Plötzlich rissen die Laute die Blockade ein und drangen mit solcher Wucht in ihr Bewusstsein, dass es schmerzte.

»Mami, Mami! Was ist mit dir? Ich hab Angst!«

Laura hatte sich fest an Sabine gedrückt und schaute hinauf in das bleiche Gesicht ihrer Mutter.

Sabine betrachtete ihre Tochter und hörte sich selber sagen: »Nichts, Liebes. Mir ist nur plötzlich schwindlig geworden. Ich bekomme wohl Kopfschmerzen.« Sie spürte, dass ihre Tochter noch immer große Angst hatte. »Es geht gleich wieder«, bemühte sie sich, Laura zu beruhigen, »such dir was von den Süßigkeiten aus.«

Irritiert widmete sich das Mädchen der riesigen Auswahl an Schokolade und Weingummi, blieb aber in der Nähe ihrer Mutter.

Es gab keinen Zweifel. Er war es.

Ein kurzer Augenblick hatte gereicht, um sicher zu sein. Sabine sammelte alle Kraft, die sie nach der Panikattacke noch zur Verfügung hatte. Natürlich hatte sie oft daran gedacht, wie es wäre, diesem Mann wieder zu begegnen. Doch die Realität, die sie nun vorwarnungslos eingeholt hatte, war weitaus brutaler, als jede ihrer Vorstellungen es je gewesen war.

Trotz allem musste sie sich der Situation stellen. Glücklicherweise stand sie weit abseits, sodass ihr Verhalten niemandem aufgefallen war. Sabine atmete tief ein und zwang ihren Blick, in Richtung Kasse zu wandern. Dann beobachtete sie den Mann. Er war gerade damit beschäftigt, seine Einkäufe auf das Band zu legen. Dabei stand er seitlich zu ihr, sodass sie sein Profil betrachten konnte.

Die gleiche gedrungene Gestalt, der gleiche deutliche Bauchansatz. Das rundliche, fleischige Gesicht, der nun vollkommen ergraute Haarkranz, die dichten, buschigen Augenbrauen. Die fahrigen, unbeholfenen Bewegungen.

Es gab keinen Zweifel. Er war es.

Der Mann in der Schlange war Herbert Lüscher. Lehrer für Erdkunde und Geschichte am Internat aus Sabines Kindheit.

FREITAG, 24. SEPTEMBER, 12.30 UHR

Jürgen Kohlmeyer saß auf seiner Pritsche und warf alle paar Sekunden einen nervösen Blick auf seine Armbanduhr. Obwohl es ihm lächerlich vorkam, konnte er sich nicht dagegen wehren. Eine innere Unruhe, wie er sie lange Zeit nicht mehr erlebt hatte, ergriff Besitz von ihm.

In wenigen Minuten würde er auf den einzigen Mann treffen, zu dem er einen engeren Kontakt außerhalb der Justizvollzugsanstalt pflegte. Dieser Mann hieß Lothar Nienhaus und war seit vielen Jahren sein Anwalt. Heute wollte er ihm offenbar etwas sehr Wichtiges mitteilen.

Als er sich telefonisch angekündigt hatte, hatte Kohlmeyer sofort gespürt, dass es diesmal nicht um ein gewöhnliches Treffen ging. Allerdings hatte sich der Anwalt strikt geweigert, nähere Einzelheiten am Telefon zu nennen.

»Herr Kohlmeyer, Ihr Besuch ist da.«

Die Stimme von Freddy, einem der Schließer, riss ihn aus seinen Gedanken und beendete die quälende Warterei.

Die Zellentür wurde geöffnet, und Jürgen Kohlmeyer folgte dem Mann über die langen wohlvertrauten Gänge. Dass er dies in bürgerlicher Kleidung und ohne Handfesseln tun konnte, war eines der Zugeständnisse, die er erhalten hatte, als er nach einigen Jahren Haft in diesen Trakt der JVA umgezogen war.

Endlich gelangten sie zu dem kleinen Besucherraum, wo er mit seinem Anwalt allein sein konnte. Durch das Fenster in der Stahltür konnte er vorab einen flüchtigen Blick auf die dicke Gestalt des Mannes werfen, der stets einen hektischen und gestressten Eindruck machte. Auch jetzt wühlten seine Finger in der aufgeklappten Aktentasche. Freddy klopfte kurz an und öffnete. Kohlmeyer trat ein und hörte, wie die Tür hinter ihm ins Schloss fiel. Er wusste, dass der Wärter sie die ganze Zeit über im Auge behalten würde.

Lothar Nienhaus stand auf und schüttelte seinem Mandanten die Hand.

»Schön, Sie zu sehen, Herr Kohlmeyer, wie geht es Ihnen?«, begann er das Gespräch, höflich wie immer.

»Ich muss zugeben, ich hab schon deutlich besser geschlafen hier im Garten Eden.« Kohlmeyer machte aus seinem Misstrauen keinen Hehl. »Ich frage mich, was so schrecklich wichtig ist, dass du alles stehen und liegen lässt, um hierherzukommen. Wenn ich sonst deine Hilfe brauche, dauert es Wochen, bis du aufkreuzt.«

»Herr Kohlmeyer, ich habe Neuigkeiten, die Sie sehr interessieren dürften. Ich weiß, dass es unter Umständen nicht leicht …«

»Verdammt noch mal, jetzt spuck's einfach aus!« Kohlmeyer hatte die Geheimnistuerei satt.

»Na schön«, sagte Nienhaus und nestelte an seiner Brille herum, »wie Sie wollen. Es gibt deutliche Anzeichen, dass … nun ja … ich meine, der Europäische Gerichtshof für Menschenrechte hatte sich jüngst mit einer Klage zu beschäftigen, die Ihrem Fall, wie soll ich sagen, durchaus recht ähnlich …«

»Herrgott noch mal, jetzt reicht's!«

Jürgen Kohlmeyer war aufgesprungen und funkelte seinen Anwalt böse an. Erschrocken wich dieser einen Schritt zurück, hob abwehrend die Hände und sprach den Grund seines Kommens unverblümt aus:

»Sie kommen frei. Nicht heute, aber Sie kommen frei.«

Kohlmeyer sank zurück auf seinen Stuhl und betrachtete aufmerksam das rundliche Gesicht seines Anwalts, auf dessen Stirn nun Schweißperlen standen.

»Lothar, jetzt hörst du mir mal zu«, sagte er betont langsam, und Zorn sprühte aus seinen Augen. »Wir kennen uns schon verdammt lange, und ich kann dich ganz gut leiden, aber wenn du mich verarschen willst, wenn das hier ein schlechter Witz sein soll … Ich werde schneller an deiner verdammten Gurgel sein, als der gute alte Freddy auch nur die Klinke runterdrücken kann.«

»Nein, Sie verstehen mich falsch.«

Mit diesen Worten kramte Lothar Nienhaus wieder in seiner Aktentasche und hielt seinem Mandanten mit zitternden Fingern die aktuelle Ausgabe der Aachener Rundschau entgegen.

»Hier, das ist für Sie.«

Mit einem verächtlichen Schnauben lehnte Kohlmeyer ab. »Erklär's mir lieber, aber tu es nicht in deiner aufgeblasenen Anwaltssprache, in Ordnung?«

Wie immer eingeschüchtert von der schroffen Art seines Mandanten versuchte der Anwalt zunächst, Sicherheit zu gewinnen, indem er eine kleine Zusammenfassung gab.

»Herr Kohlmeyer, Sie sind aufgrund der durch Sie begangenen Straftaten und der anschließenden Beweisführung im Jahre 1981 vom Landgericht Essen verurteilt worden. Das Urteil lautete auf lebenslängliche Freiheitsstrafe. Das war jedoch leider nicht alles. Das Gericht stellte die besondere Schwere der Schuld fest und ordnete die anschließende Sicherungsverwahrung an.«

»Ja, ich war dabei, Lothar. Wann wird es endlich interessant?«

»Warten Sie ab, der spannende Teil kommt noch. Mit Ablauf Ihrer 15-jährigen Gefängnisstrafe anno 1996 wurden Sie in einen anderen Gebäudetrakt hier in der JVA verlegt. In dieser Abteilung verbringen Sie seitdem Ihre Zeit in der Sicherungsverwahrung. Wie Sie wissen, war die gesetzliche Höchstfrist für die Verwahrung zunächst auf zehn Jahre beschränkt. Spätestens im Jahre 2006 hätten Sie also auf freien Fuß kommen müssen.«

»Ja, nur leider haben diese Drecksäcke …«

»Ganz recht«, unterbrach ihn Nienhaus, »leider hat im Jahre 1998 die damalige Bundesregierung ein Gesetz erlassen, das die nachträgliche Verlängerung der Sicherungsverwahrung ermöglicht. In Ihrem Fall hat man diese neu geschaffene Möglichkeit angewandt und die Dauer der Verwahrung auf unbestimmte Zeit hinaufgesetzt.«

Der Anwalt machte eine kurze Atempause.

»Irgendwie habe ich das Gefühl, dass du jetzt langsam zum Punkt kommst«, warf Kohlmeyer mit einer theatralischen Handbewegung ein.

Nienhaus wurde schlagartig bewusst, dass er seinem Mandanten noch nie Sympathie entgegengebracht hatte. In Wahrheit konnte er ihn nicht ausstehen. Und dieses Gefühl der Abneigung hatte nicht in erster Linie mit Jürgen Kohlmeyers Straftaten zu tun, die allesamt bestialisch und abscheulich waren. Vielmehr war es die befremdliche Kälte, die den Mann umgab wie ein unsichtbarer Mantel. Dazu seine stechenden blauen Augen, die in keinem Moment durchschimmern ließen, was dahinter in seinem Kopf vor sich ging.

Er versuchte, sich auf seine Arbeit zu konzentrieren, und fuhr fort: »Nun ja, jedenfalls hatte sich der Europäische Gerichtshof für Menschenrechte in Straßburg unlängst mit einer Klage zu beschäftigen, die sich genau auf die damals beschlossene Möglichkeit zur nachträglichen Verlängerung der Fristen bezog. Vor zwei Wochen ist das Urteil gefällt worden. Das Gericht hat es als Verstoß gegen die Menschenrechte gewertet, dass die 1998 geschaffene Rechtslage rückwirkend angewandt wurde. Gemeint ist also die Anwendung auf jene Straftäter, die ihre Tat vor Inkrafttreten der Neuregelung begangen haben. Diese Entscheidung betrifft zwar einen konkreten Einzelfall, jedoch ist sie selbstverständlich auch für vergleichbare Fälle heranzuziehen. Herr Kohlmeyer, um genau so einen Parallelfall handelt es sich bei Ihnen.«

Jürgen Kohlmeyer war den Ausführungen seines Anwaltes aufmerksam gefolgt. Jedes Wort hatte er aufgenommen und versuchte nun, die Konsequenzen zu ermessen.

»Das heißt, diese Richter haben gesagt, dass ich hier zu Unrecht festgehalten werde, weil es gegen die … gegen die Menschenrechte verstößt?«

Er spürte, wie erneut heftige Unruhe in ihm aufstieg.

»Wenn Sie so wollen, ja, so ist es.«

»Und wenn diese oder andere Richter sich nun wieder alles anders überlegen und neue Gesetze machen?«

»Nein, die Richter machen die Gesetze nicht, sie sprechen lediglich Urteile. Und dieses hier ist unanfechtbar. Es ist absolut bindend, und die Bundesrepublik Deutschland muss danach handeln. Sie werden in absehbarer Zeit in Freiheit leben.«

Jürgen Kohlmeyer begann langsam, die Bedeutung dieser Informationen zu erkennen. Doch anstatt aufzuspringen und seinem Anwalt vor Freude um den Hals zu fallen, saß er still und reglos auf seinem Stuhl, in Gedanken versunken. Seit nunmehr 29 Jahren, was rund der Hälfte seines Lebens entsprach, saß er im Gefängnis.

Was er vorher von diesem Gespräch erwartet oder erhofft hatte, vermochte er nicht mehr zu sagen. Mit der Aussicht auf ein Leben in Freiheit hatte er jedenfalls nicht gerechnet. Nachdem sich die Wogen in seinem Inneren ein wenig geglättet hatten, kristallisierte sich ein Gefühl heraus, das alles andere zu überlagern begann.

Jürgen Kohlmeyer hatte Angst.

FREITAG, 24. SEPTEMBER, 16.15 UHR

Während der Fahrt vom Supermarkt nach Hause hatten Sabine und Laura kaum ein Wort miteinander gesprochen. Es tat Sabine weh, ihre Tochter anlügen zu müssen, aber die vorgeschobenen Kopfschmerzen waren die einzige Möglichkeit, die Fassade zu wahren, hinter der sie ihren Schock, ihre Angst verbergen konnte. Laura wusste, dass ihre Mutter bei einem Migräneanfall vor allem Ruhe brauchte.

Nach dem Mittagessen war Nicole zum Spielen gekommen. Sabine war erleichtert, dass die beiden Mädchen beschlossen hatten, im Schwimmbecken zu planschen, das sich im Kellergeschoss ihres Hauses befand. Sie selbst verbrachte die Nachmittagsstunden am Klavier und flüchtete in eine andere Welt, eine angenehme Illusion aus sanfter, melodischer Trance.

Gegen Viertel nach sechs saß Sabine mit einer dampfenden Tasse Tee auf dem Sofa und starrte ins Leere, während ihr Geist unaufhaltsam in die dunkle Vergangenheit reiste. Er kehrte zurück an jenen Ort, der den dramatischen Wendepunkt in ihrem Leben markierte und der seit vielen Jahren tief in ihrem Unterbewusstsein vergraben und verschüttet lag.

Seit der Begegnung im Supermarkt hatten die schützenden Schichten jedoch Risse bekommen. Risse, die wie Vorboten einer riesigen Explosion immer größer wurden. Das glühende zerstörerische Magma ihrer Erinnerung drang mit aller Macht zurück an die Oberfläche.

Sie war wieder elf, lag in ihrem Internatsbett und spürte vor allem eines. Einsamkeit.

Mama, Papa, warum habt ihr mich allein gelassen? Warum helft ihr mir denn nicht? Jetzt, wo auch noch Oma bei euch da oben ist. Warum könnt ihr mich nicht beschützen? Ihr habt mir doch immer gesagt, dass ihr mich lieb habt, warum könnt ihr nichts tun? Helft mir. Bitte …

Plötzlich waren die Schritte wieder da. Sie war sich sicher, nein, sie irrte sich nicht. Sie hörte tatsächlich die Schritte.

Sabine schrak hoch und stieß einen kurzen schrillen Schrei aus. Der heiße Tee schwappte aus der Tasse und ergoss sich schmerzhaft über ihre rechte Hand und die Hose. Sie ließ die Tasse fallen, sprang auf und rannte in die Küche, um ihre Hand zu kühlen. Im selben Moment ging die Haustür auf, und Markus stand im Flur.

»Hallo, Schatz, ich bin zu Hause«, hörte Sabine ihn rufen.

»Hallo«, antwortete sie, doch ihr ohnehin schwaches Flüstern wurde vom Rauschen des Wassers verschluckt.

»Hey, da bist du ja.«

Markus stand plötzlich hinter ihr. Er lehnte am Rahmen der Küchentür und hatte die Hände hinter dem Rücken versteckt. Mit einer Kopfbewegung deutete er auf ihre Hand. »Was ist passiert?«

»Ach, ich hab mich verbrüht. Heißer Tee. Der Rest davon klebt im Wohnzimmerteppich.«

»Verbrüht?«, fragte er. »Du solltest umsteigen auf ein weniger lebensgefährliches Getränk, probier's doch mal mit Alkohol.« Lächelnd präsentierte er eine Flasche Dom Pérignon, ihres Lieblingschampagners.

Sabine drehte den Kopf in seine Richtung und bemühte sich, ebenfalls zu lächeln: »Ja, wahrscheinlich hast du recht.«

Markus löste sich aus dem Türrahmen und ging ein paar Schritte auf sie zu.

»Alles in Ordnung mit dir?«

»Ja«, entgegnete Sabine, »ich habe nur wieder Kopfschmerzen.«

»Das tut mir leid«, sagte er, stellte die Flasche auf die Ablage und legte die freie Hand auf ihre Schulter. »Aber vielleicht kann dich das hier ein bisschen aufheitern.«

Er zauberte einen großen Strauß Blumen hervor und gab ihr lächelnd einen Kuss auf die Wange.

Kaum merklich zuckte Sabine zusammen.

»Lieb von dir, aber … hör zu, es tut mir leid. Die Kopfschmerzen sind stark, schlimmer als sonst. Ich lege mich besser hin. Vorher muss ich mich noch um den Teppich …«

»Lass nur«, unterbrach er sie. »Ich mach das schon.

Ruh dich aus und sag mir Bescheid, wenn du etwas brauchst.«

»Danke«, sagte sie und lächelte erleichtert. »Sieh später bitte nach Laura, sie ist unten mit Nicole im Becken. Essen steht im Kühlschrank. Bitte sei mir nicht böse.«

Ohne ihrem Mann in die Augen zu sehen, drückte sie sich an ihm vorbei und ging die Treppe hoch zu ihrem Schlafzimmer.

Irritiert sah Markus ihr hinterher. So hatte er sich die Begrüßung nicht vorgestellt. Enttäuscht griff er nach der erstbesten Vase und stellte die Blumen auf den Wohnzimmertisch.

Nachdem er die Teeflecken beseitigt hatte, fand er im Kühlschrank neben den Fischstäbchen noch einen kleinen Vorrat an Bier. Er öffnete eine Flasche und blickte auf die Küchenuhr. 18.30 Uhr.

»Na dann – auf einen schönen Freitagabend«, stieß er mit sich selber an, »und danke für die Blumen.«

SAMSTAG, 9. OKTOBER, 11.30 UHR

Jürgen Kohlmeyer saß auf seinem Bett und betrachtete die vorbeiziehenden Wolken durch das vergitterte Zellenfenster. Nun hatte er also Gewissheit. Seine Zeit in der JVA war unwiderruflich abgelaufen.

Die riesige unsichtbare Sanduhr seines Schicksals hatte 10.613 Tage durchrieseln lassen, und nun blieben lediglich Körner für 15 weitere Tage übrig. Der Brief des zuständigen Landgerichts lag aufgefaltet vor ihm auf dem Tisch. Der Schlüssel in eine plötzliche unerwartete Freiheit.

Sein Anwalt leistete gute Arbeit und war dafür verantwortlich, dass die Dinge so schnell ins Rollen kamen. Als er am Morgen da gewesen war, hatte Jürgen Kohlmeyer erfahren, dass er zunächst unter ständiger polizeilicher Beobachtung stehen sollte. Staatliche Wachhunde, wie Nienhaus sie nannte, die ihn 24 Stunden am Tag auf Schritt und Tritt verfolgen würden. Im Grunde wusste Kohlmeyer, dass er all das nicht wollte und sein Leben lieber innerhalb der Strafanstalt fortsetzen würde. Aber die Entscheidungen waren gefallen, und er konnte nichts daran ändern. Der Anwalt hatte vorgeschlagen, dass Kohlmeyer sich telefonisch mit seinem Bruder in Verbindung setzen sollte, um zumindest für die ersten Wochen eine feste Bleibe zu haben. Von dort aus könne er dann alle wichtigen Dinge regeln, wie die Suche nach Arbeit und einer eigenen Wohnung.

Doch Kohlmeyer sträubte sich gegen den Gedanken. Als er seinen Bruder das letzte Mal während einer Besuchszeit gesehen hatte, waren sie in einem fürchterlichen Streit auseinandergegangen. Seit diesem Vorfall vor 16 Jahren hatte er keinen Kontakt mehr zu seinem Bruder. Wie hätte er nur den ersten Schritt tun können? Als sein Anwalt sich am Morgen schließlich erboten hatte, selbst diesen ersten Kontakt herzustellen, war ihm ein Stein vom Herzen gefallen.

Die Scheu vor dem Wiedersehen mit dem Bruder war jedoch nicht seine einzige Sorge. Er hatte Angst vor der

Welt außerhalb der Mauern, Angst davor, sich nicht mehr zurechtzufinden. Seine Heimat war die JVA, und das schon länger, als seine Erinnerung reichte.

SAMSTAG, 9. OKTOBER, 12.05 UHR

Sabine schob die Auflaufform in den vorgeheizten Backofen und kontrollierte die eingestellte Zeit. Bis zum Mittagessen blieb ihr noch eine knappe Stunde. Sie freute sich darauf, in der Zwischenzeit ein ausgiebiges Bad zu nehmen.

In den vergangenen zwei Wochen hatte sie eine Menge Zeit für sich in Anspruch genommen und viel nachgedacht. Ihrer Familie war dieses Bedürfnis offenbar nicht entgangen, und Markus und Laura räumten ihr die nötigen Freiräume ein, ohne quälende Fragen zu stellen.

In den ersten beiden Tagen nach der schrecklichen Begegnung hatte Sabine mehrfach daran gedacht, sich Markus anzuvertrauen und ihm alles zu erzählen. Es kam ihr vor wie Betrug, mit dieser unausgesprochenen Wahrheit zu leben. Aber die Mauer, die sie um sich herum errichtet hatte, war zu groß. Sollte diese Mauer einstürzen, würde ihre kleine Familie mitgerissen und unter den Trümmern für immer begraben werden, fürchtete sie. Das durfte um keinen Preis der Welt geschehen. Sie zwang sich zu glauben, dass sie auch ein zweites Mal in der Lage sein würde, ihr Schicksal anzunehmen. Sie würde es schaffen, alles wieder unter die Füße zu bekommen. Außerdem gab es Wichtigeres als ihren eigenen inneren Frieden, sagte sie sich. Wenn sie nicht alles verlieren wollte, was ihr wichtig war, dann durfte sie sich nicht offenbaren. Sie durfte ebenso wenig zulassen, dass Rachegedanken in ihr aufstiegen. Dafür war einfach kein Platz, nicht in dem Leben, das sie nun schon seit so vielen Jahren erfolgreich führte und das sie sich nicht nehmen lassen wollte.

Doch tief in ihrem Inneren nagte etwas an ihr, fraß und bohrte sich grausam und unbeirrt in ihre geschwächte und missbrauchte Seele. Sabine konnte es deutlich spüren.

Noch immer in Gedanken stieg sie die Kellertreppe hinab, wo ein sprudelnder Whirlpool auf sie wartete. Sie war jedoch kaum unten angekommen, als sie plötzlich lautes Bellen hörte, gefolgt von einem jaulenden Winseln. Es kam eindeutig von Branca, von draußen aus dem Garten.

Sabine wusste, dass die dreijährige Labradorhündin diese Laute nur dann von sich gab, wenn sie eine vertraute Person begrüßte. Es müssen Laura und Nicole sein, die früher vom Spielen nach Hause kommen, dachte sie. Vielleicht hatte sich eines der Mädchen das Knie aufgeschlagen. Sabine schrieb das Entspannungsbad bereits innerlich ab. Als sie die Terrassentür erreichte, konnte sie die Schreie der Kinder bereits hören. Sie vermischten sich mit Brancas Winseln zu einer leidvoll klingenden Melodie. Sabine stutzte. Das Weinen passte nicht zu einer Schürfwunde. Es lag ein ungleich intensiverer Ausdruck darin. Was sie hörte, war nackte Panik.

Sekunden später tauchten die Mädchen vor dem kleinen Gartentor auf, wo Branca sie bereits erwartete. Ein

Blick in das Gesicht ihrer Tochter beseitigte die letzte Hoffnung auf eine Harmlosigkeit. Im Gegenteil, ein grauenvoller Schauer jagte über Sabines Rücken. Sie kannte den Ausdruck auf dem kindlichen Gesicht. Genauso hatte Julia immer ausgesehen, ihre Zimmergenossin aus dem Internat.

»Mama!«

Mutter und Tochter rannten aufeinander zu und fielen sich mitten im Garten in die Arme, umtänzelt von der aufgeregten Branca, die offenbar spürte, dass etwas nicht stimmte.

»Laura, Liebes, was ist passiert?«, presste Sabine hervor und fürchtete sich gleichzeitig so sehr vor der Antwort, dass ihr die Knie wegzusacken drohten.

»Mama, wir haben … gespielt …«, Laura brachte jedes Wort einzeln und schluchzend hervor. »Wir waren allein auf dem Spielplatz. Dann kam … ein Mann. Mit einem Mantel. Dann hat er … den Mantel aufgemacht. Er war fast nackt.« Laura wurde nun von heftigem Beben erfasst. »Sein … Ding. Das stand ganz komisch ab. Er hat gesagt, wir sollen das … anfassen. Dann sind wir losgerannt. Ich hab solche Angst!«

Laura vergrub ihr Gesicht in den Pullover ihrer Mutter und weinte hemmungslos. Sabine nahm ihren Kopf und streichelte ihn mechanisch. Sie winkte Nicole zu sich, die völlig apathisch in einer Ecke des Gartens stand, und nahm auch sie in den Arm. Dann hob Sabine den Kopf, blickte in den Herbsthimmel und stellte fest, dass sie sich selbst nicht mehr spürte. Kein Gedanke, kein Gefühl, nichts als völlige Leere.

Sie registrierte, wie Laura und Nicole in ihren Armen langsam ruhiger wurden, während ihre eigenen Gedanken plötzlich begannen, wild durch ihren Kopf zu jagen. Ihr Geist schien von einem heftigen Wind erfasst zu werden, der alles fortfegte, was sie zu ihrem Schutz so mühsam geordnet hatte. Wenn Laura etwas zustieß, würde Sabines fragiles Leben in sich zusammenfallen. Dann war alles umsonst gewesen. Sabine fühlte sich wieder nackt, ausgeliefert, allein – wie früher. Sie begann, panisch zu zittern. Aber die Kinder, schoss es ihr durch den Kopf, Sabine musste die Kinder trösten, durfte jetzt nicht schwach werden. Sie versuchte, sich den kleinen Vogel vorzustellen, der auf einen Baum flog und der ihr schon so oft geholfen hatte. Der weit oben in einer Baumkrone in Sicherheit war. *Das alles ist nicht passiert.*

Aber es wollte sich keine Ruhe einstellen. Sabine verstand, dass sie selbst in Gedanken vielleicht noch einmal entfliehen könnte. Aber Laura würde sie dabei schutzlos am Boden zurücklassen.

»Was ist los?«, rief Markus, der inzwischen aus seinem Arbeitszimmer herbeigeeilt war.

»Ich will sofort wissen, was hier los ist!«, schrie Markus noch einmal und schüttelte seine Frau an der Schulter.

Sabine fuhr ruckartig hoch.

»Die Welt ist ein beschissener Ort, Markus. Das ist los.«

Der eisige Ausdruck ihrer Stimme ließ Markus erschaudern. Ein Blick in Lauras vor Schreck noch immer weit aufgerissene Augen genügte, um zu verstehen. Im Moment des Begreifens erfasste ihn maßloses Entsetzen.

»Wer und wo?«, fragte er nun ebenso kalt.

»Spielplatz. Langer Mantel«, flüsterte Sabine, den Blick noch immer auf die lose vorbeiziehenden Wolken geheftet.

Sie hatte sich getäuscht. Es würde niemals vorbei sein.

Markus warf einen letzten Blick auf seine kleine Familie und sprintete los. Im Sprung nahm er das Gartentor und lief Richtung Wald. Er schien nicht zu bemerken, dass Branca es ihm gleichtat.

Als Markus außer Sicht war, spürte Sabine, wie die langsam abschwellende Panik einen einzigen Gedanken freigab. In Sabines Herzen wurde er zu einem Schwur.

Laura wird nicht dasselbe passieren wie mir. Laura ist nicht allein, wie ich es damals war. Sie hat mich. Ich werde sie nicht im Stich lassen.

*

Keuchend erreichte Markus den Spielplatz am Rande des Schellenberger Waldes. Er hatte die eineinhalb Kilometer in fünf Minuten zurückgelegt. Der Hass hatte seine Leistungsfähigkeit gesteigert, doch als er nun den Spielplatz und das angrenzende Gelände menschenleer vorfand, forderte der Sprint seinen Tribut. Von Schwindel ergriffen, schleppte er sich auf wackligen Beinen zur nächstgelegenen Bank und sank völlig erschöpft zusammen. Er dachte an den Mann, der vor wenigen Minuten hier gewesen war und seiner Tochter solche Angst eingejagt hatte. Wie hätte er reagiert, wenn er den Unbekannten noch angetroffen hätte? Er wusste es nicht.

Aufgewühlt betrachtete er Branca, die im Zickzack über den Sand lief, die Schnauze dicht über dem Boden, und aufgeregt mit der Rute wedelte. Natürlich riechst du, dass Laura hier gewesen ist, dachte er. Es wäre ein Leichtes für dich, die Spur des Mannes aufzunehmen, wenn ich dir nur sagen könnte, welcher der vielen Gerüche, die du witterst, der richtige ist.

Niedergeschlagen machte sich Markus auf den Heimweg. Laura leiden zu sehen war fast mehr, als er ertragen konnte.

SAMSTAG, 9. OKTOBER, 19.30 UHR

Herbert Lüscher drehte den Wasserhahn zu und stieg aus der Dusche. Nachdem er sich abgetrocknet hatte und die dicken Schwaden warmer Feuchtigkeit abgezogen waren, verweilte sein Blick im großen Badezimmerspiegel. Er inspizierte die wenigen Haare auf seinem Kopf, die ihm geblieben waren und nun in feuchten Strähnen herabhingen. Dass er einmal kahlköpfig sein würde, hatte sich durch deutliche Geheimratsecken schon abgezeichnet, als er 20 Jahre alt gewesen war.

Er betrachtete sein Gesicht, sah die dichten, buschigen Brauen über den tief liegenden Augen, musterte die grob geschnittene Nase, das fleischige Kinn über dem kurzen Hals. Das verlorene Haupthaar, so erschien es ihm, war in Form von Nasen- und Ohrenbewuchs zurückgekehrt. Es war ein Gesicht, das er früher verabscheut hatte. Er wusste, dass es ebenso auf andere Menschen wirkte, auch wenn die meisten sich bemühten, ihre Emotionen zu verbergen. Nie hatte ihn eine Frau angesprochen oder auf anderen Wegen Interesse bekundet. Die wenigen Situationen, in denen er selbst aktiv geworden war, hatten stets in einer enttäuschenden Abfuhr geendet. Im besten Fall waren diese Absagen zumindest behutsam verpackt worden. Schließlich war Lüscher es leid gewesen und hatte beschlossen, sich nie wieder demütigen zu lassen.

Sein Blick im Spiegel wanderte weiter, über seinen stattlichen Bauch hinab zu seinem Geschlecht. Inmitten des dichten Bewuchses war sein Genital nur undeutlich zu erkennen. Die Zeiten, in denen er sich über sein Äußeres geärgert hatte, waren lange vorbei. Er wusste, dass ihn seine Alkoholsucht irgendwann ins Grab bringen würde. Aber er hatte sich damit arrangiert und einen Weg gefunden, seine wenigen Bedürfnisse zu befriedigen.

Während er sich die Zähne putzte, dachte er an die schweren Fehltritte, die er in seinem Leben begangen hatte. Er hatte die Schuld dafür nie bei sich gesucht, sondern immer auf seine Lebenssituation geschoben, die vom Schicksal so negativ geprägt worden war. Je älter er wurde, desto mehr glaubte er jedoch, dass der Schöpfer, vor dem er sich einst würde verantworten müssen, in diesem Punkt gänzlich anderer Auffassung war.

Nachdem er sich angezogen hatte, ging er in die Küche und schenkte sich ein großes Glas Jim Beam ein. Die goldbraune Flüssigkeit breitete eine angenehme Wärme in ihm aus und dämpfte seine Nervosität. Er öffnete eine der Schubladen und holte ein Bündel Geldscheine hervor, insgesamt sechs 50-Euro-Scheine. Er legte das Geld auf den Küchentisch und trank den restlichen Whiskey in einem langen gierigen Schluck. Das leere Glas war kaum abgesetzt, als es läutete. Er ging zur Wohnungstür und betätigte den Summer. Zwei Minuten später klopfte es, und er öffnete die Tür.

Die junge Frau im Hausflur war ihm bereits bekannt, was ihn außerordentlich freudig stimmte.

»Guten Abend, kommen Sie rein«, sagte er und verbeugte sich leicht.

Die Frau nickte knapp und folgte ihm durch die Wohnung.

»Hier hinein, bitte.«

Mit einem kaum merklichen Lächeln auf den Lippen schloss er hinter ihr die Schlafzimmertür.

Aufgrund der besonderen Vorkehrungen, die er getroffen hatte, sollte während der nächsten 30 Minuten nicht ein einziger Laut aus dem Zimmer im fünften Stock dringen.

SONNTAG, 9. OKTOBER, 02.30 UHR

Sabine lag in ihrem Bett, die Augen geschlossen. Um sie herum nur der schwache Schein der Nachttischlampe und die regelmäßigen leisen Atemzüge des Mädchens neben ihr.

Es war die Zeit, in der das Bewusstsein langsam vom Tag in die Nacht hinübergleitet, vom Wachen zum Schlaf. Bei anderen Mädchen ihres Alters verarbeitete der Geist die Erlebnisse des Tages und ließ bunte kindliche Träume daraus entstehen. Bei ihr war es ein Zustand der nackten Angst.

Plötzlich flog die Zimmertür auf und schlug krachend

gegen die Wand. Wie konnte das sein? Kein Hüsteln, keine Schritte, nichts hatte sie gehört, was eine Ankündigung hätte sein können. Panisch zog sie die Bettdecke über den Kopf. Heftiges Zittern erfasste ihren ganzen Körper. Jeden Augenblick rechnete sie mit dem Übergriff, den groben Fingern in ihrem Fleisch, dem stinkenden Atem, den Schmerzen und dem lähmenden Gefühl entsetzlicher Scham. Zäh verstrichen die Sekunden, ohne dass ihre Angst bittere Realität wurde.

Plötzlich erfüllte ein leises Wimmern den Raum. Sie nahm all ihren Mut zusammen, schob die Decke zurück, drehte den Kopf und blinzelte in Julias Richtung. Zunächst konnte sie nur undeutlich und schemenhaft sehen. Nach und nach wurde das grausame Bild deutlicher. Dann erkannte sie Herbert Lüscher, der sich über ihre Freundin beugte und sie gewaltsam bedrängte.

Doch etwas stimmte nicht an dieser grausigen Szenerie, etwas war auf groteske Weise noch beängstigender als sonst. Sabine fokussierte ihren Blick und wusste plötzlich, was es war. Der Peiniger war stark gealtert, es war die Gestalt aus dem Supermarkt. Ihr Herz begann zu rasen. Ihr Blick wanderte zu Julia, die gerade den Kopf zu ihr drehte. Es war, als träfe sie ein vernichtender Donnerschlag. Das Mädchen, das unter ihrem Lehrer grausame Qualen erlitt, war nicht Julia. Es war ihre eigene Tochter.

Der markerschütternde Schrei schien sie innerlich zu zerreißen. Sie war am Ende all ihrer Kraft und gab auf. Sabine ließ alles heraus, alle erlittenen Qualen, gebündelt in einem langen, gellenden Ausbruch ihrer geschändeten Seele.

Plötzlich schien das Bett zu beben. Sie wurde hin- und hergeworfen. Der Abgrund zur Hölle öffnet sich und verschlingt mich, war ihr letzter Gedanke, bevor ihr Bewusstsein in eine andere Ebene wechselte.

»Sabine! Wach auf! Oh Gott, wach doch endlich auf!«

Markus schüttelte seine Frau an der Schulter.

Sabine richtete sich auf, das Nachthemd auf ihrer Haut war schweißverklebt. Das Herz in ihrer Brust drohte zu zerspringen. Panisch und zitternd tasteten ihre Augen das Halbdunkel ab und versuchten, sich zu orientieren.

»Sabine, Liebling. Du hast geträumt. Mein Gott, es muss schrecklich gewesen sein.«

Sanft nahm Markus ihren Arm, doch Sabine zuckte zurück.

»Wo ist Laura?«, brachte sie gepresst hervor.

»Laura? In ihrem Zimmer. Es ist halb drei Uhr nachts. Sie schläft«, antwortete er, das Gesicht von Sorge gezeichnet.

Sabine war bereits im Begriff, aufzuspringen, als beide ein Geräusch vernahmen. Schlaftrunken betrat Laura das Zimmer ihrer Eltern.

»Mami«, hauchte sie mit ängstlicher Stimme, »du hast geschrien.«

»Komm her, Liebes«, flüsterte Sabine, »Mami hat nur schlecht geträumt.«

Der Anblick ihrer ängstlichen Tochter brach ihr beinahe das Herz. Sie spürte eine tiefe Erleichterung, als sie Laura in die Arme schloss. Sie war unversehrt.

»Du darfst heute Nacht hierbleiben.«

Ohne zu zögern, krabbelte Laura ins Bett und kuschelte sich eng an ihre Mutter. Sabine wagte nicht, sich zu bewegen. Sie wusste, dass ihr Nachthemd nicht nur vom Schwitzen nass geworden war. Ihr Albtraum war derart real gewesen, dass sie eingenässt hatte. So wie es früher regelmäßig geschehen war. Sie hoffte inständig, dass weder ihr Mann noch ihre Tochter etwas bemerken würden. Und tatsächlich dauerte es nur wenige Minuten, bis Markus und Laura wieder eingeschlafen waren.

Für Sabine jedoch war an Schlaf nicht mehr zu denken. Der Dämon in ihr war aus seinem Gefängnis entkommen und schlug nun erbittert zu. Mit seinem vergifteten Dolch verwüstete er ungehindert das Gerüst aus Hoffnung und Verdrängung, das sie in all den Jahren so mühsam errichtet hatte. Der Dämon legte das Fundament frei, auf dem die Illusion ihrer heilen Welt gebaut war. Es bestand aus tiefer, verzweifelter Angst.

FREITAG, 15. OKTOBER, 09.50 UHR

Sabine lenkte den Wagen auf den großräumigen Kaufland-Parkplatz. Ganz in der Nähe des Ein- und Ausgangs fand sie eine Parklücke und setzte den BMW rückwärts hinein. Sie schaltete den Motor aus und spähte durch den Nieselregen zum hell erleuchteten Supermarkt.

Als folge sie einer plötzlichen Eingebung, begann Sabine dann, eilig in ihrer Tasche zu wühlen. Sie zog ihr Handy hervor und wählte Lauras Nummer. Es war die Zeit der großen Schulpause. Nach dem dritten Freizeichen begannen Sabines Hände, feucht zu werden. Warum hob Laura nicht ab? Als die helle Stimme ihrer Tochter schließlich durch den Lautsprecher klang, erschrak Sabine beinahe.

»Laura, Liebes, ist alles in Ordnung?«

»Ja natürlich, Mama, warum rufst du an?«

»Ich … nichts weiter, hast du dein Pausenbrot?«

Als sie kurz später wieder aufgelegt hatte, atmete Sabine tief durch. Es kam in den letzten Tagen häufig vor, dass eine plötzliche Sorge sie dazu trieb, Lauras Nummer zu wählen. Ihre Tochter war jedes Mal überrascht, und Sabine fürchtete, dass ihr Nachspionieren Laura lästig werden könnte. Doch Sabine konnte sich nicht dagegen wehren.

Am Vortag erst hatte sie unter einem Vorwand bei Nicoles Eltern angerufen, als Laura dort zum Spielen gewesen war, nur um ihre Stimme im Hintergrund zu hören und zu wissen, dass alles gut war. Aber jedes einzelne Mal, wenn sie wieder aufgelegt hatte, fühlte sie, dass nichts gut war.

Sabine besann sich auf ihr Vorhaben und nahm den Eingang des Supermarkts wieder in den Blick. Das Wetter kam ihr gelegen, denn die meisten Leute hatten ihre Schirme und Kapuzen zum Schutz tief über die Köpfe gezogen. Die anderen hasteten über den Platz, die Gesichter und Blicke gesenkt. Niemand nahm auch nur die geringste Notiz von ihr. Die Uhr zeigte acht Minuten vor zehn.

Die Klavierstunden für heute hatte sie kurzfristig abgesagt, und Laura würde bis 13.30 Uhr in der Schule sein. So blieben ihr mehr als drei Stunden Zeit, ihr Vorhaben auszuführen. Instinktiv vertraute sie darauf, dass der Mann regelmäßigen Gewohnheiten nachging. Trotzdem hatte das Unterfangen nur äußerst geringe Aussichten auf

Erfolg, dessen war sie sich bewusst. Auch gestern war ihr Warten vergeblich geblieben. Alles, was sie tun konnte, war, abzuwarten.

Sabines Gedanken kehrten wieder zu dem Vorfall zurück. Ihr wohlgeordnetes Leben, zusammengestürzt wie ein Kartenhaus. Wie oft hatte sie sich selbst dazu beglückwünscht, dass sie ihre Vergangenheit hinter sich gelassen und ein neues glückliches Leben begonnen hatte. Wie oft hatte sie sich eingeredet, dass alles so bleiben würde, solange sie nur stark war und der Vergangenheit keinen Raum gewährte. Der Anblick Lüschers und vor allem der Blick in die panisch aufgerissenen Augen ihrer Tochter hatten ihr unwiderruflich klargemacht, dass nichts vorbei war.

Eindreiviertel Stunden lang saß Sabine nur da und beobachtete das Kommen und Gehen, ohne dass etwas geschah. Ihre Augen wurden durch das angestrengte Blinzeln bereits müde, sie brannten und schmerzten. Sie dachte daran, aufzugeben, als ihre Geduld plötzlich belohnt wurde.

Der dunkelgrüne Ford Sierra Kombi rollte um 12.02 Uhr auf das Kaufland-Gelände und steuerte auf einen Parkplatz zu, der rund 20 Meter von Sabines Position entfernt lag. Den Fahrer erkannte sie erst, als er sich dem Eingang näherte und einen der Einkaufswagen aus der Schlange löste. Ein kurzes Stöhnen entwich ihrer Kehle, Ausdruck völliger Überraschung angesichts des Erfolges, den sie erhofft, aber nicht erwartet hatte. Ihre Finger klammerten sich um das Lenkrad, während ihr Blick den Mann mit dem dunklen Mantel fixierte wie ein Adler seine ahnungslose Beute. Dann verschwand Herbert Lüscher hinter den Glasschiebetüren des Eingangs.

Sabine stellte fest, dass sich an ihrer Reaktion etwas verändert hatte. Keine Panik, keine lähmende Angst überkam sie. Stattdessen fühlte sie Wut in sich aufkeimen. Eine ungeheure Wut auf den Mann, der sie einfach genommen und so lange missbraucht und gedemütigt hatte, bis sie sich selbst nur noch als wertlosen Abfall betrachten konnte. Er hatte ihr Leben zerstört. Aber das war noch nicht alles. Seit er zurückgekommen war, hatte er auch die Macht, das unbeschwerte Leben ihrer kleinen Tochter zu zerstören. Keine Flucht, kein Umzug, auch keine noch so große Vorsicht ihrerseits konnte daran etwas ändern. Laura war überall in Gefahr. Überall gab es Männer, die sie benutzen, demütigen und quälen konnten. Mit allen Mitteln würde sie dafür sorgen, dass Laura wieder in Sicherheit aufwachsen konnte. Ihr eigenes Leben war zerstört worden, aber Lauras würde der Kerl niemals bekommen.

Es war 12.29 Uhr, als Herbert Lüscher den Supermarkt wieder verließ. Sabine sah zu, wie er die Einkäufe in den Kofferraum des Kombis lud. Kurz darauf setzte sich der Ford langsam in Bewegung. Sie hielt den Atem an, als er auf sie zusteuerte und dicht an ihrem eigenen Wagen vorbeifuhr. Sie riskierte einen flüchtigen Blick. So nah war sie ihm seit 20 Jahren nicht mehr gewesen. In ihrem Kopf explodierte ein stummer Schrei, und sie nahm den widerlichen Geruch des Whiskeyatems wahr. Es war eine Einbildung. Natürlich. Sabine packte ein kaltes Schaudern.

Sie wischte die Gedanken beiseite, startete den Motor und folgte dem grünen Kombi in einigem Abstand.

Der Verkehr erschien ihr dicht genug, um nicht aufzufallen. Dennoch achtete Sabine darauf, mindestens ein

Fahrzeug zwischen dem Ford und ihrem eigenen Wagen zu lassen. Als Lüschers Auto eine gelbe Ampel überfuhr, musste sie Gas geben, um den Kontakt nicht zu verlieren.

Nach nur sieben Minuten Fahrt war Herbert Lüscher offensichtlich am Ziel. Er bog rechts von der Straße ab und steuerte auf einen Garagenhof zu, der zu einer wenig ansehnlichen Hochhaussiedlung gehörte. Um nicht aufzufallen, fuhr Sabine weiter geradeaus und hielt etwa 100 Meter entfernt in einer Lücke am Fahrbahnrand. Im rechten Außenspiegel konnte sie erkennen, wie der mit zwei vollen Tüten beladene Mann schwerfällig um die Ecke bog. Er trottete über die Straße und verschwand in einem der Hochhäuser. Sabine zählte sechs Stockwerke. Nun hatte sie also seine Adresse: Von-Ossietzky-Ring 335.

Ein entschlossenes Lächeln spielte um ihren Mund, als sie durch den Regen nach Hause fuhr.

SAMSTAG, 16. OKTOBER, 14.30 UHR

Markus drückte auf den Knopf der DeLonghi und sah zu, wie sich der Becher mit dampfendem Kaffee füllte. Er war allein in der Praxis. In den letzten beiden Wochen hatten sich dringende schriftliche Arbeiten angehäuft, und er sah keine andere Möglichkeit, dem Chaos zu entkommen, als an diesem Samstag eine Extraschicht einzulegen. Seine Gedanken jedoch wanderten immer wieder zu seiner Frau.

Seit dem Vorfall mit Laura war alles anders geworden. Sabines Albträume quälten ihn genauso sehr wie sie, aber er versuchte, ihr gegenüber, so gut es ging, Ruhe auszustrahlen. Erst letzte Nacht war sie wieder schreiend und schweißgebadet aufgewacht.

Er nahm an, dass seine Frau in diesen schwierigen Tagen mehr Aufmerksamkeit und Zuwendung brauchte, und versuchte, sie ihr zu geben. Aber warum spürte er diese Distanz und dieses Abwehrverhalten bei ihr? Warum zuckte sie zusammen, wenn er sie berührte? Warum hielt sie nachts plötzlich körperlichen Abstand, was mehr als untypisch für sie war?

Er zog sein Mobiltelefon aus der Hosentasche und wählte die Nummer von zu Hause, erreichte aber nur seine eigene Stimme auf der Ansage des Anrufbeantworters.

Wahrscheinlich tue ich ihr unrecht, dachte er. Ich darf sie jetzt nicht unter Druck setzen. Trotzdem wurde er das Gefühl nicht los, dass Sabine in einer für ihn noch nicht greifbaren Weise überreagierte. Natürlich war der Vorfall auf dem Spielplatz furchtbar gewesen. Aber als er noch am selben Abend mit seiner Tochter zur Polizei aufgebrochen war, hatte sich Sabine geweigert, mitzukommen. Ich kann es nicht ertragen, die Geschichte noch einmal mit anzuhören, waren ihre Worte gewesen.

Es war auch für ihn wahrlich nicht leicht gewesen, aber die junge Kriminalbeamtin hatte Laura sehr behutsam befragt und ihnen das Gefühl vermittelt, die Sache äußerst ernst zu nehmen. Markus hatte erfahren, dass derselbe Mann, der Laura und Nicole belästigt hatte, bereits auf verschiedenen Spielplätzen in Essen, Mülheim und Oberhausen gesehen worden war. Zu direkten körperlichen Übergriffen war es bislang glücklicherweise noch nicht gekommen.

Am darauffolgenden Montag hatte ein ausführlicher Artikel im Regionalteil der WAZ dennoch dazu aufgerufen, Kinder vorerst nicht unbeaufsichtigt zu lassen.

Grübelnd saß Markus noch eine Weile in der Küche seiner Praxis. Dann erhob er sich und kippte den kalten Kaffee in den Ausguss.

SAMSTAG, 16. OKTOBER, 17.15 UHR

Sabine stand im Hausflur vor dem Garderobenspiegel und knöpfte den langen Mantel zu. Anschließend kramte sie eine ihrer Wollmützen aus der Schublade hervor und setzte sie auf. Die restlichen unbedeckten Locken, die ihr weit über die Schultern fielen, schob sie sorgfältig hinter den hochgestellten Kragen, bis sie von außen nicht mehr zu sehen waren. Eine Weile betrachtete sie ihr Gesicht und erkannte darin feste Entschlossenheit. Laura war mit Nicole im Schwimmbad und wollte anschließend bei ihrer Freundin übernachten. Die Nachricht für Markus lag gut sichtbar auf dem Sekretär neben der Tür.

Ein letztes Mal musterte sie ihr Spiegelbild, ehe sie die Schlüssel nahm und hinaus ins Freie trat. Es war spürbar kühler geworden, und sie zog den Gürtel ihres Mantels ein Stück enger um ihre Taille.

Sabine erreichte die große Doppelgarage, und kurze Zeit später glitt der dunkelblaue BMW in die einsetzende Dämmerung. Sie hatte die Fahrtzeit auf 15 Minuten geschätzt, doch der Verkehr war dichter, als erwartet. Nur langsam kam sie in dem zäh dahinfließenden Strom voran.

Gegen 17.40 Uhr parkte sie den Wagen in der Hochhaussiedlung in Essen Horst, circa 80 Meter von Lüschers Hauseingang entfernt, stieg aus und machte sich auf den Weg. Mit jedem Meter verringerte sich ihre anfängliche Entschlossenheit und wich steigendem Unbehagen. Dann war sie am Ziel, Hausnummer 335. Ein Zurück gab es jetzt nicht mehr. Sie stieg die Stufen zum Eingangsbereich empor und verharrte vor dem großen Klingelschild. Es brauchte nur Sekunden, um den richtigen unter den 30 Namen zu finden. Schon wieder hatte sie Glück, denn in solch einer Gegend war es nicht unbedingt üblich, seinen Namen auf der Schelle zu vermerken. Anders als erwartet ließ sich die Haustür jedoch nicht einfach aufdrücken.

Sabine wollte gerade auf eine beliebige Klingel drücken, als das Flurlicht anging. Hastig drehte sie sich um und stolperte die Stufen hinunter. Sie war kaum auf dem Bürgersteig angelangt, als die Tür aufflog und zwei Kinder lachend an ihr vorbeisausten.

Gerade noch rechtzeitig schlüpfte sie durch die zufallende Tür in den Hausflur. Sofort stieg ihr ein modrig feuchter Geruch in die Nase. Der Boden war schmutzig, und in den Ecken verfingen sich dicke Staubfäden in riesigen Spinnweben. Unleserliche Schmierereien mit Sprühfarbe zierten die Wände.

Sabine nahm die Stufen zum Hochparterre. Jede Etage beherbergte insgesamt fünf Wohnungen. Eine der Treppe gegenüber und je zwei weitere in den links und rechts abgehenden Fluren. Fünf Namen hatten auch jeweils eine Reihe auf dem Klingelschild an der Eingangstür gebildet, erinnerte sie sich. Der Name Lüscher war in der vorletzten Reihe verzeichnet, und so ging sie davon aus, dass der Mann im fünften Stock wohnte.

Sie lief um den Aufzug in der Mitte des Treppenhauses herum und nahm die Treppe. Sie war froh, niemandem zu begegnen, obgleich sie wusste, dass sie ohnehin keinem Menschen aufgefallen wäre. In Häusern wie diesem kannten die Leute oft nicht einmal ihren direkten Nachbarn.

Mit erhöhtem Pulsschlag erreichte sie den fünften Stock. Das Licht wagte sie nicht einzuschalten. Zuerst überprüfte Sabine die Wohnung geradeaus, dann die beiden anderen im linken Arm des Flurs. *Gerscher* und *Özkan*. Blieben noch zwei. Die Turnschuhe, die sie mit Bedacht gewählt hatte, erlaubten ihr, sich geräuschlos zu bewegen.

Sie wechselte in den gegenüberliegenden Flur. Zunächst die rechte Wohnung. *Promirov*. Bliebe noch eine. Sie beugte sich vor, um besser lesen zu können. Volltreffer.

Hier hast du dich also versteckt, dachte sie. In einem dreckigen, dunklen Loch.

Sie konnte das leichte Zittern nicht unterdrücken und kämpfte gegen den aufkommenden Impuls an, einfach fortzulaufen. Verdammt, reiß dich zusammen! Hast du etwa vor, immer wieder das Opfer zu sein? Hast du immer noch Angst vor ihm? Willst du etwa abwarten, bis er Laura holt? Dieser Mann darf keine Macht mehr über dich haben. Ich werde mich nie wieder dafür verfluchen müssen, so unendlich hilflos zu sein. Ich werde nie wieder verfluchen, dass ich lebe.

Lautlos schlich sie noch dichter heran und presste ein Ohr gegen das Türblatt. Sie konnte gedämpfte Stimmen hören und tippte auf das Geplapper einer Talkshow. Sabine trat einen Schritt zurück und betrachtete das Türschloss. Es war kein Standardmechanismus. Das erkannte sie, da Markus auf dem Einbau von Sicherheitsschlössern in ihrem Haus bestanden hatte. Sie war überzeugt, ein solches vor sich zu haben.

Plötzlich zerriss ein Schellen hinter der Tür die Stille. Sie spürte, wie ihr Herzschlag für einige Momente aussetzte, ehe sie wie von einem Fausthieb getroffen herumwirbelte und in den Hausflur stürzte. Sie flüchtete über den Treppenabsatz zum nächsthöheren Stockwerk, drückte sich an die Wand und erstarrte. Ihr Herz versuchte offenbar, die ausgesetzten Schläge auszugleichen, und hämmerte heftig gegen ihre Rippen.

Sie vernahm ein lautes Knacken, und das Licht im Flur ging an. Anschließend setzte ein Summen ein, und sie ahnte, dass jemand den Fahrstuhl benutzte. Das lange Geräusch der Aufzugsmotoren ließ vermuten, dass der Benutzer in eines der oberen Stockwerke fuhr. Als der Aufzug stoppte, spürte sie die Vibrationen der anhaltenden Kabine. Die Stahltür des Fahrstuhls ging auf und fiel scheppernd zurück in die Verankerung. Das Klappern von Absätzen hallte durch das Treppenhaus.

Irgendwo schräg unter ihr klopfte es. Kurz darauf vernahm sie seine Stimme: »Guten Abend, kommen Sie rein.«

Sabine war wie vom Donner gerührt. Die Stimme eines Menschen ist das Einzige, was sich über die Jahre nur wenig verändert. Es kam ihr vor, als hätte sie eine grauenvolle Zeitreise in die Vergangenheit unternommen, so unmittelbar kam sein Tonfall aus ihren Erinnerungen. Es war Herbert Lüscher, der soeben Besuch empfangen hatte, und Sabine war aufrichtig überrascht.

In den folgenden drei Minuten blieb sie stehen und zwang sich, tief und ruhig durchzuatmen. Es gelang ihr, sich zu beruhigen.

Schließlich wagte sie sich hinunter, schlich dicht an seiner Wohnungstür vorbei und lauschte erneut. Doch so angestrengt sie auch horchte, es drang nicht ein einziger Laut aus der Wohnung. Selbst der Fernseher schien ausgeschaltet.

Was zum Teufel ging dort vor?

Sabine beschloss, zurückzukehren. Sie erreichte das Auto, stellte sicher, den Eingang gut im Blick zu haben, und wartete ab.

Gegen 18.45 Uhr bemerkte sie schließlich einen Wagen, der aus entgegengesetzter Richtung kam und in Höhe des Hochhauses anhielt. Keine 30 Sekunden später kam eine junge Frau aus dem Haus und trat auf die Straße. Sabine erkannte einen teuren Mantel und schwarze glänzende Stiefel mit hohen Absätzen. Die Frau stieg ein, und der Mercedes setzte sich in Bewegung. Sabine zog ihre Mütze tiefer in die Stirn und warf einen flüchtigen Blick ins Innere des vorbeifahrenden Autos. Die Frau war sehr jung und auffallend hübsch. Der Fahrer hingegen war ein bulliger finster dreinblickender Typ.

Als der Wagen um die Ecke verschwunden war, startete Sabine den Motor. Ein Gedanke keimte in ihr auf und reifte zu einem Verdacht. Lüscher bezahlte diese Frau dafür, dass sie tat, was er ihr sagte und seinen massigen Körper ertrug.

Du mieses Schwein!, dachte sie, während sie an dem Hochhaus vorbeifuhr. Diese widerliche Bestie fand also immer noch Wege, andere zu demütigen. Die Kraftausdrücke sammelten sich in Sabines Kopf, doch keiner schien ausreichend, um den Hass auch nur annähernd in Worte zu fassen, den sie verspürte.

Sabine zwang sich, ihre ganze Konzentration der Straße zu widmen. Nach ein paar Minuten Fahrt brachte die Eintönigkeit des abendlichen Verkehrs schließlich ihr Herz dazu, wieder etwas langsamer zu schlagen. Ein eisiger Gedanke trat hervor, und Sabine spürte, wie ihre Lippen Silbe für Silbe die Worte formten: »Ich werde zurückkehren, und dann werde ich dich nicht entkommen lassen. Darauf hast du mein Wort.«

SAMSTAG, 16. OKTOBER, 19.15 UHR

Sabine parkte den BMW neben dem Volvo ihres Mannes und lief über den Kiesweg zum Haus. Leichter Regen hatte eingesetzt, und der auffrischende Ostwind brachte empfindliche Kälte.

Der von lodernder Glut des Kaminfeuers erleuchtete Wohnraum wirkte schon von draußen gemütlich und einladend. Ein schönes Zuhause, dachte sie, während sie in ihrer Handtasche nach den Schlüsseln kramte.

»Hallo, ich bin wieder da«, rief sie in die Stille des Hauses hinein und nahm die Mütze vom Kopf. »Markus?«, schob sie fragend nach und ging hinüber ins Wohnzimmer. Frische Holzscheite lagen in dem prasselnden Feuer und sorgten für behagliche Wärme. Er musste also in der Nähe sein.

Sie fand ihren Mann schließlich in der Küche. Im Halbdunkel erkannte sie ein gefülltes Glas auf dem Tisch, daneben zwei Rotweinflaschen.

»Hallo, Markus, hast du mich gerade nicht geh…«

»Schubert oder Chopin?«, unterbrach er sie und musterte sie von Kopf bis Fuß.

»Was?« Irritiert starrte sie zurück.

»Die zusätzlichen Klavierstunden. Die Nachricht auf dem Sekretär, schon vergessen?«

Seine undeutliche Aussprache und sein glasiger Blick beunruhigten Sabine. Markus trank so gut wie nie, und der Wein hinterließ bereits deutliche Spuren.

»Ja, ich meine, nein. Frau Heisterkamp konnte nur heute …«

»Frau wer?«, unterbrach er sie erneut, ohne sie anzusehen, und setzte das Glas an die Lippen.

»Frau Heisterkamp. Sie ist die Bekannte einer Freundin. Sie konnte nur heute Abend. Es war übrigens Bach. Eine Suite in h-Moll.«

Ihr gefiel diese Unterhaltung ganz und gar nicht.

»Hast du schon etwas gegessen?«, fragte sie in der Hoffnung, das Thema wechseln zu können.

»Oh ja, in der Tat. Ich habe wahrhaft königlich diniert. Es gab zwei edle Scheiben Toast, garniert mit feinster Margarine und vorzüglichem Scheibenkäse!«

»Wenigstens hatte ganz offensichtlich die Getränkekarte einiges zu bieten!«

Nun war auch Sabine gereizt. Sofort bemühte sie sich um Schadensbegrenzung und fragte milde: »Ach, Markus, was soll das?«

»Nein, ist schon in Ordnung«, antwortete er mit schwerer Zunge. »Früher hatte ich mal eine Frau, der es wichtig war, am Samstagabend gemeinsam zu essen. Sie hat sich sogar über Blumen gefreut und war auch sonst ein ziemlich fröhlicher und gut gelaunter Mensch. Aber diese Frau muss irgendwo verschwunden sein und mir eine mysteriöse Zwillingsschwester geschickt haben, die ständig untertaucht, mir aus dem Weg geht, furchtbare Albträume hat und nicht mit mir darüber reden will!« Er machte eine kurze Pause. »Übrigens hat meine Frau früher auch nie Adidas zu ihrem Mantel getragen«, fügte er mit einem misstrauischen Blick auf Sabines Turnschuhe hinzu.

»Markus, es tut mir leid. Die letzte Zeit war nicht einfach.«

»Sie war auch nicht einfach für mich, verdammt noch mal!« Seine Stimme war offenbar lauter, als er beabsichtigt hatte. Er schien den kleinen Ausbruch sofort zu bereuen und schob nach: »Hör zu, Sabine, ich will keinen Streit. Ich möchte dich bloß verstehen. Ich will wissen, was du da träumst, was dich bewegt. Ich fühle mich so verdammt machtlos.«

Markus senkte den Kopf, und seine Traurigkeit versetzte Sabine einen Stich. Sie ging auf ihn zu, zog einen Stuhl heran und nahm ihn in den Arm.

»Ich denke, du hast recht. Die Sache mit Laura hat mich stark mitgenommen, aber es ist falsch, mich abzukapseln. Entschuldige bitte.«

Zärtlich streichelte sie seinen Hals, während sie mit der anderen Hand sein Kinn hob und sein Gesicht zu sich drehte.

»Laura ist heute Nacht nicht hier, wir könnten hoch ins Schlafzimmer und …«

Mit einem perfekt sitzenden Augenaufschlag sah sie ihn an und ließ den Rest des Satzes unausgesprochen.

»Ich habe zwei Flaschen Wein getrunken«, brummte er mit einem schiefen Lächeln.

»Lass das mal meine Sorge sein.«

Sie nahm seine Hand und zog ihn hinter sich die Treppe hinauf. In Wahrheit war sie nicht in der Stimmung für Zärtlichkeiten. Sie tat es nur, um seinen Ärger zu beruhigen. Ich belüge ihn schon wieder, dachte sie bitter. Doch es blieb ihr nichts anderes übrig. Sie brauchte noch Zeit. Markus durfte jetzt nicht misstrauisch werden. Wenn sie ihn besänftigen könnte, würde es ihr gelingen, diesen schrecklichen Albtraum zu beenden, bevor er ihre Familie für immer zerstörte. Wenn alles vorbei ist, muss ich ihm nie wieder etwas vorspielen. Eines Tages wird alles wieder so sein wie früher.

MONTAG, 18. OKTOBER, 10.30 UHR

Jürgen Kohlmeyer saß in der schalldichten Kabine, in der rechten Hand hielt er den kleinen weißen Zettel, das Telefon wagte er jedoch nicht zu berühren. Sein Anwalt hatte wie versprochen den Erstkontakt hergestellt und ein Treffen mit Kohlmeyers Bruder vorgeschlagen. Vor einer persönlichen Begegnung fürchtete sich Jürgen Kohlmeyer noch mehr als vor dem anstehenden Telefonat. Doch ob er wollte oder nicht, am kommenden Sonntag würde er nach 29 Jahren die JVA Aachen als freier Mann verlassen, und er brauchte eine Bleibe.

»Du elender Feigling«, beschimpfte er sich selbst. Mit zitternden Fingern faltete er das Papier auseinander und wählte die angegebene Handynummer. Angespannt führte er den Hörer ans Ohr. Mit jedem Klingeln entspannte er sich ein Stück mehr und wollte gerade erleichtert wieder auflegen, als plötzlich die raue unverkennbare Stimme ertönte.

»Karsten Kohlmeyer.«

»Äh, ja, hier auch.«

Die Nervosität kehrte schlagartig zurück.

»Ich meine, ich bin's, Jürgen.«

»Hallo, Jürgen. Herr Nienhaus hat mich bereits informiert, dass du anrufen würdest.«

Die Stimme seines Bruders klang freundlicher, als er erwartet hatte.

»Das ist gut. Ich meine, dann weißt du ja schon, worum es geht, oder?«

»Ja, ich bin im Bilde. Herr Nienhaus hat mir alles

erzählt. Ein sehr guter Anwalt übrigens, du hast großes Glück mit ihm.«

»Ja sicher.«

Jürgen Kohlmeyer wusste nicht, was er sagen sollte. Die zurechtgelegten Worte waren weg.

»Hör zu, Jürgen«, hielt sein Bruder das Gespräch in Gang, »du kannst vorerst bei mir bleiben. Gerda hat bereits ein Zimmer für dich hergerichtet. Ich werde dir helfen, so gut ich kann. Aber ich fordere Einsatz von dir. Ich werde nicht zusehen, wie du auf der faulen Haut liegst.«

»Ja, äh, nein. Natürlich nicht.«

»Gut, ich hole dich am Sonntag ab. Nienhaus meint, um 15 Uhr sei alles geregelt. Er wird auch da sein, in Ordnung?«

»Ja natürlich. Danke.«

»Gut, Jürgen, wir sehen uns am Sonntag. Ich freue mich für dich.«

»Ja. Ach, Karsten«, Jürgen Kohlmeyer nahm seinen ganzen Mut zusammen, »bist du nicht mehr sauer? Ich meine – der Streit damals.«

»Ich weiß nicht mal mehr, worum es überhaupt ging.«

»Nein, ich auch nicht.«

»Mach dir keine Gedanken, bis Sonntag dann.«

Es knackte in der Leitung, und Jürgen Kohlmeyer verharrte mit dem Hörer in der Hand und dachte nach. Einerseits war er erleichtert. In den Worten seines Bruders waren Ansätze von Freundlichkeit und Verständnis. Auf der anderen Seite spürte er, dass seine eigene Unsicherheit noch größer geworden war. Einmal mehr wurde ihm bewusst, dass seine Welt eine Welt der Mauern, Schlösser und Panzerglastüren war. Die Welt der Menschen war ihm vollkommen fremd geworden. In einer Woche würde er ein freier, aber kein glücklicherer Mensch sein.

Kohlmeyer verließ die enge Kabine. Mit einem knappen Nicken in Richtung des Wachmanns machte er sich auf den Weg zurück in seine Zelle.

MONTAG, 18. OKTOBER, 17.30 UHR

»Ein Elektroschocker wehrt durch seine immens hohe Spannung jeden Angreifer ab. Durch die geringe Stromstärke wird jedoch dem Täter kein bleibender Schaden zugefügt.«

Sabine las eine der zahlreichen Produktbeschreibungen. Sie hatte einen ganzen Nachmittag damit verbracht, sich im Internet ausgiebig in die Thematik einzulesen. Nachdem sie alles Wissenswerte erfahren und die Anbieter und Produkte miteinander verglichen hatte, war die Entscheidung für ein 119 Euro teures Gerät gefallen. Es hatte die besten Bewertungen für Qualität, Handhabung und Zuverlässigkeit erhalten. In der Produktbeschreibung las sie weiter: »Er setzt somit den Angreifer äußerst wirksam außer Gefecht und gibt Ihnen ausreichend Zeit zur Flucht.«

Das Gerät wird mir ausreichend Zeit geben, ganz andere Dinge zu tun. Und einen bleibenden Schaden wird es auch geben.

Zufrieden löschte sie den Verlauf besuchter Seiten, schloss den Internet Explorer und fuhr den Rechner herunter.

Am nächsten Morgen würde sie in ihre Winterkleidung schlüpfen, nach Oberhausen fahren und sich in einem Fachgeschäft das ausgewählte Gerät besorgen. Über das zweite Objekt, das sie brauchte, hatte sie sich ebenfalls schon informiert. Auch hier wusste sie bereits genau, wie und wo sie es bekommen konnte. Bald schon würde sie in der Lage sein, gegen ihren Dämon anzutreten.

FREITAG, 29. OKTOBER, 10.35 UHR

Er hatte bereits 20 Minuten lang gewartet, als endlich nur noch ein Mann vor ihm in der Schlange stand. Missmutig hörte er mit an, wie der Mann versuchte, sein Anliegen in gebrochenem Deutsch vorzutragen. Wilde Gesten begleiteten die lautstarken Wortfetzen des Türken.

Wenn du sie anschreist, wird sie dein jämmerliches Gestammel auch nicht besser verstehen, dachte Lüscher. Verdammtes Pack, schert euch doch alle zum Teufel.

Schließlich zog der Türke schimpfend und unverrichteter Dinge ab und ließ eine strenge Duftwolke aus Rasierwasser zurück.

»Guten Tag, was kann ich für Sie tun?«, begrüßte ihn

die junge Frau hinter dem Schalter mit einem freundlichen Lächeln. Er kannte sie nicht. Offenbar schon wieder eine von diesen unfähigen Auszubildenden, dachte er übellaunig.

»Ich brauche Bargeld«, sagte er ohne Umschweife und ohne Höflichkeitsfloskeln. »500 Euro.«

»Dann brauche ich Ihre EC-Karte bitte.«

Er hatte die Antwort der jungen Frau bereits erwartet.

»Fräulein, ich habe keine Karte.«

Ohne sie anzublicken, wühlte er in seiner Brieftasche.

»Wenn Sie sich über die Vorteile einer EC-Karte informieren möchten, kann ich gerne einen Termin für Sie …«

»Hören Sie, das verdammte Plastikzeug interessiert mich nicht«, unterbrach er sie barsch.

Während der perplexen Frau eine nervöse Röte ins Gesicht stieg, kramte er seinen Personalausweis hervor und nannte seine Kontonummer. Die Bankangestellte überprüfte die Angaben in ihrem Computer und nickte schließlich. Sie ließ sich keine Verärgerung anmerken, sondern behielt ihre geschulte Freundlichkeit. Routiniert führte sie die Auszahlung durch.

»450, 70, 80, 90 und 500. Hier bekomme ich bitte noch eine Unterschrift.«

Herbert Lüscher steckte das Geld in die Brieftasche und verließ grußlos die Sparkasse.

Auf dem Weg zu seinem Wagen dachte er daran, dass er von seinem Rhythmus abwich, weil er sich das Abenteuer nun zum dritten Mal in Folge leistete. Aber er hatte eine schlechte Woche hinter sich und fand, er habe sich die kleine Abwechslung am folgenden Tag verdient. Doch zunächst musste er seine Vorräte auffüllen. Er startete den Motor.

SAMSTAG, 30. OKTOBER, 16.15 UHR

Sabine saß reglos auf dem gemeinsamen Ehebett. Im Haus war es totenstill. Markus war mit Laura und Nicole in den Allwetterzoo in Münster gefahren. Der Ausflug war schon seit Langem geplant gewesen, und Sabine hatte die drei überredet, ihn nicht ausfallen zu lassen, auch wenn sie selbst aufgrund eines neuerlichen Migräneanfalls nicht mitkommen konnte.

»Die Kinder haben sich so darauf gefreut, enttäusche sie nicht!«, hatte sie Markus eindringlich ermahnt und ihn lange dabei angesehen. Ihr Mann hatte ebenso lang zurückgeblickt. Sabine kannte ihn gut und wusste, dass er die Harmonie, die sich in der Familie in den letzten Tagen endlich wieder eingestellt hatte, nicht aufs Spiel setzen würde.

Wie erwartet hatte Markus zugesagt, jedoch nicht ohne darauf zu bestehen, dass das geplante Abendessen nicht in der Pizzeria, sondern zu Hause stattfinden sollte. Sabine hatte Markus einen zärtlichen Kuss gegeben – den ersten seit langer Zeit.

Nun waren die Rollos im Schlafzimmer heruntergelassen, und die Lampe war gedimmt. Im schwachen Schein betrachtete Sabine die beiden gerahmten Fotos an der Wand über dem Kopfende des Bettes. Eines zeigte sie als 24-jährige Braut am Arm ihres stolzen Ehemannes. Ein Lächeln huschte über ihr Gesicht, als sie die kleine, kaum erkennbare Wölbung ihres Bauches betrachtete. Ihr Blick schweifte zum nächsten Bild, wo ihr die strahlende Gestalt ihrer Tochter entgegenblickte. Der kleine

Körper verschwand beinahe hinter der riesigen Schultüte, und Lauras glückliches Lachen offenbarte die ersten Zahnlücken. Plötzlich verschwamm das Bild vor Sabines Augen, und Lauras fröhliches Gesicht verwandelte sich in eine Grimasse aus Panik und Schmerz, die sie schon viel zu oft hatte sehen müssen. Die furchtbare Maske missbrauchter Kinder.

Unwillkürlich schnappte sie nach Luft und wandte den Blick ab. Sie konnte es nicht ertragen, Lauras Gesicht als Fratze zu sehen, entstellt, entwürdigt, erniedrigt. Der Anblick schnitt Sabine tiefer ins Fleisch, als ihr eigener Schmerz es getan hatte, als sie selbst mit elf Jahren vernichtet worden war. Den Kopf noch immer abgewandt, stieg wieder dieses Gefühl der unbändigen Wut in Sabine hoch – ein Gefühl, das sie mehr und mehr willkommen hieß, das sie mehr und mehr als Befreiung aus ihrem ewigen Gefängnis empfinden konnte. Die Wut würde an die Stelle dieser erniedrigenden Hilflosigkeit treten und sie stark genug machen, sich endlich zu wehren. Mit dieser Wut würde sie sich schützend vor Laura stellen. *Diese Fratze ist nicht meine Tochter. Meine Tochter wird nicht von diesem Schwein zu einer Fratze gemacht!*

Sabine ballte die Faust. In ihrem Arm sammelte sich alle Kraft, die die Wut in ihr freigesetzt hatte. Sie holte aus, um mit einem gewaltigen Schlag das fratzenhafte Bild des Grauens von der Wand zu fegen. Doch im letzten Moment besann sie sich, stellte ihre Augen scharf, nahm das Foto wahr, sah ihre fröhliche, schuldlose Tochter. Sabine sank in sich zusammen, begann zu zittern und glitt kraftlos auf den Boden neben dem Bett. Sie lehnte den Kopf an den kleinen Nachtschrank, und lautlose Tränen liefen über ihre Wangen.

Als die Tränen langsam versiegten, zog Sabine leise die Schublade des Nachtschränkchens auf. Mit zitternden Fingern kramte sie einen roten Einband hervor. Behutsam löste sie die Schleife, faltete das schützende Tuch auseinander und nahm das Foto in die Hand. Nach den dünnen Bleistiftaufzeichnungen auf der Rückseite datierte die Aufnahme vom 21. September 1987. Sie zeigte ein junges Paar auf einer Gartenbank, die friedlichen Gesichter von der untergehenden Herbstsonne in zarte Goldtöne getaucht.

Sabine erinnerte sich an jenen Augenblick, es war einer der letzten glücklichen ihres früheren Lebens. Sie selbst hatte damals auf den Auslöser gedrückt. Das Paar auf dem Foto waren ihre Eltern, Gabriele und Heiner Schwarz, aufgenommen vor ihrem Haus in Warendorf bei Münster, dem Ort ihrer behüteten Kindheit.

Wenige Wochen später waren ihre Eltern tot. Sie waren auf dem Rückweg von einem Theaterbesuch gewesen, als ihnen ein betrunkener Fahranfänger auf regennasser Fahrbahn entgegenkam und die Kontrolle über seinen Wagen verlor. Sie waren ohne jede Chance. Drei Menschen ließen in jener Nacht auf der dunklen Landstraße sinnlos ihr Leben.

Mit ihren Eltern wurde damals auch Sabines Kindheit begraben, und sie wurde in eine Welt gestoßen, auf die sie nichts und niemand vorbereitet hatte.

Damals war ich ohne jede Chance. Ich musste mich hilflos in mein Schicksal fügen, stumm sein und gehorchen. Aber damit ist jetzt Schluss. Ich werde diese Machtlosigkeit nicht mehr ertragen. Ich werde nicht zulassen, dass irgendjemand mir oder meiner Familie jemals wieder Gewalt antut. Nie wieder!

Bei diesem Gedanken kehrte Sabines Entschlossenheit zurück, und als sie das Foto zurücklegte und die Schublade des Nachtschränkchens zuschob, zitterten ihre Finger nicht mehr. Sie hatte keine andere Wahl, als endlich zu handeln. Sie ging hinüber zum Kleiderschrank. Unter einem Stapel Badetücher zog sie die kleine schwarze Tasche hervor und trug sie zum Bett. Sie öffnete den Reißverschluss und betrachtete ruhig die beiden Gegenstände. Den Elektroschocker hatte sie schon betriebsbereit gemacht und sich so lange mit seiner Funktionsweise vertraut gemacht, bis sie ihn blind beherrschte. Sie nahm das Gerät in die Hand, führte es an ihren Hals und betrachtete sich im Spiegel. Sie würde keine Sekunde zögern, den Auslöser zu betätigen, wenn es so weit wäre. Dessen war sie sich sicher.

Mehr Probleme würde ihr der Einsatz ihrer zweiten Anschaffung machen, fürchtete sie. Sabine legte den Schocker zurück in die Tasche und widmete sich dem Messer. Vorsichtig strich sie mit dem Finger über den harten, glatten Stahl der leicht geschwungenen Klinge. Sie hatte es ausgewählt, weil der für ein Jagdmesser eher dünne Griff gut und sicher in ihrer kleinen Hand lag. Ein ausgeprägter Haken, ein sogenannter Knebel, schützte vor ungewolltem Abrutschen. Sie nahm das Messer in die Hand und führte verschiedene Bewegungen durch. Dann schloss sie die Augen und stellte sich den Mann vor, den sie töten würde. Sie sah ihn sofort vor sich. Seit Tagen waren die schrecklichen Bilder immerzu präsent, lauerten nur darauf, an die Oberfläche zu dringen.

Wieder lag sie in dem kleinen Bett, und ihr Peiniger kam durch das Zimmer auf sie zu. Mit seinem widerwärtigen Grinsen zog er die Bettdecke beiseite und beugte sich herab, um ihr die Hose vom Leib zu zerren. Gekommen, um seinen widerlichen Samen bei ihr loszuwerden, in der Scheide, auf dem Bauch, in den Haaren oder in ihrem Mund. Vielleicht würde er sie zwingen, die stinkende Flüssigkeit herunterzuschlucken. Das war das Schlimmste. Der Magen war der einzige Teil ihres Körpers, über den sie noch allein bestimmte, den niemand zu seinem Vergnügen benutzen und besudeln konnte. Ihr Magen war alles, was ihr noch allein gehörte. Viele Male hatte sie sich das schon bewiesen, wenn sie auf der Toilette den Finger so weit in den Hals gesteckt hatte, wie sie nur konnte. *Alles, nur nicht schlucken müssen.* Lieber sollte er sie mit der bekannten Mischung aus Sperma und triefender Spucke auf dem Bauch zurücklassen. *Alles, nur nicht schlucken müssen.* Das Gesicht mit dem dümmlich erregten Grinsen kam näher. Doch dieses Mal war sie vorbereitet. Blitzartig schoss ihre Hand hervor, schnellte in die Höhe und stieß die Klinge in die weiche Stelle genau oberhalb seines Brustbeins. Ungläubig starrte er sie an, während sein Blick langsam glasig wurde und sein übergewichtiger Körper schließlich gurgelnd und blutend über ihr zusammenbrach.

Ihr eigener Aufschrei holte Sabine in die Gegenwart zurück. Keuchend warf sie einen Blick auf die Uhr. 16.38 Uhr. Es war so weit. Sie konnte und durfte nicht länger warten.

Sabine ging die Treppe hinunter zur Garderobe und zog sich an. Der lange dunkle Mantel, der hochgestellte Kragen, der Schal vor ihrem Mund, das Haarnetz mit der Wollmütze darüber, die braunen Lederhandschuhe. Alles war perfekt. Nichts war von ihr zu sehen, bis auf einen kleinen Ausschnitt über Augen und Nase. Der Trageriemen verlief quer über ihren Oberkörper, die Tasche hing sicher an ihrer rechten Seite.

»Also gut«, sagte sie laut und warf ihrem Spiegelbild einen Blick zu, der das Aufkommen jeglicher Zweifel im Keim ersticken sollte. Dann verließ sie das Haus, zog die Tür ins Schloss und betrat die Welt, die sie verändern würde.

Um 17.09 Uhr parkte sie ihren Wagen am Lindkenshofer Weg, einer relativ stark frequentierten Wohnstraße, die in der Nähe der großen Hauptstraße lag. Hier würde ihr Wagen niemandem auffallen. Kein Mensch würde sich hinterher an ihn erinnern.

Sie stieg aus und ging den restlichen Weg zu Fuß, an der Turnhalle vorbei, eine kleine Linkskurve und dann rechts in den Von-Ossietzky-Ring. Nach etwa 70 Metern war sie am Ziel. Die Uhr an ihrem Handgelenk zeigte 17.18 Uhr. Schon von Weitem hatte sie erkannt, dass die Haustür dieses Mal offen stand. Mit gesenktem Kopf nahm sie die letzten Meter, huschte flink in den Flur und entfernte den Keil mit dem Fuß. Sie atmete ein paarmal tief durch, dann sah sie sich um. Zunächst überprüfte sie den Kellerabgang. Die dünne Holztür war wie erwartet unverschlossen.

Sie entschloss sich zu einem letzten Erkundungsgang, ehe sie ihr Versteck aufsuchen würde. Leise stieg sie Stockwerk für Stockwerk das dunkle Treppenhaus hinauf. Die einzigen Personen, denen sie begegnete, waren eine Türkin und eine riesige Kinderschar, die die dicke verschleierte Frau wuselnd und schreiend umgab. Sabine senkte den Blick und ging grußlos vorbei. Schließlich erreichte sie die fünfte Etage und hielt inne. Alles schien unverändert seit ihrem letzten Besuch. Sie sammelte sich kurz und schlich in den dunklen Flur. Alles war vollkommen ruhig. Erst als sie dicht vor der Wohnungstür stand, konnte sie die schwachen Geräusche des Fernsehers hören. Beruhigt kehrte sie auf leisen Sohlen zurück nach unten.

Sie ging an der Haustür vorbei und stieg die Treppe in den niedrigen unverputzten Keller hinab. Die Tür zog sie nur so weit zu, dass ein schmaler Spalt offen blieb. Sie wagte nicht, das Licht einzuschalten, obwohl ihr die klebrigen Fäden im Gesicht das Gefühl vermittelten, längst ein willkommenes Ziel für unzählige Spinnen und andere Krabbeltiere geworden zu sein. Der muffig feuchte Geruch war hier unten fast unerträglich, und sie fragte sich, ob der Keller überhaupt jemals genutzt wurde. Wenn wider Erwarten jemand die Kellertreppe hinunter käme, könnte sie schnell das Licht einschalten und so tun, als wolle sie gerade wieder hinauf.

Sabine dachte über ihre Lage nach. Natürlich hatte sie andere Möglichkeiten durchgespielt, aber keine erschien ihr bei gleichen Erfolgsaussichten geeigneter zu sein. Sie konnte nicht einfach an seiner Tür klingeln, denn er würde niemals fremden, unerwarteten Besuch einlassen. Die Idee, einzubrechen, hatte sie ebenfalls verworfen. Das Sicherheitsschloss war sicher nicht die einzige Vorkehrung, die Lüscher getroffen hatte. Eine weitere Möglichkeit wäre gewesen, abzuwarten, bis die Prostituierte die Wohnung wieder verlassen hatte, und ihre Rückkehr vorzutäuschen. Ihr war jedoch kein Grund eingefallen, mit dem sie das hätte plausibel machen können. Ihre einzige Chance war der Überraschungseffekt, Misstrauen im Vorfeld konnte sie nicht gebrauchen. Sie musste diesen Weg wählen, zumal er die größtmögliche Sicherheit garantierte, Herbert Lüscher tatsächlich allein anzutreffen.

Sabine schob ihre Unsicherheit beiseite und presste das Gesicht an den Türspalt. Der modrige Geruch des Holzes stieg ihr in die Nase, und der Geschmack von alter Farbe legte sich pelzig auf ihre Zunge. Doch sie ignorierte das Unbehagen und postierte sich so, dass sie einen möglichst großen Ausschnitt der Haustür im Blick hatte.

Herbert Lüscher war ein Mann mit festen Gewohnheiten, und er führte ein krankes, perverses Sexualleben. Sabine hatte bereits an mehreren Tagen auf der Lauer gelegen. Am letzten Samstag um Punkt 18.00 Uhr, also genau eine Woche, nachdem sie zum ersten Mal eine Besucherin hatte kommen sehen, hatte sie erneut Glück gehabt. Der Mercedes war ihr von ihrem Beobachtungsposten aus sofort aufgefallen. Dieses Mal jedoch war eine andere junge Frau ausgestiegen und für 40 Minuten im Hochhaus verschwunden.

Irgendeine Frau wird auch heute kommen, dachte Sabine, während ihre schwarz gekleidete Gestalt mit der Dunkelheit des Kellers verschmolz.

Dann war es so weit. Um 17.55 Uhr war das dumpfe Grollen eines großvolumigen Motors zu hören. Sofort beschleunigte sich Sabines Puls, und sie fixierte den Eingangsbereich mit voller Konzentration. Sie hörte das Zuschlagen einer Autotür, und kurz darauf erkannte sie eine junge Frau draußen auf den Stufen. Teurer Mantel, Stiefel, hübsches Gesicht. *Es geht los.*

Blitzartig glitt Sabine aus ihrem Versteck und hastete die Treppe hinauf. Noch bevor die Frau auf die Klingel drücken konnte, war Sabine an der Haustür. Heftiger als beabsichtigt stieß sie sie auf. Erschrocken fuhr die andere herum.

»Meine Güte!«, presste sie hervor, und ihr Akzent verriet eine osteuropäische Herkunft. Sabine war sicher, dass es sich nicht um eine der beiden Frauen handelte, die sie bereits gesehen hatte.

»Entschuldigen Sie bitte, das wollte ich nicht«, antwortete sie freundlich und bemüht, leise zu sprechen. Sie griff in die Innentasche ihres Mantels und zog den Briefumschlag hervor.

»Das ist für Sie«, sagte sie knapp und streckte der Frau den Umschlag entgegen. »Der Termin bei Lüscher fällt heute aus.«

Die junge Frau musterte sie misstrauisch, und Sabine dachte, dass die Prostituierte sie für eine Konkurrentin halten musste, ähnlich angezogen war sie jedenfalls. Schließlich nahm sie den Umschlag und warf einen neugierigen Blick hinein. Als sie das blasse Lila der 500-Euro-Note erkannte, deutete sich unter der dicken Schicht aus Schminke ein Lächeln an. Unsicher steckte die Prostituierte das Geld in ihre Handtasche und zog ein pinkfarbenes Handy hervor. Ohne Sabine weiter zu beachten, lief sie die Treppe hinunter, hielt sich links und steuerte auf die Hauptstraße zu. Sabine konnte einige polnisch klingende Wortfetzen aufschnappen, ehe die Umrisse der Frau von der Dunkelheit verschluckt wurden. Lediglich das Klackern der dünnen Absätze war noch eine Weile zu hören. Dann war es still. Sabine trat in eine dunkle Ecke des Flurs, von der aus sie die Straße überblicken konnte. Zwei Minuten später fuhr der schwere Mercedes vorbei, und Sabine atmete erleichtert auf. Sie hatte mit der Reaktion der Prostituierten gerechnet. Leute in diesen Kreisen scheuten Planänderungen und Kontakte zu Fremden wie Fledermäuse das Tageslicht. Sie waren

Geschöpfe der Dunkelheit, die ihr Dasein lieber unter ihresgleichen fristeten.

Sabine sah auf die Uhr. Verdammt, dachte sie, vier Minuten nach sechs. Hoffentlich ist er nicht bereits misstrauisch geworden.

Sie war froh, dass die Wohnung von Herbert Lüscher auf der rückwärtigen Flurseite lag. Er konnte von keinem seiner Fenster aus die Straße einsehen, und es bestand zumindest keine Gefahr, dass er Zeuge dieses Aufeinandertreffens geworden war.

Sabine entschloss sich, nicht zu klingeln, sondern begab sich so schnell und leise wie möglich hinauf in die fünfte Etage. Sie atmete tief durch, steckte die rechte Hand in die Tasche ihres Mantels und umklammerte den Griff des Elektroschockers.

Die drängende Zeit gab ihr den nötigen Mut, und sie klopfte an. Was würde sie hinter der massiven Holztür erwarten? Mit was umgab sich der Mensch, der hinter seiner unscheinbaren Fassade perverseste Neigungen verbarg? Betrat sie eine abgewrackte Rentner-Wohnung oder einen Hochsicherheitsbunker? *Was hast du noch zu verstecken, Lüscher?*

Mit angehaltenem Atem wartete sie auf eine Reaktion jenseits der Tür.

SAMSTAG, 30. OKTOBER, 18.05 UHR

Lüscher ballte die Faust. Die Vorfreude war verflogen. Er bezahlte nicht ein halbes Vermögen dafür, dass man ihn warten ließ. Seit fünf Minuten stand er nun mit dem Finger auf dem Türsummer vor der Gegensprechanlage und wartete auf das Klingeln. Aber es war still geblieben.

Überrascht stolperte er ein Stück zurück, als es plötzlich klopfte. Einen winzigen Augenblick hielt er inne, ein Anflug von Misstrauen streifte seine Gedanken. Lächerlich, dachte er dann und fegte die Gedanken wie eine lästige Fliege beiseite.

»Wer ist da?«, fragte er mit fester Stimme, nachdem er sich rasch wieder gefangen hatte.

»Yvonne«, kam es prompt zur Antwort.

Er dachte nach, doch der Name sagte ihm nichts. Er wusste nicht, wer ihn heute Abend besuchen würde, wusste es nie vorher. Einer Yvonne war er noch nie begegnet.

Schließlich siegte die Neugier. Er schob den schweren Riegel zurück und öffnete die Tür so weit, bis die Sicherheitskette spannte und ein schmaler Lichtstreifen auf die Person in dem dunklen Hausflur fiel.

Was er sah, verblüffte ihn. Die Frau war nicht mehr die Jüngste, doch ihr ungeschminktes Gesicht war makellos. Ihre kleine Gestalt war in einen teuren Mantel gehüllt. Er registrierte große, anziehende Augen, hohe Wangenknochen und sinnliche Lippen. Lächelnd löste er die Kette und zog die Tür weiter auf.

»Guten Abend, kommen Sie rein«, sprach er die üblichen Worte, unterstrichen von der immer gleichen Geste, einem kurzen, angedeuteten Diener.

*

Sabine war die ganze Zeit über vollkommen ruhig gewesen. Erst als sich die Tür langsam öffnete und sie den Mann dahinter Stück für Stück erkannte, konnte sie das Klopfen in ihrer Brust nicht mehr kontrollieren. Während er sie musterte, schoss ihr durch den Kopf, dass der ganze Plan vollkommen idiotisch und zum Scheitern verurteilt war. Was wollte sie hier? Sie hatte geglaubt, stark zu sein, aber sie war es nicht. Noch konnte sie einfach weglaufen und weiterleben wie bisher, sich in ihr Schicksal fügen.

Sie kam nicht dazu, weiterzudenken, denn Herbert Lüscher schob die silberne Kette aus der Schiene und öffnete die schwere Tür vollständig. Der Lichtschwall blendete ihre an die Dunkelheit gewöhnten Augen.

»Guten Abend, kommen Sie rein«, sagte er und verbeugte sich leicht.

Du hast wirklich nichts von deiner Widerwärtigkeit verloren, dachte Sabine, bemühte sich aber um ein freundlich wirkendes Lächeln und trat ein. Ihre rechte Hand, noch immer tief in der Manteltasche vergraben, klammerte sich fester um den Griff des Elektroschockers, und der schwere Kunststoff gab ihr Sicherheit.

»Darf ich Ihnen vielleicht den Schal abnehmen, junge Frau?«, fragte Lüscher und trat einen Schritt auf sie zu.

Jetzt! Auf diese Gelegenheit hast du nur gewartet.

Ihre Muskeln spannten sich an. Ihre Sinne waren geschärft, wie die einer jagenden Raubkatze kurz vor dem todbringenden Sprung auf ihre Beute. Sie wollte gerade den Schocker hervorziehen, um ihn blitzartig an seinen Hals zu stoßen, doch in allerletzter Sekunde entschied sie sich anders.

Herbert Lüscher hatte bereits beide Arme erhoben, um nach ihrem Schal zu greifen. Womöglich hätte sie ihn nicht richtig getroffen, und auf eine Rangelei oder gar einen Kampf konnte sie sich auf keinen Fall einlassen. Das Risiko war viel zu hoch. Es blieb ihr nichts anderes übrig, als auf eine bessere Gelegenheit zu warten.

»Geben Sie schon her«, schob Lüscher nach, er hatte sie fast erreicht.

»Nein, das ist nicht nötig«, entgegnete sie eine Spur zu schnell und drehte sich ruckartig ein kleines Stück von ihm weg in Richtung des Garderobenständers, den sie neben der Tür gesehen hatte. Mit der linken Hand wickelte sie umständlich den Schal vom Hals, um Zeit zu gewinnen. *Verdammt noch mal, bleib ruhig, Sabine. Du hast alles unter Kontrolle, alles läuft nach Plan.*

Der erste Schlag traf Sabine genau zwischen die Schulterblätter und ließ sie heftig zusammenzucken. Der zweite traf sie mittig am Hinterkopf und stürzte sie in ein gewaltiges Meer aus Schmerzen. Sie spürte gerade noch, wie ihre Knie nachgaben. Dann wurde es dunkel um sie herum.

*

Herbert Lüscher stand im Flur seiner Wohnung und betrachtete die regungslose Frau. Er hatte mit ihrem Auftauchen gerechnet, seit er vor zwei Wochen ihren Wagen im Rückspiegel beobachtet hatte. Als er ihren Namen in

Erfahrung gebracht hatte, war er sicher gewesen, dass sie zurückkommen würde. Angst hatte er keine. Er war immer schon der Stärkere gewesen. Fast hatte er so etwas wie genussvolle Vorfreude auf das Spiel empfunden, das sie zu spielen angefangen hatte und das er gewinnen würde. Dass sie so schnell zur Tat schritt, war das Einzige, was ihn verblüffte.

Den schweren Hammer hatte er vor einer Woche griffbereit neben der Tür platziert, und die Wirkung des Treffers entsprach genau seinen Vorstellungen. Er wollte sie nicht töten, nicht sofort jedenfalls. Vielmehr genoss er seit Tagen die Vorstellung, noch einmal das mit ihr zu tun, was er schon früher mit ihr getan hatte.

Er beugte sich hinunter, griff von hinten unter ihre Achseln, packte mit beiden Händen ihren vor der Brust angewinkelten Arm und zog sie in sein Schlafzimmer. Keuchend musste er auf halber Strecke eine Pause einlegen. Sein Körper war keine großen Anstrengungen mehr gewohnt, obwohl er ihr Körpergewicht auf deutlich unter 60 Kilogramm schätzte. Schließlich erreichte er das große Bett und hievte sie hinein. Er nahm ihre Handtasche, stellte sie beiseite und zog ihr Mütze, Handschuhe und Stiefel aus. Anschließend öffnete er ihren Mantel. Während er sich fluchend abmühte, die Frau zu entkleiden, bildeten sich dicke Schweißperlen auf seiner Stirn und liefen ihm brennend in die Augen. Er hielt kurz inne, wischte sich übers Gesicht und betrachtete sein Opfer. Dann zog er ihr genüsslich Jeans und Pullover vom Körper.

Sabine stöhnte, und ihre Lippen formten undeutliche Worte. Er beeilte sich, Hände und Füße seines Opfers mit den ledernen Riemen zu fesseln, die er vor langer Zeit am Gestell seines Bettes angebracht hatte.

Als er fertig war, richtete er sich auf und trat an das Fußende des Bettes. Nur noch mit T-Shirt und Slip bekleidet, Arme und Beine weit gespreizt entfachte Sabine eine ungeheure Gier in ihm. Sein Pulsschlag erhöhte sich, und sein Atem wurde noch schneller, bis ihm schwindlig zu werden begann. Ich muss erst einmal verschnaufen, mich beruhigen, dachte er. Ich brauche dringend einen Schnaps. Er nahm ihre Handtasche, ging hinüber in die Küche und stellte ärgerlich fest, dass kein Jim Beam mehr vorhanden war. Im Kühlschrank befand sich nur Bier, und das reichte ihm jetzt nicht. Er brauchte etwas Stärkeres. Es blieb ihm nichts anderes übrig, als hinunter in den Keller zu gehen, wo größere Vorräte des Whiskeys lagerten. Er kramte den Flaschenträger hervor und warf anschließend einen Blick ins Schlafzimmer. Das Stöhnen war lauter geworden.

Er schaltete das Licht aus und schloss die Tür. Augenblicklich war es totenstill. Kein Geräusch konnte den isolierten Raum mehr verlassen. Herbert Lüscher schloss die Schlafzimmertür vorsichtshalber ab, schlüpfte in seine Pantoffeln und verließ die Wohnung.

Während er auf den Aufzug wartete, ergriff ihn erneut eine Woge der Vorfreude.

*

Das Schwarz um sie herum verwandelte sich langsam in ein dunkles Grau. Plötzlich erlangte ihr Bewusstsein die Kontrolle zurück, und sie öffnete schlagartig die Augen. Ihr von Panik überschwemmtes Gehirn versuchte, sich zu orientieren und die Situation zu erfassen. Doch alles, was ihre Sinne aufnahmen, war geräuschlose Finsternis und ein heftiger Druckschmerz in ihrem Kopf. Sabine versuchte, sich zu bewegen, doch ihre Gliedmaßen wurden durch unsichtbare Ketten festgehalten. Die aufsteigende Angst schnürte ihr die Kehle zu. Ihr Gehirn bemühte sich fieberhaft zu begreifen und fing an, einzelne Bilder an ihr inneres Auge zu senden. Langsam verdichteten sich die Bilder zu kleineren Szenen, und schließlich wusste Sabine wieder, wo sie war und was geschehen war. Lediglich an diesen Raum hatte sie keine Erinnerung.

»Oh Gott, was ist das hier?«, fragte sie mit belegter Stimme. Die Worte klangen merkwürdig dumpf, wurden förmlich verschluckt. Doch Sabine bemerkte noch etwas anderes. Irgendwo im Raum schien es eine schwache Lichtquelle zu geben. Ihre Augen begannen, sich an die Dunkelheit zu gewöhnen, und sie konnte erste Umrisse erkennen. Langsam drehte sie den Kopf nach rechts in Richtung des Lichtscheins. Begleitet von dem Stechen eines schier unerträglichen Kopfschmerzes, erkannte sie einen kleinen Radiowecker, der die Uhrzeit in grünen Leuchtziffern zeigte. Sie versuchte, den Raum zu erfassen, doch außer einem großen Spiegelschrank, der die gesamte Wand einzunehmen schien, konnte sie nichts erkennen. Behutsam drehte sie den Kopf auf die andere Seite und zwang sich, die Schmerzen zu ignorieren.

Nach und nach zeichneten sich die Umrisse gegen die Dunkelheit ab. Da war er. Ihr Mantel hing über der Lehne eines Stuhls, der direkt neben dem Bett stand. Die Seitentasche befand sich genau auf der Höhe der Matratze.

Sie streckte die Finger, soweit sie nur konnte, doch es fehlten wenige Zentimeter, um den Mantel zu berühren.

So verdammt nah, und doch unerreichbar.

Mit trotziger Energie rüttelte sie heftig an ihren Fesseln

und missachtete das Feuer in ihrem Kopf. Sie spürte, dass die Riemen aus weichem Material waren. Es hatte keinen Sinn, zu versuchen, sich aus allen vier Fesseln gleichzeitig zu befreien. Sabine beschloss, sich auf die linke Hand zu konzentrieren. Die Hand, die ihren Mantel fast berühren konnte.

Sie hatte keine Ahnung, wo Herbert Lüscher gerade war, was er mit ihr vorhatte und wie viel Zeit ihr bis zu seiner Rückkehr noch blieb. Aber sie wusste genau, wenn es überhaupt eine Chance gab, dann war es diese. Sie musste ihre Hand aus der Schlaufe befreien. Sabine knickte den Daumen so weit in die Handinnenfläche hinein ab, wie es ihr möglich war. Dann versuchte sie, die Hand mit einer Drehbewegung herauszuziehen, doch die Fessel saß zu eng. Sie spürte, dass der Riemen zwar stramm war, ihr Handgelenk jedoch nicht vollkommen darin einquetschte. Sabine versuchte verbissen, sich zu befreien, Drehen, langsames Vor und Zurück, gewaltsames Ziehen. Vergeblich. Nach einer Weile spürte sie einen wässrigen Film auf ihrer Haut. Blut.

Wenn ich es nicht schaffe, wird er mich umbringen.

Sie sammelte ihre Kraft, biss sich auf die Zähne und legte alles in einen letzten, verzweifelten Versuch.

Das Geräusch des Schlüssels im Schloss der Wohnungstür konnte sie in ihrer schallisolierten Kammer nicht hören.

*

Herbert Lüscher betrat seine Wohnung und machte sich sofort auf den Weg in die Küche. Mit zitternden Fingern holte er ein Whiskeyglas aus dem Schrank und schenkte sich randvoll ein. In einem einzigen gierigen Zug leerte er das Glas, bevor er es ein weiteres Mal füllte. Brennend lief die Flüssigkeit durch seine Kehle, und augenblicklich legte sich die Wärme wie ein Schleier auf ihn. Er spürte, wie er ruhiger wurde.

Dann stellte er die Flasche auf den Tisch und überprüfte den Inhalt von Sabines Handtasche. Sofort entdeckte er das große Jagdmesser. Er zog es heraus und betrachtete es im milchigen Licht der Küchenlampe. Ein sorgfältig und edel gefertigtes Stück.

Damit wolltest du mich also töten, dachte er. Nun, mein Kind, daraus wird wohl nichts.

Er legte das Messer neben die Flasche auf den Tisch und kramte als Nächstes ihr Portemonnaie hervor. Wie dumm von dir, dachte er süffisant. Lange sah er sich das Foto darin an und konnte sich kaum von dem erregenden Anblick lösen. Dann legte er die Geldbörse beiseite. Er steckte das Messer in seinen Hosenbund, schenkte sich einen weiteren Whiskey ein und ging mit dem Glas in der Hand zum Schlafzimmer.

Mit der freien Hand schloss er auf und schaltete die Deckenbeleuchtung ein. Alles war unverändert. Lediglich Sabines Stöhnen hatte aufgehört. Er konzentrierte seinen Blick auf ihren Bauch und registrierte das regelmäßige Auf und Ab ihres Atems. Sie lebte also noch, war offenbar nur wieder bewusstlos geworden. Langsam trat er an das Bett heran.

»Die kleine Sabine Schwarz. So sieht man sich also wieder«, begann er zu sprechen. »Ist es nicht ein merkwürdiger Zug des Schicksals?«, fuhr er fort. »Das letzte Mal, als ich dich gesehen habe, lagst du hilflos vor mir im Bett. Nach so langer Zeit sehe ich dich heute wieder, und es hat sich nichts geändert.« Er machte eine kurze Pause und bedachte sie mit einem mitleidigen Lächeln. »Ich wusste, dass du früher oder später hier auftauchen würdest. Ich gehe sogar jede Wette ein, dass du niemandem erzählt hast, wo du bist. Du dachtest, du wärst so schlau. Leider warst du in Wahrheit dumm und dilettantisch.« Er betrachtete das Auf und Ab ihres flachen Bauches, während er weitersprach. »Als du mir vom Supermarkt aus gefolgt bist, hast du dich so auffällig verhalten, dass es fast schon peinlich war. Es war so leicht, an deinen Namen zu kommen. Ein Anruf bei der Stadt, die Behauptung, dein Wagen hätte beim Ausparken meinen Wagen beschädigt, schon hatte ich deinen Namen und die Adresse.«

Er setzte das Glas an die Lippen und kippte den restlichen Whiskey hinunter.

»Ich hatte ganz andere Pläne, weißt du? Wollte mit dir und der Vergangenheit nichts mehr zu tun haben. Aber dann kreuzt du hier auf, schleichst dich in meine Wohnung und willst mich abstechen! Ja, das Messer ist wirklich ein Prachtstück. Vielleicht benutze ich es später noch, ich werd's mir überlegen.«

Lüscher spürte, wie der Alkohol seine Erregung verstärkte. Er konnte sich kaum noch beherrschen.

»Apropos Prachtstück«, kostete er seine Macht genüsslich aus, »wirklich ein hübsches Ding, die Kleine auf dem Foto. Deine Tochter? Hättest sie ruhig mitbringen können. Mir wäre sicher ein tolles Spielchen für uns drei eingefallen.«

Seine angeregte Fantasie und der Anblick der bewusstlosen Frau vor ihm vermischten sich zu wilder Lust. Er zog das Messer aus dem Bund, öffnete Gürtelschnalle und Reißverschluss seiner Hose und beugte sich über das

Bett. Die Klinge legte er neben Sabine auf die Matratze, er würde sie erst später brauchen. Mit gierigen Fingern machte er sich daran, ihren Slip zu zerreißen.

Aus den Augenwinkeln erkannte er, wie ihre linke Hand plötzlich aus der Schlaufe fuhr, blitzschnell unter ihre Hüfte fasste und auf ihn zugeschossen kam. Es ging zu schnell. Er versuchte, sich abzustoßen und aufzurichten, und wusste doch, dass er es nicht rechtzeitig schaffen würde. Im selben Moment durchzuckte ihn ein grauenvoller Schmerz. Etwas Dunkles war herangeflogen und hatte ihn in den Hals gebissen. Wie eine Marionette in der Hand eines wild gewordenen Spielers zuckte sein Körper hin und her. Es fühlte sich an wie eine Ewigkeit, dann ließ das Blitzgewitter in ihm endlich nach. Völlig unfähig, sich zu bewegen, sackte er zusammen, kippte nach hinten und blieb schließlich rücklings auf dem Teppichboden des Schlafzimmers liegen. Er wusste nicht, was mit ihm passiert war, aber er stellte fest, dass er zumindest noch am Leben war. Sehen, Hören, Denken, Fühlen, alles schien zu funktionieren, wenn auch eingeschränkt. Nur die Kontrolle über seine Bewegungen hatte er offenbar eingebüßt, seine Gliedmaßen zuckten noch immer heftig und wie fremdgesteuert.

Er hörte, wie Sabine hastig eine Schnalle nach der anderen öffnete, bis sie sich vollends befreit hatte. Sie stieg vom Bett, stellte sich neben ihn und beugte sich zu ihm hinunter. Seine Sinne waren vernebelt, und er konnte ihre Worte nur undeutlich hören.

»Danke für deinen Vortrag. Wer ist jetzt das dumme Arschloch?«

Wie hatte sie das geschafft? Wie war sie aus den Fesseln gekommen, womit hatte sie ihn betäubt?

Sabine beugte sich noch weiter hinab und flüsterte in sein Ohr: »Ich war noch ein kleines Kind, du mieses Schwein. Elf Jahre war ich alt. Dafür wird dich der Teufel holen.«

Schweißtropfen perlten auf seiner Stirn, krampfhaft suchte er nach einem Ausweg.

Sabine richtete sich auf und fuhr in eisigem Flüsterton fort: »Damals hast du mein Leben genommen. Nun werde ich deines nehmen.«

Dann wandte sie sich von ihm ab. Aus den Augenwinkeln konnte er erkennen, wie sie etwas zwischen den aufgewühlten Laken hervorholte. Angst stieg in ihm auf und schien zu explodieren, als plötzlich der blitzende Stahl der Messerklinge vor seinem Gesicht erschien. Er wollte brüllen, sie wegstoßen, fortlaufen, aber die Muskeln gehorchten ihm nicht. Nur die Bewegung der Augen war ihm geblieben. Gelähmt musste er mit ansehen, wie Sabine das Messer umklammerte und die Spitze senkrecht neben seinem Brustbein aufsetzte.

Todesangst brach in ihm aus. Mit allergrößter Anstrengung schaffte er es, seinen rechten Arm ein Stück weit anzuheben.

»Hör auf, es ist zwecklos«, hörte er sie sagen. Auf ihren Lippen zeichnete sich ein dünnes Lächeln ab. Kurz darauf spürte er einen leichten Druck auf seiner linken Brust. Ungläubig sah er mit an, wie die scharfe Klinge mühelos ein paar Zentimeter tief in seinen Körper glitt. In diesem Moment wusste er, dass es vorbei war. Es gab keinen Ausweg mehr, kein Zurück. Der Zeitpunkt, an dem er für all seine Sünden bezahlen musste, war gekommen. Dass ausgerechnet das wehrlose Kind von einst die Rolle des grausamen Vollstreckers spielte, erschien ihm als bitterer Vorgeschmack auf die finstere Hölle, die ihn erwarten würde.

Die Angst verschwand genauso schnell, wie sie gekommen war, und wich einer Ruhe, die ihn vollkommen beherrschte. Er suchte und fand ihren Blick. Ohne die Verbindung zu lösen, sah er, wie sie die rechte Hand seitlich neben ihren Kopf führte, während die linke noch immer das Messer fest umklammert hielt. Einen winzigen Augenblick verweilte sie in dieser Position. Es erinnerte ihn an die amerikanischen Gerichtsshows, die er so gerne sah. An die Szenen, in denen jemand im Zeugenstand vereidigt wird. Wahrscheinlich hast du vor langer Zeit auch etwas geschworen, dachte er. Etwas, das du jetzt zu Ende bringst.

»Fahr zur Hölle, du Dreckschwein«, sagte sie kalt. Dann sauste ihre flache Hand krachend herab, schlug auf den Messerknauf und trieb die Klinge bis zum Anschlag in seinen Körper hinein. Der harte Stahl ritzte an seinen Rippen, durchtrennte Muskeln und Knorpel und drang schließlich direkt in sein Herz.

Ein letzter brennender Schmerz durchzuckte seinen Körper. Bis zu diesem Moment hatte er ihrem Blick standgehalten, doch nun flackerten seine Augen, und sein Kopf fiel langsam auf die Seite. Mit einer letzten Kraftanstrengung sah er noch einmal in Sabines Gesicht. Ihr zufriedenes Lächeln war das Letzte, was sich auf seine Netzhaut brannte. Immer schneller breitete sich nun eine Eiseskälte in ihm aus, die jeglichen Schmerz betäubte. Er fühlte, wie er langsam in ein tiefes dunkles Meer sank, bis die schäumenden Fluten schließlich über ihm zusammenschlugen und ihn vollkommene, pechschwarze Stille umfing.

SAMSTAG, 30. OKTOBER, 19.40 UHR

Sabine lag regungslos in der Badewanne, den Kopf so tief im Wasser, dass sie durch die Nase atmen musste. Der duftende Schaum hatte sich in bizarre Gebilde verwandelt, die nun wie kleine Eisberge vor ihr aus der spiegelglatten Wasseroberfläche ragten.

Der Albtraum der letzten Stunden hielt sie noch immer fest im Griff. Nur langsam verarbeitete ihr Verstand die unfassbaren Geschehnisse. Ihre Gedanken kreisten verschwommen um die Leiche und die Bilder der letzten Stunden davor. Wie hatte das passieren können? Alles war schiefgelaufen. Was hatte Herbert Lüscher gesagt? Dumm und dilettantisch. Ja, das war sie in der Tat. Sie hatte sich von dem alten Mann überrumpeln lassen und war nur um Haaresbreite dem sicher geglaubten Tod entronnen.

Sabine atmete tief ein, hielt die Luft in ihren Lungen und ließ den Kopf unter die Oberfläche sinken. Das seifige Wasser drang in die Wunde an ihrem Hinterkopf und brannte fürchterlich.

Du hast es nicht anders verdient. Du könntest jetzt tot sein. Eigentlich müsstest du jetzt tot sein, so planlos, wie du dich benommen hast. Scheiße, du hast es sogar geschafft, dass er deine Tochter zu Gesicht bekommen hat! Ist das die Art, wie ich Laura beschützen will? Alles wird ans Licht kommen, und ich habe alles falsch gemacht.

Schnaubend tauchte sie auf und versuchte, den Ärger über sich selbst wieder abzuschütteln. Sie musste ihre Gedanken in den Griff bekommen. Sie musste weitermachen. Konzentriert versetzte sich Sabine noch einmal zurück in die Wohnung und rekonstruierte die Abläufe. In Gedanken überprüfte sie, ob sie wirklich an alles gedacht hatte. Nachdem Herbert Lüscher vor ihren Augen gestorben war, hatte sie sich angezogen, all ihre Sachen eingesammelt und auf den Stuhl in der Küche gelegt. Anschließend hatte sie mit dem Messer die Lederriemen vom Bettgestell entfernt und das blutige Laken abgezogen. Alles zusammen war in einer großen Plastiktüte gelandet, die sie unter der Spüle hinter dem Abfalleimer fand.

Mit einem feuchten Lappen war sie über die wenigen Flächen gegangen, die sie berührt hatte, um keine Fingerabdrücke zu hinterlassen.

Ansonsten hatte sie darauf geachtet, nichts in der Wohnung zu verändern, sogar das Geld auf dem Küchentisch hatte sie unangetastet liegen lassen. Einzig der Hammer war in ihrer Handtasche verschwunden.

All das hatte sie in eisiger Ruhe erledigt, als folge sie einem sie vollkommen beherrschenden Befehl. Dann hatte sie einen Moment lang die Versuchung verspürt, sich in der Wohnung umzusehen, um mehr über Herbert Lüscher zu erfahren. Doch schon bei dem Gedanken an ihn war sofort ihre eigene Todesangst mit großer Macht wieder da gewesen. Sabine hatte nach Luft ringen müssen und geschwitzt. Angestrengt hatte sie sich darauf konzentriert, sich anzuziehen und zu vermummen. Dann hatte sie die Wohnung verlassen, ohne noch einmal einen Blick auf den Toten zu werfen. Niemand war ihr im Hausflur oder auf dem Weg zu ihrem Wagen begegnet.

Die anschließende Fahrt nach Hause hatte ihre ganze Kraft erfordert. Der schmerzende Hinterkopf löste

Schwindel und Übelkeit aus. Immer wieder verschwamm ihr Blick.

Endlich angekommen hatte sie ihre Kleidung gewechselt, die Sachen, bis auf den Mantel, zu den anderen in den Wagen gelegt und die blickdichte Kofferraumabdeckung zugezogen. Sie würde sich später um die Entsorgung kümmern.

Jetzt konnte sie nur noch hoffen, dass die Leiche so spät wie möglich gefunden wurde. Im Grunde war sie sicher, nichts befürchten zu müssen. Niemand würde eine Verbindung zwischen ihnen herstellen. Und selbst wenn jemand herausfand, dass sie sich kannten, änderte das nichts. Herbert Lüscher, da war sie sicher, hatte mit keiner Menschenseele je über seine Gräueltaten gesprochen. Genau wie sie selbst.

Sabine stand auf, zog den Stöpsel und trocknete sich ab. Vorsichtig tastete sie ihren Hinterkopf ab. Die Platzwunde blutete nicht mehr, und ihre Lockenmähne würde die Stelle verdecken. Sie befühlte die Ränder, doch nichts schien gebrochen oder abgesplittert zu sein. Sabine drehte sich zur Seite und stellte die beiden Flügel des Spiegels so ein, dass sie ihren Rücken betrachten konnte. Der Hammerkopf hatte sie schwer getroffen. Die Wucht des Aufpralls war trotz ihrer dicken Kleidung so stark gewesen, dass sich ein großes Hämatom gebildet hatte. Die Verletzung an ihrer Hand dagegen war kaum zu sehen. Für die Schürfwunde würde sie sich eine passende Erklärung einfallen lassen.

In diesem Moment hörte sie die Haustür aufgehen, gefolgt von den plappernden Stimmen vergnügter Kinder.

»Hallo, Schatz«, rief ihr Mann von unten, »Pizzaservice ist da!«

»Ich komme gleich!«, rief sie zurück und bereute es sofort. Ihre eigene Stimme klirrte wie brechendes Glas in ihrem Kopf.

Dann vernahm sie schwere Schritte auf der Treppe nach oben und beeilte sich, einen Bademantel überzuwerfen. Markus klopfte an und öffnete im selben Moment.

»Hallo, Liebling. Wir sind zurück«, verkündete er mit breitem Grinsen. »Du hast einen schönen Tag verpasst.«

Wie verdammt recht du damit hast.

»Alles in Ordnung?«, fragte er. »Du siehst müde aus. Was machen die Kopfschmerzen?«

»Sind weg«, log sie. »Ich ziehe mich schnell an und komme dann runter.«

»Ist gut, ich decke den Tisch.«

Fünf Minuten später stieg Sabine die Treppe hinunter. Zwei kleine Kinder, die ihr mit hellen, aufgeregten Stimmen von ihrem Tag erzählten, und ein Mann, der nach dem Essen vermutlich auf einen romantischen Ausgang des Abends hoffte, waren das Letzte, was sie gebrauchen konnte. Mit dröhnendem Kopf ging sie Richtung Wohnzimmer.

Tu es ihnen zuliebe. Tu es für Laura.

Sie setzte ein Lächeln auf und drückte die Klinke.

»Hallo, ihr Süßen! Wie war euer Tag?«

II. TEIL

MITTWOCH, 17. NOVEMBER, 12.30 UHR

Martin Schneider lenkte den silbergrünen VW Passat über die regennasse Straße, während sein Kollege Nico Kretschmar für die Bedienung des Funkgerätes zuständig war. Die beiden 22 und 24 Jahre alten Streifenpolizisten arbeiteten im Bezirk Steele, einer Nebenwache innerhalb der Polizeiinspektion Essen-Mitte.

Es war bereits die fünfte Frühschicht in Folge, und in einer halben Stunde würden die Kollegen der Spätschicht zur Ablöse erscheinen. Schneider warf einen Blick auf die Uhr und gähnte.

»Komm, wir fahren rein, gleich ist Schicht«, sagte er müde.

»In Ordnung. Schreibst du die Unfallanzeige heute noch?«, erkundigte sich Kretschmar, während er schmatzend auf seinem Hamburger herumkaute.

»Reicht, wenn ich das morgen früh mache«, antwortete Schneider. »Hab keine Lust, schon wieder Überstunden zu machen, nur weil der Opa von vorhin kein Auto fahren kann.«

»Seh ich ähnlich«, stimmte Kretschmar mit vollem Mund zu, »war auch so schon stressig genug heute.«

Plötzlich krächzte der Lautsprecher des Zwei-Meter-Funkkanals.

»Wagen 34 von Funker, kommen.«

Die jungen Polizisten erkannten den Tonfall des Kollegen, der nichts Gutes verhieß.

»Scheiße«, sagte Kretschmar, dann drückte er die Sprechtaste. »Was gibt's, Peter, mach bloß keinen Mist.«

»Tut mir leid, Jungs, ich bekomme hier gerade einen Einsatz von der Leitstelle auf den Schirm, der kann nicht warten. Fahrt mal zum Von-Ossietzky-Ring 335, dort Angaben zu Verwesungsgeruch aus einer Wohnung. Die Anruferin macht sich bemerkbar.«

»Ist gut, Peter, sind unterwegs. Wenigstens dir einen schönen Feierabend.«

Kretschmar drückte die Taste des Funkgerätes, die dem Zentralcomputer signalisierte, dass sie den Einsatz übernommen hatten.

Nun tönte es aus dem anderen Lautsprecher: »Wagen 34 von Leitstelle, kommen.«

Dieses Mal handelte es sich um den offiziellen Vier-Meter-Kanal, der aufgezeichnet und von sämtlichen Wachen und Fahrzeugen des Essener Präsidiums mitgehört wurde. Small Talk und Späße waren hier fehl am Platz.

»34 hört«, nahm Kretschmar den Funkspruch vorschriftsmäßig entgegen.

»Die Feuerwehr ist auch bereits unterwegs«, gab der Sprecher der Einsatzleitstelle durch. »Ich schicke vorsichtshalber noch einen Rettungswagen.«

»Verstanden, Eintreffen in circa fünf Minuten.«

Wenige Minuten später trafen Schneider und Kretschmar ein. Der Rüstwagen der Feuerwehr war bereits vor Ort. Die eingeschalteten Drehlichter schlugen tanzende blaue Schneisen in den ungemütlichen Novembertag. Einer der Männer hob grüßend die Hand.

»Unsere Jungs sind schon drin«, rief er den Polizisten zu und nickte zum Hochhaus hinüber. »Fünfte Etage.«

Schneider sah seinen Kollegen an.

»Aufzug oder Treppe?«, stellte er die obligatorische Frage.

Kretschmar dachte an den fettigen Hamburger.

»Treppe«, sagte er. »Vielleicht ist die Tür schon auf, wenn wir oben sind.«

Als die beiden schließlich leicht außer Atem das fünfte Obergeschoss erreichten, trafen sie zunächst auf die Anruferin. Frau Gerscher, die Nachbarin aus dem gegenüberliegenden Flur, gab an, seit Tagen einen sonderbaren Geruch aus einer der beiden Wohnungen im rechten Flur wahrzunehmen. Sie habe bereits zweimal geklopft, es sei aber nicht geöffnet worden. Kennen? Nein, kennen tue sie die Leute nicht, die dort wohnten.

»Vielen Dank, dass Sie uns angerufen haben. Gehen Sie am besten zurück in Ihre Wohnung. Wenn wir noch Fragen haben, melden wir uns«, beendete Schneider das Gespräch.

»Ich fasse es nicht«, raunte er seinem Kollegen zu, nachdem Frau Gerscher außer Hörweite war. »Die Leute wohnen Tür an Tür und kennen nicht mal den Namen des anderen. Ich könnte so nicht leben.«

Kopfschüttelnd betrat er den Flur und bemerkte sofort den unverkennbaren leicht süßlichen Geruch. Obwohl nur schwach, war der Geruch nicht zu leugnen. Offenbar hatten die Feuerwehrmänner die Quelle bereits genauer lokalisiert, denn einer von ihnen kniete vor der links abgehenden Wohnung im rechten Flur und machte sich am Türschloss zu schaffen.

»So etwas sieht man nicht oft«, sagte er, als er die Polizisten bemerkte. »Massive Tür, noch massiveres Schloss. Manche Villa ist nicht so gut gesichert.«

»Meinst du, du bekommst es hin?«, fragte Kretschmar.

»Ich denke schon. Vielleicht kostet es ein paar Bohrer und ein bisschen Zeit. Aber dem Geruch nach zu urteilen, sind wir eh schon lange zu spät.«

Was sonst in drei bis vier Minuten erledigt war, dauerte nicht weniger als 35 Minuten. Dann kapitulierte der Zylinder und ließ sich von außen herausziehen. Der Feuerwehrmann öffnete die schwere Tür und schickte sich an, einzutreten. Doch das, was dem erfahrenen Mann entgegenschlug, übertraf alles bisher Erlebte. Der warme bestialische Gestank traf ihn wie eine eiserne Faust ins Gesicht und ließ ihn benommen zurücktaumeln.

Offenbar war die Tür nicht nur sicher und schwer, sondern hatte die Wohnung auch dicht verschlossen. Mit dem Aufbruch drang der Gestank nun so unaufhaltsam heraus wie die aufgestauten Fluten eines brechenden Damms. Schnell verbreitete sich der Geruch des Todes im ganzen Treppenhaus.

Schneider und Kretschmar hatten keine Wahl. Sie mussten in die Wohnung, um sich selbst ein Bild von dem zu machen, was sie erahnten. Sie zogen Handschuhe über, nickten einander zu, holten tief Luft und traten ein.

Sofort wurden sie von dicker Heizungsluft umgeben und von brummenden Fliegen umschwärmt, die ihren ohnehin großen Ekel noch verstärkten. Es war Kretschmar, der zuerst das Schlafzimmer erreichte. Die Tür zu dem dunklen Raum war nur angelehnt, jedoch schien das Brummen der Insekten dort noch stärker zu sein. Er gab seinem Kollegen ein Zeichen, zog seine Taschenlampe aus dem Gürtel und schob vorsichtig die Tür auf.

Was er sah, stellte selbst seine schlimmsten Befürchtungen in den Schatten.

Vor dem Bett lag ein großer schwarz verfärbter Klumpen. Lediglich die Kleidung war halbwegs zu erkennen und ließ das Gebilde entfernt an einen menschlichen Körper erinnern. Ein schwarzer Teppich aus Fliegen bedeckte flirrend die Leiche.

Dort, wo Kretschmar Augen, Nase und Mund des Toten vermutete, zeigte sich ein Gewimmel weißer Maden. Im Schein der Taschenlampe schienen die pulsierenden Larvenkörper förmlich zu leuchten.

Von dem grauenvollen Anblick schockiert, stieß Kretschmar unwillkürlich die angehaltene Luft aus. Dass er es nicht bis an die rettende Frischluft schaffen würde, wusste er im selben Moment. Der junge Beamte drehte sich um und lief, doch bereits im Wohnungsflur setzte der Atemreflex ein. Seine Lungen füllten sich mit einer Mischung aus stickiger Hitze und den Molekülen menschlicher Verwesung.

Kreidebleich stürzte er aus der Wohnung und erreichte die Treppe zur nächsten Etage. Er hatte keine Chance. In einem explosionsartigen Schwall erbrach Kretschmar sein Mittagessen auf den Stufen und sank zitternd in die Knie. Einer der Sanitäter eilte zu ihm und begleitete ihn stützend nach draußen.

Auf einer Mauer setzte Kretschmar sich nieder und sog die frische Luft tief ein, als könne sie ihn reinigen. Was ihn am meisten verstörte, war nicht der Anblick des Toten. Es war die Gewissheit, dass er selbst in den nächsten Tagen den Geruch des Todes an sich haben würde. Egal, wie oft er sich waschen oder die Kleidung wechseln würde.

Schneider, der oben zurückgeblieben war, schloss die Wohnungstür, zückte sein Handy und informierte die Leitstelle. Bis zum Eintreffen der Kriminalpolizei musste er ausharren und die Wohnung sichern.

MITTWOCH, 17. NOVEMBER, 13.10 UHR

Seit Tagen fiel der Regen in endlosen Fäden aus dicken grauen Wolken. Die Straßen der Stadt waren gespenstisch leer, wie ausgefegt von den auffrischenden Novemberwinden. Die Menschen versteckten sich in den Häusern, wo ihnen die feuchte Kälte nichts anhaben konnte.

Auch in dem Gebäudekomplex südlich des Essener Stadtkerns peitschten aufkommende Böen den Regen geräuschvoll gegen die Fensterscheiben der Büros.

Das Zimmer am Ende des langen Flurs in der dritten Etage war ungewöhnlich groß. Der dunkle ausgetretene Teppich und die alten braunen Möbel verliehen dem Raum etwas Schwermütiges, was gut in die Jahreszeit zu passen schien. Was die Schränke und Schubfachbehälter an Wandfläche nicht bedeckten, nahmen Holzregale ein, deren Bretter sich unter der schweren Last an Ordnern, Mappen und Büchern unheilvoll durchbogen. An den ehemals weißen Wänden haftete ein gelblich brauner Schleier, der aus einer Zeit stammte, als das Rauchen in öffentlichen Gebäuden noch gestattet war. Ein kleiner Wandfernseher war mindestens ebenso alt wie der Rest der Ausstattung und wurde aufgrund eines Planungsfehlers vollständig verdeckt, sobald man die Zimmertür öffnete. Dominiert wurde der Raum jedoch von zwei wuchtigen Schreibtischen in der Mitte, die einander gegenüberstanden. Beide mit der üblichen Ausstattung: PC, Drucker, Telefon und Faxgerät. Und beide überfüllt mit dem gleichen, scheinbar unbeherrschbaren Chaos. Unterschiede fanden sich nur im Detail. Auf dem einen

Kaffee und geschnittenes Obst, auf dem anderen Cola Light und Marlboros. Zwei Tischleuchten verströmten gemütliches Licht und verliehen dem Raum eine angenehme Atmosphäre. Unter die leisen Klänge eines eingeschalteten Radios mischte sich das gelegentliche Knistern der Heizung, die den Kampf gegen die Kälte, die durch die breite Fensterfront einzudringen versuchte, aufgenommen hatte.

Günther Klein war vertieft in einen Lagebericht über die Taten eines Exhibitionisten, die sich im Stadtgebiet häuften, und hörte nur mit einem Ohr, was ihm seine Kollegin gegenüber erzählte. Plötzlich horchte er auf, rollte mit seinem Drehstuhl ein Stück zur Seite und betrachtete die junge Frau.

»Meine Güte, was willst du denn da?«, fragte er mit unverhohlener Skepsis.

»Na was wohl?«, entgegnete Jennifer Bergmann. »Ein bisschen Sonne tanken nach dem Sommerwitz in diesem Jahr.«

»Verstehe«, sagte Klein und nahm sich ein Stück Apfel, »aber warum muss es denn ausgerechnet Afrika sein?«

»Na ja«, sie gab vor, eine Weile zu überlegen, »vielleicht, weil ich im Urlaub gerne oben ohne herumlaufe und es nicht sonderlich klug wäre, das Mitte Dezember am Ostseestrand zu tun.«

Ein breites Grinsen legte sich über ihr hübsches Gesicht und verursachte winzige Fältchen um ihre leuchtend grünen Augen.

Ärgerlich bemerkte Günther Klein, wie ihm eine leichte Röte in die Wangen schoss, wenngleich er die lockere und zuweilen frivole Art seiner jungen Kollegin mochte.

»Schon gut, Jenny«, wehrte er lächelnd ab. »Fliegst du denn allein, oder …«, er machte eine kurze Pause. Er wusste, dass Jennifer Bergmann zurzeit keinen festen Partner hatte, kannte jedoch auch die hartnäckigen Gerüchte, nach denen sie spontanen, meist aber nur kurzen Bekanntschaften nicht abgeneigt gegenüberstand.

»Oder mit einem Freund?«, ergänzte sie seine Frage, wobei sie dem Wort »Freund« absichtlich etwas verboten Anrüchiges verlieh. »Nein, ich nehme eine Freundin mit.«

»Ah, zweimal oben ohne also«, entgegnete Günther Klein augenzwinkernd und erntete ein herzliches Lachen.

In diesem Moment klingelte sein Telefon.

»KK11, Klein«, meldete sich der Ermittler.

Jennifer Bergmann sah zu, wie ihr Kollege während des Gesprächs immer ernster wurde, kurze Fragen stellte und Notizen auf einen Block kritzelte.

»In Ordnung, wir machen uns auf den Weg«, sagte er und legte auf.

»Was gibt's? Das klang ziemlich wichtig.«

»Die Leitstelle«, sagte er und erhob sich seufzend aus dem schweren Bürostuhl. »Wir haben eine Leiche in Essen Steele, stark verwest. Identität noch unklar. Die Kollegen der Streife sagen, es sei nicht sonderlich angenehm.«

Die Fahrt vom Präsidium an der Büscherstraße zum Einsatzort im Osten von Essen, unweit der Stadtgrenze zu Gelsenkirchen, dauerte gut 20 Minuten. Jennifer Bergmann steuerte den zivilen Opel Vectra sicher und zügig über die Straßen. Schon oft hatte Klein seine Kollegin für diese Fähigkeit bewundert. Obwohl sie keine gebürtige Essenerin war, kannte sie sich aus wie kaum jemand sonst. Klein versuchte, sich vorzustellen, was ihn am Einsatzort erwarten würde. Für ihn waren Tote nicht gleich Tote, dafür gab es viel zu viele unterschiedliche Formen und Facetten. Im Laufe weniger Jahre hatte man als Ermittler für Kapitalverbrechen in einer großen Ruhrgebietsbehörde wie Essen so gut wie alle Gesichter des Todes gesehen. Und jedes Einzelne von ihnen übte seinen eigenen, grausigen Schrecken auf ihn aus. Von Zeit zu Zeit erschienen sie ihm auch in seinen Träumen und ließen ihn schlaflos zurück. Nun aber rief er sich diese Gesichter bewusst ins Gedächtnis. Neben den friedlich Eingeschlafenen gab es die Erhängten, die Vergifteten, die Erschossenen, die Erstochenen, die Erwürgten und die Ertränkten. Es gab Brandleichen und Erfrorene, da waren die Opfer von Stromschlägen und Unfalltote mit abgetrennten Gliedmaßen und zerschmetterten Köpfen. Es gab alte und junge Tote. Und es gab das, wovor er und viele andere Polizisten sich am meisten fürchteten: tote Kinder.

»Die zu Beginn wichtigste Frage ist jedoch nicht die nach der Todesursache«, hörte Klein die fernen Worte seines Ausbildungsdozenten, »sondern stets die nach der Todesart. Zunächst gilt es also zu klären, ob ein natürlicher oder ein nicht natürlicher Tod vorliegt. Während in die Kategorie der natürlichen Todesfälle lediglich der alters- und der krankheitsbedingte Tod fallen, verbergen sich hinter der anderen die Unfalltoten, die Suiziden-ten und schließlich die Toten, bei denen ein sogenanntes Fremdverschulden vorliegt oder zumindest nicht ausgeschlossen werden kann. Letztere Fälle haben stets intensive Aufklärungs- und Ermittlungsarbeit zur Folge und begründen das komplizierte Zusammenspiel von Staatsanwaltschaft und Kriminalpolizei.«

Um 13.45 Uhr stoppte Jennifer Bergmann den Opel hinter dem geparkten Streifenwagen. Während sie ausstiegen, kam ihnen ein Kollege in Uniform entgegen.

»Hallo, ich bin Nico Kretschmar, Wache Steele, danke fürs schnelle Kommen. Wir waren die Ersten in der Wohnung.«

»Gut«, sagte Günther Klein, »was haben wir genau?«

»Türöffnung durch die Feuerwehr. War ziemlich kompliziert, ein hartnäckiges Schloss. Wie sich herausstellte, war die Tür jedoch nicht verriegelt, sondern wurde normal zugezogen. Die Leiche liegt im Schlafzimmer, bereits stark verwest, der Kleidung nach eher männlich. Der Geruch ist heftig, Türen und Fenster haben wir aber noch nicht geöffnet, wir wollten nichts verändern.«

»Gut gemacht. Sonst noch etwas?«

»Ja, angerufen hat eine Frau Gerscher, Nachbarin auf gleicher Etage. Sie hat den Geruch bemerkt, kennt aber den Namen des Wohnungsinhabers nicht. Mein Kollege steht noch oben vor der Tür, fünfte Etage.«

»In Ordnung, wir schicken ihn dann runter. Seid aber so nett, und wartet noch ein paar Minuten. Vielleicht brauchen wir euch noch.«

»Ist gut«, sagte Nico Kretschmar, ging zurück zum Streifenwagen, drehte sich aber noch mal um. »Ach so, da wäre noch was …«, ihm war die Sache offenbar sehr peinlich, »das Erbrochene im Flur stammt von mir.«

Mit einem Nicken verschwanden die Ermittler im Haus.

»Übertrieben hat er nicht, ist wirklich ziemlich heftig«, bemerkte Jennifer Bergmann bereits auf dem Weg in die erste Etage. »Hast du gesehen, wie bleich Nico war? Kann man ihm nicht übel nehmen, das kleine Missgeschick.«

Günther Klein antwortete nicht. Sein linkes Knie bereitete ihm beim Treppensteigen starke Schmerzen, aber er wollte die Schwäche gegenüber seiner Kollegin und vor allem sich selbst gegenüber nicht eingestehen und den Aufzug benutzen. Also biss er die Zähne zusammen. Die Schmerzen waren jedoch nicht das Einzige, wogegen er ankämpfen musste. Mit zunehmender Höhe wurde auch der Geruch immer stärker. Gut, dass ich das Pinimenthol mitgenommen habe, dachte er. Vor Betreten der Wohnung würden sie die Salbe dicht unter der Nase auftragen und somit zumindest eine Zeit lang die Gerüche um sie herum auf Abstand halten können.

Martin Schneider schien überaus erleichtert zu sein, als er die Kollegen der Kriminalpolizei begrüßte. Bergmann und Klein entließen den Streifenpolizisten, trugen die Salbe auf und kramten Handschuhe und Taschenlampen hervor.

Günther Klein betrat die überheizte Wohnung als Erster, dicht gefolgt von seiner Kollegin. Er konnte nicht genau benennen, was er empfand, wenn er die Wohnung eines Toten betrat, dazu war das Geflecht aus Emotionen und professionellen Überlegungen zu komplex. Aber eines beobachtete er immer wieder und spürte es auch jetzt: Es war das latente Gefühl, etwas Unangemessenes zu tun. Es war die Störung der Totenruhe, die ihm nicht behagte. Er glaubte zwar an die Auferstehung der Seele, konnte aber gleichzeitig den toten Körper nicht lediglich als zurückgebliebene Hülle sehen. Er gehörte dem Verstorbenen genauso wie sein Geist, und der Tote hatte ein Anrecht auf seine Würde. Der Prozess der Zersetzung war etwas Intimes. Die entstellenden Stadien der Verwesung waren nicht dazu bestimmt, von anderen Menschen begafft zu werden. Klein wusste, dass er sich nie an diesen Teil seiner Arbeit gewöhnen würde, und konzentrierte sich auf den Boden vor seinen Füßen.

Nachdem sie sich bis zum Schlafzimmer vorgetastet hatten, sammelten sie sich kurz, dann schob Klein die Tür auf und schaltete die Deckenbeleuchtung ein. Der in dunklen Farben gehaltene Raum wurde jedoch nur spärlich erhellt.

»Mein Gott, wie lange muss die schon da liegen«, murmelte er und starrte ungläubig auf die schwarz verfärbte Leiche. Dann erfasste er mit professionellem Blick den Leichnam, betrachtete und speicherte sämtliche Informationen. Den geöffneten Knopf des Hemdes, die abgetretenen Sohlen der Schuhe, die golden schimmernde Uhr.

»Gürtel und Reißverschluss der Hose sind geöffnet, siehst du?«

»Ja, du hast recht. Und da, die linke Brust.«

Jennifer Bergmann leuchtete mit der Taschenlampe auf jene Stelle des Körpers, die, abgesehen vom Kopfbereich, als einzige von einer größeren Anzahl an Maden befallen war.

»Ja, könnte auf eine Wunde hindeuten«, antwortete Günther Klein. Nach einer Weile fuhr er fort: »Dazu würden auch die Flecken dort auf dem Boden passen.« Nun war er es, der den Lichtkegel der Taschenlampe auf einen Bereich des Teppichs lenkte, auf dem eine Reihe kreisrunder dunkler Flecken auszumachen war.

Er betrachtete den Rest des Raums und wurde von großem Unbehagen ergriffen. In den nunmehr 15 Jahren, die er beim Kriminalkommissariat 11 für Brandstiftungen, Sexual- und Tötungsdelikte zuständig war, hatte er einen ausgeprägten Instinkt für Gewaltverbrechen entwickelt. Dieser schlug nun mit großer Heftigkeit an.

Mit den behandschuhten Fingern strich er über eine Art dunklen Schaumstoff, mit dem sämtliche Wände und die Decke des Schlafzimmers verkleidet waren. Selbst auf der Innenseite der Tür haftete das sonderbare Material.

Klein bemerkte, wie der beißende Geruch langsam begann, die ausströmenden Mentholdämpfe der Salbe zu überlagern. Er bedeutete seiner Kollegin, mitzukommen, und schritt langsam zurück zur Wohnungstür, jedoch nicht ohne auf dem Weg dorthin so viele Eindrücke wie möglich aus der Wohnung in sich aufzunehmen und abzuspeichern. Er wusste, dass es niemals eine zweite Chance für einen ersten Eindruck gab. Das galt für Situationen im Alltag, für Menschen, aber insbesondere galt es für kriminalistische Tatorte.

Im Hausflur sahen sich die beiden Ermittler in die Augen.

»Was denkst du?«, fragte Klein und achtete dabei auf einen vertraulichen Flüsterton.

»Ich denke, dass ich das Gleiche denke wie du«, antwortete Bergmann ebenso leise. »Um wen auch immer es sich da drin handelt, derjenige ist sicherlich nicht einfach tot aus dem Bett gefallen.«

»Du hast recht, das sehe ich genauso. Wir haben es hier mit einem Tatort zu tun. Ich rufe die KTU an. In der Zwischenzeit reden wir mit Frau Gerscher und befragen die anderen Nachbarn. Irgendwer wird doch wissen, wer dort gewohnt hat.«

»Gut, ich sage den Kollegen Bescheid. Jemand muss die Tür bewachen, während wir weg sind.«

Die Ermittler hatten gerade ihre Befragungen in den Wohnungen der nächsthöheren Etage beendet, als gegen 14.50 Uhr Stimmen durch den Hausflur hallten.

Zurück in der fünften Etage erkannten sie Klaus Sperber und sein fünfköpfiges Team, das mit der umfangreichen Ausrüstung bereits den gesamten Flur in Beschlag genommen hatte.

Klaus Sperber war mit 53 Jahren etwa gleich alt wie Klein. Die beiden Männer hatten sich vor über 30 Jahren kennengelernt. Damals arbeiteten sie zusammen als Streifen- und später als Zivilpolizisten, bis Klein einen Unfall hatte und zur Kriminalpolizei wechselte. Zwei Jahre später begann Sperber, für das Landeskriminalamt in Düsseldorf zu arbeiten. Seine Aufgabe war es, das eingesandte Spurenmaterial zu untersuchen und auszuwerten. Im Lauf der Jahre war er auf diese Weise zu einem exzellenten Fachmann im Bereich der Tatortarbeit geworden, er war geradezu eine Koryphäe auf seinem Gebiet. Vor sieben Jahren jedoch hatte es ihn wieder an die Front gezogen, wie er es nannte. Sperber kehrte nach Essen zurück, wo ihm die Leitung der KTU, der Kriminaltechnischen Untersuchungsstelle, übertragen wurde.

»Hallo, Klaus«, begrüßte Klein den knapp zwei Meter messenden Kriminaltechniker, der gerade den korrekten Sitz seines Spurenschutzanzuges überprüfte.

»Hallo, Günther«, erwiderte er den Gruß und gab Klein einen kräftigen Händedruck.

»Warum zum Teufel habe ich eigentlich nicht so hübsche Mitarbeiter?«, wandte er sich in gespielter Enttäuschung an Bergmann und schüttelte auch ihr die Hand.

Sie gab zurück: »Du und deine Jungs, ihr seht einfach

zauberhaft aus in euren weißen Kostümen. Zum Anbeißen.«

»Wir waren bereits drin«, lenkte Klein das Gespräch wieder auf eine ernstere Ebene. »Eine Leiche im Schlafzimmer, starke Fäulniserscheinungen. Brütend heiß in der Wohnung. Wahrscheinlich war die Heizung über Wochen an, während alle Fenster geschlossen waren. Auf den ersten Blick alles normal da drin. Bis auf ein Bündel Bargeld auf dem Küchentisch und eine sonderbare Innenverkleidung im Schlafzimmer.«

»Und den toten Menschen«, ergänzte Sperber grinsend.

»Ja, das auch.«

»Habt ihr die Identität schon geklärt?«, erkundigte sich Sperber.

»Nein, noch nicht. Es ist unglaublich, wie wenig die Nachbarn voneinander wissen.«

»Gut, wir werden vorgehen wie immer. Wenn sich da drin auch nur die kleinste Spur befindet, werden wir sie finden.«

Günther Klein glaubte dem Riesen aufs Wort. In all den Jahren war er niemandem begegnet, der so professionell und engagiert zu Werke ging.

»Ich nehme Kontakt mit der Staatsanwaltschaft auf und lasse die Leiche zur Obduktion abholen«, sagte Klein. »Lasst ihr die Leute später rein?«

»Ja, wenn wir Fotos gemacht und uns alles so angesehen haben, wie es jetzt ist. Sonst trampelt mir noch jemand auf den Spuren herum. Zeitlich will ich mich da aber noch nicht festlegen.«

»In Ordnung. Wann könnt ihr loslegen?«

»Tja, die Gerätschaften dürften in etwa 20 Minuten einsatzbereit sein.«

»Gut, wenn etwas Bahnbrechendes passiert, ruf mich bitte auf dem Handy an.«

»Mach ich.«

»Danke, Klaus. Wir werden morgen früh um acht eine erste Besprechung ansetzen. Du bist der wichtigste Mann. Schaffst du das?«

»Kann spät werden heute, aber ich werde da sein.«

Klein wollte sich gerade abwenden, als ihm noch etwas einfiel: »Klaus, der Geruch da drin ist wirklich fürchterlich. Wie macht ihr das bloß?«

»Keine Sorge«, Klaus Sperber deutete auf einen der abgestellten Rucksäcke. »Gummimasken mit Aktivkohlefiltern.«

Gegen 19.30 Uhr fuhr Günther Klein den Rechner in seinem Büro herunter, nachdem er sich den Nachmittag über mit den Vorbereitungen für die anstehenden Ermittlungen beschäftigt hatte. Klaus Sperber hatte ihm telefonisch durchgegeben, dass die Identität des Toten zumindest vorläufig geklärt war. Ein abgelaufener Reisepass, dessen Daten er mit dem Einwohnermeldeamt abgeglichen hatte, lautete auf Herbert Lüscher, einen 74 Jahre alten alleinstehenden Rentner.

Den Rest der Zeit hatte Klein damit verbracht, ein Team zusammenzustellen. Bis die ersten Ergebnisse der gerichtsmedizinischen Untersuchung vorlagen, würden sie von einem Tötungsdelikt ausgehen müssen. Und das bedeutete, intensive Ermittlungen in alle Richtungen.

Was Klein nachdenklich stimmte, war die Tatsache, dass keine Vermisstenanzeige vorlag. Zu irgendeinem Menschen musste dieser Mann doch Kontakt gehabt haben.

Morgen, dachte Günther Klein müde und schaltete die Schreibtischlampe aus. Morgen wissen wir mehr, und dann können wir auch die richtigen Fragen stellen.

Er verließ das Präsidium, zog den Mantelkragen auf dem Weg zu seinem Wagen hoch und fuhr nach Hause.

DONNERSTAG, 18. NOVEMBER, 08.00 UHR

Günther Klein hatte es nicht weit. Das große Besprechungszimmer des KK11 lag auf der anderen Flurseite schräg gegenüber von seinem eigenen Büro. Als Ermittlungsleiter war es ihm vorbehalten, am Kopfende des Tisches zu sitzen, während seine Mitarbeiter die Plätze zu seiner Rechten und Linken einnahmen.

Nachdem sich die Truppe mit Brötchen und frisch aufgebrühtem Kaffee versorgt hatte, setzten sich alle und richteten gespannte Blicke auf ihren Chef. Zu Beginn einer Ermittlung herrschte stets die gleiche Mischung aus neugieriger Spannung und Nervosität bei den Mitgliedern der Kommission. Leider wich dieses Gefühl jedes Mal nur allzu schnell der Enttäuschung und Müdigkeit, wenn die Ermittlung in zahllosen Überstunden immer wieder in Sackgassen führte. Günther Klein wusste das nur zu gut und schätzte die trotz allem ungebrochene Einsatzbereitschaft jedes Einzelnen in seinem Team.

Der Platz rechts neben ihm gehörte Jennifer Bergmann. Sie war erst seit zwei Jahren beim KK11, hatte aber zuvor jahrelang Erfahrung auf der Kriminalwache gesammelt. Diese Leute arbeiteten nur im Spät- und Nachtdienst und waren außerhalb der normalen Bürodienstzeiten für die unaufschiebbaren Sofortmaßnahmen an Tatorten zuständig. Bergmann hatte sich in kürzester Zeit zu Kleins engster Mitarbeiterin entwickelt. Anfangs hatte er sie nur unter seine persönliche Aufsicht gestellt, weil sie hier die erste und bislang einzige Frau in diesem Job war. Schnell aber wollte er sie an seiner Seite nicht mehr missen, denn sie erwies sich bei zahlreichen Ermittlungen als äußerst fähig. Sie war sich ihres außergewöhnlich guten Aussehens zwar bewusst, trotzdem war keine Spur Überheblichkeit oder launisches Auftreten an ihr. Stattdessen gab sie sich kämpferisch und überzeugte durch Leistung und Teamgeist, was sie bei sämtlichen Kollegen beliebt machte. Sie war erst 29 Jahre alt, und Klein war überzeugt, dass sie eine steile Karriere bei der Polizei vor sich hatte.

Neben Bergmann saß Stefan Lauterbach, von den Kollegen bisweilen »Husky« genannt. Diesen Spitznamen hatte er dem Umstand zu verdanken, dass seine rechte Iris blau war, während die linke einen unverkennbaren Braunton enthielt. Der 38-Jährige war seit sechs Jahren beim KK11. Ein unauffälliger, eher ruhiger Typ, dessen Stärke seine Gründlichkeit und Beharrlichkeit war. Schon oft hatte er die Ermittlungen entscheidend vorangebracht, weil ihm Details ins Auge fielen, die allen anderen entgangen waren. Lauterbach war verheiratet und Vater zweier körperlich und geistig behinderter Kinder. Es kam immer wieder vor, dass ihn ein plötzlicher Notfall nach Hause rief. Dennoch funktionierte das Zusammenspiel von Arbeit und Familie größtenteils reibungslos.

Den letzten Platz auf der rechten Seite nahm Bernd Hecking ein. Der 46-Jährige war ein echtes Schwergewicht. Als ehemaliger Profiringer brachte er bei einer Körpergröße von knapp 1,90 Meter rund 140 Kilogramm auf die Waage, und seine imposante Erscheinung vermochte selbst einen Klaus Sperber in den Schatten zu stellen. Besonders an ihm war, dass sich die vormals ausgeprägte Muskulatur aufzulösen begann und in weniger ansehnliche Fettmasse verwandelte. Der Koloss sah aus, als bestünde er aus einer diffusen, wabernden Materie mit undefinierbarem Aggregatzustand. Wie halbfester Joghurt, der träge um einen inneren Schwerpunkt rotierte.

Hecking war eine klare Bereicherung für die Truppe. Man schätzte seine lustige, lockere Art, die in schwierigen Situationen für die Moral der Mannschaft von unschätzbarem Wert sein konnte. Sein wahres Talent lag jedoch in der Kunst der Vernehmung. Während er seine massive Körperlichkeit bei hartnäckigen Delinquenten effektiv einzusetzen wusste, konnte er auf der anderen Seite äußerst gefühl- und verständnisvoll vorgehen. Er lebte seit vielen Jahren mit seiner Freundin auf einem Gehöft im weitläufigen und landschaftlich reizvollen Essener Süden.

Der Platz links von Günther Klein gehörte dem 56 Jahre alten Manfred Laschinsky. Er hatte die meiste Erfahrung im Team und war die Verlässlichkeit in Person. Er strahlte Ruhe aus, wenn sich die Dinge überschlugen und die Ermittlungen eine hektische Phase erreichten, die es früher oder später immer gab. Er hatte die gelassene Souveränität, die nur jemand haben kann, der nach einem erfüllten Arbeitsleben den Ruhestand bereits fest im Blick hat. Er war Vater von fünf Kindern und träumte davon, nach der Pensionierung zusammen mit seiner Frau an die Nordsee zu ziehen.

Den Abschluss auf der linken Seite bildete Henning Klee. Der 41-Jährige war klein und schmächtig gebaut. Ein Mann mit eingefallenen Wangen und hoher Stirn, der neben Bernd Hecking wie ein verlorener Schuljunge wirkte. Er war jedoch ohne jeden Zweifel ein guter Kriminalist, der stets auf dem neuesten Stand war, was die Gesetzeslage sowie die entsprechenden Kommentare betraf. Er besaß ein außergewöhnliches Gedächtnis und deckte immer wieder Parallelen und Verknüpfungen auf, weil er sich an bestimmte Einzelheiten erinnerte.

Günther Klein schloss für ein paar Sekunden die Augen. Er war überzeugt, eine gute Auswahl getroffen zu haben.

Ein kurzer Blick auf die Uhr hieß ihn dann, mit seinem Bericht zu beginnen, auch wenn Klaus Sperber noch nicht erschienen war.

»Also gut, Leute, zunächst ein Überblick«, begann er und genoss prompt die ungeteilte Aufmerksamkeit. In knappen Sätzen rekapitulierte er die Umstände des Leichenfundes. Dann fügte er an: »Es gibt einige markante Auffälligkeiten. Erstens, das Türschloss weist keine erkennbaren Aufbruchsspuren auf, aber da werden wir von den Kriminaltechnikern noch Genaueres erfahren. Zweitens, auf dem Küchentisch lag für jeden gut sichtbar ein größerer Bargeldbetrag herum. Und drittens, der Auffindungsort der Leiche, das Schlafzimmer, wurde aus irgendeinem Grund mit Dämmmatten tapeziert.«

Plötzlich klopfte es an der Tür, und ein sichtlich übernächtigter Klaus Sperber steckte seinen Kopf herein.

»Entschuldigt die Verspätung, aber es hat fast die ganze Nacht gedauert«, sagte er mit belegter Stimme und hob entschuldigend die Hände.

»Kein Problem, Klaus. Danke, dass du trotzdem gekommen bist. Nimm dir Kaffee und Brötchen. Ich bin gleich fertig.«

Erschöpft fiel Klaus Sperber auf den einzigen freien Stuhl und nahm dankbar die von Bergmann gereichte Tasse Kaffee entgegen.

Klein setzte die Zusammenfassung fort. »Die Identität des Toten ist noch nicht restlos geklärt, vermutlich handelt es sich jedoch um den 74-jährigen Herbert Lüscher. Bis jetzt haben wir keine Angehörigen ausmachen können. Auch eine Vermisstenanzeige liegt nicht vor. Die Leiche wurde noch gestern Nachmittag ins Institut für Rechtsmedizin gebracht. Ich habe vorhin mit Frau Dr. Narayan telefoniert. Sie tut, was sie kann, aber vor heute Abend können wir kaum mit ersten Ergebnissen rechnen.«

Er blickte in die Runde und sah in fragende, aber motivierte Gesichter.

»Also gut, Leute, mehr haben wir zunächst nicht. Ich schlage vor, dass Klaus mit seinem Bericht weitermacht. Er hat die Arbeiten am Tatort geleitet.«

Der müde Riese nickte kurz, kramte einen Notizblock aus der Brusttasche seines fleckigen Hemdes und räusperte sich kurz, bevor er begann. Seine Stimme war rau und belegt.

»Guten Morgen, Kollegen. Ich fasse mich so kurz wie möglich, denke aber, es sind ein paar interessante Details dabei. Bitte entschuldigt mein Aussehen, aber ich habe nur zwei Stunden geschlafen. Mein Team und ich haben die Geräte erst heute Morgen um 04.00 Uhr abgebaut. Der Grund dafür ist aber nicht ein riesiger Haufen Spuren, sondern das genaue Gegenteil. In all den Jahren habe ich selten einen geschlossenen Tatort gesehen, in dem derart wenig Spuren vorhanden waren.«

Klaus Sperber nahm einen Schluck Kaffee, bevor er weitersprach. In seiner prankenartigen Hand erinnerte der Becher an einen Fingerhut.

»Zunächst das Wichtigste: Was wissen wir über den Toten? Wir haben einen Reisepass gefunden, mehr aber auch nicht. Wir vermuten weitere Dokumente in der Geldbörse des Toten, aber die steckt noch in seiner Hosentasche. Vor Ort wollten wir so wenig wie möglich an die Leiche heran, sodass das Portemonnaie erst bei der Obduktion geborgen wird. Die Umgebungsluft im Schlafzimmer hatte exakt 38 Grad. Wenn wir das mehrmalige Öffnen der Wohnungstür miteinbeziehen, können wir von einer Temperatur um die 40 Grad zum Zeitpunkt der ersten Türöffnung ausgehen. Sämtliche Fenster waren geschlossen, bis auf eines, das im Gäste-WC gekippt war. Das reichte zwar nicht für einen Luftaustausch, erklärt jedoch die große Anzahl an Fliegen, die ungehindert eindringen und sich vermehren konnten. Mitverantwortlich für den Hitze- und Geruchsstau war die ungewöhnliche Wohnungstür. Es handelt sich um schweres Eichenholz in Massivbauweise. Unter dem Türblatt ist eine Gummilippe befestigt, die mit dem Stückchen Laminat, das der Flurteppich nicht bedeckt, so gut wie luftdicht abschließt.«

Klaus Sperber konnte ein ausgiebiges Gähnen nicht

länger unterdrücken, was bei den anderen für kurze Erheiterung sorgte. Der Hüne sah dabei aus, als könne er einen ganzen Medizinball verschlucken.

»Verzeihung«, murmelte er, während er einen Blick auf seinen Notizblock warf. »Ach ja, die Wohnungstür«, fuhr er fort. »Verriegelt wird sie durch ein hochwertiges Sicherheitsschloss, Widerstandsklasse drei. Wundert mich ehrlich gesagt, dass die Jungs von der Feuerwehr lediglich eine halbe Stunde gebraucht haben, um das Ding zu knacken. Damit aber nicht genug. Die Hauptsicherung erfolgt durch ein schweres Querriegelschloss, ebenfalls eine der höchsten Schutzklassen. Abgerundet wird das Ganze durch eine Vorhängekette, und auch hierbei handelt es sich nicht gerade um das Standardmodell aus dem Baumarkt, mit dem sich der Durchschnittsopa in Sicherheit wähnt. Nein, gehärteter Spezialstahl mit Titanlegierung. Allein diese Kette hätte schwere Fußtritte gegen die Tür problemlos ausgehalten. Aufbruchs- oder Manipulationsspuren waren vor Ort nicht auszumachen. Wir haben alles ausgebaut und zum Landeskriminalamt geschickt. Die haben dort wesentlich bessere Untersuchungsmöglichkeiten, was diese Dinge betrifft.«

»Ich verstehe nicht«, warf Jennifer Bergmann ein, »wieso sich ein alter Mann so verbarrikadiert. Ich meine, wenn er vermögend gewesen wäre, hätte er doch sicher nicht in dieser Gegend gewohnt. Wie viel Bargeld lag eigentlich auf dem Tisch?«

»Es waren 300 Euro in Fünfzigern. Aber lass mich meine Reihenfolge einhalten.« Er lächelte müde. »Sonst kommt mein schläfriges Hirn gar nicht mehr klar.«

»Entschuldige, es klingt nur alles so sonderbar«, sagte Bergmann.

»Die Leiche lag im Schlafzimmer, Füße zum Bett, den Kopf zur Tür. Gürtel und Reißverschluss der Hose waren geöffnet. Wir haben zunächst die engere Umgebung abgesucht, das volle Programm. Schräglicht, Folie, Staubsauger. Das einzig Auffällige im Bereich der Makrospuren, was man also mit bloßem Auge erkennen kann, waren die dunklen Flecken. Wir haben den Teppich großflächig ausgeschnitten und werden auch diese Proben einschicken. Ein kleiner Teststreifen hat allerdings schon mit Luminol reagiert, sodass wir mit Sicherheit davon ausgehen können, dass es sich bei den Anhaftungen um Blut handelt.«

»Was ist mit der Leiche selbst? Habt ihr da auch Blutspuren gefunden?«

Günther Klein war klar, dass sein Kollege nicht unterbrochen werden wollte, aber seine Neugier war stärker.

»Nein, an der Leiche selbst haben wir nicht gearbeitet. Es ist besser, wenn das nur an einem Ort passiert. Ich werde nachher zum Institut fahren und dem Rechtsmediziner assistieren.«

»Medizinerin«, korrigierte Klein. »Dr. Narayan wird die Obduktion durchführen.«

»Wie auch immer, kehren wir zurück zur Wohnung.« Sperber schien mit der Versuchung zu kämpfen, der Erschöpfung nachzugeben und auf der Stelle einzuschlafen.

»Die merkwürdige Verkleidung im Schlafzimmer ist Günther und Jenny ja bereits aufgefallen«, sagte er. »Es handelt sich um Melaminharzschaum, einen speziellen Schaumstoff, der zur Absorption von Schallwellen dient. Der Raum wurde lückenlos damit ausgekleidet. Wir haben es getestet, wirklich eindrucksvoll. Einer meiner Leute hat sich ins Zimmer gestellt und lauthals gebrüllt, bei geschlossener Tür dringt so gut wie nichts nach draußen.«

Die Mitglieder der frisch gegründeten Kommission verfielen in ungläubiges Staunen. Hecking ließ sich zu einem Kommentar hinreißen: »Klingt nach einer guten Geschäftsidee fürs moderne Kinderzimmer.«

»Wohl kaum«, entgegnete Sperber müde und griff nach seiner Kaffeetasse, »das Zeug ist echtes Hightech und kostet um die 50 Euro pro Quadratmeter. Das Bett scheint mir übrigens eine besondere Rolle zu spielen. Es dominiert das Zimmer, aber ich werde das Gefühl nicht los, dass noch mehr dahintersteckt.«

Unbemerkt von den anderen, nickte Günther Klein. Ihn hatte das gleiche Gefühl beschlichen, als er in dem dunklen Schlafzimmer stand.

»Wir haben vier schmale Streifen am Bettgestell gefunden«, fuhr der Kriminaltechniker fort. »Diese sind deutlich sauberer als die angrenzenden Flächen. Es könnte darauf hindeuten, dass bis vor Kurzem etwas daran befestigt war. Das Kopfkissen lag neben dem Bett auf dem Boden. Ein Laken haben wir nicht gefunden, nur zwei saubere im Schrank. Die Matratze war lediglich mit einem Spannbetttuch bezogen. Die eigentliche Bettdecke haben wir ebenfalls im Schrank gefunden, zusammengerollt in einem der unteren Fächer.«

Klaus Sperber brauchte offenbar eine kleine Pause. Er leerte seinen Becher und überprüfte erneut seine Notizen, ehe er das Wort wieder an seine Kollegen richtete.

»Fingerabdrücke«, sagte er schließlich. »Natürlich haben wir in der gesamten Wohnung Fingerspuren gesichert. Unser Experte für Daktyloskopie vermutet bisher, dass sie alle von ein und derselben Person stammen.

Das ist aber, wie gesagt, nur eine Vermutung. Ein großes Problem wird sein, die gesicherten Spuren eindeutig dem Toten zuzuordnen. Die Gewebezersetzung ist auch im Bereich der Hände weit vorangeschritten. Bei der Rekonstruktion von Papillarlinien ist heute zwar einiges möglich, aber ich fürchte, dass man in diesem Fall an die methodischen Grenzen stoßen wird.«

»Vielleicht ist er mal straffällig geworden, und wir haben bereits Lichtbilder und Fingerabdrücke von ihm im Computer«, sprach Günther Klein den Gedanken aller Anwesenden aus.

»Nein, leider nicht. Natürlich haben wir die Abdrücke schon nach Wiesbaden zum Bundeskriminalamt geschickt, aber der AFIS-Rechner hat keinen Treffer gemeldet. Herbert Lüscher, wenn er es denn tatsächlich ist, war ein unbeschriebenes Blatt.«

»Sonst keinerlei Auffälligkeiten?« Günther Klein konnte den Anflug von Enttäuschung nicht verbergen.

»Ein paar Details wären da noch«, ließ Sperber einen Hoffnungsschimmer aufblitzen. »Zum einen haben wir das Bargeld auf dem Küchentisch. Sechs Fünfziger, zu einer Rolle gedreht und mit einem Gummiband zusammengehalten. Natürlich wird das LKA auch diese Scheine auf Fingerabdrücke hin untersuchen. Es handelt sich um neue Scheine, mit ein bisschen Glück ist das Geld noch nicht durch allzu viele Hände gegangen.«

»Whiskey«, Sperbers müdes Hirn arbeitete nun offenbar sprunghaft. »In der Küche stand eine Flasche Jim Beam, drei viertel voll. Dazu könnte das Glas passen, das wir im Schlafzimmer gefunden haben. Inwieweit zum Zeitpunkt des Todes eine Alkoholisierung vorlag, kann mit Sicherheit noch festgestellt werden. Das war's im Groben zur Spurenlage in der Wohnung. Der Rest wirkt völlig normal. Aufgeräumt, sauber, nichts scheint durchsucht oder verwüstet.«

»Gibt es Hinweise darauf, dass sich eine zweite Person dauerhaft in der Wohnung aufgehalten haben könnte?«, fragte Klein.

»Nein, wie schon gesagt, die gesicherten Fingerabdrücke sprechen dagegen. Auch sonst ist das Inventar eher auf eine Einzelperson ausgerichtet. *Eine* Zahnbürste, *ein* Küchenstuhl, die Schuhe alle in der gleichen Größe und so weiter.«

Klaus Sperber rieb sich die Augen und atmete tief durch.

»Wir haben uns auch den zur Wohnung gehörenden Kellerraum angesehen. Der Mann hatte dort eine ziemlich teure Angelausrüstung liegen. Das Interessante daran ist, dass sie nur mit wenig Staub bedeckt war. Ich gehe davon aus, dass sie regelmäßig benutzt wurde. Sonst wurden dort nur Getränke gelagert. Eine Kiste Wasser, zwei Kisten Warsteiner und ein 12er-Karton Jim Beam.«

»Das nenne ich ausgewogen«, sagte Klein, »aber ich schätze, dass es in den anderen Kellern in dieser Wohngegend nicht anders aussehen wird.«

»Eine letzte Sache hätte ich noch«, fügte Sperber hinzu. »Da an dem Bund ein alter Autoschlüssel befestigt war, haben wir einfach die Garagen gegenüber dem Haus ausprobiert. Wir hatten Glück, einer der Schlüssel passte. In Garage Nummer 9 steht ein alter Ford Sierra Kombi. Wenn ihr mich fragt, ein Rentnerfahrzeug aus dem Bilderbuch, äußerst gepflegt und nur 55.000 Kilometer auf der Uhr. Sonst erst mal keine Auffälligkeiten, aber natürlich werden wir auch den Wagen gründlich untersuchen.«

Klaus Sperber erhob sich aus seinem Stuhl.

»Einen ausführlichen Bericht bekommt ihr später«, sagte er. »Ich werde mich jetzt zwei Stunden hinlegen und fahre dann in die Rechtsmedizin, um Frau Doktor bei der Obduktion zu helfen. Wenn es Neuigkeiten gibt, melde ich mich. Euch viel Glück.«

»Wir danken dir, Klaus«, ergriff Günther Klein das Wort. »Bitte bestelle Dr. Narayan einen schönen Gruß. Sei nett zu ihr, es ist erst ihre zweite Woche.«

Nachdem Klaus Sperber den Raum verlassen hatte, machte sich der Ermittlungsleiter daran, die Aufgaben für den Tag zu verteilen. Die Enttäuschung über die wenigen Erkenntnisse ließ er sich nicht anmerken. Für den Anfang gab es auch mit den notwendigen Standardermittlungen genug zu tun.

»Wir haben keine Zeit zu verlieren. Bernd, Stefan, ihr fahrt noch mal in die Wohnung und schaut euch gründlich um. Sucht insbesondere nach Post, Fotos, Kontakten, persönlichen Notizen, allem, was uns irgendwie weiterbringen könnte. Und findet seine Telefonnummer heraus. Wir brauchen so schnell wie möglich eine Aufstellung der ein- und ausgegangenen Gespräche.«

Die beiden Männer nickten und erhoben sich von ihren Plätzen.

»Manfred, Henning«, stellte Klein das zweite Team zusammen, »ich schlage vor, ihr zwei nehmt euch noch mal sämtliche Nachbarn vor. Es muss doch irgendjemanden geben, der den Toten gekannt hat. Vielleicht kann sich jemand erinnern, wann er Lüscher das letzte Mal gesehen hat oder zu wem er Kontakt hatte. Und nehmt euch einen russischen Dolmetscher mit. Am besten einen, der auch Türkisch und Polnisch kann. Jenny und ich werden uns seine Vergangenheit vornehmen. Ich schlage vor, dass wir uns heute Nachmittag um 15.00 Uhr wieder hier treffen. Viel Erfolg.«

DONNERSTAG, 18. NOVEMBER, 10.30 UHR

Sie holte aus und schleuderte den Stock in hohem Bogen nach vorn. Branca hatte ihre volle Aufmerksamkeit auf das hölzerne Spielzeug gerichtet und ließ es keine Sekunde aus den Augen. Nun sprintete die Hündin mit fliegenden Ohren dorthin, wo das Holz raschelnd in das dichte Laub am Wegesrand gefallen war.

Es war der erste wolkenlose Tag seit Langem. Die tief stehende Vormittagssonne schien durch die bereits blätterlosen Kronen und zeichnete Zweige und Äste der Bäume als riesiges Schattenmuster auf den Boden des Schellenberger Waldes.

Das bunte Laub unter den Füßen fühlte sich an wie ein weicher Teppich. Der Herbst schimmerte golden, und auf den Gräsern und Blättern glitzerten unzählige winzige Wassertropfen im Sonnenlicht.

Sabine sog den erdigen Waldgeruch so tief in ihre Lungen, wie sie nur konnte. Sie liebte es, hier zu sein, liebte die Einsamkeit im Schutz der hohen Bäume. Während sich die Welt um sie herum rasend schnell veränderte, schien die Zeit in der Ursprünglichkeit des Waldes stillzustehen. Die Natur erfüllte sie mit der Ruhe, die sie brauchte, gab ihr die Kraft, die ihr der Alltag raubte.

Branca wühlte sich auf der Suche nach dem Stock mit ihrer Schnauze durch das dichte Laub. Sabine musste daran denken, dass die Hündin etwa eine Million Mal besser riechen konnte als sie selbst. Gerne hätte sie für einen Moment mit ihr getauscht, um die Explosion der Sinneseindrücke zu erleben, die sie vermutete.

Die Hündin fand das Holz, brachte es triumphierend zurück und legte es hechelnd vor Sabines Füße. Es war ganz offensichtlich, dass ihr Spieltrieb noch nicht befriedigt war. Sabine bückte sich und warf erneut, dieses Mal weiter in den Wald hinein. Der Stock prallte gegen einen Stamm und verursachte ein gedämpftes Echo. Irgendwo in der Ferne antwortete ein Buntspecht mit einem stakkatoartigen Hämmern. Branca schoss los.

Sabine brauchte einen Moment, bis sie die Hündin zwischen den hellen Blättern wiederentdeckte. Das blonde Fell erwies sich als eine gute Tarnung. In den vergangenen Wochen hatte es viele Situationen gegeben, in denen sie selbst gern unsichtbar gewesen wäre.

Die ersten Tage nach ihrem folgenschweren Besuch bei Herbert Lüscher waren die schlimmsten gewesen. Sie hatte sich gegenüber ihrem Mann noch reservierter und abweisender verhalten als in den Tagen zuvor. Zum einen hatte das rein praktische Gründe. Sie war gezwungen, ihr Hämatom zu verbergen, für das sie keine Erklärung parat hatte.

Zum anderen hatten sich ihre Gefühle in irritierender und tiefgreifender Weise verändert. Allein die Vorstellung, mit ihrem Mann körperlichen Kontakt oder gar eine intime Begegnung zu haben, war ihr zutiefst zuwider. Gleichzeitig verspürte sie eine große Sehnsucht danach, ihrer Tochter nahe zu sein, und nutzte jede mögliche Gelegenheit, um Laura für sich zu haben. Natürlich waren Markus die ständigen Abweisungen nicht entgangen, und er hatte Sabine mehrfach zur Rede gestellt. Jedes Mal hatte sie Lauras traumatisches Erlebnis mit dem Exhibitionisten als Grund für ihr verändertes Verhalten angegeben. Doch je länger sie an dieser Erklärung festhielt, desto weniger schien Markus sich damit zufriedenzugeben. Sabine ärgerte sich über seine Hartnäckigkeit, der sie immer weniger entgegenzusetzen hatte, und begann, die Auseinandersetzungen zu fürchten, die an ihren Kräften zehrten. Trotzdem beherrschte sie sich jedes Mal so, dass der elterliche Streit nicht vor Laura ausgetragen werden musste. Der Schutz und die Sicherheit ihrer Tochter waren wichtiger als alles andere.

Sie wusste, dass Markus sie trotz der momentanen Schwierigkeiten bedingungslos liebte. Immer wieder stiegen Schuldgefühle in ihr hoch. Wie konnte sie ihn nur so hintergehen? Sie nahm sich vor, ihre eigenen Befindlichkeiten noch weiter in den Hintergrund zu schieben und seinem Drängen mehr nachzugeben. Wenn das alles irgendwann vorüber und überstanden war, so wünschte Sabine, würde sie ihre Gefühle neu sortieren und ihr Leben wieder aufnehmen können.

Doch tief in ihrem Innern stieg die Gewissheit auf, dass der Weg dahin noch weiter war, als sie gedacht hatte. Seit dem Tag, an dem Laura ins Visier des Bösen geraten war, geschah etwas mit ihr. Sie spürte es an jedem Tag, in jeder einzelnen Minute. Ihre Liebe zu Laura hatte sich verändert. Sie fühlte sich nicht mehr unbeschwert und warm an wie früher, sondern glich mehr und mehr einer Obsession. Ein lange bedecktes Geschwür war aufgebrochen und ließ etwas Unbekanntes in ihr heranwachsen. Etwas, dessen Ausmaße sie noch nicht abzuschätzen vermochte. Sie ahnte, dass es düstere, unerbittliche Kräfte waren, die an ihr zerrten und die sie zu manipulieren versuchten. Wie durch ein langsam wirkendes Gift hatte eine schleichende Veränderung begonnen, eine Mutation ihrer Persönlichkeit, eine Neukonstellation ihrer Sterne. Es war, als ob ihr Schöpfer plötzlich einen neuen Plan für sie ersonnen hätte und nun begann, sie umzuprogrammieren, damit sie ihrer neuen Aufgabe gerecht werden konnte.

Aber sie würde kämpfen. Sie würde nicht tatenlos mit ansehen, wie sich das Böse ihrer Seele bemächtigte. Das Einzige, was sie wollte, war, ihr altes Leben zurückzubekommen – ein Leben ohne Angst.

Sie schüttelte die Gedanken ab und befühlte ihren Hinterkopf. Die Wunde war gut verheilt, und die Tage, in denen sie als Folge der Erschütterung von dumpfen Kopfschmerzen gequält wurde, waren vorbei. Sie dachte noch einmal daran, wie viel Glück sie gehabt hatte. Um ein Haar wäre es Herbert Lüscher gewesen, der sich mit einem Lächeln auf dem Gesicht über ihre Leiche gebeugt hätte, und nicht umgekehrt.

Bei der Entsorgung der Kleider war sie vorsichtig gewesen. Sie hatte drei Tage auf eine günstige Gelegenheit gewartet. Dann war Laura über Nacht bei Nicole geblieben, und Markus hatte länger arbeiten müssen. Mit Einbruch der Dunkelheit hatte sie die Sachen aus ihrem Wagen geholt und sie in der lodernden Hitze des großen Kaminfeuers versenkt. Sie hatte die Flammen so lange züngeln lassen, bis selbst der kleinste Fetzen rückstandslos verbrannt war. Am nächsten Morgen hatte sie die gesammelte Asche wie üblich in den Komposter in einer Ecke ihres Gartens gestreut. Den Kofferraum des Wagens hatte sie noch am gleichen Tag gründlich gereinigt, auch wenn sie sicher war, dass ohnehin keine Spuren vorhanden waren. Der Zimmermannshammer, mit dem Herbert Lüscher sie angegriffen hatte, lag etwa vier Meter unter der Wasseroberfläche auf dem schlammigen Grund des Baldeneysees.

Sie hatte alles erledigt. War sie zufrieden? Sabine konnte mit dem Wort in diesem Augenblick nichts verbinden. Seit dem Mord an Lüscher brach vielmehr immer wieder ein Gefühl der bodenlosen Schwere über sie herein. In diesen Momenten war sie wie gelähmt, fühlte physisch, wie sie von unsichtbarer Hand niedergedrückt wurde. Nur mit ungeheurer Anstrengung gelang es ihr dann, sich selbst zu versichern, dass die Tat eine unumgängliche Notwendigkeit gewesen war. Dass sie um Lauras willen nicht anders hatte handeln können. Dass sie ihre Mission erfüllt hatte. Dass die Welt ohne ihren Peiniger von einst wieder ein Stückchen sicherer und lebenswerter geworden war. Schließlich war sie es, die gewonnen hatte. Sabine hatte Lüscher erbärmlich krepieren sehen. Sie selbst war am Leben. Sie hatte ihn besiegt. *Ich bin nicht mehr das Opfer. Ich habe die Macht, mich zu rächen. Ich kann etwas tun, um die wehrlosen Opfer zu rächen.* Etwas Erhabenes lag in dem Wissen, eine Rächerin im Stillen zu sein für ihre Misshandlungen, aber auch für das Unrecht, das Menschen wie Lüscher immer wieder an anderen Unschuldigen begingen.

An diesem Morgen im Wald verstand Sabine, dass sie die Momente, in denen sie sich mental von der Last ihrer

Schuld zu befreien versuchte, als unerträglich und reizvoll zugleich empfand. Als liege ein Potenzial darin, als sei ihre Rolle noch nicht zu Ende gespielt.

Was ist nur mit mir los? Wie kann ich nur so denken? Sabine schüttelte sich und atmete tief durch. Sie stieß einen langen Pfiff durch die Zähne aus, und der Hund gehorchte sofort. *Wenigstens das habe ich noch unter Kontrolle.*

DONNERSTAG, 18. NOVEMBER, 14.45 UHR

Günther Klein kämpfte mit der Tastatur, während er seinen Vermerk über den holprigen Start der Ermittlungen schrieb. Natürlich hatte er anfangs bei der Polizei über lange Jahre seine Anzeigen und Berichte auf der Schreibmaschine getippt. Auch nach Einzug der ersten Computer hatte er noch eine Weile an der alten Arbeitsweise festgehalten. Aber er war damals noch zu jung gewesen, um sich dem technischen Fortschritt auf Dauer zu verweigern, und so stellte er eines Morgens die Schreibmaschine in den Wandschrank seines Büros und verfasste zum ersten Mal in seinem Leben einen digitalen Text.

Klein hatte den bisherigen Tag vor allem mit Gesprächen verbracht, die unabwendbar waren. Am Morgen war er im Büro seines Chefs gewesen, das eine Etage höher lag.

Helmut Boger war Leiter der Kriminalinspektion 1 und somit Kleins unmittelbarer Vorgesetzter.

In dem Gespräch war es vor allem um die geplanten Schritte im aktuellen Fall gegangen. Klein genoss großes Vertrauen bei Boger, da er sich als Ermittlungsleiter bereits mehrfach ausgezeichnet hatte. So gewährte man ihm bei Mitteln und Methoden seiner Arbeit größtenteils freie Hand. Ein Status, so wusste Klein, den man ihm bei ausbleibendem Erfolg umgehend wieder entziehen würde.

Das zweite Gespräch hatte Klein mit Christian Steffen geführt, dem zuständigen Staatsanwalt, einem engagierten jungen Mann, dem Klein vorher noch nicht begegnet war.

Klein tippte die letzten Worte in den Computer und beendete das Schreibprogramm. Inständig hoffte er, dass seine Kollegen bei der Besprechung, die in wenigen Minuten beginnen sollte, Neuigkeiten im Gepäck hatten.

Was Jennifer Bergmann machte, wusste er nicht. Er hatte sie vor einer Weile im Flur des Polizeipräsidiums vorbeihuschen sehen. »Ich muss noch etwas überprüfen«, hatte er sie gerade noch sagen hören, ehe sie um die Ecke gebogen und seitdem verschwunden war.

Es war genau 14.56 Uhr, als die ersten Stimmen zu ihm herüberdrangen. Günther Klein stand auf, ignorierte das Stechen in seinem Knie und machte sich auf den Weg in den Besprechungsraum. Seine innere Überzeugung sagte ihm, dass Herbert Lüscher getötet worden war, und es war an der Zeit, den beträchtlichen Vorsprung des Täters zu verkleinern.

»Danke für euer pünktliches Erscheinen«, eröffnete Klein die Nachmittagsbesprechung, nachdem alle ihre Plätze eingenommen hatten.

»Ich schlage vor, wir hören uns zunächst die vorläufigen Ergebnisse aus dem Obduktionssaal an«, sagte er und nickte auffordernd in Sperbers Richtung. Der hünenhafte Kriminaltechniker schien wie ausgewechselt. Mit der müden, armseligen Erscheinung vom Morgen hatte er nichts mehr gemeinsam.

»Wir haben weitere Ausweisdokumente gefunden«, kam er sofort zur Sache, »einen Fahrzeugschein, einen Führerschein und einen gültigen Personalausweis. Das Foto auf dem Ausweis scheint aktuell zu sein. Dr. Narayan hat gute Arbeit geleistet. Sie hat bereits definitiv bestätigt, dass Lüscher keines natürlichen Todes gestorben ist. Sie konnte eine offene Wunde in der linken Brust freilegen, die von einer scharfen, einseitig geschliffenen Klinge herrührt. Im Verlauf der Brustraumöffnung stellte sie schartige Beschädigungen an zwei benachbarten Rippenknochen fest. Diese liegen genau an den Rändern des Stichkanals, der ebenfalls noch gut zu erkennen ist. Bei der Tatwaffe dürfte es sich um ein Messer mit 15 Zentimeter langer Klinge handeln, die an ihrer dicksten Stelle rund vier Zentimeter breit und zwischen vier und sechs Millimeter tief ist. Die Spitze traf das Opfer mitten ins Herz.«

Sperber machte eine kurze Pause, um die Wirkung seiner Worte zu verstärken, und sagte dann: »Derjenige, der das zu verantworten hat, wusste genau, was er tat. Und er wollte Lüschers Tod.«

In dem Raum breitete sich ungläubige Stille aus. Niemand konnte sich vorstellen, warum jemand einen alten Menschen mit einem Stich ins Herz töten sollte.

»Das Blut hat uns anfangs zu denken gegeben«, brach Sperber das Schweigen. »In Anbetracht der Perforation der Herzwand hätte man eine große Menge stoßweise ausgetretenen Blutes vorfinden müssen. Wir haben allerdings nur relativ wenig auf dem Hemd des Opfers entdeckt. Wir wissen jetzt, dass es dafür zwei Gründe gibt. Einerseits wurde der linke Vorhof getroffen. Das ist der Teil des Herzens, in dem das Blut angesaugt und gelagert wird, bevor es in die linke Kammer fließt, von wo es dann in den Körperkreislauf gepumpt wird. Der Druck in den Vorhöfen ist wesentlich geringer als in den Kammern. Und zweitens hat sich der größte Teil des Blutes im Brustraum selbst angesammelt. Diese Umstände lassen darauf schließen, dass das Messer nach dem Eindringen noch einige Zeit steckte, bevor es wieder herausgezogen wurde. Somit funktionierte es wie eine Art Stöpsel, der die Wunde abdichtete und das Blut am Austreten hinderte. Mit anderen Worten, unser Täter könnte zugesehen haben, wie Lüscher innerlich verblutet ist. Und noch eines steht bereits fest. Die Klinge muss mit einiger Wucht geführt worden sein. Die Beschädigungen der Rippen sind relativ stark, ein nur mäßig hart geführter Stich wäre durch das Geflecht aus Knochen und Knorpel mit Sicherheit aufgehalten worden.«

»Sonst gibt es keinerlei Verletzungen, nur diesen einzigen Stich?«, fragte Klein.

»Das ist richtig«, antwortete Sperber. »Keinerlei Verletzungen der Schädelknochen, keine Hinweise auf Würgen oder Drosseln, keine sonstigen Auffälligkeiten. Aber natürlich sind die Untersuchungen noch nicht abgeschlossen. Im Hinblick auf den Fliegenbefall haben wir gemeinsam beschlossen, einen Experten anzufordern. Ich habe guten Kontakt zu Dr. Schöffing vom LKA. Er ist forensischer Entomologe, also Spezialist für Insektenforschung, und wird uns anhand der Entwicklungsstadien der Larven wertvolle Hinweise zur Todeszeitbestimmung geben.«

»Sehr gut«, sagte Klein. »Was ist mit der Kleidung des Opfers? Ist sie auswertbar?«

»Ja, wir konnten die Bekleidung vom Rest des Körpers trennen. Natürlich war sie mit ausgetretenem Fäulniswasser durchtränkt. Wir werden sie trocknen und anschließend auf DNA- und sonstige Spuren hin untersuchen. Es ist davon auszugehen, dass Täter und Opfer Körperkontakt hatten, somit müsste beispielsweise ein gegenseitiger Austausch von Kleidungsfasern erfolgt sein.«

Nachdem Sperber geendet hatte, herrschte einen Moment lang nachdenkliche Stille. Jeder schien das Gehörte auf seine Weise zu verarbeiten.

Der Ermittlungsleiter durchbrach schließlich das Schweigen. Er bedankte sich bei Sperber für den Bericht und wandte sich an das Team, das die Nachbarn aufgesucht hatte.

»Bernd, Stefan, was haben die Befragungen ergeben?«

»Jedenfalls weniger, als uns lieb ist«, antwortete Lauterbach mit einem Seufzer. »Im ganzen Haus sind 30 Wohnungen, zwei davon stehen leer. Von 28 Parteien haben wir 18 angetroffen. Der Dolmetscher musste Schwerstarbeit leisten. Letztendlich bot sich aber überall das gleiche Bild: keinerlei persönliche Kontakte, nicht ein Einziger kannte Lüschers Namen. Vereinzelt erinnerte man sich vage an einen älteren Herrn, der ab und zu vom Einkaufen kam oder dem man beim Getränkeholen im Keller begegnet ist. Der direkte Nachbar von gegenüber war nicht zu Hause. Wir versuchen es morgen noch einmal, vielleicht haben wir bei ihm mehr Glück. Ansonsten hat man uns erzählt, dass die Wohnungen zum größten Teil der Wohnungsbaugesellschaft Schmelzer mit Sitz an der Freisenbruchstraße gehören. Tut mir leid, dass wir nicht mehr haben, aber das Umfeld ist halt nicht gerade das, was man unter gepflegter Nachbarschaft versteht.«

Günther Klein hatte mit diesem Ergebnis gerechnet. Alles andere wäre eine Überraschung gewesen. Lauterbach hatte völlig recht, es gab keinen anonymeren Ort auf der Welt als ein heruntergekommenes Großstadthochhaus, in dem sozial schwache Parteien unterschiedlichster Nationalitäten hausten.

Seine Hoffnungen ruhten jetzt auf dem zweiten Team.

»Manfred, Henning, was habt ihr herausgefunden?«

Manfred Laschinsky faltete einen Zettel auseinander, legte ihn vor sich auf den Tisch und kramte eine Lesebrille hervor. »Ich denke, wir hatten ein bisschen mehr Glück«, begann er. »In einem der Staufächer des Wohnzimmerschranks haben wir mehrere Ordner gefunden, die wir bereits grob gesichtet haben. Einer von ihnen war voll mit Bankunterlagen. Lüscher war Kunde bei der örtlichen Sparkasse. Es gibt regelmäßige Einzahlungen des Landesamtes für Besoldung und Versorgung NRW, Lüscher war offenbar ein pensionierter Beamter. Daneben gibt es regelmäßige Auszahlungen, jeweils Bargeldbeträge über mehrere Hundert Euro, und das zwei- bis dreimal im Monat. Was uns stutzig gemacht hat, ist die Tatsache, dass es keinerlei Abrechnungen von EC- oder Kreditkarten gibt. Scheinbar hat Lüscher all seine Rechnungen bar bezahlt. Ein weiterer Ordner beinhaltet sämtliche Unterlagen zum Fahrzeug. Versicherungsnachweise, Fahrzeugbrief, Werkstattrechnungen, TÜV-Berichte. Sogar der originale Kaufvertrag von 1991 ist dabei. In einer anderen Mappe hat er ärztliche Rechnungen und Unterlagen aufbewahrt. Die wichtigste Erkenntnis dabei ist, dass wir offensichtlich Lüschers Hausarzt haben. Die Papiere verweisen auf einen Dr. Schneiderhahn am Hellweg in der Nähe des Luther-Krankenhauses.«

Günther Klein spürte, wie die Hoffnung zurückkehrte.

»Was sonst noch?«, fragte er und klang dabei forscher, als er beabsichtigte.

»Nun, in einer Schublade haben wir einen Briefumschlag mit zwei Fotos entdeckt. Es handelt sich um ziemlich alte Abzüge. Eines ist stark angelaufen und zeigt ein Paar in mittleren Jahren beim Picknick an einem See. Das andere scheint nicht ganz so alt zu sein und zeigt einen rundlichen Jungen im Kindergartenalter, ebenfalls in Schwarz-Weiß. Beide Aufnahmen weisen keinerlei Notizen oder Datumsangaben auf. In der gesamten Wohnung haben wir ansonsten kein weiteres Foto finden können. Der Rest erinnert an einen ganz normalen Rentnerhaushalt. Alles einfache, funktionale Dinge, die keinen besonderen materiellen Wert verkörpern. Was Bücher oder Zeitschriften betrifft, war Lüscher genügsam. Die vorhandene Literatur beschäftigt sich ausnahmslos mit dem Thema Angeln. Die Tageszeitung hat er sich offenbar jeden Tag besorgt, was sich als Glücksfall für uns erweisen könnte. Die letzte Ausgabe der WAZ auf dem Wohnzimmertisch datiert vom 30. Oktober. Ältere Ausgaben haben wir im Hausmüll gefunden.«

Laschinsky hatte die volle Aufmerksamkeit seiner Zuhörer. Die Kriminalisten wussten, dass diese Informationen von enormer Wichtigkeit waren.

»Auf dem Fernsehtisch lag eine aufgeschlagene Ausgabe der ›TV Direkt‹. Auch sie zeigte Samstag, den 30. Oktober. Abschließend haben wir die schnell verderblichen Produkte im Kühlschrank überprüft. Das Ablaufdatum zweier Vollmilchpackungen nannte den 5. November, also einen Zeitpunkt sechs Tage nach der Datumsangabe auf der Tageszeitung. Wenn ihr mich fragt, sind wir damit dem ungefähren Todeszeitpunkt ziemlich nahegekommen.«

Günther Klein fiel ein Stein vom Herzen. Endlich hatten sie einen Ansatz, mit dem sich arbeiten ließ. Wie viel er wert sein würde, musste sich freilich erst zeigen, aber er war froh, dass es überhaupt etwas gab.

Laschinsky schob seine Brille ein Stück tiefer, betrachtete seine Kollegen über den Rand hinweg und fuhr fort: »Ein interessantes Detail gibt es noch. In der Glasvitrine hat Lüscher ein Holzkästchen aufbewahrt, ausgekleidet mit rotem Samt. Darin nichts weiter als zwei metallfarbene Schlüssel. Ein großes und ein kleines Exemplar, aber es gibt keinerlei Hinweis darauf, wofür sie passen könnten.«

»Vielleicht ein Bankschließfach«, vermutete Hecking.

»Ja, daran haben wir auch schon gedacht, aber es finden sich keine Nummern darauf. Das wäre ungewöhnlich für diese Art Schlüssel. Wir werden das auf jeden Fall überprüfen.«

Günther Klein überkam ein Schub neuer Energie. Er wollte gerade zu einer Beratung der weiteren Schritte ansetzen, als ihm Jennifer Bergmanns Verschwinden wieder in den Sinn kam.

»Was war es eigentlich, das du vorhin überprüfen musstest?«, wandte er sich an seine Kollegin.

Alle Augen richteten sich gespannt auf das jüngste Mitglied der Kommission.

»Ich bin hoch zu den Kollegen der Leitstelle gegangen«, sprach Bergmann in die Runde. »An einem ihrer

Rechner habe ich den Namen ›Herbert Lüscher‹ gegoogelt. Immerhin über 40.000 Treffer. Auf den ersten Seiten war jedoch nichts Brauchbares zu finden. Nach einer Dreiviertelstunde bin ich schließlich auf einen Link gestoßen, der auf einen H. Lüscher verwies. Die Verknüpfung führte zur Seite der Schloss-Benedikt-Schule in Aachen, ein angesehenes Internat für Jungen und Mädchen. Es gibt dort eine Galerie mit Fotos der Schule und Gruppenbilder der Abschlussklassen. Interessanter ist aber, dass auch dann Fotos ins Netz gestellt werden, wenn einer der Lehrer die Schule verlässt. Ich habe eine Aufnahme des Lehrerkollegiums aus dem Jahr 1990 entdeckt und neben dem Bild einen kurzen Text, in dem der 55-jährige Geschichts- und Erdkundelehrer H. Lüscher geehrt und mit den üblichen Danksagungen in den Ruhestand verabschiedet wird. Wenn man die Zeit zurückrechnet, wäre er heute genau 74 Jahre alt. Leider wird sein Gesicht durch seinen Vordermann zur Hälfte verdeckt.«

Klein hatte aufmerksam zugehört und kratzte sich mit einem Bleistift hinter dem Ohr.

»Das ist gute Recherchearbeit«, sagte er sichtlich beeindruckt. »Aber was macht dich so sicher, dass es sich um unseren Toten handelt?«

Jennifer Bergmann holte einen farbigen Ausdruck des Internetfotos in Din-A4-Format aus ihrer Mappe und reichte es herum.

»Seht ihr die Uhr?«, fragte sie und ließ die Worte wie eine Feststellung klingen. »Es mag vielleicht mehr als einen 74 Jahre alten Herbert Lüscher geben, aber sicherlich keinen zweiten mit einer breiten goldenen Uhr am Handgelenk. Zumal es sich auch noch um das rechte handelt.«

Die Kriminalbeamten betrachteten nacheinander das Bild und nickten anerkennend.

»Mensch, Mädchen«, sagte Hecking, »das ist gut. Wirklich gut.«

»Da zahlt es sich also aus, dass du von einem Meister gelernt hast«, ließ Klein sich zu einer spontanen Bemerkung hinreißen, die seiner Mannschaft ein kollektives Schmunzeln entlockte.

»Natürlich hätten wir das früher oder später auch so herausgefunden«, übte sich Bergmann in Bescheidenheit, »Manfred und Henning haben ja die Pensionszahlungen vom Landesamt entdeckt. Aber vielleicht hat es uns einen zeitlichen Vorsprung verschafft.«

»Das hat es mit Sicherheit«, pflichtete Klein ihr bei. »Ich schlage vor, dass wir uns gleich morgen früh auf den Weg nach Aachen machen, es muss dort Leute geben, die uns mehr über Lüscher berichten können.«

Gegen 18.00 Uhr stand das weitere Vorgehen fest, und die Aufgaben für den kommenden Tag waren verteilt. Klein schickte seine Kollegen in den Feierabend. Er selbst machte sich daran, den Ermittlungsbericht auf den neuesten Stand zu bringen.

Um kurz vor halb neun verließ auch er das Präsidium. Nachdem er den Motor gestartet und die Heizung auf volle Kraft gestellt hatte, entschloss er sich kurzerhand, seinen Bruder zu besuchen.

Berthold Klein war ein paar Jahre jünger als Günther und besaß eine Kneipe im Westen der Stadt. Sie hatten sich ein paar Wochen nicht gesehen, und Klein konnte einen Schnaps durchaus gebrauchen.

FREITAG, 19. NOVEMBER, 00.25 UHR

Als er die vielen roten Grablichter erkannte, wusste Günther Klein, dass er zu Hause war. Während der zehnminütigen Fahrt war er immer wieder eingenickt und schielte nun mit einem Auge auf den Taxameter. Umständlich durchwühlte er seine Jackentasche, bis er schließlich die passenden Münzen fand. »Stimmt so«, sagte er und drückte dem Fahrer das Geld in die Hand.

Das Taxi war bereits lange verschwunden, als er völlig erschöpft auf die Couch in seinem Wohnzimmer sackte. Er hatte keinen Vollrausch, aber seinen Sinneseindrücken nach befand er sich auf hoher, stürmischer See. Wie das lose Inventar eines schwankenden Schiffes schienen die Möbel im Raum, dem Gang mächtiger Wellen folgend, abwechselnd auf ihn zu- und wieder wegzurutschen.

Es hatte nur ein kurzer Besuch werden sollen, aber aus einem Schnaps waren zwei, dann vier, dann sechs geworden. Am Ende waren es neun. Die Kneipe war nur mäßig besucht, und Berthold hatte bereitwillig mitgetrunken. Die beiden hatten ein angeregtes Gespräch unter Brüdern geführt, bis Berthold den Laden kurz vor Mitternacht zugemacht und seinem Bruder ein Taxi gerufen hatte. Er selbst wohnte in einer kleinen Dreizimmerwohnung unmittelbar über der Kneipe. Ihre Mutter Ingeborg wohnte ebenfalls im Haus und half ihrem Jüngsten trotz ihrer 72 Jahre beim Ausschank oder in der Küche, wo sie nur konnte.

Günther Klein überkam plötzlich das Bedürfnis nach frischer Luft. Er erhob sich und trat schwankend auf den kleinen Balkon. Er spürte sofort, wie die frische Kälte den Nebel in seinem Kopf zu vertreiben begann.

Von hier oben konnte er den Friedhof auf der anderen Seite der Westerwaldstraße überblicken. Jetzt, da die Tage kürzer wurden und die Vorweihnachtszeit näher rückte, zündeten die Menschen wieder vermehrt Lichter für ihre Verstorbenen an. Leuchtfeuer des Todes, Mahnmale der Vergänglichkeit, dachte Klein, während sein Blick weiter durch die nächtliche Dunkelheit schweifte.

Von der Hauptstraße her ertönte ein Martinshorn.

»Retten, was zu retten ist.« Die Worte seines Vaters fielen ihm plötzlich ein. Albert Klein war ein leidenschaftlicher Polizist gewesen und hatte diesen Spruch immer leise vor sich hin gemurmelt, wenn er irgendwo eine Sirene hörte. Jedes Mal hatte die Menschen in seiner Nähe das Gefühl beschlichen, es zöge Albert innerlich hinaus, als wolle er unbedingt dabei sein und keine Chance verpassen, der Welt etwas Gutes zu tun.

In Kleins Erinnerung war sein Vater ein einfacher, lebensfroher Mensch gewesen. Vor seinem inneren Auge sah er, wie sie als Kinder zu dritt auf der Holzbank in der Küche saßen, heißen Kakao tranken und den spannenden, lustigen oder traurigen Geschichten ihres Vaters lauschten, während die Mutter am Herd stand und Apfelpfannkuchen machte. Günther hatte solche Stunden im Kreise der Familie geliebt, bis eines Tages das Schicksal seiner kindlichen Unbekümmertheit ein jähes Ende setzte. Er konnte sich noch gut an den warmen Sommertag erinnern, als ihre Mutter sie nach einem schweigsamen Mittagessen bat, noch sitzen zu bleiben. Als sie ihnen beibringen musste, dass der Vater nie wieder nach Hause kommen würde, hatte Günther seine Mutter zum ersten

Mal völlig zerstört erlebt. Albert war während einer routinemäßigen Verkehrskontrolle von einem jungen Mann erschossen worden, der einen gestohlenen Wagen fuhr. Später wurde der flüchtige Täter ermittelt und zu sechs Jahren Jugendfreiheitsstrafe verurteilt. Nach vier Jahren und drei Monaten kam er frei. Nicht am Tag der Ermordung, sondern in den Monaten und Jahren nach der Freilassung des Täters lernte Günther, was es bedeutete, abgrundtief zu hassen.

Mit dem Tod seines Vaters musste der damals 14-jährige Sohn in dessen Rolle schlüpfen und war mitverantwortlich für die Erziehung seiner beiden jüngeren Geschwister, der elfjährigen Maria und des erst achtjährigen Berthold.

Das Geld wurde immer knapper, sodass die Mutter schließlich gezwungen war, eine Arbeit zu suchen. Als ungelernte Frau mittleren Alters waren ihre Möglichkeiten jedoch begrenzt. Als eines Tages eine heruntergekommene Kneipe ein paar Straßen weiter zum Verkauf stand, sah sie ihre Chance. Sie nahm einen kleinen Kredit auf und erstand die Lokalität. Mit der Hilfe von Nachbarn und Freunden gelang es ihnen, den Laden mit überschaubaren Kosten zu renovieren. Wenige Monate später hatte sich der »Kohlenkeller«, wie sie die Kneipe tauften, einen Namen gemacht. Dies lag in erster Linie an dem starken Willen und der harten Arbeit ihrer Mutter, nicht zuletzt aber auch an der warmen, herzlichen Art, die sie sich trotz aller Rückschläge bewahrt hatte. Wenn Günther nachmittags aus der Schule kam, war er für seine Geschwister da. Er kochte, putzte und half bei den Hausaufgaben, so gut er eben konnte. Mit 14 machte er seinen Abschluss an der Volksschule, quälte sich danach durch eine Lehre als Maurer, um sich anschließend trotz der großen Einwände seiner Mutter bei der Polizei zu bewerben. Seine Schwester begann zu studieren, wurde Lehrerin und gründete eine Familie.

Im Hinblick auf Berthold machte Günther sich noch heute oft schwere Vorwürfe. Sein Bruder hatte mit 15 Jahren die Schule abgebrochen und sich in den folgenden Jahren mit Aushilfsarbeiten als Gärtner, Kellner, Tankwart und Kraftfahrer über Wasser gehalten. In dieser Zeit war er oftmals mit dem Gesetz in Konflikt geraten und am Ende nur knapp einer Gefängnisstrafe entkommen. Mit Ende 20 war er schließlich in die Kneipe der Mutter eingestiegen, die er dann vor zehn Jahren ganz übernommen hatte. Dass Berthold je eine Beziehung zu einer Frau gehabt hätte, war Günther nicht bekannt, und er fragte sich oft, ob sein Bruder glücklich war. Dass er jedes Mal einen Stich verspürte, wenn er an Berthold dachte, war wohl kein gutes Zeichen.

Er selbst hatte viele Dinge anders gemacht, war ehrgeiziger und zielstrebiger gewesen als sein Bruder. Aber was hatte ihm das genutzt, wo stand er heute? Ein Mann in den beginnenden Fünfzigern, der unaufhaltsam ergraute. Der von seiner Frau vor fünf Jahren wegen eines anderen Mannes verlassen worden war. Ein Normalverdiener, dessen zwei Kinder regelmäßigen, aber nicht überschwänglichen Kontakt zu ihm pflegten. Ein Polizist in mittlerer Führungsverantwortung, der die oberste Stufe seiner beruflichen Karriere bereits erreicht hatte und der gelegentlich den einen oder anderen Schnaps zu viel trank.

Ein Abziehbild meiner selbst. Ich bin ein fleischgewordenes Klischee. Leider mit ein paar Pfunden Fleisch zu viel, aber selbst das passt ins Bild.

Günther Klein schloss die Balkontür und legte sich, noch vollständig bekleidet, ins Bett. Die Weckeruhr zeigte 01.35 Uhr, als er über seinen trüben Gedanken in Tiefschlaf fiel.

FREITAG, 19. NOVEMBER, 09.00 UHR

Als Jürgen Kohlmeyer erwachte und die Augen aufschlug, wusste er einen kurzen panischen Moment lang nicht, wo er war. So erging es ihm an jedem Morgen, seit er in diesem Zimmer schlief. Vorausgesetzt, es gelang ihm überhaupt, zu schlafen. Alles war anders. Die Matratze, die Decke, das Kissen, die Geräusche, der Geruch. Doch vor allem war es die ungewohnte Weitläufigkeit, die ihn störte. Das Zimmer im Haus seines Bruders war mit 20 Quadratmetern nicht riesig, aber mehr als doppelt so groß wie seine bisherige Behausung.

Sein altes Bett hatte in einer Ecke gestanden, sodass er stets mit dem Gesicht zur Wand und dem feuchten Putzgeruch in der Nase eingeschlafen war. Die neue Schlafstätte stand mitten im Raum und gab ihm das Gefühl von Unsicherheit und Schutzlosigkeit.

Die Uhr des DVD-Players zeigte 09.03 Uhr. Jürgen Kohlmeyer knipste die Lampe an, atmete tief durch und schälte sich aus dem Bett. Er lief zum Fenster und zog das

Rollo vorsichtig ein Stück hoch, bis der unterste Schlitz auf Augenhöhe war.

Das Zimmer zeigte zur Straße hinaus, und er konnte bereits die ersten Menschen erkennen, die sich vor dem Haus einfanden. Seit dem Tag vor genau zwei Wochen, an dem ihn sein Bruder aus der JVA abgeholt hatte und sie in Polizeibegleitung hierhergefahren waren, fanden hier täglich Demonstrationen statt.

Vor seiner Entlassung hatte die Polizeipräsidentin abwägen müssen zwischen den Persönlichkeitsrechten des Sexualstraftäters, der insgesamt vier Mädchen im Alter zwischen zwölf und 14 Jahren vergewaltigt hatte, und der Sicherheit der Menschen, in deren Nähe er künftig leben würde. Letztlich entschied sie sich dafür, die Bevölkerung über den Zuzug Kohlmeyers zu informieren.

Er hatte sich bereits im Gefängnis vor der Freiheit gefürchtet, aber diese Hölle war nicht zu beschreiben. Von Freiheit konnte keine Rede sein. Vor die Tür zu treten, war angesichts der aufgebrachten Massen praktisch unmöglich. Und wenn er es früh am Morgen oder spät am Abend doch einmal wagte, wurde er auf Schritt und Tritt von Zivilbeamten verfolgt. Diese arbeiteten im Schichtdienst und waren immer in der Nähe, 24 Stunden am Tag.

Es herrschte nicht nur vor dem Haus eine angespannte, aggressive Stimmung. Auch sein Bruder und dessen Frau waren mit den Nerven am Ende. Für sie war ein normales Leben ebenfalls unmöglich geworden.

Jeden Tag kamen Bereitschaftspolizisten in Mannschaftswagen vorgefahren und zogen Sperrlinien um das Haus, hinter denen sich Dutzende Menschen versammelten und lautstark demonstrierten. An jedem Baum, jeder

Laterne und jedem Stromkasten in der Umgebung hingen selbst gemalte Schilder und Plakate, auf denen die besorgten Anwohner ihren Unmut in griffigen Parolen zum Ausdruck brachten.

Es musste etwas geschehen. Lange würde das keiner der Beteiligten mehr aushalten.

FREITAG, 19. NOVEMBER, 10.00 UHR

Günther Klein und Jennifer Bergmann nahmen auf der hölzernen Besucherbank im Flur der Schule Platz und beobachteten das bunte Treiben. Die schrille Glocke läutete zum Ende der großen Pause, und die Schüler folgten ihrem Ruf mit sichtbar unterschiedlicher Motivation. Während die Kleineren von ihnen lachend und kreischend über die langen Flure sausten, schlurften die Teenager gemächlich heran und lehnten sich betont lässig an die Wände ihrer Klassenzimmer. Gelegentlich warf einer von ihnen den fremden Besuchern einen flüchtigen Blick zu, und Günther Klein fragte sich, ob man sie für Vater und Tochter hielt. Übellaunig gestand er sich ein, dass seine Kollegin durchaus noch als Abiturientin durchgehen könnte, während er selbst mindestens so alt aussah, wie er war.

Als schließlich die Tür des Sekretariats aufging, wurde

sein Trübsinn von der adretten Erscheinung einer dunkelhaarigen Schönheit vertrieben. Klein registrierte die vollen Lippen und die warme, angenehm rauchige Stimme. Ihre dunklen Locken fielen ihr bis auf die Schultern und umrahmten ein freundliches dezent geschminktes Gesicht. Ihre enge seidig schimmernde Hose verriet schlanke Beine, und ihre Bewegungen zeugten von Anmut und Zartheit. Klein schätzte die Frau auf Anfang 40, und er konnte ihre heftige Anziehungskraft auf ihn beinahe körperlich spüren. Er bedauerte zutiefst, dass Jennifer Bergmann die Anmeldung übernommen hatte, während er selbst einem dringenden Bedürfnis auf der Schultoilette nachgegangen war.

Die Frau führte sie in ein angrenzendes Büro, und Klein folgte dem schwachen Geruch ihres süßlichen Parfums wie ein Fährtenhund der frischen Spur des Täters. Nachdem die Sekretärin sie in den Raum geführt und mit der Direktorin der Schule allein gelassen hatte, sank Klein ein Stück in sich zusammen.

Offenbar bemerkte Bergmann die Gefühlsregung ihres Kollegen, denn sie stieß ihm unauffällig, aber schmerzhaft in die Rippen.

»Reiß dich zusammen«, zischte sie, während die Rektorin um ihren Schreibtisch herum auf sie zukam. Bergmann spürte, dass ihr Kollege einen Moment brauchen würde, um sich zu fangen, und übernahm die Vorstellung.

»Guten Tag, Ursula Rietberger«, erwiderte die Rektorin freundlich, schüttelte den Ermittlern die Hand und begab sich wieder zurück zu ihrem majestätischen Thron.

Jennifer Bergmann schilderte den Grund ihres Kommens und gab einen kurzen Abriss über den aktuellen Fall, ohne dabei sensible Details zu verraten.

Wie sich im Laufe des Gesprächs herausstellte, war Herbert Lüscher tatsächlich zwischen 1973 und 1991 als Erdkunde- und Geschichtslehrer an dem öffentlichen Gymnasium beschäftigt gewesen. Sie erhielten den Namen und die Adresse des Mannes, der zum Zeitpunkt von Lüschers Pensionierung die Schule geleitet hatte. Die Rektorin versprach außerdem, eine genaue Aufstellung aller Lehrkräfte zu veranlassen, die im selben Zeitraum an der Schule unterrichtet hatten wie Herbert Lüscher. Sie selbst sei erst viel später gekommen und habe ihn nie kennengelernt.

Abschließend wies sie darauf hin, dass vielleicht jemand aus dem Schloss mit dem Namen Herbert Lüscher etwas anfangen könnte. Es gebe immer wieder gemeinsame Konferenzen und natürlich auch darüber hinausgehende Kontakte zwischen beiden Einrichtungen.

Günther Klein hatte seinen Verstand zwar mittlerweile wieder unter Kontrolle, dennoch begriff er nicht, was die Direktorin meinte.

»Schloss?«, fragte er und hob die Augenbrauen.

»Das wissen Sie nicht?«

Frau Rietberger konnte den Anflug von Belustigung nicht verhehlen.

»Nein.«

»Das Internat. Wenn Sie herauskommen, gleich rechts.«

Die Ermittler verabschiedeten sich rasch und warteten bei einer Tasse Tee in der Schulcafeteria auf die versprochenen Listen. Eine Stunde später hielten sie die Ausdrucke in der Hand und traten hinaus in den kalten sonnigen Tag. Der Nebel des Morgens hatte sich inzwischen verzogen und gab den Blick frei auf das kleine ganz in Weiß gehaltene Gebäude auf der bewaldeten Anhöhe, das ihnen beim Ankommen nicht aufgefallen war. Nun bestrahlte die Sonne den herrschaftlichen Bau aus dem frühen 18. Jahrhundert und verlieh ihm etwas Märchenhaftes.

»Ich beneide die Schüler«, sagte Bergmann plötzlich, »lauter kleine Prinzen und Prinzessinnen.«

Klein dachte an die wenigen Erfahrungsberichte, die er über Internate gehört hatte.

»Nur, dass die Könige oft grausame Tyrannen sind«, sagte er düster.

Sie lösten sich von dem Anblick und gingen zu Fuß den Weg hinauf zum Internat. Sein Körpergewicht, die Steigung des kleinen Pfades und die Sonne, die ihm in den Rücken schien, ließen Klein bereits nach wenigen Metern ins Schwitzen geraten.

Als sie das Schloss erreichten, spürten sie sofort, dass hier andere Verhältnisse herrschten. Sie konnten das Schloss nicht einfach betreten, sondern mussten zunächst an der schweren Pforte läuten und ihre Ausweise in das Auge einer schwenkbaren Kamera halten. Nachdem sie ihr Anliegen erneut vorgetragen hatten, wurden sie von einer Sekretärin, die ebenso kühl wie unnahbar schien, auf eine Wartebank verbannt. Klein dachte an die Sekretärin des Gymnasiums und fragte sich, wie zwei Menschen, die den gleichen Beruf ausübten, so unterschiedlich sein konnten. Er dachte gerade darüber nach, dass es durchaus Parallelen in seinem eigenen Job, ja sogar in dem intimen Kreis der kleinen Ermittlungsgruppe gab, als er das Geräusch von Absätzen hörte. Das Klacken durchschnitt die befremdlich wirkende Stille, die nicht zu einem Ort zu passen schien, an dem junge Menschen lebten.

Die große, hagere Frau erschien wieder in der Tür und forderte sie mit strengem Blick über den Rand ihrer Lesebrille hinweg auf, ihr zu folgen. Klein bemerkte, wie die Sekretärin ihn von Kopf bis Fuß musterte, und er war sich sicher, ein Zucken in ihrem Gesicht zu erkennen, als sie sein verschwitztes Haar und danach seine Turnschuhe bemerkte. Die Ermittler standen auf und gehorchten der stummen Anweisung. Diese Frau war es offenbar gewohnt, Befehle zu erteilen, und Klein bezweifelte, dass sie jemals infrage gestellt wurden. Sie folgten der Sekretärin durch ihren stilvoll eingerichteten Herrschaftsbereich, in dem Klein einen Monitor entdeckte, dessen Anzeige zwischen den Bildern verschiedener Überwachungskameras wechselte. Schließlich gelangten sie zu einer schweren doppelflügeligen Tür.

Klein hatte von der Bank aus mitbekommen, wie die Frau die Besucher über die Gegensprechanlage angemeldet hatte. Dennoch klopfte sie nun zweimal und wartete das »Herein« ab, ehe sie einen der schweren Flügel aufzog und den Beamten wortlos bedeutete, einzutreten. Klein spürte ihren strengen, prüfenden Blick in seinem Rücken, ehe die Tür schließlich dumpf ins Schloss fiel.

Das Büro des Direktors war riesig. Kleins Blick schweifte die stuckverzierte Decke entlang und glitt über die majestätisch hohen Bücherregale. Anders als in seinem eigenen Dienstzimmer erschien hier alles bis ins kleinste Detail durchdacht und für die Ewigkeit geschaffen. Die Wandteppiche, die kleinen Skulpturen in den Schränken, die Orden und Abzeichen in der Glasvitrine, die Bilder und selbst die Pflanzen. Alles war perfekt arrangiert und verströmte den leicht staubigen Geruch von Geld und Tradition.

Während sie einige Meter auf den imposanten Schreibtisch zugingen, wurde Klein von der lächerlichen Furcht ergriffen, er könne Flecken auf dem hellen Teppichboden hinterlassen. In Gedanken sah er sich bereits dem Zorn der Sekretärin ausgesetzt.

»Guten Tag, die Herrschaften, Klaus Dambeck mein Name.«

Der Internatsdirektor war aufgestanden und reichte seinen Besuchern über den Schreibtisch hinweg die Hand. Mit einem Anflug von Belustigung bemerkte Klein, dass der Mann nach dem Aufstehen kaum größer geworden war. Sitzriesen nannte er solche Menschen. Aber möglicherweise täuschte er sich. In diesem Raum muss auch ich winzig wirken, dachte er und beugte sich vor, um den Handschlag zu erwidern.

»Günther Klein, Kriminalpolizei Essen. Das ist meine Kollegin Jennifer Bergmann«, stellte der Ermittler sich und seine Kollegin vor und kramte nach seinem Dienstausweis.

»Angenehm. Setzen Sie sich doch bitte.«

Günther Klein warf einen verstohlenen Blick zur Seite, während er sich in einen der beiden Besucherstühle zwängte. Sie schienen eher für Bergmanns Statur konzipiert zu sein.

Er konnte nicht behaupten, dass ihm der Mann in dem dunklen maßgeschneiderten Anzug unsympathisch war. Es war vielmehr die gesamte Umgebung, die ihm nicht behagte. Seit sie zu dem kleinen Schloss hinaufgegangen waren, hatte er das Gefühl, in einer fremden Welt zu sein, die ihn verunsicherte.

»Danke, dass Sie sofort Zeit für uns gefunden haben«, sagte er und achtete auf einen festen Klang seiner Stimme.

»Ich habe die Termine für heute Vormittag verschieben können. Sie werden sicher verstehen, dass wir nicht jeden Tag die Polizei im Hause haben.«

»Sicher, das verstehe ich«, sprach er die Worte nach und kam sich im selben Moment fürchterlich albern vor.

»Nun, wie kann ich Ihnen behilflich sein?«

Günther Klein war froh, dass Klaus Dambeck direkt zur Sache kam.

»Wir haben es in unserem Zuständigkeitsbereich mit einem Mordfall zu tun«, antwortete er und bemerkte erleichtert, wie mit dem Sprechen über dienstliche Angelegenheiten ein Stück seiner Selbstsicherheit zurückkehrte. »Bisher haben wir noch nicht viel, aber erste Hinweise deuten darauf hin, dass das Opfer mit dem Gymnasium unten in Verbindung gestanden haben könnte.«

»Wie meinen Sie das? Doch nicht etwa ein Schüler?«

Der Direktor schien ehrlich besorgt.

»Nein, nein, es handelt sich um einen ehemaligen Lehrer. Zumindest gehen wir im Moment davon aus. Bevor wir jedoch Einzelheiten nennen, muss ich Sie bitten, dieses Gespräch vertraulich zu behandeln. Selbst die Presse ist bislang nicht informiert.«

Die Miene des Direktors hellte sich auf. »Selbstverständlich. Was genau kann ich für Sie tun?«

»Bei dem Opfer handelt es sich um einen gewissen Herbert Lüscher. Sagt Ihnen der Name etwas?«

Der Mann am anderen Ende des mächtigen Schreibtisches überlegte angestrengt.

»Nein«, sagte er schließlich. »Um welchen Zeitraum geht es denn?«

»Wir haben Fotos auf der Internetseite der Schule gesehen«, sagte Jennifer Bergmann, die bisher geschwiegen und beobachtet hatte. »Aus dem Begleittext geht hervor, dass Herr Lüscher 1991 pensioniert wurde. Er war zu diesem Zeitpunkt 55 Jahre alt. Rektorin Rietberger meint, dass er vielleicht Kontakte zum Internat gehabt haben könnte.«

»Nun«, sagte Direktor Dambeck, »meine Zeit an diesem Internat begann erst vor acht Jahren, im Sommer 2002, um genau zu sein. Vorher war ich an einer anderen Schule in der Nähe von Bonn.«

Er dachte einen Moment lang nach, bevor er weitersprach.

»1991 müsste Alois Weinheimer Direktor gewesen sein. Moment.« Er öffnete eine der Schubladen und holte ein großes in Leder gebundenes Buch hervor.

»Internatschronik«, sagte er, ohne einen gewissen Stolz in seiner Stimme verhehlen zu können. Er schlug die passende Seite auf, drehte das Buch und schob es den Polizisten zu. »Alois Weinheimer«, sagte er. »Direktor von 1984 bis 1996.«

»Gut«, sagte Klein, während er das Foto betrachtete. »Gibt es in diesem Buch auch eine Liste der ehemaligen Lehrer?«

»Nein, leider nicht«, antwortete Dambeck. »Diese Daten existieren nur in unseren Computern.«

»In Ordnung, wissen Sie, wo wir Herrn Weinheimer finden können?«

Direktor Dambeck schüttelte den Kopf.

»Nicht auf Anhieb. Ich weiß aber, dass er nach wie vor über alle wichtigen Ereignisse und Entscheidungen im Zusammenhang mit diesem Internat informiert werden möchte. Meine Sekretärin wird Ihnen sicherlich die Adresse nennen können.«

Klein kniff feindselig die Augen zusammen, was Dambeck dazu veranlasste, eilig nachzuschieben: »Ich werde Frau Spieker bitten, sie Ihnen zu geben.«

»Wenn es keine Umstände macht.«

Klein versuchte, sich seine Erleichterung nicht anmerken zu lassen. »Wir brauchen außerdem eine Aufstellung sämtlicher Lehrer, die in der fraglichen Zeit am Internat waren, ehemalige und noch aktive.«

»Es wird nicht lange dauern, bitte entschuldigen Sie mich kurz.«

Dambeck drückte auf die Sprechtaste und gab die Aufträge an seine Sekretärin durch. Er schaute kurz zu seinen Besuchern hoch und fragte: »Darf ich Ihnen etwas zu trinken anbieten, Tee oder Kaffee vielleicht?«

»Nein danke«, antworteten Bergmann und Klein zeitgleich.

»Bringen Sie mir bitte einen Kaffee, Marianne«, beendete der Direktor das Gespräch.

»Sagen Sie, wie viele Lehrer gibt es in diesem Internat?«, fragte Klein in die entstandene Stille hinein.

»Nun, das Internat als solches hat nur eine Handvoll Lehrer. Wir sind ein kleines Haus mit derzeit 80 Schülern. Einige unserer Pädagogen sind keine Lehrer, sondern Erzieher im ursprünglichen Sinne. Wir hingegen pflegen die Bezeichnung ›Mentoren‹.«

»Herr Dambeck, erklären Sie uns bitte, wie das System hier funktioniert.«

»Wir haben umfangreiches Material für Eltern, die sich informieren wollen, Frau Spieker wird Ihnen sicherlich …«

»Nein«, unterbrach ihn Klein mitten im Satz und ärgerte sich über die latent arrogante Art des Direktors. »Wir würden es gerne von Ihnen persönlich erfahren«, sagte er und schaute seinem Gegenüber fest in die Augen. »Wenn es keine Umstände macht.«

Der Direktor räusperte sich, beugte sich leicht nach vorn und legte die Fingerspitzen beider Hände gegeneinander.

»Nun, wie Sie wünschen«, begann er. »Der Bau dieses Schlosses wurde 1736 fertiggestellt. Fast zwei Jahrhunderte diente es der Familie um Franz von Schlohdorf als Wohnsitz. Im Juni 1922, als es mit dem Adel in Deutschland nach Ausrufung der Weimarer Republik ohnehin zu Ende ging, starb die letzte Erbin, Elisabeth von Schlohdorf, kinderlos in hohem Alter. In ihrem Testament hatte sie das Schloss und seine angrenzenden Ländereien der Kirche vermacht. So dienten die Räumlichkeiten in den folgenden Jahren zunächst als Kloster, bis kurz vor Kriegsende größere Teile des Gebäudes von blind wütenden Invasionstruppen beschädigt wurden. Das Schloss ging drei Jahre später in die Hand der St.-Bartholomäus-Stiftung über, die die Instandsetzung finanzierte und ein Internat einrichtete. Zum Sommer 1952 ging die Schule zunächst als katholisches Vollinternat für Jungen in Betrieb. 1970 wurde der Bau eines öffentlichen Gymnasiums beschlossen, das drei Jahre später fertiggestellt wurde. Aus dem Vollinternat wurde das System, das bis heute als *Schule mit angeschlossenem Internat* bezeichnet wird. Als weitere wesentliche Veränderung wurde die Koedukation eingeführt. Verantwortlicher Träger ist bis heute die St.-Bartholomäus-Stiftung geblieben.«

Günther Klein hatte ausschließlich zugehört, während sich seine Kollegin von Zeit zu Zeit Notizen machte. Das plötzliche Klopfen an der Tür hinter ihm ließ Klein zusammenzucken. Frau Spieker betrat das Büro und stellte ein silbernes Tablett mit einer dampfenden Tasse Kaffee auf den Schreibtisch.

»Herr Direktor«, sagte sie mit einem Nicken und wandte sich zum Gehen, ohne dabei die Polizisten eines Blickes zu würdigen. Sie hatte die Tür beinahe erreicht, als Klein einem plötzlichen Impuls folgte.

»Ach, Frau Spieker«, sagte er und drehte seinen Kopf nur halb auf die Seite, »könnten Sie mir doch eine Tasse Kaffee bringen? Mit Milch und Zucker bitte.«

Offenbar hatte Direktor Dambeck die glühende Antipathie seiner Sekretärin bemerkt, denn er senkte den Blick und versuchte, ein Schmunzeln zu unterdrücken.

Als die Tür wieder zugefallen war, fuhr Klein unbeirrt fort: »Herr Direktor, wie funktionierte das Internat genau, sagen wir, zwischen 1973 und 1991?«

»Nun, wie ich eingangs bereits andeutete: Wir haben und hatten mit neun Lehrern vergleichsweise wenig Personal. Der eigentliche Unterricht findet unten in der Schule statt. Es gehen etwa 420 Schüler auf das Gymnasium, von denen aber nur 80 gleichzeitig auch das Internat besuchen, zurzeit 58 Jungen und 22 Mädchen. Meist haben sie Eltern, denen eine fundierte Ausbildung und Erziehung ihrer Kinder am Herzen liegt. Oft erfahren diese Eltern eine starke berufliche Belastung und sind froh, dass es Einrichtungen wie die unsere gibt, in denen sie ihren Nachwuchs gut aufgehoben wissen. Ihnen muss ich ja wohl kaum erzählen, was passiert, wenn Jugendliche zu viel Zeit und Freiheiten haben.«

»Nein«, sagte Klein kurz. »Wie sieht ein normaler Tagesablauf aus?«

»Nun, Weckzeit ist jeden Morgen um 05.30 Uhr. Die Schüler haben eine halbe Stunde für die Morgentoilette. Zwischen 06.00 Uhr und 06.45 Uhr gibt es Frühstück in unserem Speisesaal. Anschließend beginnt um 07.00 Uhr der gemeinsame Unterricht im Gymnasium, der in der Regel gegen 14.00 Uhr beendet ist. Unsere Schüler haben dann Zeit, das Mittagessen einzunehmen und einen Großteil ihrer Hausaufgaben zu erledigen. Zwischen 16.00 Uhr und 18.00 Uhr bieten wir verbindliche Unterrichtseinheiten an, in denen der Stoff des Tages noch einmal aufgearbeitet und Hilfestellung bei Hausaufgaben geleistet wird. Zwischen 18.00 Uhr und 18.45 Uhr wird das gemeinsame Abendessen eingenommen. Anschließend ist Freizeit, die mit Lesen, Musizieren, Sport oder geregeltem Fernsehkonsum verbracht werden kann. Für die Klassen fünf bis acht ist Zimmerzeit um 20.00 Uhr, für die Klassen 9 bis 13 um 21.30 Uhr. Nach 22.00 Uhr ist Bettruhe.«

»Wie steht es mit den Wochenenden?«, fragte Klein.

»Jedes dritte Wochenende dürfen unsere Schüler nach Hause fahren. Diese Möglichkeit wird aber, anders als man vermuten sollte, längst nicht von jedem genutzt. Wir werten das stets als gutes Zeichen.«

Der Direktor lächelte schief, Klein hingegen konnte sich eines plötzlichen Fröstelns nicht erwehren.

»Anders ist es in den Ferien«, fuhr Dambeck fort, »hier müssen alle Schüler nach Hause.«

»Sind die Lehrer an den Wochenenden hier?«, fragte Klein.

»Nun, es ist folgendermaßen: An den Arbeitswochenenden finden nur vormittags Unterrichtseinheiten statt. Die Klassen werden dann zusammengefasst, sodass vier Lehrer ausreichend sind. Zusätzlich stehen zwei der Erzieher zur Verfügung, die sich um Probleme kümmern und die Freizeitangebote gestalten. Über Nacht ist sichergestellt, dass mindestens vier Mentoren im Internat sind. Jeder von ihnen hat hier ein eigenes Zimmer. Zu Vorfällen, die ein Einschreiten erfordern, kommt es glücklicherweise aber so gut wie nie.«

Direktor Dambeck machte eine größere Pause. Es war offensichtlich, dass er den Bericht über sein Internat als abgeschlossen betrachtete.

Günther Klein fiel keine Frage mehr ein. Er warf zuerst einen Blick auf seine Uhr, dann auf Jennifer Bergmann. Sie bedeutete ihm mit einem Kopfschütteln, dass auch sie keine Fragen mehr hatte.

»Danke, Herr Direktor«, sagte Klein. »Das sollte fürs Erste genügen.«

Sie standen auf und gaben einander die Hand. Im Hinausgehen kam den Ermittlern Frau Spieker entgegen. Klein nahm der verdutzten Sekretärin die Tasse vom Tablett, trank schlürfend einen Schluck und stellte den Kaffee zurück.

»Sind das die Unterlagen?«, fragte er und deutete auf einen braunen Umschlag auf dem Empfangstresen. Doch die Sekretärin schien wie versteinert.

»Haben Sie vielen Dank«, sagte Klein so freundlich, wie er konnte, nahm den Umschlag und zog Jennifer Bergmann mit nach draußen.

Draußen angekommen zischte sie ihrem Kollegen zu: »Was sollte das denn?«, und fischte nach einer Zigarette.

»Die alte Hexe hat doch angefangen«, gab Klein zurück und trottete zu einer der Bänke innerhalb des parkähnlichen Schlossgartens.

Sie öffneten den Umschlag und stellten fest, dass die spröde Sekretärin ihre Arbeit verstand. Neben den zahlreichen Namen waren Beschäftigungszeitraum und Wohnanschrift angegeben. Für zwei Namen noch aktiver Lehrer waren sogar die Dienstpläne der kommenden

Tage notiert. Einer von ihnen würde an diesem Nachmittag Unterricht geben.

»Also los«, sagte Jennifer Bergmann im Aufstehen. »Gehen wir noch einmal zurück in die Schule. Diese Lehrer sind das Einzige, was wir im Moment haben. Aber vorher holen wir uns etwas zu essen.«

Günther Klein verweilte noch einen Moment und befühlte sein Knie. Durch die anstrengende Lauferei hatte es wieder angefangen zu schmerzen. *Vielleicht werde ich langsam zu alt für die Polizeiarbeit.*

Schließlich stand er auf und folgte seiner Kollegin.

Je weiter er sich von den Mauern des Schlosses entfernte, desto mehr ließ das Gefühl der Beklommenheit nach, das ihn die ganze Zeit über begleitet hatte. Sosehr ihm die Vorstellung missfiel, würde er doch wiederkommen und mit den Lehrern sprechen müssen.

Mentoren, verbesserte er sich selbst und humpelte im Schatten der Bäume zurück zum Wagen.

Gegen 13.30 Uhr rumpelte der silberfarbene Opel zurück auf den Parkplatz. Klein hielt eine Plastiktüte auf dem Schoß, in der eine äußerst verlockende Aluminiumschale lag. Er hatte gegen das Bedürfnis ankämpfen müssen, sie schon während der kurzen Fahrt zu öffnen. Der appetitliche Geruch der Lasagne brannte ihm beinahe ein Loch in seinen Magen. Nun reichte er Bergmann den Thunfischsalat und kramte anschließend die Schale hervor, an der er sich prompt verbrannte.

»Guten Hunger«, brachte er gerade noch hervor, ehe er das erste Pizzabrötchen in die fettige Soße eintauchte.

Zehn Minuten später lehnte Klein seinen Kopf an die halb heruntergelassene Seitenscheibe und wurde regelmäßig von heftigem Aufstoßen erschüttert.

Bergmann betrachtete ihn von der Seite, schüttelte lachend den Kopf und bemerkte: »Ich geh jetzt eine rauchen. Das ist immerhin gesünder als das, was du deinem Körper antust. Mit dem Fett da drin hätte man einen ganzen Maschinenpark schmieren können.«

Klein überging ihre Worte und kramte sein Mobiltelefon hervor. Er rief Hecking und Lauterbach an, die die restlichen Parteien aus Lüschers Wohnhaus aufsuchten. Den direkten Nachbarn Lüschers hatten sie noch immer nicht angetroffen, berichteten sie. Auch Laschinsky und Klee, die sich bei Lüschers Bank und dem Hausarzt umhören sollten, hatten bislang nichts Wegweisendes herausgefunden. Klaus Sperber konnte Klein nicht erreichen. Wahrscheinlich war der Kriminaltechniker gerade in den Kellergewölben der Rechtsmedizin, wo es keinen Netzempfang gab.

Bergmann saß mittlerweile wieder im Wagen und ging die Lehrerliste des Gymnasiums durch. Vier von den Lehrern, die schon zu Lüschers Zeiten unterrichtet hatten, waren auch an diesem Tag im Dienst. Die Uhr zeigte 13.50 Uhr. Wie sie erfahren hatten, würden sich sämtliche Lehrer nach Schulschluss um 14.00 Uhr noch einmal im Lehrerzimmer versammeln.

»Komm, wir gehen«, sagte Klein. »Mal sehen, ob wir endlich etwas über Lüscher in Erfahrung bringen können.«

Ein vages Gefühl verriet ihm jedoch, dass dieser Wunsch genau das bleiben würde, was er war. Ein Wunsch.

FREITAG, 19. NOVEMBER, 18.15 UHR

»So eine verdammte Scheiße!«, brüllte Günther Klein und schlug mit der Faust auf das Armaturenbrett.

»Verflucht, das bringt uns auch nicht weiter«, antwortete Bergmann gereizt.

Klein konnte seine Wut kaum unter Kontrolle bringen. Der Nachmittag hatte sich zu einer einzigen Katastrophe entwickelt. Die Befragung der Lehrer am Gymnasium war so gut wie ergebnislos verlaufen. Ja, man habe Herbert Lüscher flüchtig gekannt. Persönliche Kontakte? Nein, engere Bindungen oder gar Freundschaften habe es nicht gegeben. Unauffällig sei er gewesen. Durchaus kompetent, aber über das Berufliche hinaus sehr zurückhaltend. Niemand hatte es ausgesprochen, aber Herbert Lüscher war offenbar ein Mensch gewesen, mit dem man steifen Small Talk führte, wenn es sich nicht vermeiden ließ, und das Gespräch danach sofort wieder vergaß. Der Mathematiklehrer Rudolf Brasser war die längste Zeit gemeinsam mit Lüscher an der Schule gewesen, ganze neun Jahre. Doch auch er konnte keinerlei Aussagen zu Hobbys, privaten Interessen oder sonstigen Details machen, die die Ermittlungen hätten voranbringen können.

Gegen 16.00 Uhr waren sie noch einmal ins Schloss zurückgekehrt, um den letzten Versuch des Tages zu starten. Sie wollten mit Dr. Michael Schliefenstedt sprechen, der dem Dienstplan zufolge den Nachmittagsunterricht in Biologie geben sollte. Es stellte sich heraus, dass sich Herr Schliefenstedt krankgemeldet hatte, kurz nachdem die Ermittler am Vormittag das Internat verlassen hatten.

Klein war außer sich gewesen und hatte sofort vermutet, dass die feindselige Sekretärin einen heimtückischen Rachefeldzug gegen ihn begonnen hatte. Jennifer Bergmann war es mit viel Geduld gelungen, ihn wieder zu beruhigen.

Frustriert waren die beiden in den Wagen gestiegen und davongefahren, nur um Minuten später dem Feierabendverkehr des Freitagnachmittags zum Opfer zu fallen. Über zwei Stunden quälten sie sich nun schon über die verstopften Autobahnen. Auf der A57 ging es nur noch im Schneckentempo voran. In Höhe des Kreuzes Moers war die Fahrbahn auf einen Fahrstreifen verengt, und das Reißverschlussverfahren schien sämtliche Verkehrsteilnehmer maßlos zu überfordern. Sie würden es nicht schaffen, rechtzeitig zur Besprechung zurück zu sein, die Klein auf 18.30 Uhr angesetzt hatte. Er rief seine Kollegen an und verschob die Besprechung auf 19.15 Uhr. Der erste Arbeitstag im neuen Fall drohte weit über die Zwölfstundengrenze hinauszugehen – eine erste Belastungsprobe für das Team. Der Ermittlungsleiter hätte gut damit leben können, wenn er nur selbst nicht mit leeren Händen zurückgekehrt wäre.

Er schaltete das Autoradio ein, schloss die Augen, lehnte sich zurück und lauschte der Anfangsmelodie von Led Zeppelins *Stairway To Heaven*. 480 Sekunden Entspannung in a-Moll, die ihm die Gelassenheit zurückgaben, die er als Leiter einer Ermittlung dringend brauchte und die ihm immer öfter abhandenzukommen schien.

FREITAG, 19. NOVEMBER, 18.30 UHR

Sabine saß am Klavier und spielte das Adagio cantabile, den zweiten Satz aus Ludwig van Beethovens Klaviersonate Nummer 8, der berühmten *Pathétique*. Noten brauchte sie nicht, es war eines ihrer Lieblingsstücke, das sie seit Langem aus dem Gedächtnis spielte. Die sanfte Melodie konnte sie aber nicht wie sonst ganz in ihren Bann ziehen. Immer wieder drehte Sabine ihren Kopf ein Stück zur Seite und warf einen Blick auf den Fernseher, der im Hintergrund mit abgeschaltetem Ton lief und die einzige Lichtquelle im Raum darstellte. Der WDR brachte gerade einen längeren Bericht über die wütenden Bürgerproteste gegen den Zuzug Jürgen Kohlmeyers. Der Kamerawinkel war so gewählt, dass neben der Reporterin das Haus von Karsten Kohlmeyer, in dem der berüchtigte Bruder derzeit lebte, zu erkennen war. Oben rechts im Bild hatten die Redakteure ein Porträtfoto des entlassenen Sexualstraftäters eingeblendet.

Sabine kannte das Foto. Sie hatte es bereits an die 100 Mal betrachtet und sich jede anatomische Besonderheit, jedes noch so kleine Detail eingeprägt. Sie schloss die Augen und spielte blind weiter, doch das unscheinbare Gesicht blieb präsent. Sie sah das schüttere blonde Haar und die lange, schmale Nase, die in einen dünnen Oberlippenbart mündete. Da waren die Augen. Blassgraue, eng zusammenliegende Augen, die in einem sonderbaren Kontrast zu dem breiten Gesicht standen. Die narbige Wangenhaut verriet ein zurückliegendes Akneproblem. Die untere Gesichtspartie mit Mund und Kinn war wenig dominant und trug eher jungenhafte Züge. Insgesamt ein durchschnittliches Gesicht, weder attraktiv noch hässlich. Ein harmloses Antlitz und eine trügerische Fassade zugleich. Es war das Gesicht eines Kinderschänders, oder, um es mit den Worten der Boulevardpresse zu sagen, das Gesicht eines Monsters.

Sabine setzte gerade zum Schlussteil des Adagios an, als sie plötzlich eine kalte Berührung an ihrer Schulter spürte. Sie zuckte zusammen, ihr Herz drohte auszusetzen. Nach einem winzigen Augenblick reflexartiger Angststarre wirbelte sie herum und versuchte, die dunkle Gestalt mit wilden Schlägen abzuwehren.

»Sabine!«, schrie ihr Mann. Während er einen Schritt zurückwich, stolperte er über die Teppichkante und schlug hart auf dem Rücken auf. Aus der Bodenperspektive hatte seine tobende, Schatten werfende Ehefrau wahrhaft etwas Bedrohliches.

»Mein Gott, Sabine! Ich bin's doch nur! Was ist denn los?«, rief er vom Boden aus, wo der Schatten seiner rasenden Frau über ihn fiel. Beim Klang der vertrauten Stimme löste sich Sabines Schrecken langsam, und sie begann, sich zu besinnen.

»Liebling, entschuldige bitte. Ich habe nur gerade … ich war dabei …«, stotterte sie und blickte verlegen zur Seite.

»Jetzt beruhige dich erst mal. Du siehst aus, als hättest du den Teufel gesehen.«

Markus richtete sich auf und betätigte den Lichtschalter.

»Ja, ich habe wirklich … ich meine, ich habe dich einfach nicht erwartet. Die Musik … ich habe die Zeit vergessen.«

»Schon gut«, sagte Markus, »ich hätte mich nicht so anschleichen dürfen. Du hast nur so schön gespielt.«

»Danke«, sagte sie milde und blickte zum Fernseher. Der Beitrag über Kohlmeyer war beendet, und es lief der Wetterbericht, der Regen ankündigte.

Markus war mittlerweile dicht an Sabine herangetreten.

»Möchtest du etwas essen?«, fragte sie, verunsichert durch die plötzliche Nähe, und sah zur Seite.

»Nein«, flüsterte Markus und betrachtete seine Frau eine Weile. Dann strich er ihr über die Wangen, hob zärtlich ihr Kinn und lächelte sie an. Nun konnte Sabine nicht anders, als ihn anzusehen. Seine blauen Augen blickten sanft zu ihr herunter. Schließlich lächelte sie zurück.

Diese Geste als stumme Aufforderung wertend, packte er Sabine mit einer blitzschnellen Bewegung und trug sie nach nebenan ins Schlafzimmer. Seinen Mund dicht an ihrem Hals, flüsterte er ihr kleine Zärtlichkeiten ins Ohr. Behutsam legte er sie auf die weiche Matratze, kniete sich über sie und fing an, sie zu küssen. Langsam wanderten seine Lippen von ihrem Mund über ihren Hals und weiter hinab, während er seine Hand unter den Saum ihres Kleides schob. Er konnte nicht wissen, dass seine Frau in diesem Moment schon nicht mehr bei ihm war.

Sabine erlebte die Szene wie in Trance. Zunächst hatte sie sich auf Markus' Berührungen gefreut, aber schon auf dem Weg ins Schlafzimmer wich die Vorfreude den mit Macht auf sie einstürmenden finsteren Bildern. Sie versuchte, sie zu verscheuchen, doch es gelang ihr nicht. Gegen die Heftigkeit, mit der ihr Unterbewusstsein seinen eigenen Regeln folgte, war sie vollkommen machtlos. Plötzlich hatte sie das Foto wieder vor Augen. Sie blickte in die ausdruckslosen Augen, sah die narbige Haut. Von irgendwoher meinte sie den gequälten Schrei eines kleinen Mädchens zu hören. Ihr Pulsschlag beschleunigte sich, und sie öffnete die Augen. Was sie sah, löste nackte Panik in ihr aus. Es war nicht Markus, der mit den Fingern zwischen ihre Schenkel fuhr. Sie erkannte das Gesicht Jürgen Kohlmeyers, zu einer grauenhaft grinsenden Fratze verzogen.

»Du Bastard!«, schrie sie, so laut sie konnte. »Du elender Bastard!«

Sie zog ihre Beine zum Körper, nur um im nächsten Augenblick mit voller Wucht nach der Bestie, die sie bedrängte, zu treten. Sie spürte, wie ihr rechter Fuß auf einen Widerstand traf, und es folgte ein ächzendes Stöhnen.

Mit schmerzgeweiteten Augen krümmte sich Markus zusammen, kippte zur Seite und rutschte vom Bett. Hustend und würgend landete er auf dem Boden und erbrach einen Schwall säuerlich riechender Flüssigkeit.

Als sich die Welle des Schmerzes langsam zurückzog, blickte er in unendlicher Fassungslosigkeit zu Sabine empor. Wie in Zeitlupe vergingen die Minuten, die er so auf dem Boden zubrachte. Endlich reagierte Sabine.

»Oh Gott«, flüsterte sie, ehe sie aufstand und sich weinend neben ihn auf den Boden legte. »Markus, das wollte ich nicht.«

Doch ihr Mann war nicht in der Lage, zu antworten. Die Luft reichte gerade zur Aufrechterhaltung seiner Körperfunktionen.

»Liebling, verzeih mir.« Nun ließ Sabine ihren Tränen freien Lauf. »Ich war nicht ich selbst.«

Sie schluchzte immer heftiger und legte vorsichtig einen Arm um ihren Mann.

»Brauchst du einen Arzt?«, fragte sie schließlich.

Markus brachte ein zaghaftes Kopfschütteln zustande.

So verharrten sie eine Stunde lang auf dem Teppich vor ihrem gemeinsamen Ehebett. Schweigend, weinend.

Gegen 19.45 Uhr versuchte Markus, sich aufzurichten. Sein Magen schmerzte, doch er schien nicht ernsthaft verletzt. Die Bauchmuskulatur hatte den Tritt abfedern können. Er stand auf und schleppte sich auf wackeligen Beinen zur Tür.

»Ich hole Laura ab«, flüsterte er, ohne Sabine dabei anzuschauen.

Schon auf dem Weg zur Garage setzte der angekündigte Starkregen ein, und die dicken Tropfen mischten sich mit den Tränen seiner hilflosen Traurigkeit.

FREITAG, 19. NOVEMBER, 19.30 UHR

Als Klein und Bergmann in das Besprechungszimmer eilten, herrschte bereits hektische Betriebsamkeit.

Die neuesten Informationen hatten längst die Runde gemacht, was Klein mit grimmiger Verärgerung zur Kenntnis nahm. In diesem Punkt glich er allen Führungskräften dieser Welt, denn er konnte es nicht ausstehen, wenn andere im Wissensvorteil waren. Nicht, wenn es um seine Ermittlung ging.

»Entschuldigt die Verspätung!«, bellte er in die Runde und schaffte es, seinen Worten den Klang einer Kampfansage zu verleihen. »Auf den verdammten Straßen ist die Hölle los! Alle reden von Rezession, aber die Zahl der Autos scheint zu explodieren. Irgendwas stimmt doch da nicht!«

Erschöpft ließ er sich auf den Stuhl am Kopfende des Tisches fallen und erteilte Klaus Sperber das Wort.

Der Kriminaltechniker bedachte die Gemütsregung seines Freundes mit einem unterdrückten Lächeln und versuchte, der gereizten Stimmung im Raum entgegenzuwirken.

»Zuerst die guten Nachrichten«, begann er. »Die Identität unseres Toten steht nun zweifelsfrei fest. Durch Manfred und Henning sind wir an den Zahnarzt von Lüscher herangekommen. Dr. Bertram hat uns umgehend Röntgenaufnahmen des Kiefers zukommen lassen. Der Zahnstatus ist identisch mit dem auf den Aufnahmen, die Dr. Narayan heute Morgen gemacht hat.«

»Wenigstens das«, murmelte Klein und bedeutete Sperber fortzufahren.

»Im Hinblick auf die DNA-Analyse haben wir zwar kein gesichertes Vergleichsmaterial, aber wir untersuchen, ob es Übereinstimmungen der Leichen-DNA mit Proben gibt, die wir Zahnbürste und Kamm aus der Wohnung entnommen haben. Danach überprüfen wir, ob das Muster in den Datenbanken erfasst ist.«

Sperber blickte in die Runde, trank einen Schluck Kaffee und bediente sich aus der Keksdose in der Mitte des Tisches.

»Auch die Todesursache ist eindeutig geklärt. Verbluten nach innen«, berichtete er, wobei ihm das beachtenswerte Kunststück gelang, sämtliche Kekskrümel im Mund zu behalten. »Es ist gesichert, dass der Täter nur ein einziges Mal zugestochen hat. Das jedoch äußerst präzise platziert und kraftvoll. Ansonsten gibt es keinerlei Hinweise auf weitere Verletzungen. Die toxikologische Untersuchung liefert keine Anhaltspunkte für eine Vergiftung, wobei es natürlich eine ganze Reihe Zeugs gibt, das nicht nachweisbar ist.«

Sperber musste unterbrechen, da ihm ein Krümel in die Luftröhre gerutscht war. Der Riese schlug sich auf die Brust und fuhr hustend fort: »Es konnte jedoch Alkohol festgestellt werden. Lüscher hatte zum Zeitpunkt seines Todes etwa 0,9 Promille intus. Für Otto Normalverbraucher recht hoch, für einen Säufer allerdings kein Wert, mit dem man Eindruck schinden könnte. Und ein Säufer war er in der Tat. Seine Leber musste einiges ertragen, das konnte man mit bloßem Auge erkennen. Aufgedunsen und prall wie ein Schlauchboot.«

»Also war er krank«, unterbrach Klein die Ausführungen. Es irritierte ihn, in welcher Art und Weise Sperber über den Toten sprach.

»Ja, fortgeschrittener Leberschaden« bestätigte dieser. »Was den Todeszeitpunkt angeht, wurde unsere Vermutung bestätigt. Dr. Schöffing, der Entomologe vom LKA, ist zu dem Ergebnis gekommen, dass der Tod 18 bis 22 Tage zurückliegt. Wir können ihn also eingrenzen auf Donnerstag, den 28. Oktober, bis Montag, den 1. November. Leider ging es dieses Mal nicht präziser, was den immens hohen Temperaturen geschuldet ist, die in Lüschers Wohnung geherrscht haben. Wir bekommen ein ausführliches Gutachten, auch wenn ich vermute, dass das Fliegen-Fachchinesisch ohnehin niemand von uns verstehen wird.«

»Den Donnerstag können wir ausschließen«, nahm Henning Klee einen Teil seiner Informationen vorweg.

»Umso besser«, entgegnete Sperber. Er schlug die nächste Seite seines Notizblocks auf, warf einen Blick auf die wenigen Zeilen und steckte das Heftchen zurück in die Tasche.

»Spuren«, sagte er und zuckte gleichzeitig mit den Schultern. »Ich fürchte, da sieht es schlecht aus. Wir haben fast nichts. Ihr wisst alle, dass wir heute in der Lage sind, Fingerabdrücke auf menschlicher Haut sichtbar zu machen. Der hohe Grad der Verwesung hat diese Auswertung jedoch unmöglich gemacht. Das wenige Blut, das wir gefunden haben, stammt ausschließlich von Lüscher selbst.«

Sperber spülte die letzten Krümel mit einem Schluck Kaffee herunter.

»Fast«, hauchte Klein, »du sagtest, wir haben *fast* nichts.« Der Ermittlungsleiter sah den Kriminaltechniker beinahe flehentlich an. Dieser hielt einen Augenblick inne.

»Ja, zwei Dinge wären da noch. Erinnert ihr euch an das Bettgestell? Die schmalen Streifen, die heller und sauberer waren als der Rest? Wir haben winzige Teile von Leder auf dem Boden gefunden. Hartes gepresstes Leder.« Sperber stutzte kurz und suchte nach einem Vergleich. »So wie …«

»Wie bei einem Riemen?«, murmelte Klein und blickte seinem Freund fragend in die Augen.

»Ja, völlig richtig«, bestätigte Sperber. »Und noch etwas haben wir gefunden. Etwas, das ganz offensichtlich von außerhalb kommt. Es handelt sich um ein Haar.«

Augenblicklich wurde es totenstill. Klein stellte fest,

dass diese Information auch für die anderen neu sein musste. Die Neugier der Zuhörer schwoll an, bis die Spannung beinah greifbar war. Auch bei Klein selbst, der um die Bedeutung dieser Momente wusste, stellten sich die Härchen an seinen Unterarmen auf, und er hielt unweigerlich den Atem an. Alle Augenpaare richteten sich auf den hünenhaften Kriminaltechniker, der wieder eine seiner berühmten kurzen Pausen eingelegt hatte.

Schließlich zog Sperber ein weiteres Papier aus der Brusttasche, faltete es auseinander und hielt es in die Höhe. Die Abbildung zeigte ein längliches graues Gebilde, das entfernt an den Stamm einer Palme erinnerte. Klein spürte einmal mehr den kurzen Stich der Enttäuschung, denn eines erkannte er sofort. Das Bild zeigte kein menschliches Haar.

»Was hier grau erscheint, ist in Wirklichkeit rötlich braun und etwa sechs Zentimeter lang«, erklärte Sperber. »Um genau zu sein, es ist ein Fuchshaar.«

Auf den Gesichtern der Ermittler zeichnete sich eine Mischung aus Unglaube und Interesse ab.

»Was für ein Fuchshaar?«, sprach Lauterbach den Gedanken aller aus. »Was soll uns das sagen?«

»Ich weiß es nicht«, sagte Sperber. »Wir haben es neben der Leiche auf dem Boden gefunden. Es ist die einzige Ausbeute der gesamten Spurensicherung.«

Sperber hatte seinen Vortrag beendet, und es trat eine längere Pause ein, die Klein schließlich durchbrach.

»Irgendwelche Ideen, Leute?«, fragte er in die Runde.

»Wir könnten es mit einem Jäger zu tun haben.«

Die tief brummende Stimme gehörte Manfred Laschinsky. Klein wusste, dass der Älteste unter ihnen selber im Besitz von Jagdschein und Schrotflinte war.

»Du meinst, der Mörder hat die Tat in seiner Wald- und Wiesenkluft begangen, an der noch die Reste der letzten Beute klebten? Nicht gerade wahrscheinlich, oder?«

Es war Bernd Hecking, der die Spitze gegen seinen Kollegen führte.

»Ich sagte ja nur, dass die Möglichkeit …«

Laschinsky kam nicht dazu, sich zu rechtfertigen, denn Klein ging dazwischen.

»Schon gut, Leute. Es geht hier nur um Ideen. Lasst uns alles sammeln, was wir auch nur entfernt mit diesem Haar in Verbindung bringen.«

»Es könnte ein Hinweis oder eine Botschaft sein.«

Henning Klee sprach mit gewohnt leiser Stimme. Aber die Kollegen wussten, dass sie besser gut zuhörten, denn das, was der schmächtige Mann sagte, hatte stets Hand und Fuß.

»Ich erinnere mich an einen Fall, der vor einigen Jahren die Kollegen in Südamerika beschäftigt hat. Der Mörder war ein irregeleiteter Fanatiker. Er hat zwei Vorstandsmitglieder einer Holzfirma ermordet. Bei den verstümmelten Leichen hat man jeweils das Haar eines Berggorillas gefunden. Er wurde überführt und hat nach eigenen Angaben die Morde deshalb begangen, da das Unternehmen Regenwald abgeholzt und somit den Lebensraum der Tiere zerstört hat.«

»Interessante Idee, aber wahrscheinlich nicht ganz übertragbar.«

»Denken wir einen Schritt weiter«, schlug Hecking vor. »Der Mörder könnte es absichtlich dort platziert haben, um uns komplett zu verwirren, uns abzulenken. Eine falsche Fährte.«

»Oder der Mörder hält sich für unbesiegbar und

spricht in Bildern«, sinnierte Klee. »Nach dem Motto: Seht her, einen schlauen Fuchs wie mich werdet ihr niemals kriegen.«

»Auch das müssen wir in Betracht ziehen«, stimmte Klein zu. »Was noch?«

»Kleidung«, sagte Bergmann. »Fuchshaar wird gern zur Fütterung von Winterkleidung verwendet.«

»Ja, das ist naheliegend«, sagte Klein aufmunternd. »In Ordnung, wisst ihr was? Wir kümmern uns später um das Haar, lasst uns die weiteren Analysen abwarten.«

Er blickte zu Bernd Hecking und Stefan Lauterbach.

Die beiden berichteten von den ergebnislosen Befragungen der Nachbarn. Niemandem war etwas zu Ohren gekommen, das auch nur annähernd von Belang hätte sein können. An der letzten Tür jedoch hatten sie Glück.

»Wir konnten Lüschers direkten Nachbarn endlich antreffen«, verkündete Lauterbach. »Ein gewisser Jurij Promirov, 62 Jahre alt, alleinstehend. War nachweislich fünf Wochen lang im Krankenhaus und ist erst gestern Abend entlassen worden. Zum Zeitpunkt der Ermordung war er also definitiv nicht zu Hause.«

»Das gibt's doch gar nicht!«, sagte Klein, und seine Nerven drohten mit ihm durchzugehen.

»Promirov wohnt bereits seit 20 Jahren in dem Haus und gibt an, arbeitslos und tagsüber in der Regel zu Hause zu sein. Ich würde auf seine alkoholgetrübten Wahrnehmungen nicht allzu viel geben, aber er ist sicher, dass Lüscher in regelmäßigen Abständen Besuch empfangen hat«, fuhr Lauterbach unbeirrt fort.

»Jetzt wird es ja doch noch interessant!«, rief Klein und schlug beide Handflächen geräuschvoll auf die Tischplatte.

»Promirov ist der Meinung, Lüscher habe eine Enkeltochter, die ihn zwei- bis dreimal im Monat besucht hat.«

»Was?«, fragte Klein verdutzt. Damit hatte nun wahrlich niemand gerechnet. Fragend blickte er zu Laschinsky, doch dieser schüttelte den Kopf.

»Unwahrscheinlich«, brummte er nur.

»Also was meint dieser Russe?«

»Nun ja, er gibt an, Stimmen im Flur gehört zu haben und das Klacken von Absätzen. Ab und zu ist er zur Tür geschlichen und hat durch den Spion geschaut. Er sagt, dass er dabei jedes Mal eine Frau gesehen hat.«

Günther Klein schöpfte Mut.

»Was wissen wir über diese Frau?«

»Ich fürchte, nicht viel«, dämpfte Lauterbach die Hoffnung im Handumdrehen. »Der Mann kann keine Beschreibung abgeben. Er hat sie immer nur von hinten gesehen. Sicher ist er sich nur, dass die Dame stets mit einem langen dunklen Mantel bekleidet war.

»Es ist also eine reine Vermutung von ihm, dass es sich um die Enkeltochter handelt«, sagte Klein leicht gereizt.

»Richtig.«

»Und dass es sich um eine *junge* Frau handelt, kann er ebenso wenig wissen.«

»Auch das ist richtig«, gab Lauterbach zu. »Interessant ist aber, dass die Dame angeblich nie lange geblieben ist. Promirov spricht von höchstens einer Stunde.«

Klein stützte sein Kinn auf die Daumen, während er mit den Zeigefingern seine Nasenwurzel massierte.

»Wir müssen diese Frau ausfindig machen«, sagte er. »Das hat absolute Priorität. Ihr zwei kümmert euch weiter darum. Wenn ihr Hilfe braucht, bekommt ihr mehr Leute.«

Klein spürte, dass seine Mannschaft eine Pause vertragen konnte. Die warme Heizungsluft schien den Sauerstoff förmlich zu verschlingen. Doch er wollte keine weitere Zeit verlieren, zu viel davon hatte er heute bereits verschwendet.

»Was gibt es Neues bei euch?«, wandte er sich an Laschinsky und den schmächtigen Klee. Die beiden hatten den ganzen Vormittag damit verbracht, die Kisten mit Papieren und Dokumenten aus Lüschers Wohnung durchzusehen. Klein hatte große Hoffnungen an diese Auswertungen geknüpft, denn der Tote war immerhin ein Beamter gewesen. Er vermutete einen pedantischen Wesenszug des Opfers, auch wenn dessen Umfeld dem Klischee nicht zu entsprechen schien.

Laschinsky räusperte sich und ergriff das Wort. Herbert Lüscher war ein Einzelkind gewesen, das in Aachen geboren wurde und bis zum Beginn seines Ruhestands auch dort studiert, gewohnt und gearbeitet hatte. Erkundigungen bei den Aachener Behörden und Ämtern ergaben, dass er nie verheiratet gewesen oder Vater geworden war. Laschinsky referierte über Bankunterlagen, Rechnungen und Kaufquittungen aus dem Hausmüll. Doch es war nichts dabei, was auf ein schnelles Vorankommen der Ermittlungen hoffen ließ. Keinerlei persönliche Notizen, Aufzeichnungen oder Fotos, die auf Freundschaften oder andere Kontakte hätten hinweisen können.

»Tut mir leid, mehr ist diesen Kisten nicht zu entnehmen«, sagte Laschinsky und übergab das Wort an seinen Kollegen.

»Ich habe mich heute Nachmittag mit dem Filialleiter der Sparkasse getroffen«, berichtete Klee. »Er hatte nie persönlichen Kontakt mit unserem Toten, konnte aber herausfinden, wann Lüscher das letzte Mal in der Filiale Geld abgehoben hat und bei wem das war.«

»Ach ja?«

Klein fühlte sich plötzlich niedergeschlagen und müde. Er sehnte sich nach seinem Bett.

»Das Mädchen heißt Anna Schmitz und macht derzeit ihre Ausbildung bei der Sparkasse. Wir hatten Glück, dass sie heute da war. Sie konnte sich tatsächlich an Lüscher erinnern. Er sei ausgesprochen unfreundlich und gereizt gewesen. Offenbar hat er sie vor den anderen Kunden fürchterlich zur Sau gemacht, und das nur, weil sie ihm ein Beratungsgespräch vermitteln wollte.«

»Konnte sie einen Grund nennen für sein Verhalten?«, fragte Klein.

»Nein. Aber die anderen Angestellten berichten Ähnliches: Lüscher sei immer reserviert und wortkarg gewesen. Nie ein persönliches Wort oder eine freundliche Geste. Schon gar nicht einen Hinweis darauf, wofür er das Geld eigentlich brauchte.«

»Über wie viel Geld reden wir denn?«

»Es waren immer zwischen 400 und 600 Euro bei einer monatlichen Gesamtrente von knapp 2.000 Euro. Das letzte Mal war er am Freitag, dem 29. Oktober, in der Bank. Vormittags gegen kurz nach halb elf. Eine Barabhebung über 500 Euro.«

»Womit wir den Todeszeitpunkt tatsächlich ein Stück weiter einengen können«, konstatierte Klein. »Was ist mit Abbuchungen von EC- oder Kreditkarten?«

»Da sieht es schlecht aus«, erwiderte Klee und zuckte mit den Schultern. »Lüscher hatte keine. Hat nie eine besessen. Er hat seine Rechnungen ausschließlich mit Lastschrift, Überweisungen oder Barzahlungen beglichen.«

Klein dachte über diese Information nach und massierte erneut seine Nasenwurzel. Schließlich unterbrach Hecking seine Gedanken.

»Vielleicht hat ihn jemand beobachtet und ist ihm nach Hause gefolgt.«

Klee schüttelte den Kopf. »Unwahrscheinlich. Denk an das Geld auf dem Küchentisch. Ein Raubmörder hätte das sicher nicht übersehen.«

»Ich sehe hier keinen Raubmord«, mischte sich Klein wieder in das Gespräch. »Aber völlig ausschließen können wir diese Möglichkeit nicht. Wie steht es mit Aufzeichnungen der Überwachungskameras?«

»Nun«, sagte Klee, »leider Fehlanzeige. Die Kameras im Kassenraum zeichnen nur bei Alarmauslösung auf.«

»Dem Datenschutz sei Dank«, kommentierte Sperber ärgerlich.

»Ist nicht die erste Sackgasse«, sagte Klein und brachte ein gequältes Lächeln zustande. »Mach dir nichts draus. Was haben wir noch?«

»Der zweite Besuch hat mich zu Dr. Schneiderhahn geführt, Lüschers Hausarzt. Der Mann hat sich sehr kooperativ verhalten und sein Ermessen im Hinblick auf die Schweigepflicht zu unseren Gunsten gewählt.«

»Hast du ihm ein Foto gezeigt?«

»Nein, das war gar nicht nötig. Lüscher war bereits Alkoholiker, als er Ende 1991 das erste Mal zu Dr. Schneiderhahn kam. Allerdings ist die Trinkerei wohl erst in den letzten Jahren richtig schlimm geworden, was zu einer massiven Leberschädigung geführt hat. Dr. Schneiderhahn hat eine beginnende Zirrhose attestiert, was das irreversible Endstadium dieser Krankheit bedeutet. Er geht davon aus, dass Lüscher nur noch wenige Jahre zu leben gehabt hätte, zumal er nicht bereit war, seinen Alkoholkonsum einzuschränken, und sich jeder Therapie strikt widersetzte.«

»Ärzte sind Personen des Vertrauens«, sagte Klein und ließ Klee nicht aus den Augen, »du weißt schon, Persönliches, Intimes vielleicht, irgendetwas?«

»Fehlanzeige«, erwiderte dieser. »Jeder Versuch des Doktors, mehr über Lüscher in Erfahrung zu bringen, als Blutwerte und Röntgenaufnahmen zutage fördern, ist kläglich gescheitert. Irgendwann hat er es dann aufgegeben. Das ist leider alles.«

»Das ist doch zum Kotzen«, brach es aus Klein hervor. Er sprang auf, lief zum Fenster und atmete schwer. Er wischte ein kleines Guckloch in die beschlagene Scheibe und blickte auf die verregnete Hauptstraße hinunter. Die Strapazen des Tages forderten ihren Tribut und ließen ein heißes Pochen in seinem Knie zurück. Der dumpfe Schmerz betäubte seine Wut ein wenig.

»Verfluchter alter Mann«, sprach er leise, seinen Leuten noch immer den Rücken gekehrt. »Verbringt sein ganzes Leben in Aachen, und auf seine letzten verdammten Tage zieht es ihn hierher, wo er beschließt, ein Penner zu werden und sich zu Tode zu saufen.«

»Zumindest hat er das versucht.«

Sperber war der Einzige, der Klein nahe genug stand, um ihm in dieser Situation die Stirn zu bieten.

»Aber offenbar hatte jemand etwas dagegen, dass es Lüscher selbst ist, der seinem jämmerlichen Leben ein Ende bereitet. Und wir sollten diesen Jemand schleunigst fassen. Außerdem müssen wir langsam die Pressemitteilung herausgeben, und dann wird die Sache am Montag in den Zeitungen stehen.«

»Vielleicht hilft es uns ja«, murmelte Klein, und sein Atem ließ das Guckloch auf der kalten Scheibe wieder beschlagen.

»Mag sein, aber in erster Linie macht es sich bei den Leuten nicht sonderlich gut, wenn die Polizei im Dunkeln tappt, während ein Unbekannter alte Menschen in ihrer Wohnung umbringt.«

Sperber ließ seine Worte eine Weile wirken und setzte dann hinzu: »Schon gar nicht, wenn gleichzeitig ein Perverser frei herumläuft und kleine Kinder belästigt. Wir müssen die Nerven behalten, Günther.«

Klein wandte sich an die Kollegen: »Leute, es war ein harter Tag für uns alle. Noch irgendetwas, das wir unbedingt wissen müssten?«

Als niemand Anstalten machte, etwas zu sagen, schloss Klein: »Gut. Fahrt nach Hause und schlaft euch aus. Wir sehen uns morgen um elf.«

Es war bereits 22.10 Uhr, als Klein das Licht löschte und als Letzter das Besprechungszimmer verließ. Sein Körper schrie nach Erholung, doch er wusste, dass dies nicht der Zeitpunkt war, um zu schlafen. Klaus hat völlig recht, dachte er auf dem Weg zu seinem Schreibtisch. Wir müssen einen Mörder fangen, und am Ende bin ich dafür verantwortlich, ob uns das gelingt oder nicht.

Er ging hinüber in sein Büro, sank schwer in den Drehstuhl und blickte in die Dunkelheit. Er genoss die vollkommene Stille des alten Gemäuers und liebte es, das riesige Gebäude beinah ganz für sich allein zu haben. Lediglich die Leitstelle und der nächtliche Bereitschaftsdienst der Kriminalpolizei waren in einem anderen Gebäudetrakt noch bei der Arbeit.

Klein sammelte seine Gedanken noch eine Weile,

dann beugte er sich vor, knipste die Schreibtischlampe an und fuhr den Computer hoch. Er wollte gerade das Schreibprogramm öffnen, als ihn etwas innehalten ließ. Das Geräusch kam von draußen, aus Richtung des Flurs. Er verharrte regungslos und lauschte angestrengt in die Stille hinein.

»Hallo?«, rief er und stellte im selben Augenblick fest, dass seine Stimme nicht halb so fest klang, wie er wollte.

»Ist da wer?«, schob er vorsichtig hinterher und drehte den Schirm seiner Lampe zur Tür hin. Nichts zu sehen. Und keine Reaktion. Klein lenkte den Lichtkegel wieder auf den Tisch und wollte gerade an eine Täuschung seiner müden Sinne glauben, als er plötzlich jemanden atmen hörte. Ganz in seiner Nähe, im selben Raum. Blitzschnell griff seine rechte Hand an die Hüfte, doch sie fand nur das leere Gürtelholster. Panisch wurde ihm bewusst, dass er seine Waffe am Morgen im Panzerschrank hatte liegen lassen. Sein Hirn suchte fieberhaft nach einem Ausweg, als plötzlich ein leises Kichern zu ihm herüberwehte. Augenblicklich entspannte er sich, beugte sich vor und lenkte den Lichtstrahl auf die hübsche Gestalt, die lässig im Rahmen der Bürotür lehnte.

»Verdammt«, sagte er und wusste nicht recht, wie viel der Verärgerung in seiner Stimme gespielt war und wie viel nicht. »Ich bin ein alter Mann, schon vergessen?«

»Ich wollte noch mal nach dir sehen.«

»Na hör mal, ein Pflegefall bin ich noch nicht.«

»Aber gut ging es dir heute Abend auch nicht, oder?«

»Jedenfalls besser als nach deinem kleinen Auftritt eben. Himmel, ich hätte auf dich schießen können!«

»Ohne Waffe?«

Ein Lächeln huschte über ihr Gesicht.

Sie hat es also bemerkt, stellte Klein etwas verlegen fest.

»Ich hätte mich auf dich stürzen und dich erschlagen können«, knurrte er mit tiefer Stimme und formte seine Hände zu klauenartigen Greifern.

»Mit deinem kaputten Knie?«

Das Lächeln auf Bergmanns Gesicht weitete sich nun zu einem schelmischen Grinsen.

Klein lehnte sich geschlagen zurück und schüttelte den Kopf. »Was machst du eigentlich hier? Warum bist du nicht zu Hause oder gehst in die Disco?«

Jennifer Bergmann betrat das Zimmer und setzte sich an ihren Schreibtisch. Auch sie schaltete die kleine Leseleuchte an. Der schwache Schein beider Lampen tauchte das große Büro in ein schummriges Licht, und die langen Schatten erzeugten eine gespenstische Gemütlichkeit.

»Ich hatte tatsächlich eine Verabredung«, sagte sie.

»Aber?«

»Ich habe abgesagt. Ich wollte mit dir noch mal über Lüscher reden.«

Klein beugte sich vor, drehte den Kopf auf die Seite und musterte seine Kollegin.

»Du warst dabei«, sagte er, ohne seinen Blick zu lösen. »Wir haben alle Fakten zusammengetragen. Alles, was es bisher gibt, wenigstens.«

»Das meine ich nicht. Wir hatten heute keine Zeit, über Gefühle zu reden.«

»Über Gefühle reden?«, wiederholte er erstaunt. »Ich schätze, du hättest deiner Verabredung nicht absagen sollen.«

Jennifer Bergmann lachte laut auf, und Günther Klein fiel auf, wie schön sie war. Der Zopf, den sie tagsüber stets trug, war gelöst, und ihr langes blondes Haar fiel ihr vom Mittelscheitel aus in glatten Strähnen bis weit über die Schultern. Ihre grünen Augen verrieten einen wachen Geist, versprühten lebensbejahende Freude und Neugier. Die Jacke hatte sie über den Stuhl gehängt, und der enge beigefarbene Wollpullover betonte ihre schlanke, sportliche Gestalt. Sie war keine aufdringliche Schönheit, sondern eher mädchenhaft geblieben mit schmalen Hüften und zierlicher Brust. Klein wusste, dass sie einen Großteil ihrer knappen Freizeit dem Sport verschrieben hatte. In ihren drei Jahren als Bereitschaftspolizistin war sie eine Meisterin im Wing Tsun geworden, einer Sportart, aus deren Repertoire die Polizei ihre Eingriffs- und Verteidigungstechniken schöpfte. Klein wusste auch um den Hang seiner Kollegin zu außergewöhnlichem Nervenkitzel. Im Frühjahr hatte sie ihm begeistert von einem Fallschirmsprung über dem nächtlichen Münsterland berichtet, im Jahr davor war es ein Bungee-Sprung von einer Brücke in Schottland gewesen. Jennifer Bergmann war eine Frau, wie sie sich viele Männer wünschten. Doch so angenehm ihre Erscheinung und Gesellschaft auch waren, Klein hatte seine Kollegin nie heimlich begehrt oder gar lüstern betrachtet. Er sah in ihr einen Zögling, für dessen Ausbildung und Werdegang er Verantwortung trug. Von Zeit zu Zeit hatte er das Gefühl, dass Jennifer Bergmann ihm sogar näherstand als Miriam, seine eigene Tochter. In diesen Momenten wusste er nicht, ob er sich darüber freuen oder ob er traurig sein sollte.

»Alles in Ordnung?«, hörte er sie schließlich fragen. Offenbar war ihr nicht entgangen, dass er mit seinen Gedanken woanders war.

»Ja, alles in Ordnung, ich habe nur … unwichtig.« Er sah sie an: »Dir liegt doch was auf dem Herzen. Leg los.«

Bergmann nickte ihm dankbar zu und hob an: »Weißt du, ich habe nicht deine Erfahrung, habe längst nicht so viele Tote gesehen, so vielen Mördern gegenübergesessen wie du. Aber irgendetwas stimmt doch hier nicht.«

»Wie meinst du das?«, fragte Klein, doch im Grunde wusste er es bereits. Er fühlte genauso.

»Nehmen wir Lüscher selbst«, fuhr Bergmann fort. »Was ist das für ein Kerl? Ich meine, nach allem, was wir bislang wissen, hatte er 30 Jahre lang einen anstrengenden, aber gut bezahlten Job. Und als er dann sein Leben endlich genießen kann, hat er nichts Besseres zu tun, als ausgerechnet in das dunkelste Loch der ganzen Stadt zu ziehen. Nur um dort in völliger Isolation zum Alkoholiker zu werden.«

»Wir wissen nicht genau, wann er mit der Trinkerei angefangen hat«, erwiderte Klein. »Wir müssen seinen früheren Arzt ausfindig machen.«

»Meinst du, die Kollegen an der Schule hätten etwas gesagt, wenn Lüscher schon als aktiver Lehrer getrunken hätte?«

»Das weiß ich nicht. Ich habe zwar den Eindruck, dass Lüscher innerhalb des Kollegiums nicht sonderlich beliebt gewesen ist, aber das eigene Nest wird nur ungern beschmutzt.«

»Und über Tote redet man nicht schlecht.«

»Ja. Wir werden den ehemaligen Schulleiter auf dieses Thema ansprechen müssen. Es muss schließlich einen Grund geben, warum Lüscher bereits mit 55 Jahren pensioniert worden ist.«

»Ja, das müssen wir.«

Bergmann drehte sich nach hinten und kramte die Schachtel Marlboro Light aus der Jackentasche.

»Stört's dich?«, fragte sie.

Klein zuckte mit den Schultern. Bis vor zehn Jahren war er selbst starker Raucher gewesen. Dann hatte er eines Tages seine damals zwölfjährige Tochter dabei erwischt, wie sie heimlich mit einer Freundin auf der Kellertreppe rauchte. An diesem Tag hatte er sich geschworen, sämtliche Zigaretten für alle Zeiten aus seinem Hause zu verbannen, wobei er konsequenterweise seine eigenen mit einschloss.

»Nein«, sagte er.

Bergmann stand auf, lief zum Fenster und stellte es auf Kipp. Aus ihrer Hosentasche holte sie ein silbernes Sturmfeuerzeug, zündete die Zigarette an und setzte sich zurück an den Schreibtisch.

»Und was zum Teufel ist bloß in dieser Wohnung geschehen?« Sie blies den Qualm aus ihren Lungen, und unter dem Lichtkegel ihrer Lampe formte sich eine bizarre Glocke aus waberndem bläulichem Dunst.

»Wer zum Teufel geht hin und tötet einen alten Mann mit einem einzigen gezielten und kräftigen Stoß ins Herz. Hast du so etwas schon einmal erlebt?«

Klein konnte sich an keinen vergleichbaren Fall erinnern. Selbst Klee hatte keine anderen Fälle mit ähnlicher Vorgehensweise nennen können. Die Recherchen in den internationalen Datenbanken waren ebenfalls negativ verlaufen.

»Nein«, besann er sich auf die Frage. »Einzelne Stiche findet man ja eher im Bereich des Halses, der Kehle. Oder an den Handgelenken, wenn es ein Selbstmörder ist. Stiche ins Herz sind typisch für Beziehungstaten, wenn der Täter das Opfer gekannt und abgrundtief gehasst hat. Dann allerdings haben wir in der Regel viele

Stiche, die unter Umständen sogar den ganzen Körper bedecken können. Der Täter handelt in einem Rauschzustand, einem Tötungswahn, ähnlich wie ein Amokläufer. Ist der erste Stein ins Rollen gekommen, kann die Lawine der Gewalt nichts mehr aufhalten.«

»Was ist nun aber mit diesem einzelnen Stich?«, hakte Bergmann nach.

»Ich weiß es nicht«, musste Klein zugeben. »Ich habe höchstens vage Vermutungen.«

»Die da wären?«

Klein musterte seine Kollegin und kam zu dem Schluss, dass sie es ernst meinte.

»Gut, aber nur unter Vorbehalt«, sagte er und nahm einen Schluck aus der Wasserflasche. »Ich glaube nicht recht an die Theorie mit dem unbekannten Fremden. Ich meine, ein Stich in ein schlagendes Herz verlangt auch dem hartgesottensten, gefühlskältesten Menschen ein gewisses Maß an Überwindung ab. Ein Fremder würde von hinten zustechen, in die Lunge. Er würde eine Pistole wählen oder zum Kissen greifen und den alten Mann einfach ersticken oder ihn meinetwegen erwürgen. Der Stich ins Herz deutet auf Gefühle hin. Auf gewaltige Gefühle.«

»Warum aber nur einer?«, blieb Bergmann hartnäckig. »Warum kein Exzess?«

»Es könnte eine Art …«, Klein verstummte und suchte einige Augenblicke nach den passenden Worten, »eine Art Schauspiel sein. Eine Inszenierung. Sperber sagt, der Mann sei innerlich verblutet. Das geht schnell, aber einige Sekunden wird es dauern.«

Bergmann zweifelte: »Einige Sekunden, ja. Aber wenn ich jemandem zuschauen möchte, wie er qualvoll verblutet, warum dann nicht eine Arm- oder Beinarterie öffnen, das würde die perverse Freude auf einige Minuten erhöhen.«

Sie erhielt keine Antwort und zog an ihrer Zigarette.

»Die Theorie mit dem Fremden überzeugt mich ebenso wenig wie dich«, sagte sie schließlich. »Immerhin hat Lüscher gelebt wie in einem Hochsicherheitstrakt. Wie um alles in der Welt hätte sich ein Fremder Zutritt verschaffen sollen?«

Klein seufzte, fuhr sich mit der Hand über sein Gesicht und nickte. »Du denkst an die Frau?«

»Natürlich«, sagte Bergmann. »Meine Güte, Günther. Glaubst du, unser Mörder könnte weiblich sein?«

Tatsächlich war Klein dieser Gedanke auch schon gekommen, aber er hatte bisher keine Zeit gefunden, darüber nachzudenken.

»Nein«, sagte er dennoch, »das kann ich mir nicht vorstellen. Aber ich bin überzeugt, dass diese Frau der Schlüssel ist. Jetzt deine eigene Theorie.«

»Meine Theorie?« Bergmann war einen Moment lang verunsichert. Dann wurde ihr klar, was er meinte. »Du sprichst von diesem Fuchshaar?«

»Allerdings. Es wäre doch möglich, dass der Mörder sich mittels dieser Frau Zutritt verschafft hat.«

»Ja, zumindest sind es wohl in der Regel Frauen, die mit Fuchsfell herumlaufen.«

»Eines steht jedenfalls fest«, konstatierte Klein. »Wir müssen alles daransetzen, diese Frau ausfindig zu machen. Sie ist der erste Dominostein, der die anderen anstoßen muss.«

Bergmann öffnete eine Schublade ihres Schreibtisches, holte einen Aschenbecher hervor und drückte die Zigarette aus.

»Bliebe noch ein Detail«, sagte sie.

Klein bewunderte die Energie seiner Kollegin und empfand ein wenig Stolz.

»Das Leder«, sagte er.

»Richtig. Was hatte es an dem Bettgestell von Herbert Lüscher zu suchen?«

»Sag du es mir.«

»Ich hatte mal eine Freundin«, begann Bergmann nach einer kurzen Pause. »Der Vater war Schreiner. Zu ihrem 13. Geburtstag schenkte er ihr ein Schwebebett. Er hat eine Vorrichtung gebaut, die stabil genug war, um die Last zu tragen. Aufgehängt war es an vier Lederriemen, die mit dem Gestell verbunden waren. Es war wunderbar.«

»Und völlig geräuschlos. Es sei denn, es schlägt mit dem Kopfende gegen die Wand«, sagte Klein und war überrascht von seiner eigenen Schlagfertigkeit.

»Blödmann«, tat Bergmann beleidigt. »Sie war erst 13.«

»Im Ernst, ich denke, ein Hängebett können wir ausschließen. Der Raum war vollständig ausgekleidet mit diesen Dämmplatten. Aber ich werde Sperber beauftragen, in der Decke nach Haken oder alten Löchern zu suchen.«

»Gut«, zeigte sich Bergmann zufrieden, »was fällt dir sonst noch ein?«

»In Krankenhäusern oder psychiatrischen Kliniken werden Menschen gelegentlich ans Bett gefesselt. Zu ihrem eigenen oder anderer Leute Schutz. Zumindest wird es so gesagt.«

»Ja, und dann gibt es noch die Fälle, in denen das alles freiwillig passiert.«

»Freiwillig? Verstehe ich nicht«, sagte Klein, doch das stimmte nicht ganz. In Wahrheit waren die Puzzleteile längst an ihre Plätze gefallen.

»Doch, tust du«, erkannte auch Bergmann. Die junge Frau, Fuchshaarbekleidung, Stiefelabsätze im Stundentakt, regelmäßige Barabhebungen über mehrere Hundert Euro, lederne Fesseln am Bett, geräuschdämmende Wandverkleidungen, alles fügte sich zusammen und zeichnete ein Bild, das ihnen nie zuvor in den Sinn gekommen war.

Bergmann zündete sich eine weitere Zigarette an. Schweigend saßen sie in ihrer Schattenhöhle, bis Bergmann schließlich ihre Kippe ausdrückte, die Jacke nahm und sich zum Gehen wandte.

»Du bist eine gute Polizistin«, sagte Klein, während er ihr nachblickte.

In der Tür drehte sie sich noch einmal um.

»Kein guter Schüler ohne einen guten Lehrer.« Sie zwinkerte ihm zu. »Gute Nacht, wir sehen uns morgen.«

»Gute Nacht.«

Nachdem sie gegangen war, machte Klein sich daran, die Ergebnisse des Tages zusammenzufassen. Durch das Gespräch mit Bergmann würde er den einen oder anderen Absatz in seinen inoffiziellen Fallnotizen hinzufügen müssen. Die Computeruhr zeigte 00.10 Uhr, doch seine Müdigkeit war fürs Erste verschwunden.

SAMSTAG, 20. NOVEMBER, 12.30 UHR

Markus saß in seinem Arbeitszimmer und betrachtete die Liste der Treffer auf dem Bildschirm seines Laptops. Es dauerte nicht lange, bis er den Link fand. Einen Mausklick später war er auf der richtigen Seite.

Die Aufmachung der Homepage deckte sich mit dem Eindruck, den er schon früher von der jungen Frau gehabt hatte. Kühl, reserviert, aber hoch professionell. Der zielstrebige Ehrgeiz von Isabella Hoffmeyer war ihm immer suspekt und bewundernswert zugleich erschienen. Sie war nicht der Typ Frau, dem man auf exzentrischen Mottopartys begegnete oder der sich betrank und zu Entgleisungen hinreißen ließ. Nie stand sie im Mittelpunkt der Gerüchte – ganz im Gegensatz zu vielen ihrer Gefährtinnen. Nicht, dass es an Angeboten für die außergewöhnlich hübsche junge Frau gemangelt hätte. Nein, Isabella Hoffmeyer widmete ihr Leben ganz und gar der Arbeit. Die Entscheidung dazu war früh gefallen, und sie hatte ihren Weg mit eiserner Disziplin beschritten. Dass ihr Universitätsabschluss am Ende in die Annalen der Fakultät einging, überraschte niemanden.

Zu der Zeit wohnte Markus mit ihr im selben Haus. Es war ein gepflegtes, ruhiges und vor allem teures Mehrfamilienhaus ganz in der Nähe des Aasees. Isabellas Ehrgeiz war weithin bekannt, und so war Markus aufrichtig überrascht, als sie ihn eines Abends zu sich einlud. Er fühlte sich geehrt. Doch das anfängliche Interesse erlahmte schnell. Die schüchterne Isabella passte einfach nicht in das von Eskapaden und Ausschweifungen begleitete Leben, das er führte. Bei der letzten Verabredung hatte er ihr das auch deutlich gemacht, wenn auch nicht sonderlich feinfühlig. In den folgenden Wochen und Monaten spürte er, dass Isabella sich trotz seiner Abweisung noch Hoffnungen machte. Auffällig oft begegnete sie ihm »zufällig«, und wenn er nachmittags zum Joggen aufbrach, stand sie am Fenster, und er spürte ihre Blicke in seinem Rücken.

Als er kurze Zeit später Sabine kennenlernte und sich mit ihr liierte, fand er eines Morgens einen Brief unter der Tür. Auf drei handschriftlich verfassten Seiten schlug ihm Isabellas Wut entgegen. Sie konnte nicht verstehen, wie Markus eine Beziehung mit dieser »ungebildeten und ordinären Person« führen konnte. Er solle sein Leben nicht wegwerfen, so ihre Worte, er habe Besseres verdient. Der Brief endete mit »Deine Isabella«.

Damals hatte er Sabine den Brief gezeigt und sich über die kindlich wirkende Reaktion lustig gemacht. Dies führte zu einigen unangenehmen Begegnungen im Hausflur. Wenig später zog Markus aus. Er hatte Isabella seitdem nie wiedergesehen.

Markus verdrängte seine Gedanken und konzentrierte sich wieder auf den Bildschirm. Er folgte der Einladung zu einem virtuellen Rundgang durch die stilvoll eingerichteten Räumlichkeiten.

Als er auf die Kontaktseite klickte, um sich Telefonnummer und Adresse zu notieren, baute sich eine Grafik auf. Markus hielt inne. Das Porträtfoto zeigte eine freundlich lächelnde Isabella Hoffmeyer.

Markus rückte unwillkürlich ein Stück näher heran, um das Bild besser betrachten zu können. Die schwarzen Locken, die ihr in seiner Erinnerung bis knapp an den Po reichten, waren gekürzt und berührten nun gerade noch ihre zierlichen Schultern, die von einer eleganten, eng geschnittenen Bluse bedeckt wurden. In Isabellas Gesicht hatte die Zeit ihre Spuren hinterlassen, doch noch immer konnte man sie als außerordentlich attraktiv bezeichnen. Der Ausdruck ihrer blassgrauen Augen war derselbe geblieben und zeugte von professioneller Entschlossenheit.

Markus löste sich von ihrem Anblick, notierte die Kontaktdaten und registrierte, dass Isabella noch immer ihren Mädchennamen trug. Plötzlich überkam ihn eine Nervosität, wie er sie selten erlebt hatte. Mit zitternden Fingern wählte er ihre Telefonnummer auf seinem Handy. Es klingelte lange. Niemand meldete sich. Markus wollte gerade auflegen, als plötzlich ihre Stimme erklang.

»Hallo, Isabella. Ich bin's, Markus. Markus Kleiber.«

Er ließ ihr keine Zeit für eine Reaktion, sondern fügte sofort an: »Ich würde mich gern mit dir treffen. Am besten so schnell wie möglich.«

Nach dem Telefonat fühlte er sich beschwingt und lebendig wie lange nicht mehr. Es war viel einfacher gewesen, als erwartet. Am kommenden Montag würde er sie wiedersehen. Dafür musste er zwar einigen seiner Patienten absagen, aber das war es ihm wert. Er warf einen Blick auf die Uhr, schaltete den Rechner aus und verließ das Arbeitszimmer. Laura wartete bereits darauf, dass er sie abholte.

SAMSTAG, 20. NOVEMBER, 18.00 UHR

Günther Klein setzte rückwärts in die Parklücke und schaltete die Scheibenwischer aus. Die Hände im Schoß, die Augen geschlossen, blieb er noch eine Weile sitzen und lauschte Frank Sinatra im Duett mit seiner Tochter Nancy. Er dachte an seine eigene Tochter, Miriam. Im Geiste zählte er die Wochen, die seit ihrem letzten Gespräch verstrichen waren, und das Ergebnis stimmte ihn traurig.

Die Klänge des Liedes wurden leiser, und ehe der Moderator etwas sagen konnte, schaltete Klein das Radio aus, verließ den Wagen und ging hinüber zu seinem Haus. Der Ostwind hatte aufgefrischt und blies ihm den kalten Nieselregen ins Gesicht. Klein warf einen flüchtigen Blick zum Himmel. Die Wolken waren zu einer konturlosen, schmutzig braunen Masse verschwommen, die unheilvoll über der Stadt hing.

Klein drehte den Schlüssel und schob die Haustür auf, die plötzlich auf einen Widerstand traf. Der Schwung reichte aus, um das Hindernis zu verschieben. Dann hallte ein dumpfer Knall durch den Eingangsbereich. Vorsichtig schob sich Klein an der halb geöffneten Haustür vorbei und spähte in den Flur. Sein Blick fiel auf eine umgestürzte Einkaufstasche, und er bemerkte die rote Lache, die sich rasch ausbreitete. Er erkannte die Tasche und wurde schlagartig von einer Nervosität befallen, die ihm ebenso vertraut wie ärgerlich war. Einen Augenblick später sah er sie die Kellertreppe heraufkommen. Ihr hübsches Gesicht löste sich aus dem Halbdunkel. Die großen blauen Augen erblickten erst ihn und dann den Wein, der sich inzwischen vollständig über die Fliesen ergossen hatte.

»Das wollte ich nicht, ich meine, ich habe Ihre Tasche nicht gesehen«, stammelte Klein anstelle einer Begrüßung.

»Es ist meine Schuld«, sagte Irina.

»Ich konnte sie nicht sehen«, wiederholte Klein. Er spürte ein Glühen auf seinen Wangen und fühlte sich wie ein Schuljunge, den die Lehrerin beim Schummeln erwischt.

»Ist schon gut«, beteuerte Irina und schenkte ihm ein verzeihendes Lächeln. »Ich hätte sie nicht dort stehen lassen dürfen.«

»Warten Sie«, sagte Klein und machte sich eilig auf den Weg in seine Wohnung im ersten Stock. Kurz später kehrte er mit Mülltüte, Kehrblech und einer Küchenrolle zurück.

Irina hatte bereits begonnen, die Scherben aufzusammeln, doch Klein bestand darauf, ihr diese Arbeit abzunehmen, und reichte ihr stattdessen die Papiertücher. Schweigend arbeiteten sie nebeneinander an der Beseitigung des Missgeschicks. Gelegentlich blickte Klein verstohlen zur Seite. Er registrierte ihre zierlichen Schuhe, die dunkle Seidenstrumpfhose über den schmalen Fesseln. Durch die gebückte Haltung war Irinas Kleid bis über die Knie gerutscht, und der Anblick irritierte und faszinierte ihn zugleich. Wenn sie sich bewegte, konnte er ihr Parfum riechen. Sein Gehirn vermochte die Bestandteile nicht herauszufiltern, aber er dachte an eine Mischung aus Frühlingsblumenduft und warmem Honig. Und eine Note schweren französischen Rotweins.

Klein suchte fieberhaft nach einer Bemerkung, einer Frage, nach irgendetwas, das ein Gespräch hätte in Gang bringen können. Doch ihm fiel nichts ein, und die Gelegenheit verstrich.

»Ich glaube, das war alles«, sagte er schließlich, richtete sich auf und vermied es, Irina anzusehen. Er griff in die Hosentasche und holte sein Portemonnaie hervor.

»Was hat die Flasche gekostet?«, fragte er.

»Nein, das möchte ich nicht«, antwortete sie.

»Ich würde mich besser fühlen, wenn Sie das Geld ...«

Er hielt inne, als sie energisch mit dem Kopf schüttelte.

»Ich muss mich beeilen, mein Mann ... ich bin bereits spät dran mit dem Abendessen.«

Sie nahm die Tasche, lächelte verlegen und verschwand auf der Treppe.

Klein blickte ihr nach, entsorgte die Tüte mit den Scherben und humpelte frierend hinauf in seine Wohnung. Durch den überhasteten Aufstieg von eben hatte sein Knie wieder angefangen zu schmerzen.

Zehn Minuten später saß Klein mit einer dampfenden Tasse Tee am Küchentisch und blätterte lustlos durch die Tageszeitung. Er konnte sich nicht konzentrieren, denn seine Gedanken schweiften ständig ab zu der sonderbaren Begegnung. Der Ärger über sich selbst war noch immer nicht verraucht, und er fragte sich, was Irina über ihn dachte, ob sie überhaupt etwas über ihn dachte. Wenn ihre Bemerkung zutraf, stand sie jetzt in der Küche unmittelbar über seiner eigenen und bereitete das Abendessen für ihren Mann. Klein rief sich die große, hagere Gestalt ins Gedächtnis, hatte aber Mühe, sich an das Gesicht zu erinnern. Er hatte seinen Nachbarn erst wenige Male gesehen, seit das Paar im vergangenen Sommer eingezogen war. Genau wie Irina sprach auch ihr Mann mit starkem Akzent, aber genau wie sie beherrschte er gepflegtes, korrektes Deutsch. Klein wusste im Grunde gar nichts über die beiden, hatte aber mitbekommen, dass der Mann oft für mehrere Tage verreiste.

Er scheuchte die Gedanken beiseite, nahm einen Schluck Tee, stand auf und lief ins Badezimmer. Er drückte den Stöpsel in den Abfluss der Badewanne, öffnete beide Hähne und ließ das Wasser so lange über seine Hand laufen, bis er mit der Temperatur zufrieden war. Er fand die Flasche mit dem Entspannungsbad und schüttete zwei volle Kappen der cremigen Flüssigkeit hinzu. Anschließend ging er hinüber ins Wohnzimmer, nahm das Telefon aus der Ladestation und wählte die Nummer seiner Tochter. Vergebens. Das Handy war ausgeschaltet. Einen Festnetzanschluss gab es nicht. Er verzichtete darauf, auf die Mailbox zu sprechen, und versuchte es stattdessen mit der Nummer, die an zweiter Stelle in seinem Telefon gespeichert war. Dieses Mal hatte er mehr Glück.

»Hey, Pa, was gibt's?«

»Hallo, Tobias. Ich wollte mal hören, wie es dir geht.«

»Nichts Besonderes. Ein bisschen viel um die Ohren momentan.«

»Was macht die Schule? Nächstes Jahr ist es schon so weit, hm?«

»Ja, die ersten Vorklausuren laufen. Bis jetzt sieht es ganz gut aus.«

»Schön zu hören. Was macht deine Freundin? Lara, nicht?«

»Lana. Nein, es gab da ein paar Schwierigkeiten. Ist aber halb so wild.«

»Das tut mir leid. Wie geht's deiner Mutter?«

»Sie ist ein paar Tage verreist, auf die Kanaren. Hey, Pa?«

»Ja?«

»Es ist gerade ein bisschen ungünstig. Meine Kumpel stehen jeden Augenblick vor der Tür. Können wir später telefonieren?«

»Ja sicher.«

»Danke, Pa. Bis dann.«

»Bis dann«, erwiderte er, doch Tobias hatte bereits aufgelegt. Klein hielt den Hörer in der Hand und schloss die Augen.

Er fühlte sich plötzlich alt und ausgelaugt. Eine Weile blieb er einfach sitzen, bis ihn das Rauschen im Hintergrund an das warme Bad erinnerte, das auf ihn wartete. Schwerfällig erhob er sich, ging hinüber ins Badezimmer und spürte, wie sich die Aromadämpfe beruhigend über seine Schleimhäute legten. Kurz später senkte er seinen schweren Körper Stück für Stück hinab in die schaumigen Fluten.

Die Wärme hüllte ihn ein und drang in jede Pore. Klein blies ein Loch in den Schaumberg vor seinem Gesicht und lehnte den Kopf an die Wand. Seine Muskulatur entspannte sich, und mit der Entspannung kam die Müdigkeit. Seine Augenlider wurden schwerer, bis er schließlich nachgab und in einen schläfrigen Dämmerzustand glitt.

Sein Unterbewusstsein vernahm das Martinshorn eines Rettungswagens draußen auf der Straße. Die Mechanismen in seinem Kopf fingen an zu greifen und schickten ihn zurück in die Nacht des 12. November 1990. Die Nacht, die sein Leben für immer veränderte.

Es ist eine ruhige, verregnete Schicht. Müde streifen wir durch unser Gebiet, erzählen uns Witze, die wir beide schon kennen. Zäh tropft die Zeit, noch fünf Stunden bis zum Feierabend. Dann sehe ich die rote Lampe, ein Funkspruch geht ein. Hier Leitstelle Gruga, tönt es aus dem Lautsprecher. Schwerer Verkehrsunfall auf der Annastraße. Der Wagen hat ein Schaufenster durchbrochen. Starke Rauchentwicklung. Rettungswagen und Feuerwehr sind unterwegs. Ich erkenne die Stimme des Funkers, ein erfahrener, besonnener Mann. Er klingt angespannt. Besorgt. Ich krame meinen inneren Stadtplan hervor. Mit den Jahren hat er sich wie ein Foto in mein Gedächtnis gebrannt. Keine drei Kilometer, sage ich und schaue hinüber zu Achim. Sein Blick ist düster, sein Nicken knapp, dann tritt er aufs Gas. Ich habe Mühe, mich nach vorne zu beugen, um das Funkgerät zu bedienen. Ich will den Einsatz übernehmen, doch die Beschleunigung drückt meinen Oberkörper in den Sitz. Das Blaulicht auf dem Dach spiegelt sich in den Scheiben geparkter Autos, und die Sirene heult schrill durch die Nacht. Der Regen wird plötzlich stärker. Das Gummi der Wischblätter schafft es kaum, die heftig prasselnden Tropfen beiseitezuschieben. Das Fernlicht flackert auf, doch die Sicht reicht kaum für die nächsten 30 Meter. Wie in einem Tunnel fliegt alles als dunkler Schatten an uns vorbei. Im Tiefflug jagen wir durch die kalte Nacht. Scharfe Bremsung, wir schießen nach vorn. Die Gurtmechanik stöhnt, doch sie hält. Kurve nach rechts, dann geht das Tempo wieder hoch. Die Hauptstraße ist breit, ihr Zustand schlecht. Vollgas. Der Motor heult. Ich schiele nach links, die Nadel zeigt 110. Die Wischer kreischen, das Fahrwerk ächzt. 500 Meter, rufe ich. Die Straße biegt sich nach rechts, die Physik zieht uns nach links. Die Bremsen greifen, der Wagen wird leicht. Ich spüre den Grenzbereich. Dann sehe ich es, 200 Meter voraus, linke Seite. Wir sind die Ersten, niemand ist da. Wo ist der Anrufer?, schießt es mir durch den Kopf. Für Antworten bleibt keine Zeit. Schlitternd kommen wir zum Stehen. Ich springe aus dem Wagen, Sekunden später bin ich nass bis auf die Haut. Das Wasser läuft in die Schuhe, die Haare kleben in meinem Gesicht. Ich versuche, die Situation zu erfassen. Metzgerei. Gerahmte Glasfassade, fast bis zur Erde. Mittig durchbrochen von einem dunklen Sportwagen. Aus dem Loch quillt dicker Rauch, die Sicht im Inneren ist schlecht. Ich renne zum Fenster, rufe laut in das Dunkel. Die Antwort ist ein gequältes Stöhnen. Es gibt nichts zu überdenken, ich muss hinein. Das Heck des Toyotas versperrt mir den Weg. Hektisch suche ich nach einer Alternative. Da, eine Lücke auf der linken Seite. Breit genug, aber niedrig. Ich befühle den Rand. Das Glas ist dick, aber von Rissen und Sprüngen überzogen. Ich schäle mich aus der Jacke, der Regen ist glitschig und klebrig zugleich. Ich lege sie auf den Boden, das Leder schützt mich vor den scharfkantigen Splittern. Ich atme tief ein und krieche hinein. Achim hält die Leuchte und brüllt in sein Funkgerät. Ich bin drin, vorsichtig richte ich mich auf. Es riecht nach Benzin, und der Qualm brennt in meinen Augen. Beeile dich, sagt die Stimme in meinem Kopf. Ich reiße die Fahrertür auf. Nur eine Person, ein junger Mann. Er lebt. Wimmernd und blutend liegt er in seinem Sitz. Ich beuge mich in den Wagen, löse den Gurt und drehe den Mann auf die Seite. Von hinten fasse ich seinen Arm. Rettungsgriff. Vorsichtig ziehe ich ihn aus dem zischenden Wrack und schleife ihn zurück zum Loch. Das Atmen fällt mir schwer. Achim erwartet uns. Er zieht, ich schiebe, mithelfen kann der Verletzte nicht. Sein rechter Fuß bleibt an der niedrigen Mauerkante hängen. Als er sich löst, schlägt er donnernd gegen die Reste der Scheibe. Ein starkes Zittern peitscht wellenartig über das rissige Glas. Dann verliert es sich in leisen Vibrationen. Die Scheibe hält. Meine Lungen brennen, mir ist schwindlig. Es wird Zeit. Ich lege mich auf den Bauch und krieche los. Der Kopf ist draußen. Gierig pumpe ich den Sauerstoff in meine Lungen. Achim greift meine Hände und zieht. Die Hüfte ist draußen. Plötzlich ist da ein Geräusch. Ein leises, unscheinbares Knirschen. Den neuen Riss in der Scheibe kann ich förmlich sehen. Der erstickte Aufschrei von Achim dringt an mein Ohr, und dann spüre ich es. Kalt und spitz bohrt sich das schwere Glas in mein Bein und zerschneidet das linke Knie. Panik überflutet mein Gehirn, Adrenalin den Rest meines Körpers. Ich versuche, das Bein zu bewegen. Es geht nicht, ich spüre es nicht mehr. Todesängste schaukeln sich auf und rauben mir den Verstand. Die Gedanken hängen in Fetzen. Blitzlichter ohne Zusammenhang. Und dann verändert sich alles. Plötzlich bin ich vollkommen ruhig. Ich schaue in Achims Gesicht. Er hockt da wie gelähmt. Hinter ihm erkenne ich den blutenden Mann, er wimmert noch immer. Aus der Ferne dringen die Sirenen zu uns herüber. Ich friere, höre ich mich sagen. Dann wird es still und schwarz.

Das erneute Sirenengeheul der abrückenden Krankenwagen holte Klein zurück in die Wirklichkeit. Die Schaumberge hatten sich inzwischen aufgelöst, das Wasser war kalt geworden. Missmutig beugte er sich vor, zog den Stöpsel und ließ gerade heißes Wasser nachlaufen, als sein Handy piepte. Es lag griffbereit neben ihm auf dem Klodeckel, und Klein erkannte die Nummer seiner Tochter. Es versetzte ihm einen Stich, aber er war jetzt nicht in der Verfassung, mit ihr zu sprechen. Die wenigen Gelegenheiten, die er mit ihr hatte, sollten nicht von trübseliger Stimmung und finsteren Gedanken überschattet werden. Er starrte auf die feuchten Fliesen vor sich, in denen sich sein Gesicht spiegelte. Langsam lehnte er sich zurück, rutschte tiefer und ließ seinen Kopf unter die Wasseroberfläche sinken, wo er dem Brodeln des warmen Wasserstroms lauschte.

SONNTAG, 21. NOVEMBER, 15.00 UHR

Ihr Blick schweifte über die leicht gekräuselte Wasseroberfläche. Der Baldeneysee lag matt und grau zu ihrer Rechten und war an dieser Stelle so breit, dass Sabine das diesige Ufer auf der anderen Seite nur erahnen konnte.

Seit dem Morgen fiel der Regen in dünnen Fäden vom Himmel und überzog die hügelige Landschaft mit einem Schleier, der sämtliche Farben und Konturen herauszufiltern schien. Allein Branca versprühte Lebendigkeit in der trostlos wirkenden Umgebung. Mit hochgezogenen Lefzen preschte sie über den Uferweg und jagte einem Hasen hinterher, der zu dicht vor ihrer Nase über den Weg gehoppelt war. Mit zusammengekniffenen Augen beobachtete Sabine das Schauspiel. Sie wusste, dass es zwecklos war, ihren Hund in dieser Situation zurückzupfeifen. Zu stark war der Trieb des Tieres, seine Beute zu stellen, ihr die Fangzähne in den Nacken zu schlagen und so lange zu schütteln, bis sie schließlich tot war. Sabine sah, wie der Hase auf den Acker floh, und wusste im selben Moment, dass er gewonnen hatte. Branca folgte ihm tapfer, doch der erste Haken, den der Hase schlug, wurde ihr zum Verhängnis. Mit den Vorderläufen sank die Hündin in den aufgeweichten Untergrund, überschlug sich und landete hart auf der Seite. Verdutzt rappelte sie sich auf und hielt Ausschau nach der flinken Beute, die inzwischen sicher in ihrem Versteck saß. Branca schüttelte den Dreck aus dem Fell und lief hechelnd zurück auf den Weg. Ein quakendes Entenpaar hatte ihre Aufmerksamkeit erregt.

Das würde ich auch gern können, dachte Sabine. Niederlagen und Demütigungen einfach wegstecken, vergessen und den Blick nach vorne richten. So, als sei nichts gewesen. Früher hatte sie das versucht. Sie hatte die Demütigungen eingesteckt, um zu überleben. Doch anders als bei Branca war nichts dadurch gut geworden. Sabine spürte, wie die Wut wieder in ihr hochstieg. Sie würde nicht länger der Angst zum Opfer fallen. Sie war nicht mehr das wehrlose Kind von einst. Nein, sie war stark und wehrhaft, und alle würden das erfahren. Niemand würde sie mehr benutzen, und niemand würde ihrer Familie Schaden zufügen. Im Namen der zahllosen Opfer, die immer noch zu stiller Demütigung gezwungen wurden, musste sie handeln. Wer, wenn nicht sie, konnte für die Unschuldigen Partei ergreifen?

Langsam ging Sabines Atem wieder ruhiger, während sie ihr Herz noch laut pochen hörte. Die aufgescheuchten Enten zogen sich flügelschlagend und schnatternd aufs Wasser zurück, und Branca verlor das Interesse am Jagen. Geschlagen und lustlos kehrte die Hündin zurück an Sabines Seite und trottete neben ihr her. Wäre der Hund ein Mann gewesen, man hätte die beiden für ein zerstrittenes Pärchen halten können, das sich nichts mehr zu sagen hatte.

Nach 20 Minuten gelangte Sabine an eine Einmündung. Sie verließ den Uferweg, kehrte dem See den Rücken und entfernte sich in südliche Richtung. Rechts von ihr erhoben sich die ersten Häuser aus dem Boden, während linker Hand dichter Mischwald begann.

Dann erreichte sie eine weitere Abzweigung. Der Weg, den sie einschlug, war schmal und unscheinbar, aber er führte tiefer in den Wald hinein. Sie war etwa 150 Meter weit gegangen, als der Weg scharf abknickte und hinter einer mächtigen Eiche verschwand. Sabine hatte die richtige Stelle erreicht. Sie verließ den Pfad und betrat das unwegsame Gelände. Branca verharrte zunächst mit aufmerksam gespitzten Ohren, doch dann folgte sie ihrer Herrin bereitwillig durch das Unterholz.

Sabine hatte erwartet, dass der Weg mühsam sein würde. Bei jedem Schritt sank sie tief ein. Nur widerwillig gab der morastige Waldboden ihre festen Wanderschuhe frei und begleitete jeden Schritt mit einem geräuschvollen Schmatzen. Vor dem Nebel, der vom diffusen Licht der langsam untergehenden Novembersonne nur schwer durchdrungen wurde, hob sich das grau vertäfelte Haus ab.

Sabine öffnete den Reißverschluss ihrer Regenjacke, hob das Fernglas an ihre Augen und begann, das Anwesen zu inspizieren. Details waren nur schwer zu erkennen.

Gebückt schlich sie weitere 30 Meter durch den Wald. Branca blieb zurück. Sie hatte den »Platz«-Befehl erhalten und gehorchte. Sabine zog ein Taschentuch hervor und säuberte die Objektive. Die blätterlosen Kronen boten keinen Schutz vor der alles durchdringenden Nässe. Sie war jetzt bis auf 120 Meter an das Haus herangekommen. Es war das letzte in der Reihe von insgesamt zwölf frei stehenden Häusern in der Bruckwaldstraße. Sabine konnte die Demonstranten erkennen. Von den wütenden Massen der letzten Tage war lediglich eine kleine Mahnwache übrig geblieben. Fünf Menschen standen im Kreis und trugen ein weißes Banner und erschöpfte Gesichter zur Schau. Mit blutroter Schrift forderten sie den Abzug des Kinderschänders. Sabine suchte die Straße ab, doch die Polizisten konnte sie nicht entdecken. Sie vermutete den zivilen Wagen unmittelbar in der Nähe der Eingangstür, die sie von ihrer Position aus nicht einsehen konnte.

Sabine konzentrierte sich wieder auf den hinteren Teil des Hauses, der dem Wald zugewandt war. Sie versuchte, jede Einzelheit in sich aufzunehmen. Die zugezogenen Gardinen hinter den verschlossenen Fenstern, der verwitterte Sonnenschirm auf der großen Terrasse und die gebrochenen Plastikstühle, die zusammen mit anderem Unrat in einer Ecke des verwilderten Gartens lagen, nur halb verdeckt von einer löchrigen Plane. Sabines Blick schwenkte auf die andere Seite, hinüber zur Garage. Sie wollte die Mauer nach einer Außenbeleuchtung absuchen, hielt aber plötzlich inne. Sie hatte etwas entdeckt, auch wenn sie nicht sagen konnte, was es war. Sie presste das Fernglas noch näher an die Augen und drehte den Kopf langsam zurück. Da war es. Unmittelbar über der Grasnarbe. Sie spürte, wie sich ihr Pulsschlag erhöhte.

Sie veränderte ihre Position, ging einen Schritt zur Seite, dann einen nach vorn. Doch das genügte nicht, um die letzten Zweifel auszuräumen. Sabine setzte das Fernglas ab und sah sich prüfend um. Dann stapfte sie entschlossen zu einem Baum schräg hinter ihr. Branca ließ ihre Herrin keine Sekunde aus den Augen, rührte sich aber nicht vom Fleck. Braver Hund, dachte Sabine und fasste einen der tief hängenden Äste, den sie für stabil hielt. Mit beiden Füßen suchte sie Halt an dem Stamm, doch die schlammverschmierten Sohlen ließen sie immer wieder abrutschen. Sabine sammelte all ihre Kraft und zog sich mit beiden Armen hinauf. Schließlich fand ihr Schuh einen Vorsprung in der groben Rinde, der ihr ausreichend Halt bot. Während sie ihren Körper mit dem linken Arm an den Stamm heranzog, konnte sie mit der rechten Hand das Fernglas halten. Der gewonnene Meter Höhenunterschied reichte aus, um sicher zu sein.

Sabine erkannte nun deutlich die Spitze eines Handlaufs. Das Haus verfügte also über einen Kellerabgang, noch dazu auf der unbewachten Seite. Es schien, als hätte sich das Blatt gewendet. So leise wie möglich ließ sie sich auf den Waldboden fallen und trat den Rückzug an.

40 Minuten später erreichte sie ihren Wagen, nass und zitternd vor Kälte. Als sie hinter Branca die Kofferraumklappe schloss, spielte ein dünnes Lächeln um ihre Mundwinkel.

SONNTAG, 21. NOVEMBER, 19.45 UHR

Laura hatte die Schüssel ausgekratzt und den Rest ihrer Mousse au Chocolat verschlungen. Nun wippte sie ungeduldig auf ihrem Stuhl.

»Darf ich hochgehen und spielen, Mami?«

»Ja, Liebes«, sagte Sabine und sah ihre Tochter liebevoll an. »Aber um halb neun ist Schlafenszeit. Morgen ist Schule.«

»Ich weiß. Kommst du noch hoch und sagst mir Gute Nacht?«

»Natürlich, mein Schatz.«

»Du auch, Papi?«

»Sicher.« Markus strich seiner Tochter zärtlich über den Kopf. »Nun lauf schon«, sagte er lachend und gab ihr einen Klaps.

Fröhlich hüpfte Laura aus dem Esszimmer und stürmte die Treppe hinauf in ihr Spielzimmer.

»Wir haben Glück gehabt«, sagte Markus und blickte seiner Frau in die Augen. Sabine nahm ihr Rotweinglas und trank einen Schluck.

»Was meinst du?«, fragte sie schließlich.

»Laura. Ich meine, wenn ich andere Kinder sehe, auf der Straße, in der Praxis … du hast das toll gemacht.«

»Ich habe die eine Hälfte beigesteuert, die andere ist von dir.«

»Im Ernst«, sagte er und rückte näher an Sabine heran.

»Du bist eine tolle Mutter.«

Er küsste sie auf die Stirn.

»Und eine ausgezeichnete Köchin obendrein. Das Fleisch war köstlich.«

Markus lehnte sich zurück und betrachtete seine Frau. Irrte er sich, oder war sie bei seinen Komplimenten leicht errötet? Sie war dezent geschminkt, so wie er es gern hatte. Leichtes Rouge auf den Wangen, ein bisschen Tusche, die ihre langen Wimpern zur Geltung brachte, und ein verführerischer roter Lippenstift. Sie hatte die Locken kunstvoll in einer Hochsteckfrisur gebändigt, was ihren langen Hals betonte. Die Kreolen hatte er ihr im Frühjahr geschenkt, zu ihrem 33. Geburtstag. Die schmale Silberkette hingegen war ein Erbstück ihrer Mutter, das sie sonst nur zu besonderen Anlässen trug. Das beigefarbene Kleid betonte ihre zarte Schönheit und war aufreizend und elegant zugleich.

Markus beugte sich vor und nahm ihre Hand.

»Wir haben Glück gehabt«, wiederholte er mit sanfter Stimme. »Und ich ganz besonders.«

Er zog sie zu sich, küsste sie und spürte, wie sie diesen Kuss erwiderte. Sanft löste er sich und stand auf.

»Ich räume ab«, verkündete er. »Der Koch hat Pause.«

»Das ist lieb«, sagte sie, und Markus spürte ein Zögern. Prompt setzte er sich zurück auf den Stuhl und fragte fröhlich herausfordernd: »Es sei denn, der Koch hat noch etwas aufzutischen?«

Sabine schien verlegen, doch schließlich fasste sie sich ein Herz: »Es ist wegen Freitag. Du weißt schon.«

Markus' Miene wurde ernster. Er nickte, schenkte in beide Gläsern Rotwein nach und nahm einen kräftigen Schluck. »Du hast es erklärt«, sagte er nach einer Weile. »Die Sache mit Laura hat dich heftig mitgenommen.«

»Du verstehst nicht. So einfach ist das nicht.«

»Wie ist es dann?«

»Wenn ich das nur wüsste!« Traurig senkte sie den Blick. »Die letzten Wochen waren hart für mich. Ich träume schlecht und schlafe wenig.«

»Ja, das war nicht zu übersehen.«

»Ich liebe Laura über alles, ich könnte es nicht ertragen, wenn ihr jemand etwas antut.«

»Das wird nicht passieren«, beteuerte Markus und schüttelte den Kopf.

»Weißt du, solange dieser schreckliche Kerl nicht gefasst ist … und dann die Sache mit diesem Widerling. Hier in unserer Nachbarschaft!« Jetzt sah sie ihm direkt in die Augen. »Ich will mein Leben zurück!«

Sabines Stimme brach, und ihr Körper begann zu zittern. Markus nahm sie in den Arm und wiegte sie sanft hin und her.

»Ich werde auf euch aufpassen«, versprach er ihr. »Auf euch beide. Ich liebe dich.«

Ein paar Minuten später hatte Sabine sich wieder beruhigt. Sie stand im dunklen Wohnzimmer und blickte hinaus in den Garten. Der kleine Strahler am Rande des Teiches warf lange Schatten, die in dem böigen Wind zu tanzen schienen. Hinter ihr war das Klappern von Porzellan zu hören. Markus räumte die Spülmaschine ein.

Was ist nur los mit mir, ging es ihr durch den Kopf. Nach Markus' Liebeserklärung wäre sie beinahe schwach geworden. Die Geborgenheit des Augenblickes hätte sie um ein Haar dazu gebracht, sich ihrem Mann zu öffnen. Und das durfte sie nicht. Wenn sie ihm jetzt alles erzählte, war es aus. Sie wusste, dass es dann keine Chance mehr für ihre kleine Familie geben würde. *Sei stark. Bring zu Ende, was du angefangen hast. Wenn alles vorüber ist, kannst du neu beginnen. Dann wird endlich alles gut.*

Dieses Mal zuckte sie nicht zusammen, als Markus ihre Schultern berührte. Sie war vorbereitet, denn sie hatte seine dunkle Gestalt in der spiegelnden Scheibe auf sich zukommen sehen. Sabine drehte sich um und schmiegte ihren Kopf an seine Brust.

»Komm, Liebling. Wir bringen unsere Tochter ins Bett.« Sachte strich er mit dem Rücken seines Zeigefingers ihren Hals entlang. »Und dann kümmern wir uns um dich.«

MONTAG, 22. NOVEMBER, 09.40 UHR

»Sie haben Ihr Ziel erreicht.«

Die Stimme aus dem Navigationsgerät an der Windschutzscheibe durchbrach das Schweigen. Bergmann und Klein hatten die letzten Minuten damit zugebracht, staunend aus dem Fenster zu schauen und die kostspieligen Errungenschaften privilegierter Aachener Vorstädter zu bewundern. Es war ein sonniger, kalter Morgen, und die gefrorene menschenleere Umgebung schien wie ein Bild aus einem kitschigen Werbeprospekt.

Bergmann stieg weich auf die Bremse und brachte den Opel zum Stehen. Nummer 27 lag genau wie die benachbarten Villen etwa 100 Meter von der Straße zurückgesetzt. Eine alte Steinmauer, die unter der Last von wild rankendem Efeu beinahe zusammenzubrechen schien, schützte vor neugierigen Blicken auf das weitläufige Grundstück. In der Mitte der Mauer stand ein schweres schmiedeeisernes Tor, dessen rechter Flügel geöffnet war. Die Lücke bot ausreichend Platz, um mit dem Wagen hindurchzufahren.

»Soll ich?«, fragte Bergmann mit einem Unterton in der Stimme, der echte Verunsicherung verriet.

»Wir sind angemeldet«, antwortete Klein, der keine Lust verspürte, die 100 Meter zu Fuß zurückzulegen. »Und so wie ich das sehe, stehen die Pforten in dieser Gegend nicht aus reiner Nachlässigkeit offen. Man erwartet uns.«

Bergmann drehte das Lenkrad, steuerte den Opel vorsichtig durch das Tor und fuhr im Schritttempo über den breiten Kiesweg, der in gerader Linie auf die Villa zuführte. Es war ein prachtvoller Bau aus dunklen Natursteinen mit halbrunden Erkern auf beiden Seiten, hohen Fenstern und schwarzem Schieferdach. Das Haus schien immer gewaltiger zu werden, je näher sie kamen.

»Hast du so etwas schon mal gesehen?«

Bergmann ließ ihren Blick durch den winterlichen Garten schweifen, der sich zu beiden Seiten des Weges parkähnlich ausdehnte.

»Höchstens im Fernsehen«, antwortete Klein, ohne seinen Blick von den Kirsch- und Apfelbäumen zu lösen, auf deren Zweigen weißer Raureif in der Morgensonne glitzerte.

»Das muss ja das reinste Paradies sein im Sommer«, schwärmte Bergmann sichtlich beeindruckt.

»Wenn man sich eine Handvoll Gärtner leisten kann, die die ganze Arbeit erledigen, bestimmt.«

»Ich glaube, in diesem Punkt müssen wir uns keine Sorgen machen, was?«

»Nein, sieht nicht danach aus.«

Bergmann folgte einer Abzweigung des Weges und hielt vor einer riesigen Doppelgarage.

»Dann wollen wir mal«, sagte Klein und zwängte sich umständlich aus dem Wagen. Der Kies knirschte unter seinen Turnschuhen, während er sich dem mächtigen, in einen gemauerten Rundbogen gefassten Eingang näherte. Er fröstelte und wusste nicht, ob es an den eisigen Temperaturen lag oder eher an dem überdeutlichen Gefühl, die ganze Zeit unter Beobachtung zu stehen. Sie stiegen die Stufen zu der breiten, überdachten Veranda hinauf, und Klein las die gemeißelte Inschrift über der Tür: IN MANU TUA SORS MEA.

»›In deinem Tresor liegen meine Millionen‹ wäre wohl zu offensichtlich gewesen«, flüsterte Bergmann, die die Inschrift ebenfalls gelesen hatte und sie mithilfe ihres Schullateins übersetzen konnte. Klein zuckte nur mit den Schultern und trat zur Tür. Instinktiv hielt er Ausschau nach einem schweren, löwenköpfigen Türklopfer, fand aber nur einen schlichten schwarzen Klingelknopf. Seine Fingerspitzen hatten die Klingel noch nicht berührt, als sich plötzlich hinter der Tür etwas regte. Die Ermittler traten einen Schritt zurück und warteten, bis der schwere Riegel zurückgeschoben war. Die Tür ging auf, aber nur so weit, wie es die eingehängte Kette erlaubte. Im Halbschatten erkannte Klein das hagere Gesicht einer Frau, die sie mit unverhohlener Skepsis musterte.

»Ja bitte?«, fragte sie in einem Tonfall, als hätte sie tatsächlich keine Ahnung, wer da vor ihr stand.

»Kriminalpolizei Essen«, sagte Klein und kramte seine Marke hervor. »Wir haben einen Termin mit Alois Weinheimer.«

Er hielt diese Vorstellung für ausreichend und wartete auf eine Reaktion der Frau, die jedoch ausblieb.

»Dürfen wir reinkommen?«, fügte er schließlich unsicher hinzu.

Statt einer Antwort ging die Tür wieder zu, und die Ermittler tauschten einen Blick, der eine Mischung aus Unverständnis und Belustigung verriet. Dann hörten sie das Geräusch der Kette, und schließlich wurde ein zweites Mal geöffnet.

»Ich habe mir gleich gedacht, dass Sie es sind«, sagte die Frau und winkte sie freundlich herein. »Kommen Sie, man erwartet Sie bereits.«

Bergmann und Klein folgten ihr durch einen geräumigen, offenen Flur. Das Düstere der Außenfassade wich im Inneren hellen und freundlichen Farben. Die modernen Strahler an den hohen Decken waren gedimmt und tauchten den Flur in ein angenehmes Licht. Der glänzende Parkettboden verströmte den Duft von frischem Wachs. Klein atmete tief ein und bemerkte, dass sich ein rauchig-würziger Duft untermischte. Irgendwo im Haus brannte ein Kaminfeuer. Das ungute Gefühl, das sich außerhalb der dicken Mauern eingestellt hatte, wich von ihm, während die Wärme in seinen Körper hineinströmte.

Die Frau ging weiter und öffnete schließlich eine der zahlreichen Türen. Doch anstatt einzutreten, machte sie einen flinken Schritt zur Seite, stellte sich neben den Rahmen und nickte den Besuchern freundlich zu. Klein betrat den Raum als Erster und stellte fest, dass das Haus noch geräumiger war, als es von außen schien. Die Ölgemälde an den Wänden teilten sich den Platz mit gerahmten Urkunden und Fotos. Ein Schreibtisch am Ende des Raumes wurde auf beiden Seiten von gewaltigen Bücherregalen flankiert. Dann erst fiel Kleins Blick auf die kleine ausgemergelte Gestalt in der Mitte des Raumes. Alois Weinheimer saß im Rollstuhl und schenkte seinen Gästen ein dünnes Lächeln.

»Gefällt es Ihnen?«, fragte er, und Klein war überrascht angesichts des festen Klangs seiner Stimme. Weinheimer trug ein weißes kurzärmeliges Hemd unter einem dunkelblauen Pullunder. Über seinen Beinen lag eine Wolldecke, auf der seine gefalteten Hände ruhten. Das schneeweiße gescheitelte Haar war ungewöhnlich dicht. Seine Augen lagen in tiefen Höhlen, und die eingefallenen Wangen unterstrichen seine dürre Gestalt.

»Ja«, sagte Klein, »es gefällt mir.«

Er ging auf Weinheimer zu und stellte sich vor. In dem Moment, in dem er ihm seine Hand reichte, stockte er kurz. Er wusste nicht, in welchem Ausmaß Weinheimer von der Lähmung betroffen war, und spürte große Erleichterung, als sich ihm die fleckige, knochige Hand entgegenstreckte. Der Händedruck des alten Mannes war ebenso fest wie seine Stimme. Bergmann trat aus dem Hintergrund und tat es ihm gleich, doch Klein spürte, dass ihr die Situation nicht sonderlich behagte.

»Setzen Sie sich doch«, sagte Weinheimer und deutete auf die beiden Ledersessel auf der gegenüberliegenden Seite eines niedrigen Glastisches. Klein ließ sich in den Sessel gleiten, strich mit den Fingern über die glatte, kühle Oberfläche und ertappte sich dabei, wie er den

Wert des Sessels schätzte. Sein Monatsgehalt würde für eine Anschaffung wohl nicht ausreichen.

»Verzeihen Sie meine Neugier«, begann Weinheimer das Gespräch, »aber ich bin unsäglich gespannt, was Sie zu mir führt.«

Klein musste sich zwingen, seine entspannte Position aufzugeben, und beugte sich ein Stück nach vorn.

»Wie ich am Telefon bereits angekündigt habe, handelt es sich bedauerlicherweise um keinen erfreulichen Anlass.«

»Das tut es in der Regel selten, wenn die Kriminalpolizei zu Besuch kommt.«

Die Art, wie Weinheimer ihn aus seinen wachsamen eisgrauen Augen musterte, irritierte Klein. Dieser Mann ist auf der Hut, ging es ihm durch den Kopf.

»Sie haben völlig recht«, legte Klein die Karten auf den Tisch. »Es geht um einen Mordfall, der sich vor einigen Wochen in unserem Zuständigkeitsbereich ereignet hat.«

Weinheimer zog eine Augenbraue hoch.

»Ein Mordfall, sagen Sie. Und die Ermittlungen haben Sie jetzt zu *mir* geführt?«

Weinheimer war alt, 86 Jahre, wie Klein wusste, aber sein Geist war wach. Die Tatsache, dass es sich um ein Kapitaldelikt handelte, schien ihn nicht sonderlich zu beeindrucken.

»Um genau zu sein«, erläuterte Klein, »ist der Mord erst letzte Woche bekannt geworden. Wir stehen mit unseren Ermittlungen noch ganz am Anfang.«

»Dann finde ich es umso erstaunlicher, dass Sie nun vor mir sitzen.« Weinheimer überlegte kurz. »Ein Angehöriger kann es nicht sein. Bekannte und Freunde schließe ich ebenso aus. Also, wer ist es?«

Klein folgte dem plötzlichen Impuls, sein Gegenüber noch ein wenig länger zu beobachten.

»Es ist jemand, mit dem Sie eventuell beruflich zu tun hatten, vor vielen Jahren.«

Weinheimer runzelte die Stirn.

»Dann können es Hunderte sein«, stellte er fest. »Aber ich habe niemanden gekannt, der derart unbeliebt gewesen ist.«

Klein suchte und fand den Blick des alten Mannes. Er hielt ihn fest, während er weitersprach: »Zur Motivlage können wir derzeit wenig sagen. Bei dem Toten handelt es sich um Herbert Lüscher, Lehrer für Erdkunde und Geschichte am öffentlichen Gymnasium zwischen 1973 und 1991. Wenn unsere Informationen richtig sind, waren Sie zeitgleich einige Jahre Direktor des benachbarten Internats. Erinnern Sie sich an Lüscher?«

Klein war es gelungen, den Blickkontakt aufrechtzuerhalten, und so war ihm der schwache Schatten auf Weinheimers Gesicht nicht entgangen. Klein war ihm in seiner beruflichen Laufbahn hundertfach begegnet. Dieses Flackern, das für den Bruchteil einer Sekunde zu sehen war. Egal, wie groß oder klein das Vergehen, wie nervös oder abgebrüht ein Verdächtiger auch war. In dem Moment, in dem jemand ins Mark getroffen wurde, übernahm der Körper für einen flüchtigen verräterischen Moment die Kontrolle über den Geist. Für Klein waren solche Reaktionen immer von unschätzbarem Wert. Selbstverständlich hatten sie keinen gerichtlichen Beweiswert, aber oft waren sie deutliche Zeichen dafür, an welcher Stelle es sich lohnte, tiefer zu graben, um auf die Wahrheit zu stoßen.

Weinheimer schloss die Augen und führte seine Hände an die Nasenspitze. So saß er eine ganze Weile, in der niemand etwas sagte. Klein lehnte sich zurück und beobachtete. Stille auszuhalten war eine Fähigkeit, die jeder Polizist beherrschen musste.

»Herbert Lüscher«, wiederholte der alte Mann schließlich den Namen mit einer Stimme, die ein Stück ihrer anfänglichen Festigkeit eingebüßt hatte. »Ja, ich erinnere mich.«

Doch anstatt seine Erinnerungen preiszugeben, legte Weinheimer erneut eine Pause ein. Klein spürte Ärger in sich aufwallen, doch er kämpfte ihn nieder und wartete.

»Wissen Sie, Lüscher war ein exzellenter Lehrer«, begann der ehemalige Direktor endlich. »In all meinen Jahren habe ich keinen besseren Geschichtslehrer erlebt als ihn. Ein wandelndes Lexikon, randvoll gefüllt mit Fakten und Zusammenhängen. Ein Jammer, dass er dieses Talent jahrelang an die öffentliche Schule verschwendet hat.«

»Wie meinen Sie das?«

Klein hatte tatsächlich keinen Schimmer, was Weinheimer damit sagen wollte.

»Ich habe ihn damals ans Internat geholt.«

Klein richtete sich wieder auf und wechselte einen schnellen Blick mit Bergmann. Endlich gab es jemanden, der eine engere Bindung zu Lüscher gepflegt hatte, der mehr über ihn berichten konnte.

»Zunächst war sein Engagement bei uns aus der Not heraus geboren.« Weinheimer hielt den Kopf gesenkt und sprach mit halb geschlossenen Augen. »Einer unserer Geschichtslehrer hatte einen Unfall und fiel für lange Zeit aus. Lüscher genoss, wie gesagt, einen ausgezeichneten Ruf. Ich bin auf ihn zugegangen und habe ihm ein Angebot gemacht. Am nächsten Tag kam er in mein Büro und erklärte sich einverstanden, an zwei Tagen in der Woche den Nachmittagsunterricht zu übernehmen. Sein Honorar wurde aus dem Stiftungsfonds gezahlt.« Weinheimer blickte auf. »Ich habe keine Ahnung, ob er sich die Nebentätigkeit hat genehmigen lassen.«

»Keine Sorge«, sagte Klein ungeduldig, »das interessiert uns im Moment nicht. Erzählen Sie uns etwas über Lüscher, über seine Gewohnheiten, Freunde, Interessen. Alles, was von Belang sein könnte.«

Weinheimer nickte. »Sie sind mit den Gepflogenheiten am Internat vertraut?«

»Ja«, erwiderte Klein. »Man hat uns vor Ort das Wichtigste erzählt.«

»In Ordnung«, sagte der alte Mann, der wieder ein wenig gefestigter wirkte. »Es war in meinem vierten Jahr als Direktor, nach den großen Ferien 1987, als Lüscher zu uns kam. Die ersten Monate blieb es bei den zwei Nachmittagseinheiten, immer montags und donnerstags. Lüscher war ein leuchtendes Beispiel an Pünktlichkeit und Zuverlässigkeit. Ich kann mich nicht erinnern, dass er sich je krankgemeldet hat.«

»Und wie ging es weiter?«, fragte Klein und schielte zu Bergmann hinüber, die einen Block auf die Lehne ihres Sessels gelegt hatte und sich Notizen machte.

»Im November desselben Jahres habe ich ihn gefragt, ob er sich vorstellen könne, sein Engagement auszuweiten. Ich hatte für den Freitag noch einen Erdkundekurs zu besetzen. Lüscher war sofort einverstanden.«

Weinheimer überlegte eine Weile, und Klein fragte sich, was den alten Mann bedrückte. Über Lüscher zu sprechen, schien ihm nicht leichtzufallen. Sein Gesicht bekam einen Ausdruck, der ihn noch älter und gebrechlicher erscheinen ließ, als er war.

»Ein paar Monate später suchte er das Gespräch mit mir. Er bot sich an, gelegentliche Nachtwachen und Wochenendaufsichten über die Schüler zu übernehmen. Mit anderen Worten: Er wollte die Aufgaben eines Mentors übernehmen.«

»Wie haben Sie sich entschieden?«, fragte Klein verblüfft.

»Nun, das war keine Entscheidung, die ich an Ort und Stelle treffen konnte. Ich habe seinen Vorschlag mit den anderen Dozenten, Mentoren und Vertretern der Stiftung beratschlagt. Nicht zuletzt ging es ja auch um mehr Geld, von der hohen Verantwortung ganz zu schweigen.«

»Und?« Klein war äußerst neugierig auf die Antwort. Dass Lüscher bewusst die Nähe zu anderen Menschen gesucht hatte, passte in keiner Weise in das Bild, das sich bisher ergeben hatte.

»Es gab ein paar Stimmen, die dagegen waren«, räumte Weinheimer ein. »Lüscher war getaufter Katholik, aber über seine wahre Religiosität war wenig bekannt. Die Konservativen in der Stiftung befürchteten eine Aufweichung ihrer Wertvorstellungen.«

»Aber die Befürworter haben sich durchgesetzt, und er hat den Job bekommen?«

»Ja. Wir haben ihm das Vertrauen geschenkt, und niemand hat es bereut. Ich meine, Lüscher galt nicht als ausgemachte Frohnatur und war nicht beliebt im herkömmlichen Sinne. Er war ein strenger Lehrer, der immer eine gewisse Distanz zu den Schülern wie auch zu den Kolleginnen und Kollegen wahrte. Er war geradlinig und hatte seine Prinzipien. Ein Mann, der die Wertschätzung der Stiftung, wie auch meine eigene, stets hinter sich wusste.«

Klein spürte ein Prickeln, das vom Nacken abwärts seine Wirbelsäule hinunterlief. Sie bekamen gerade einen völlig neuen Blickwinkel auf Lüscher.

»Welchen zeitlichen Rahmen umfasste die neue Aufgabe? Er wird ja sicher nicht jeden Tag am Internat verbracht haben.«

»Nein, nein.« Weinheimer lächelte schwach. »Es beschränkte sich auf durchschnittlich acht bis zehn Tage im Monat, manchmal mehr, manchmal weniger.«

»Ihr Nachfolger, Klaus Dambeck, hat uns einiges erzählt über das Leben im Internat. Über die Arbeit der Mentoren wissen wir aber noch zu wenig. Wie sieht eine solche Betreuung aus?«

»Wie Sie sicher erfahren haben, steht es den Schülern an jedem dritten Wochenende frei, nach Hause zu fahren. An den übrigen herrscht Internatspflicht. Aber auch an den freien Tagen verbleibt ein Großteil der Schülerschaft im Hause.«

»Warum?«, fragte Klein, obwohl er die Antwort natürlich wusste.

»Wissen Sie, viele Eltern geben ihre Kinder nicht ohne Grund in unsere Hände, sie haben berufliche Aufgaben, die sie voll und ganz ausfüllen, sodass ihnen schlicht die Zeit fehlt, sich angemessen um ihren Nachwuchs zu kümmern. Und dann gibt es noch diejenigen, die niemanden mehr haben, zu dem sie gehen können.«

»Sie reden von Waisenkindern? Kommen diese nicht automatisch in ein Heim?«

»Nicht unbedingt. Gerade wenn ein starker finanzieller Hintergrund vorhanden ist, kommt es sogar relativ häufig vor, dass Halb- und Vollwaisen im Internat aufwachsen, wo sie gegenüber den Heimen einen großen Bildungsvorteil genießen. Sehen Sie, für all diese Kinder sind unsere Mentoren da. Sie gestalten die Freizeitangebote, geben Hilfestellung bei den Hausaufgaben und suchen das Gespräch überall dort, wo sie Probleme und Missstände erkennen. Unter der Woche ist es einfacher. Die Mentoren nehmen zusammen mit den Schülern das Abendessen ein und verbleiben dann bis zum nächsten Morgen im Hause. Während wir von montags bis freitags mit zwei Mentoren auskommen, stellen wir an den Wochenenden einen pro zehn Kinder.«

»Das heißt«, fragte Klein, »diese Mentoren bekommen ihr eigenes Zimmer im Schloss?«

»Ja natürlich. Jeder von ihnen hat sein eigenes Zimmer. Aber Luxus ist wohl kaum der Grund, diese Arbeit zu machen. Sie müssen mit einem Bett, einem Schrank und einem Schreibtisch auskommen. Fernseher gibt es erst seit ein paar Jahren.«

»Nur um sicher zu sein. Auch Lüscher hatte also sein eigenes Zimmer im Schloss?«

»Ja, er hatte es bis zu seiner Pensionierung im Sommer 1991.«

»Gab es je nennenswerte Probleme? Ich meine, Schwierigkeiten oder irgendwelche Vorfälle?«

Weinheimer war offenbar kein besonders geübter Lügner. Trotz seiner Lähmung wand er sich regelrecht in seinem Rollstuhl. »Wie gesagt, Lüscher war immer sehr zuverlässig und …«

»Herr Weinheimer«, fiel ihm Klein barsch ins Wort. »Herbert Lüscher ist tot. Er ist ermordet worden, und uns ist außerordentlich viel daran gelegen, seinen Mörder zu finden. Es ist wenig hilfreich, wenn Sie uns Dinge verschweigen, mögen die Gründe dafür auch noch so edel sein. Wir möchten gern die Wahrheit erfahren.«

Es war das erste Mal, dass Alois Weinheimer Günther Klein nun für längere Zeit in die Augen sah. Dann senkte er den Blick und nickte stumm. Er setzte gerade an, etwas zu sagen, als Kleins Handy piepte. Ärgerlich über die Störung in einem denkbar ungünstigen Moment, zog Klein das Telefon aus seiner Jackentasche und drückte das Gespräch einfach weg.

»Herr Weinheimer«, sagte er trocken, »bitte fahren Sie fort.«

»Am Anfang waren es bloß Gerüchte, doch dann verdichteten sich die Hinweise immer mehr.«

»Bitte, Herr Weinheimer!«

Das gehemmte Zögern des alten Mannes brachte Klein allmählich auf die Palme. Dann piepte es erneut. Diesmal war es Bergmanns Handy, das sich bemerkbar machte. Sie nahm das Gespräch entgegen, raunte eine leise Entschuldigung und verließ den Raum. Klein zwang sich, ruhig zu bleiben, und wartete, bis sein Gegenüber das Wort ergriff. Weinheimer hatte anscheinend begriffen, dass er Informationen liefern musste.

»Zuerst haben mich Kollegen darauf angesprochen, später gab es dann auch vereinzelte Beschwerden von Schülern. Lüscher hatte offenbar angefangen zu trinken. In den Besprechungen ist es mir dann auch aufgefallen, manchmal hatte er bereits morgens eine heftige Fahne.«

»Er hat getrunken?«

Klein spürte die Enttäuschung, schließlich war diese Information alles andere als neu für sie.

»Ja«, sagte Weinheimer. »In immer kürzeren Abständen und in immer größeren Mengen.«

»Warum macht Sie das so betroffen?«, wollte Klein von ihm wissen. »Ich meine, dass Lehrer anfangen zu trinken, kommt eben vor. Es überrascht mich auch nicht, wenn ich sehe, was an den Schulen so alles passiert.«

»Nicht bei uns! Nicht an unserem Internat! Wir sind ein ehrwürdiges Haus mit langer Tradition und ausgezeichnetem Ruf, vergessen Sie das nicht!«

Weinheimer hatte einen Arm gehoben und die Hand zu einer Faust geballt. Seine Stimme war laut und durchdringend, und Klein bekam eine Ahnung davon, welcher Ton damals an der Schule geherrscht haben musste. Dann hielt der Alte inne und sank hüstelnd in sich zusammen. Der Gefühlsausbruch hatte ihn offenbar Kraft gekostet.

»Wie schlimm wurde es mit der Trinkerei?«, fragte Klein nach einer kurzen Pause.

»Lüscher war weiterhin in der Lage, die Kurse zu geben. Seine fachlichen Leistungen waren weiterhin auf hohem Niveau, doch sein Ruf war beschädigt.«

»Was haben Sie getan? Sie hätten ihn wieder entlassen können.«

»Ja, das wäre möglich gewesen.«

»Aber Sie haben es nicht getan, und dafür muss es einen Grund geben. Diesen Grund würde ich gerne erfahren.«

Weinheimer nickte zögerlich, dann fuhr er fort:

»Ich denke, ich habe es immer als schwere persönliche Niederlage betrachtet. Ich habe ihn ans Internat geholt, ich war es, der sich mit flammender Zunge für ihn eingesetzt hat. Ich habe mir eingeredet, Lüscher zu entlassen, käme einem Eingeständnis meines Versagens, meiner Inkompetenz gleich. Meine Position als Internatsdirektor wäre geschwächt worden.«

»Das verstehe ich, aber irgendetwas müssen Sie doch unternommen haben?«

»Natürlich. Ich habe ihn bestimmt ein Dutzend Mal zum persönlichen Gespräch gebeten. Er sagte, er mache eine schwere Phase durch, aber er wolle seine Verpflichtungen am Internat um keinen Preis aufgeben.«

»Hat er Ihnen gesagt, was für eine Phase das war?«

»Nein, über die Gründe hat er nichts gesagt. Er hat mir nur immer wieder versprochen, den Alkoholkonsum einzuschränken.«

»Aber das hat nicht geklappt, nicht wahr?«

»Nur eine gewisse Zeit lang, mal waren es Wochen, mal ganze Monate, in denen er sich beherrschte. Bis zum nächsten Rückfall. Ich habe ihm die Wochenendschichten entzogen und seine Kurse wieder auf zwei Nachmittage begrenzt. Die Nachtaufsichten unter der Woche hat er aber weiterhin regelmäßig übernommen. Wissen Sie, unser Internat ist eine klar geführte Institution. Es gibt dort nachts keine Horden wildgewordener Jugendlicher, die die Flure unsicher machen. Unsere Schüler haben einen anstrengenden Tag, nachts wird geschlafen. Ich kann Ihnen versichern …«

Alois Weinheimer verstummte, als ein gellender Schrei durch die dicken Mauern des Arbeitszimmers drang. Klein konnte das Geräusch nicht orten, aber irgendwo im Haus schrie eine Frau. Er war bereits aufgesprungen, als die Zimmertür aufflog.

»Was war das?«, rief Bergmann.

»Ich habe keine Ahnung. Herr Weinheimer?«

»Sie können sich beruhigen, meine Herrschaften. Es ist alles in Ordnung, glauben Sie mir.«

Der alte Mann schien nicht im Geringsten besorgt zu sein. Er löste die Bremse seines Rollstuhls und fuhr langsam in Richtung Tür.

»Meine Frau«, sagte er, und in seinem Gesicht lag ein Ausdruck tiefer Traurigkeit. »Sie leidet an Demenz, seit vier Jahren. Wenn sie aufwacht, weiß sie oft nicht, wer und wo sie ist, und bekommt Panik. Ich muss kurz nach ihr sehen. Bitte entschuldigen Sie mich.«

Weinheimer rollte aus dem Raum und stieß auf dem Flur beinahe mit der Frau zusammen, die ihnen geöffnet hatte. Klein vermutete, dass sie eine häusliche Pflegekraft war.

»Beängstigend, nicht?«

Bergmann hatte das Telefonat beendet, war dicht an ihren Kollegen herangetreten und vervollständigte ihre Notizen.

»Ja«, sagte Klein, ging zur Wand und betrachtete die Urkunden und Fotos. Auf einer der Aufnahmen erkannte er den jungen Alois Weinheimer als frischgebackenen Hochschulabsolventen. Ein anderes zeigte ihn in einer Gruppe junger kräftiger Männer, versammelt um ein schmales Boot, die Ruderblätter jubelnd in den blauen Himmel gereckt. Ein drittes Foto stammte vom Tag seiner Hochzeit. Die Braut an seiner Seite war eine auffallend hübsche Frau mit langem, dunklem Haar und sanften, liebevollen Augen. Klein stellte sich vor, wie diese Frau nebenan im Zimmer saß, gealtert, hilflos und ängstlich. Weinend um ihr vergessenes Leben. Ein Frösteln packte ihn, und er wandte sich ab. Klein trat an das Fenster am anderen Ende des Raumes. Man konnte ein Stück der Terrasse erkennen. Die restliche Sicht wurde von einem groß angelegten Kräutergarten ausgefüllt, in dem um diese Jahreszeit nur die verwitterten Pappschildchen an die geordnete Pracht erinnerten, die hier im Sommer wahrscheinlich gedieh. Er drehte sich um, als Bergmann Block und Stift beiseitelegte.

»Wer war das eben am Telefon?«

»Hecking«, sagte sie, ohne aufzublicken, und verstaute die Sachen in ihrer Tasche.

»Und?«

»Die Telefongesellschaft hat endlich ihren Hintern bewegt und uns die Auswertung von Lüschers Gesprächen geschickt.«

»Ich höre«, sagte Klein gespannt.

»Es sieht so aus, als ob wir richtig gelegen haben. Lüscher muss ziemlich einsam gewesen sein. Die Aufzeichnungen reichen ein Jahr zurück. In dieser Zeit ist er ganze vier Mal angerufen worden. Dreimal von seinem Arzt und einmal von einer Autowerkstatt.«

»Und die abgehenden Gespräche?«

»Auch da war er äußerst zurückhaltend. Hauptsächlich die bereits bekannten Anlaufstellen.«

»Also wieder eine Niete, was?«

»Nicht unbedingt. Es gibt eine unbekannte Düsseldorfer Nummer, die immer wieder auftaucht. Bernd sagt, Lüscher hat sie regelmäßig ein- bis dreimal im Monat angerufen.«

Wieder wurde Klein von diesem Kribbeln ergriffen. Sein Gefühl sagte ihm, dass diese Information wichtig war.

»Haben wir noch nichts Genaueres zu dieser Nummer?«

»Nein«, sagte Bergmann. »Im Telefonbuch ist sie nicht verzeichnet. Bernd checkt unsere eigenen Systeme, vielleicht haben wir Glück. Er will gleich noch mal zurückrufen.«

»Gut«, sagte Klein. »Sieht so aus, als kämen wir ein Stück voran, hm?«

»Ich weiß es nicht«, antwortete Bergmann. »Die Sache mit dem Internat ist ein völlig neuer Aspekt, aber bis jetzt sehe ich nicht, wie uns das weiterbringt. Dass Lüscher Alkoholiker war, ist jedenfalls nichts Neues.«

»Entschuldigen Sie bitte.«

Bergmann und Klein zuckten beide kurz zusammen, als Weinheimer plötzlich hinter ihnen auftauchte und zurück an seinen Platz fuhr. Er konnte sich mit seinem Rollstuhl offenbar völlig geräuschlos bewegen.

»Dafür müssen Sie sich nicht entschuldigen«, sagte Klein, der nicht recht wusste, wie er sich Weinheimer gegenüber verhalten sollte. »Geht es Ihrer Frau wieder besser?«

»Sie hat sich beruhigt, ja. Schwester Augusta ist jetzt bei ihr. Wo waren wir stehen geblieben?«

Es war offensichtlich, dass er die Krankheit seiner Frau nicht länger thematisieren wollte, was Klein letztlich dankbar zur Kenntnis nahm.

»Sie sagten, Lüscher hatte ein Alkoholproblem, und sein Wirken am Internat wurde zeitlich herabgestuft.«

Weinheimer nickte. »Richtig. Auf dieser Basis haben wir noch drei Jahre lang zusammengearbeitet. Eines Tages ging es dann nicht mehr.«

»Was ist passiert?«

»Er fing an, die Kontrolle zu verlieren. Er hat einen Schüler beleidigt, ihn als faules Schwein bezeichnet, als er seine Hausaufgaben vergessen hatte. Das war im Frühjahr 1991. Ich habe ein letztes Gespräch mit ihm geführt und ihm endgültig Konsequenzen angedroht. Vier Wochen später passierte es dann erneut, und ich habe gehandelt. Ich habe alle seine Kurse gestrichen und ihn gezwungen, sich ärztlich untersuchen zu lassen.«

»Wie haben Sie das angestellt?«

»Nun, ich habe Lüscher gedroht, ihn öffentlich an den Pranger zu stellen, falls er sich weigert. Das hat scheinbar gewirkt. Er hat einen Arzt konsultiert, und wie sich herausstellte, war es allerhöchste Zeit. Lüscher wurde eine Berufsunfähigkeit attestiert. Zum Sommer 1991 wurde er in den vorzeitigen Ruhestand entlassen. Ich habe nie wieder von ihm gehört.«

»Wie hieß der Arzt, der ihn damals untersucht hat?«

Weinheimer runzelte die Stirn.

»Das weiß ich nicht mehr genau, da müsste ich nachsehen. Möglicherweise habe ich seinen Namen in alten Unterlagen, die …«

»Nicht nötig, Herr Weinheimer. Das werden wir schon herausfinden, so wichtig ist es nicht. Wir wollen Ihre Zeit auch nicht länger in Anspruch nehmen.«

»Ich habe gerne geholfen.« Er blickte Klein in die Augen. »Darf ich Sie etwas fragen, Herr Klein?«

»Sicher.«

»Verraten Sie mir, wie Lüscher gestorben ist?«

Klein wechselte einen kurzen Blick mit seiner Kollegin und antwortete dann: »Man hat ihn erstochen. In seiner eigenen Wohnung.«

Weinheimer verzog angewidert das Gesicht und senkte seinen Blick auf die gefalteten Hände. Seine Lippen bewegten sich lautlos, und es schien, als würde er beten.

»Wir finden allein hinaus. Auf Wiedersehen, Herr Weinheimer.«

»Auf Wiedersehen«, antwortete der alte Mann. Seine Stimme war jetzt brüchig und dünn.

*

Fünf Minuten später saßen Bergmann und Klein wieder im Wagen und steuerten auf den noch immer geöffneten Torflügel zu. An einem der vielen Fenster hinter ihnen saß Weinheimer, beobachtete sie und presste einen Hörer an sein Ohr. Als der Opel um die Ecke verschwand, meldete sich die Stimme am anderen Ende der Leitung.

»Ja bitte?«

»Ich bin es, Alois. Es ist so weit.«

»Die Polizei?«

»Ja, ein Mordermittler aus Essen.«

»Der kann uns nicht gefährlich werden.«

»Wie ein Dummkopf kam er mir nicht vor. Er hat die Sache mit Lüschers Pensionierung zwar heruntergespielt, aber ich denke, er wird der Sache nachgehen.«

»Du hast ihm meinen Namen nicht genannt, oder?«

»Nein, aber es wird nur eine Frage der Zeit sein, bis er ihn herausfindet.«

»Und wenn schon, Alois. Von mir wird er nichts erfahren. In ein paar Wochen ist der ganze Zirkus vorbei.«

»Manchmal denke ich, wir haben damals einen schweren Fehler gemacht.«

»Es war unsere gemeinsame Entscheidung, vergiss das nicht. Wir haben damals genau das Richtige getan und das Internat vor großem Schaden bewahrt! Vertrau mir, Alois. Wie geht es Hildegard?«

»Sie hatte wieder einen Anfall. Es wird immer schlimmer.«

»Erhöhe die Dosis des Galantamin ein wenig. Ich schaue in der nächsten Woche nach ihr, in Ordnung?«

»Möge Gott uns vergeben und unsere wahren Absichten erkennen. Auf Wiederhören.«

»Auf Wiederhören.«

MONTAG, 22. NOVEMBER, 12.55 UHR

»Ich frage mich bloß, wie uns das weiterhelfen soll, verdammt noch mal«, sagte Bergmann.

Es waren die ersten Worte, seit sie das Weinheimer'sche Anwesen verlassen hatten. Klein beugte sich vor und drehte das Radio leiser.

»Jedenfalls wirft die Geschichte ein völlig anderes Licht auf Lüscher«, sagte er.

»Soll heißen?« Bergmann war sichtlich gereizt.

Klein drehte den Kopf und musterte ihr regloses Profil.

»Du hast es gehört«, sagte er. »Es gab offenbar eine Zeit in seinem Leben, in der er nicht allergisch auf andere Menschen reagiert hat. Ganz im Gegenteil. Er hat den Kontakt zu ihnen von sich aus gesucht und war zufrieden mit seiner Situation.«

»Eben, das ist es ja, was mich stört.«

»Dass er glücklich war?«

»Ja … ich meine, nein. Die Sauferei. Warum sollte er zulassen, dass sie sein Leben kaputtmacht?«

Klein dachte einen Moment darüber nach, doch er wusste, dass es dafür sowohl keine als auch Tausende Erklärungen gab.

»Wie lange bist du bei der Polizei?«, fragte er Bergmann schließlich.

Sie löste den Blick von der Straße, blickte ihn fragend an und sagte schließlich: »Das weißt du. Seit neun Jahren.«

»Gut. Mit wie vielen Betrunkenen, Junkies, Pennern und Alkoholikern hast du seitdem zu tun gehabt?«

»Weiß nicht.« Bergmann zuckte mit den Schultern. »Hunderten.«

»Und wie viele von denen sind als Penner und Alkoholiker zur Welt gekommen? Wie viele waren schon immer Verlierer der Gesellschaft ohne jede Chance, diesen Teufelskreis zu durchbrechen? Wer von ihnen hat seinen Absturz selbst verschuldet, und wem hat lediglich das Schicksal übel mitgespielt?«

»Keine Ahnung, man sieht es den Menschen nicht …«

Bergmann verstummte, und Klein nickte.

»Wir wissen nicht, warum er angefangen hat zu trinken. Ich glaube auch nicht, dass es das Feierabendbier war, das aus dem Ruder gelaufen ist. Es wird einen Grund geben, und den müssen wir herausfinden. Ob uns das seinem Mörder ein Stück näher bringt, weiß ich nicht, aber es ist das Einzige, was wir im Moment haben. Das und diese Telefonnummer.«

»Apropos«, sagte Bergmann, »warum zum Teufel dauert das eigentlich …«

Sie hatte den Satz noch nicht zu Ende gesprochen, als das Telefon piepte.

»Wenn man vom Teufel spricht.« Grinsend fischte sie das Handy aus der Innentasche ihrer Jacke.

Klein war heilfroh, als sie ihm das Telefon überreichte, denn Bergmann jagte den alten Opel mit Höchstgeschwindigkeit über die Autobahn.

»Klein.«

»Bernd hier. Seid ihr noch bei Weinheimer?«

»Nein, sind auf dem Weg zurück. Was hast du rausgefunden?« Klein presste das Handy fester an sein Ohr, um trotz des lauten Motors etwas zu verstehen. Das hochtourige Heulen hätte zarter besaiteten Menschen den puren Angstschweiß auf die Stirn getrieben.

»Möglicherweise haben wir etwas Interessantes.«

»Herrgott.«

Klein war ganz und gar nicht in der Stimmung für Spielchen.

»Nutten«, ließ Hecking die Nachricht platzen. »Die Nummer gehört zu einer Düsseldorfer Agentur, Blockstraße 5, nahe der City.«

Im Kopf von Klein rasteten die Informationen ein und schlossen eine Lücke. Es war wie ein Puzzleteil, das an seinen Platz gefallen war.

»Dann sind wir womöglich einen großen Schritt weiter«, sagte er zufrieden. »Die Nummer war also in unserem System?«

»Korrekt. Es ist zweimal dort eingebrochen worden, das erste Mal Anfang 2009 und dann noch mal vor zwei Monaten. Entwendet wurden jeweils größere Bargeldbeträge, die Täter hat man nicht ermitteln können.«

»Gut, was haben wir sonst noch?«

»Offiziell wird der Betrieb als Begleitservice geführt. Du kennst solche Läden.«

Hecking machte eine Pause, und Klein glaubte, das Rascheln von Computerausdrucken zu hören. Er fragte sich mit einem Anflug von Irritation, ob die Doppeldeutigkeit in Heckings letzter Bemerkung beabsichtigt war.

»Nein, tue ich nicht«, sagte er schließlich. »Wer führt das Geschäft?«

»Der Besitzer ist ein gewisser Michael Martens, 48 Jahre. Ich habe ihn bereits überprüft. Er ist ein paarmal auffällig geworden. Körperverletzung, Betrugs- und kleinere Drogendelikte, seit ein paar Jahren scheint er sich aber nichts mehr zu leisten.«

»Lichtbilder?«

»Haben wir. Durchschnittstyp, 1,80 groß, schlanke Statur, dünner Kinnbart, Ohrring rechts. Aber wie gesagt, die Aufnahmen stammen von der erkennungsdienstlichen Behandlung 2001.«

»Danke«, sagte Klein und meinte es ernst. »Das war's?«

»Zunächst einmal ja. Es gibt keinen Internetauftritt, keine Werbung, nichts. Ist aber nicht untypisch für kleinere Agenturen. Diese Läden werden durch Mundpropaganda bekannt und leben dann von einem kleinen festen Kundenstamm.«

»In Ordnung, Bernd. Ich schätze, wir werden die Besprechung ein wenig verschieben müssen. Bis 16.00 Uhr müssten wir zurück sein.«

»Du willst jetzt sofort dahin? Sollten wir das nicht planen und absprechen?«

»Nein, ich möchte keine weitere Zeit verschenken. Es wird nur eine harmlose Zeugenbefragung. Aber sollte ich den leisesten Verdacht haben, dass Martens uns verarschen will, rufe ich den Staatsanwalt an. Er wird nicht lange zögern, in der Sache Lüscher eine Festnahme anzuordnen. Ich habe ihn heute Morgen noch am Telefon gehabt, auch seine Behörde wird langsam unruhig.«

»Ist gut«, sagte Hecking. »Ich sage den anderen Bescheid.«

»Danke.« Klein wartete höflich, denn er spürte, dass Hecking noch etwas sagen wollte.

»Günther, es wäre kein Problem, wenn … ich meine, Henning und ich, wir könnten uns sofort auf den Weg machen. Wir wissen zu wenig über diese Typen.«

»Nicht nötig, Bernd. Ich glaube kaum, dass dieser Martens oder jemand aus seinem Umfeld unmittelbar beteiligt ist. Wenn wir nach den Anruflisten und den Bankauszügen gehen, war Lüscher eine höchst lukrative Einnahmequelle. Und negative Publicity kann sich in solchen Kreisen niemand leisten.«

»Wie du meinst«, sagte Hecking, und noch immer lag eine Spur Besorgnis in seiner Stimme. »Wir sind hier. Wenn etwas ist, ruft uns an.«

»Das werden wir«, versprach Klein. »Bernd?«

»Ja?«

»Das war gute Arbeit. Ich hoffe, sie führt uns weiter. Bis später.«

»Viel Erfolg, bis nachher.«

Klein gab das Handy an Bergmann zurück, beugte sich vor und tippte die Anschrift in das Navigationsgerät ein. Für die 80 Kilometer würden sie rund eine Stunde brauchen. Er informierte Bergmann über die Neuigkeiten und lehnte sich zurück. Am Telefon hatte er sich unbeeindruckt gezeigt, doch jetzt fing es an, in ihm zu brodeln. Verstohlen strich er mit der rechten Hand über seine Waffe. Er war nicht sicher, die Munition am Morgen eingeführt zu haben. Als seine Finger den Plastikfuß des Magazins berührten, stellte sich große Erleichterung ein. Dann nahm er sein eigenes Handy und rief die Leitstelle in Düsseldorf an. Die Kollegen über ihr Vorhaben zu informieren, war das Mindeste, was er im Hinblick auf ihre Sicherheit tun konnte.

Nach dem Gespräch versuchte er, sich zu entspannen. Bergmann war die Einzige, bei der er sich als Beifahrer zurücklehnen und die Augen schließen konnte. Mit unbeirrbarer Sicherheit steuerte sie den Opel unter Ausnutzung sämtlicher Fahrspuren über die Autobahn. Kleins Gedanken wanderten zu Michael Martens und seinen Mitarbeiterinnen. Er wusste, dass Prostitution ein fester Bestandteil der Gesellschaft war. Andere Sichtweisen waren für ihn realitäts- und lebensfremd. Dennoch pflegte er ein Verhältnis zum Geschäft mit der käuflichen Liebe, das in hohem Maße von Scham und Bitterkeit geprägt war. In keinem anderen Bereich zeigten sich menschliche Abgründe derart offen und schonungslos wie im Rotlichtmilieu mit all seinen Variationen, Auswüchsen und Verstrickungen in die organisierte Kriminalität. In den Jahren seiner polizeilichen Laufbahn war er einer Vielzahl von Menschen begegnet, die ihr Leben aufgegeben hatten und im Strudel einer Parallelgesellschaft gefangen waren, deren Alltag aus Drogen, Gewalt, Ausbeutung, Macht und zügelloser Gier bestand. Aber eines war erschütternder als alles andere und ließ einen ohnmächtig zurücktaumeln. Es war das Elend der Frauen. Das furchtbare, menschenverachtende Leid der Opfer, jener Schwächsten unter den Schwachen, die so lange manipuliert und gequält wurden, bis sie waren, wie man sie haben wollte. Gefügige, recht- und willenlose Kreaturen, die in ihrer grenzenlosen Abhängigkeit Dinge tun mussten, für die sich selbst der Teufel schämte. Junge Mädchen und Frauen, entführt, verschleppt oder im besten Falle mit falschen Versprechungen in ein fremdes Land gelockt, an den Meistbietenden verschachert wie Vieh und so lange vergewaltigt, gefoltert und unter Drogen gesetzt, bis selbst der stärkste Wille, der aufrechteste Stolz und die unerschütterlichste Hoffnung auseinanderbrach. Diese verlorenen, seelenlosen Gesichter waren für Klein jedes Mal wieder der Beweis für die dunkle Seite der Menschheit. Augenpaare, die die Welt nicht mehr wahrnahmen, sondern nach innen blickten und für den Rest des Lebens widerspiegelten, was sie dort sahen. All die Schmerzen, all die Demütigungen und das zugefügte Leid, gebündelt zu dem winzigen dunklen Fleck ihrer Pupillen. Klein hatte in einige dieser Augen geschaut und würde den Anblick nie vergessen. Es war das Tor zum Bösen in seiner ursprünglichen, ungeschliffenen Form.

Klein bemühte sich, seine Gedanken wieder zu beruhigen, indem er sich sagte, dass die meisten Frauen in den exklusiven, teuren Bordellen und Agenturen unter besseren Bedingungen arbeiteten. Aber es war nur ein schwacher Trost, der das Leid der vielen anderen nicht abzuschwächen vermochte.

Klein atmete schwerfällig aus, zwang sich, die Gedanken beiseitezuschieben, und warf einen Blick auf die Anzeige des TomTom. 38 Kilometer lagen noch vor ihnen. Seine anfängliche Aufregung war einer plötzlichen Müdigkeit gewichen. Er blickte hinüber zu Bergmann, doch auch sie schien in ihre Gedanken vertieft. Klein zog die Jacke ein Stück enger und schloss die Augen. Zwei Minuten später war er eingeschlafen.

Nur wenig später hörte er von ferne eine Stimme: »Günther, jetzt wach endlich auf!«

Er fühlte, wie ihn jemand an der Schulter rüttelte und dabei rief: »Verdammt, Günther! Willst du, dass ich da alleine reingehe?«

Doch erst als etwas ihn fest in den Handrücken zwickte, erwachte Klein brabbelnd und gestikulierend aus seinem Tiefschlaf.

»Wo sind wir?«, fragte er und rieb sich die Augen.

»Meine Güte, Günther. In Düsseldorf. Es geht um

Herbert Lüscher. Er ist vor ein paar Wochen ermordet worden. Die Polizei hat eine kleine Mordermittlung ins Leben gerufen. Ich weiß nicht, warum, aber man hat dich als Leiter eingesetzt. Du erinnerst dich dunkel?«

»Schon gut, Jenny«, sagte er und richtete sich auf. »Ich verstehe, dass alle Menschen über 35 in deinen Augen senile alte Säcke sind. Komm du mal in mein Alter, dann reden wir noch mal darüber.«

»Ha, dann bist du weit über 70 und hast ganz andere Probleme.«

Klein boxte ihr sanft gegen den Arm.

»Du bist eine echte Plage, weißt du das?«

Bergmann lachte auf, und Klein stellte einmal mehr fest, wie sehr er sie mochte.

»Im Ernst«, sagte er. »Bist du bereit? Es ist wichtig, dass wir uns gegenseitig im Auge behalten.«

»Jaja, ich war auch auf der Polizeischule.«

»Wo sie euch offenbar kein Benehmen beigebracht haben.«

Schmunzelnd stiegen beide aus und näherten sich dem Gebäude in der halbwegs belebten Seitenstraße. Klein bemerkte eine Bäckerei, einen Handyladen und an der Ecke zur Hauptstraße einen Herrenausstatter. Nummer 5 lag inmitten einer grauen Häuserzeile und wies ein Klingelschild mit fünf Parteien auf. Von den unteren vier las Klein gängige Familiennamen ab, neben der obersten Schelle klebte ein Schild mit der Aufschrift »Blue Sky Models«. Klein beugte sich vor und drückte auf den Knopf.

»Ja bitte?«, tönte es prompt aus der Gegensprechanlage.

»Kriminalpolizei«, sagte Klein. »Wir würden gerne kurz zu Ihnen raufkommen.«

Ohne ein weiteres Wort wurde der Türsummer betätigt, und die Ermittler betraten das Haus. Der Flur wirkte sauber und ordentlich, nichts lag herum. In der Luft hing der schwache Geruch von Putzmitteln. Einen Aufzug gab es nicht.

Wie immer, dachte Klein, liegt die fragliche Wohnung im Dachgeschoss, oder wie es die Kollegen der Streife nennen, im Schutzmannsparterre.

Sie stiegen die Treppen hoch und gelangten zu einer Tür, die anders war als die übrigen im Hause. Sie war aus Metall. Auch die Wohnungstür gegenüber war aus Metall, besaß aber kein Schloss und keine Klinke. Klein vermutete, dass beide Wohnungen miteinander verbunden waren, sodass Michael Martens die gesamte Etage benutzen konnte.

Klein entdeckte neben einer der Türen einen schmalen Wandkasten mit einer kleinen verspiegelten Glasscheibe über der Klingel. Klein nickte kurz über die Schulter, woraufhin Bergmann einen Schritt zur Seite machte und ihre Hand um den Griff der Pistole legte, die in einem Holster unter ihrer geöffneten Jacke steckte. Dann klingelte er abermals.

»Halten Sie bitte Ihren Ausweis in die Kamera.«

Klein zuckte leicht zusammen und erkannte erst jetzt den Lautsprecher an der Seite des Kastens. Er holte seinen Dienstausweis hervor und hielt ihn vor das verspiegelte Glas. Dann vernahm er ein Knacken, und die Tür sprang auf. Vorsichtig betrat Klein die unbekannte Örtlichkeit, dicht gefolgt von seiner Kollegin. Von der normalen Wohnung, die es hier ehemals gegeben haben musste, war nicht viel übrig geblieben. Der Flur war verbreitert worden und führte direkt auf einen großen

Empfangsbereich zu. Der Boden war mit schwarzen Fliesen belegt, auf deren glatter Oberfläche sich das kalte Licht der Deckenbeleuchtung spiegelte. An den kaltweißen Wänden hing zeitgenössische Kunst neben gerahmten Aktfotos junger Frauen. Klein zwang sich zu einem sicheren Auftreten und fixierte den Mann hinter dem Tresen, während er auf ihn zuging. Dieser würdigte die Besucher keines Blickes, sondern blickte unverwandt auf den Bildschirm vor ihm. Erst als die Ermittler den Tresen erreichten, blickte er zu Klein hoch. In seinem Gesicht lag gelangweiltes Desinteresse. Sein Blick schwenkte weiter zu Bergmann, und plötzlich entgleisten seine Gesichtszüge. Er hauchte ein leises »Wow«, lehnte sich zurück und setzte ein süffisantes Lächeln auf.

Klein ergriff das Wort.

»Mein Name ist Klein, das ist meine Kollegin Bergmann, Kriminalpolizei. Und wer sind Sie?«

Der Mann zwang seinen Blick zurück zu Klein und zog die Augenbrauen zusammen. Seine Irritation angesichts dieser Frage schien echt.

»Das wissen Sie, Herr Kommissar, also was soll die Scheiße?«

Klein musste kurz schlucken, ließ sich aber nichts anmerken. »Ich frage Sie noch einmal. Wer sind Sie? Zeigen Sie mir bitte Ihren Ausweis.«

»Schon gut, schon gut, regen Sie sich ab.«

Der Mann griff in seine Hosentasche, zog das Portemonnaie hervor und zückte seinen Personalausweis. Er schnippte das Dokument durch die Luft, sodass es gegen Kleins Brust prallte und vor dem Ermittler auf den Tresen taumelte.

»Ihr Bullen seid vielleicht schräge Vögel. Warum müsst ihr auch jedes Mal einen anderen schicken?«

Klein unterdrückte den heißen Impuls, dem Mann an die Gurgel zu springen. Auch Bergmann, die schräg hinter ihm stand, wippte unbewusst mit der Ferse, ein Zeichen dafür, dass es heftig in ihr rumorte. Klein prüfte den Ausweis und schob ihn zurück. »Vielen Dank, Herr Martens. Wir haben ein paar Fragen an Sie.«

»Das ist doch nicht euer Ernst, oder? Die Sache mit dem Einbruch ist zwei Monate her. Meint ihr etwa, ich würde auch nur eine Sekunde lang daran glauben, dass ihr den Täter findet? Ich fasse es nicht. Ich habe nur wegen der Versicherung angerufen, das dürfte doch selbst euch klar sein. Danke für die Mühe, aber ich habe kein Interesse an einer geschwätzigen Kaffeerunde. Also auf Wiedersehen.«

Martens widmete sich wieder seinem Bildschirm. Ohne die beiden anzusehen, fügte er unvermittelt hinzu: »Frau Bergmann kann meinetwegen noch bleiben. Ich könnte ihr einen Job anbieten.« Jetzt sah er ihr in die Augen. »Die Bezahlung ist gut. Sagen wir, das Fünffache Ihres lächerlichen Gehalts? Wir müssten vorher lediglich ein kleines, nun ja, Bewerbungsgespräch führen.« Er zwinkerte ihr zu. »Aber seien Sie ehrlich, das mussten Sie für die Stelle bei der Kripo doch auch, hm?«

Das war zu viel. Bergmanns innerer Vulkan brach aus, und es gab nichts, was ihn hätte aufhalten können. Katzenartig sprang sie nach vorn, beugte sich blitzschnell über den Tresen, packte Martens am Kragen seines Hemdes und zog ihn hart zu sich heran.

»Hör gut zu, du verdammtes Arschloch«, zischte sie. »Wir sind bestimmt nicht wegen dem beschissenen Einbruch hier. Nur ein dämlicher Vollidiot wie du würde das glauben. Vielleicht kannst du deine weich gekochten Sklavinnen mit dieser Scheiße beeindrucken, aber ich lass mich nicht von dir verarschen. Also warum packst du deinen mickrigen Schwanz nicht wieder ein und verhältst dich einmal für ein paar Minuten nicht wie ein gehirnamputiertes Dreckschwein?«

Das Gift, das Bergmanns Augen dabei versprühten, verfehlte seine Wirkung nicht. Martens wich schlagartig die Farbe aus dem Gesicht, und unverständliches Gestammel entwich seiner Kehle. Auch Klein war blass geworden, und er war froh, dass er etwas abseits stand, wo es niemand bemerkte. Er fing sich als Erster, räusperte sich und trat neben seine Kollegin.

»Ist schon gut«, sagte er und berührte sie leicht an der Schulter. »Ich denke, der gute Mann hat begriffen.«

Einen Moment lang war er unsicher, ob Bergmann ihn gehört hatte, doch dann löste sie ihren Griff und trat einen Schritt zurück.

Mit geschäftsmäßiger Bestimmtheit wandte sich Klein wieder an Martens: »Herr Martens, ich schlage vor, wir vergessen die kleine Meinungsverschiedenheit und beginnen noch mal von vorn, was halten Sie davon?«

Martens hielt den Blick gesenkt, sein Atem ging laut und schnell.

»Herr Martens?« Klein legte ein wenig mehr Schärfe in seine Stimme.

Schließlich blickte der Mann auf.

»Warum sollte ich mit Ihnen reden? Ich muss es nicht tun.«

Er will sein Gesicht wahren, dachte Klein. Was für eine jämmerliche Gestalt.

»Nun, es gibt eine zweite Möglichkeit. Wir spazieren hier raus und kommen wieder mit sehr viel mehr Polizisten, lassen Sie öffentlichkeitswirksam abführen und setzen die Unterhaltung auf dem Präsidium in Essen fort.«

Martens schien zu überlegen. Dann strich er seinen Kragen glatt und nickte knapp. »Warum Essen?«

»Nun, das hätte ich längst erwähnt, aber den bisherigen Verlauf unseres Gesprächs habe nicht ich zu verantworten. Herr Martens, es geht hier um einen Mordfall.«

»Was? Davon weiß ich nichts. Ich kenne niemanden, der gestorben ist.«

Klein entschied sich, dem Mann zu glauben. Er hatte seine Fassade fallen lassen und einen schwachen, ängstlichen Kern freigelegt.

»Die Tat liegt einige Wochen zurück. Das Opfer heißt Herbert Lüscher. Sagt Ihnen der Name etwas?«

Martens atmete tief ein und ließ die Luft geräuschvoll wieder entweichen. »Sie wären doch nicht hier, wenn Sie es nicht bereits wüssten, stimmt's?«

»Herr Martens«, bellte Klein. »Ihre letzte Chance. Reißen Sie sich zusammen!«

Martens stützte die Ellbogen auf die Tischplatte und vergrub das Gesicht in seinen Händen.

»Ja«, sagte er leise. »Ich kannte ihn. Ich meine, nicht persönlich. Bin ihm nie begegnet, habe immer nur am Telefon mit ihm gesprochen.«

»Worum ging es bei diesen Telefonaten?«

Klein kannte die Antwort, aber er wollte, dass sie jemand aussprach. Sein Ärger über Martens war verraucht, er fühlte ein Hochgefühl in sich aufsteigen, wie er es lange nicht mehr erlebt hatte. Endlich zeichneten sich handfeste Ergebnisse ab.

»Lüscher hat regelmäßig Frauen bei mir gebucht«, erklärte Martens. »Immer den kleinsten Tarif, das heißt für eine Stunde.«

»Wie oft hat er das getan?«

Martens überlegte erneut.

»Unterschiedlich«, sagte er dann. »Aber im Schnitt waren es zwei bis drei Termine im Monat.«

Er sagt die Wahrheit, dachte Klein. Zumindest bis jetzt.

»War es immer dieselbe Frau, die ihn besuchte?«

»Nein, da hatte er keine besonderen Wünsche. Nur zu alt durfte sie nicht sein, 25 war die Obergrenze für ihn.«

»Wie viele Frauen kommen in Betracht?«

»Unsere Agentur hat ständig wechselndes Personal. Derzeit verfügen wir über neun Frauen, sieben von ihnen sind jünger als 25.«

Klein drehte sich um und nickte Bergmann zu. Mit einer verstehenden Kopfbewegung verschwand sie in Richtung Flur.

»Warum fragen Sie mich das alles?«, wollte Martens wissen, als er mit Klein alleine war. »Wollen Sie andeuten, dass eines meiner Mädchen etwas mit dem Mord zu tun haben könnte?«

»Das wissen wir nicht«, antwortete Klein. »Aber selbstverständlich müssen wir das überprüfen.«

»Ich führe diese Agentur im fünften Jahr. Nie hat es irgendwelche Schwierigkeiten gegeben. Unsere Mädchen sind keine billigen Nutten, die lügen und stehlen. Sie verdienen gut und würden diesen Job nicht durch irgendwelche Dummheiten aufs Spiel setzen.«

»Herr Martens, ich möchte offen zu Ihnen sein. Bis jetzt haben wir gegen Sie keinen Verdacht. Sie sind lediglich ein Zeuge, ein wichtiger Zeuge in einer Mordermittlung. Aber ich fürchte, wir müssen sämtliche Unterlagen und alle elektronischen Datenträger bei Ihnen sicherstellen.«

»Das geht nicht«, erwiderte Martens erregt. »Sie sagten selbst, ich bin nur Zeuge. Ich kenne meine Rechte.«

»Ich kenne die Meinigen ebenfalls, das dürfen Sie mir glauben. Frau Bergmann ist draußen und telefoniert mit dem Staatsanwalt. Dieser wird eine richterliche Verfügung erwirken, die auf die Beschlagnahme von Beweismitteln bei unverdächtigen Personen abzielt. Wenn es um Kapitalverbrechen geht, haben wir gewisse Möglichkeiten.«

»Mein Geschäft lebt von der Diskretion, Herr Klein. Was meinen Sie, was passiert, wenn unsere Kunden erfahren, dass ihre persönlichen Daten in die Hände der Polizei gefallen sind? Dann kann ich den Laden dichtmachen, verflucht.«

»Uns interessiert lediglich das, wonach wir suchen. Alles andere wird nicht nach draußen dringen. Über moralische Fragen haben Polizei und Justiz nicht zu befinden.«

»Werden Sie die Mädchen verhaften?«

»Wir werden uns mit jeder von ihnen unterhalten müssen, das ist richtig. Aus diesem Grunde bitte ich Sie, mir sämtliche Namen und Adressen Ihrer Mitarbeiterinnen zur Verfügung zu stellen.«

Michael Martens saß zusammengesunken in seinem Drehstuhl und schüttelte den Kopf. Von seiner anfänglichen Arroganz war nichts mehr übrig.

»Herr Martens, sehen Sie es so: Je kooperativer Sie sich verhalten, desto schneller sind Sie uns wieder los. Mit etwas Glück und Geschick wird niemand merken, dass Ihr Laden Gegenstand polizeilicher Ermittlungen war.«

Martens verharrte eine Weile reglos, dann drehte er sich um, öffnete eine Schiebetür und zog einen Ordner hervor.

»Auch die Frauen, die früher bei Ihnen gearbeitet haben, bitte. Sagen wir, einschließlich der letzten beiden Jahre.«

Martens zog einen weiteren Ordner hervor und knallte ihn auf den Tisch.

»Da haben Sie alle ehemaligen Mitarbeiterinnen seit Firmengründung. Es müssten knapp 30 sein.«

»Ich danke Ihnen. Fangen wir mit der Dame an, die Lüscher zuletzt besucht hat. Wer war das?«

Martens öffnete ein Programm auf seinem Rechner und überflog die Listen.

»Patricia«, sagte er schließlich.

»Zeigen Sie mir die Frau.«

Martens nahm den ersten Ordner und musste nicht lange blättern.

»Bitte sehr«, sagte er und drehte ihn so, dass Klein sowohl den Personalbogen als auch das Bild der Prostituierten betrachten konnte.

Patricia war ihr Pseudonym, der wirkliche Name lautete auf Janina Violetta Galuschka. Klein vermutete, dass sie sehr hübsch war, aber ihr Gesicht war versteckt unter einer dicken Schicht greller Schminke. Erschrocken stellte er fest, dass Janina erst 19 Jahre alt war, genauso alt wie sein Sohn. Wenn die Angaben stimmten, arbeitete sie seit eineinhalb Jahren für Martens. Sie hatte drei Wochen nach ihrer Volljährigkeit bei ihm angefangen.

»Wann hatte Lüscher diesen letzten Besuch?«, fragte Klein mit belegter Stimme. »Wann ist Janina bei ihm gewesen?«

»Moment.«

Wieder bemühte Martens seinen Computer, und wieder hatte er die Antwort rasch parat.

»Der Termin war am 30. Oktober, 18.00 Uhr, gebucht für eine Stunde.«

»Ach du Scheiße.«

Es war Bergmann, die das Telefonat beendet und Martens letzte Worte aufgeschnappt hatte.

»Scheiße«, wiederholte sie und blickte zu Klein, der mit geöffnetem Mund dastand und auf das Bild der jungen Liebesdienerin starrte.

Martens begriff, dass diese Information von größter Wichtigkeit war, und überprüfte noch einmal seine Liste. Tatsächlich fiel ihm etwas auf.

»Moment«, sagte er. »Da ist noch was, eine Notiz.«

Er öffnete den Dateianhang und las die kurze Bemerkung, die er selbst verfasst hatte.

»Ja, ich erinnere mich«, sagte er. »Bei Lüschers letzter Buchung gab es ein Problem. Das war sonst nicht seine Art. Der Termin fand nicht statt, obwohl unser Mädchen dort gewesen ist. In solchen Fällen fordern wir die Hälfte des Honorars beim nächsten Mal ein, aber dazu ist es nicht gekommen.«

»Geht das vielleicht noch ungenauer?«, unterbrach ihn Klein, der langsam aus seiner Schockstarre erwachte. »Was waren das für Probleme?«

Martens zuckte die Schultern.

»Das steht hier nicht. Ich habe keine Ahnung.«

Sein Blick schweifte von Klein zu Bergmann.

»Ich schwöre, ich weiß es nicht«, beeilte er sich zu sagen, als er das wütende Funkeln in ihren Augen sah, »vielleicht weiß Karim etwas.«

»Wer ist das?«

»Karim ist unser Fahrer. Er bringt die Mädchen zu den Terminen außerhalb Düsseldorfs.«

»Und er holt sie auch wieder ab?«

»Ja natürlich.«

»Gut. Wo finden wir diesen Karim?«

Martens sah auf die Uhr.

»Er müsste in einer halben Stunde hier sein. Ilona hat nachher einen Termin in Wuppertal.«

»Man trifft sich also immer hier, bevor es losgeht?«

Martens schüttelte den Kopf.

»Er holt die Mädchen direkt von zu Hause ab, aber der Wagen ist hier. Er steht unten in der Tiefgarage.«

»Verstehe«, sagte Klein. Er überlegte. »Wo ist sie jetzt?«, fragte er nach einer Weile. »Wo ist Janina?«

Martens schürzte die Lippen, ließ erneut einen Schwall Luft entweichen und tippte ihren Namen in den Computer.

»Sie ist gebucht worden«, sagte er.

»Wann und von wem?«

Kleins Abscheu gegen den schmierigen Geschäftsführer wuchs mit jeder Sekunde.

»Hören Sie«, sagte Martens, ohne ihn dabei anzuschauen. »Ich habe bereitwillig auf all Ihre Fragen geantwortet. Ich finde, es ist langsam genug. Es geht hier um äußerst persönliche Kundendaten, die auf keinen Fall …«

»Es geht hier um einen Mordfall!«, explodierte nun auch Klein. »Es ist mir scheißegal, was Ihre ach so ehrenwerten Kunden davon halten. Sie geben mir jetzt sofort, was ich brauche, oder ich werde verdammt ungemütlich!«

Martens hob erschöpft die Hände. So viele klare Worte war er offenbar nicht gewohnt. Widerwillig durchforstete er die Daten, wurde fündig und sendete das Dokument an den Drucker. Klein beugte sich über den Tresen und riss das Papier aus dem Ausgabeschacht des Gerätes.

»Walther Gustav Tönnies aus Mettmann«, las er laut, damit Bergmann es auch hören konnte. »Hat Patricia gebucht seit vorgestern Morgen um zehn. Ende des Termins ist erst morgen früh.« Er blickte Martens verständnislos an. »Man kann die Mädchen gleich für mehrere Tage buchen?«

Martens blickte ebenso verständnislos zurück. »Wir sind ein Begleitservice, Herr Klein. Man kann die Mädchen auch für eine Woche buchen, einen Monat. Letztes Jahr hatten wir einen Herrn, der hat ein Mädchen für eine sechsmonatige Weltreise gebucht. Alles eine Frage des nötigen Kleingelds.«

»Das ist ja ekelhaft«, sagte Bergmann und schnitt eine angewiderte Grimasse.

»Hier steht nicht, wo sie sich aufhalten«, sagte Klein und ignorierte ihre Bemerkung. »Wissen Sie das zufällig?«

»Nein«, sagte Martens.

»Sollten Sie das nicht? Es geht schließlich auch um die Sicherheit dieser Frauen, oder?«

»Ich bestehe darauf, dass unsere Mädchen ständig ein Handy bei sich haben. Außerdem zahlen die Herrschaften vor dem Termin eine Anzahlung in Höhe von zwei Dritteln des Gesamthonorars.«

»Na wunderbar«, sagte Klein, und seine Meinung über den Agenturinhaber sackte ins Bodenlose. Er legte das Blatt zur Seite und warf erneut einen Blick in den Personalordner.

»Ist das ihre aktuelle Handynummer?«

Zur Antwort nickte Martens nur knapp.

»Hören Sie zu, Sie könnten jetzt ein paar Pluspunkte bei mir sammeln, also denken Sie nach. Hat Tönnies schon mal bei Ihnen gebucht?«

»Nein, er ist Neukunde.«

»Kommt es öfter vor, dass Janina gleich für mehrere Tage gebucht wird?«

»Gelegentlich ja.«

»Wo kommt sie in solchen Fällen unter? Hat sie bestimmte Vorlieben?«

»Das kann ich nicht sagen. Möglich, dass sie gar nicht in der Stadt ist. Es kommt alles auf den Kunden an. Auch das Hotel wird von ihm ausgesucht. Es sind teure Hotels, aber davon gibt es hier jede Menge.«

Klein nahm sich erneut den Ausdruck zur Hand.

»Hier steht keine Telefonnummer von Tönnies. Wie lautet sie?«

»Darf ich?«, fragte Martens und streckte die Hand nach dem Papier. Klein reichte es ihm.

»Tatsächlich, dann haben wir keine«, sagte Martens. »Er hat nur eine E-Mail-Adresse angegeben.«

Klein überlegte eine Weile, dann deutete er auf den Computer.

»Suchen Sie im Telefonbuch nach Tönnies aus Mettmann.«

Martens wand sich in seinem Sessel und sagte: »Das geht jetzt wirklich zu weit.«

»Tun Sie's!«, brüllte Klein und ließ keinen Zweifel an seinem Entschluss. Eine halbe Minute später bekam er das Ergebnis. »Dipl.-Ing. Walther G. und Hildegard Tönnies, Burgunderweg 10, Mettmann.«

Klein drehte den Bildschirm zu sich und notierte die Rufnummer auf dem Computerausdruck.

»Mal sehen, ob seine Frau eine Ahnung hat, wo sich ihr Mann derzeit aufhalten könnte.«

Martens wich der letzte Rest Farbe aus dem Gesicht.

»Das können Sie nicht machen. Das dürfen Sie nicht. Das geht niemanden etwas an! Sie haben gesagt, Sie werden auf keinen Fall …«

»Ich habe gesagt, dass ich einen Mordfall aufzuklären habe! Und ich habe gesagt, dass die Polizei gewisse Möglichkeiten hat.«

Klein nahm sein Handy aus der Jackentasche und tippte die Nummer ein. Als er es ans Ohr führte, gab Martens sich geschlagen.

»Warten Sie«, sagte er mit zittriger Stimme. »Bitte legen Sie das Handy weg. Wenn Sie dort anrufen, bin ich ruiniert.«

Klein tat so, als müsse er abwägen und eine Entscheidung treffen. Dann steckte er das Telefon zurück in die Tasche.

»Ich höre.«

Martens seufzte kopfschüttelnd, dann fing er an zu reden: »Tönnies kam letzte Woche Mittwoch zu mir, angeblich auf Empfehlung eines Bekannten. Er sagte, er sei am Wochenende geschäftlich in Düsseldorf, irgendeine Konferenz. Er brauche eine weibliche Begleitung für zwei Abendessen. Den Montag, also heute, habe er frei und wolle ihn mit dem Mädchen in der Stadt verbringen. Ich habe ihm die Bilder gezeigt, und er brauchte keine zwei Minuten, um sich für Janina zu entscheiden.«

»Und dann?«

»Dann hat er die Anzahlung geleistet, und Janina ist am Samstag zum verabredeten Zeitpunkt am Treffpunkt erschienen, ein Café in der City.«

»Und es ist Ihnen doch nicht ganz egal, wo Ihre Frauen untergebracht sind, habe ich recht?«

Martens senkte den Blick.

»›InterContinental‹.«

Er flüsterte den Namen, als könne er damit den Schaden seines Prinzipienbruchs etwas abschwächen.

Kleins Gedanken hingegen wirbelten wild durcheinander. Er war voller Tatendrang und hatte Mühe, seine nächsten Aufgaben und Schritte zu sortieren.

»Wie spät ist es?«, fragte er.

»Viertel vor vier«, antwortete Bergmann.

»Verdammt.« Die Zeit war angesichts der neuen Entwicklungen in Vergessenheit geraten. »Wir müssen Bernd und den anderen Bescheid geben.«

»In Ordnung, ich erledige das.«

»Sag ihnen, wir brauchen jetzt doch ihre Hilfe. Sie sollen herkommen, so schnell wie möglich.« Er wanderte auf und ab und sah dabei aus wie einer dieser überzeichneten Fernsehkommissare. »Und sie sollen vorher mit Steffen sprechen. Wir brauchen die richterliche Anordnung und einen Haftbefehl für Janina Violetta Galuschka.«

»Alles, was du willst.«

Kleins plötzlicher Enthusiasmus zauberte ein Lächeln auf Bergmanns Gesicht. Ihr gefiel es, wenn er aus seiner gelegentlichen Lethargie erwachte und das Heft in die Hand nahm.

Eine Dreiviertelstunde später hatten Klein und Bergmann einen Plan über das weitere Vorgehen ausgearbeitet und gingen nun immer wieder die Einzelheiten durch. Hecking und die anderen würden in etwa 30 Minuten bei »Blue Sky Models« eintreffen. Die richterlichen Beschlüsse waren inzwischen da. Ein Team würde vor

Ort die Unterlagen und die Computerfestplatte beschlagnahmen und Michael Martens ins Präsidium fahren, wo er seine Aussage zu Protokoll geben würde. Bis jetzt hatte ihn noch niemand über seine Rechte als Zeuge aufgeklärt, aber Klein zweifelte nicht eine Sekunde, dass Martens seine Angaben in der Vernehmung wiederholen würde. Klein würde zusammen mit dem anderen Team das Hotel aufsuchen. Er ging fest davon aus, dass Tönnies und seine Begleitung im Lauf des späten Nachmittags von ihrem Stadtbummel zurückkommen würden, um sich für das Abendessen zurechtzumachen. Sie hatten viel erreicht.

MONTAG, 22. NOVEMBER, 20.20 UHR

Klein stand am Fenster in seinem Büro, schaute in die Dunkelheit und dachte nach. Bergmann näherte sich, berührte ihn leicht an der Schulter und reichte ihm einen Kaffee. Dankbar nahm er den dampfenden Becher entgegen und setzte sich an seinen Schreibtisch. Bergmann tat es ihm gleich.

»Es ist verrückt, wie schnell es manchmal geht, nicht?« Sie zog an ihrer Zigarette und blickte ihn durch das Halbdunkel an.

»Es ist ein Fortschritt. Ob es die Lösung ist, wissen wir nicht«, sagte Klein und nippte an seinem Getränk.

»Martens hat in seiner Vernehmung gesagt, Janina wirkte nach ihrer Rückkehr etwas nervös. Ihre Geschichte könnte frei erfunden sein.«

»Ich weiß.«

»Wenn du nicht sicher bist«, setzte Bergmann mit ruhiger Stimme hinzu, »wir könnten immer noch Bernd hineinschicken. Ich meine, er hat etwas mehr Distanz. Martens hat uns beide ziemlich viel Nerven gekostet.«

»Nein, ich fühle mich gut«, sagte Klein und griff zum Hörer seines Telefons, das ein Gespräch meldete.

»Wir sind so weit«, tönte Heckings Stimme durch die Leitung.

»Gut, ich komme runter«, antwortete Klein und legte auf.

Dann machte er sich auf den Weg zu jenem Ort, den er stets mit gemischten Gefühlen betrat. Das Schlachtfeld der Kriminalisten. Hier galt es, die Stärke des Gegners einzuschätzen. Dann ersann man einen Plan. Es wurde taktiert, Strategien wurden verfolgt, Provokationen gestreut und Einschüchterungsversuche unternommen. Man begab sich in einen offenen Zweikampf und zog sich wieder zurück. Es wurden Fallen ausgelegt und Waffenstillstände verhandelt. Wenn sich der Nebel des Kampfes gelichtet hatte, wurden die Verluste gezählt und die Kräfte neu verteilt. Es gab Siege, und es gab Niederlagen. Wer das nicht akzeptieren konnte, war seiner Aufgabe nicht gewachsen. Klein fühlte sich gerüstet für den Kampf. Ein letzter Gruß an die Kollegen, dann drückte er die Klinke und betrat den Vernehmungsraum, in dem Janina Violetta Galuschka auf ihn wartete. Eine 19-jährige Prostituierte und Tatverdächtige in einem Mordfall.

Klein betrat den Vernehmungsraum, stellte sich kurz vor und verlas der jungen Frau ihre Rechte. Als er sich vergewisserte, ob sie alles verstanden habe, schaute sie ihn distanziert an.

»Ich würde lieber eine rauchen. Gehört das zufällig auch zu meinen Rechten?«

»Nein, aber Sie dürfen es trotzdem.«

Janina kramte ein silberfarbenes Etui aus ihrer Handtasche, nahm eine Zigarette heraus und entzündete sie mit einem neongrünen Feuerzeug.

»Frau Galuschka«, begann Klein. »Sie haben gehört, was Ihnen vorgeworfen wird. Sie erhalten hier und jetzt die Gelegenheit, sich zu den Anschuldigungen zu äußern. Möchten Sie etwas sagen?«

Die Prostituierte beugte sich vor, als spräche sie in ein imaginäres Mikrofon.

»Ich habe nichts mit der Sache zu tun, und ich habe keine Ahnung, was Sie von mir wollen.« Ihr Akzent war schwach, die Stimme fest.

Klein musterte die junge Frau. Sie war dezenter geschminkt als auf dem Bild in Martens Ordner, und der Ermittler stellte fest, dass er mit seiner Vermutung richtiggelegen hatte. Janina war eine ausgesprochen hübsche Frau mit strahlend weißen Zähnen und ebenso reinen blauen Augen. Und noch eine Veränderung war nicht zu übersehen. Statt des geflochtenen blonden Zopfs trug sie eine Kurzhaarfrisur, die ihr gut zu Gesicht stand. Mit ihrem dunkelroten Abendkleid, das aufreizend und elegant zugleich war, wirkte sie derart fremd in dieser Umgebung, dass Klein sich immer wieder ins Gedächtnis rufen musste, einer Mordverdächtigen gegenüberzusitzen.

Janina hatte vor dem Badezimmerspiegel gestanden und war gerade dabei gewesen, sich die Halskette umzulegen, als die Ermittler in das Hotelzimmer gestürmt waren. Während Walther Tönnies vor Schreck das Gleichgewicht verloren hatte und auf den Hintern gefallen war, hatte Janina völlig ruhig die Anweisungen der Polizisten befolgt. Sie war auf der Stelle festgenommen und ins Essener Präsidium gefahren worden, mitsamt den hochhackigen Riemchensandalen, in denen ihre nackten Füße noch immer steckten. Es ist November, Mädchen, dachte Klein und schüttelte innerlich den Kopf.

»Frau Galuschka«, wandte er sich in ruhigem Tonfall an sein Gegenüber. »Sie arbeiten für Michael Martens' Agentur »Blue Sky Models«, ist das richtig?«

»Ist das verboten?«

»Nein, ist es nicht. Aber beantworten Sie bitte die Frage.«

»Schauen Sie mich an, ich bin ein Model. Nur leider zehn Zentimeter zu klein für den Laufsteg. Also muss man sehen, wo man bleibt.«

»Verstehe«, antwortete Klein und tat es nicht. »Wie sieht Ihre Tätigkeit in der Agentur genau aus?«

Janina nahm einen tiefen Zug von ihrer Zigarette, blies den Rauch durch die Nase und blickte Klein fest in die Augen.

»Fragen Sie mich doch gleich, ob ich 'ne Nutte bin. Macht Sie das scharf?«

Klein war vorbereitet und ließ sich nicht aus der Ruhe bringen.

»Nein, wir möchten nur Klarheit über gewisse Hintergründe erhalten. Es ist einfacher, wenn wir wissen …«

»Ja, Sie haben recht«, unterbrach sie ihn schroff. »Ich treibe es mit Männern, die meine Großväter sein könnten. Die meisten sind hässliche perverse Idioten. Aber sie haben Geld. Jede Menge Geld. Reicht das als Erklärung?«

»Fürs Erste ja.« Klein machte eine winzige Pause. Er beschloss, in die Offensive zu gehen. »Janina, kannten Sie Herbert Lüscher?«

Er beobachtete sie, achtete jetzt auf jede Kleinigkeit, suchte den Schatten, der sie verraten würde. Die junge Frau runzelte die Stirn.

»Der Kerl, von dem Sie sagten, er sei tot? Den ich umgebracht haben soll? Ja, wir hatten ein paarmal das Vergnügen.« Entweder war der Schatten unter der Schminke verborgen, oder er war tatsächlich nicht da. Klein spürte Nervosität in sich aufsteigen.

»Er war also Kunde von Ihnen?«

»Wir hatten Sex, fürs Theater oder ein Dinner war der Saufbold doch nicht mehr zu gebrauchen.«

»Beschreiben Sie uns die Situation. Was war Lüscher für ein Mensch?«

Janina schnaubte verächtlich und wechselte die Position auf ihrem Stuhl.

»Kennen Sie sein Schlafzimmer?«, fragte sie.

»Ja, wir waren in seiner Wohnung.«

»Dann wissen Sie doch Bescheid, wie er drauf war.«

»Wir möchten es gerne von Ihnen hören, Janina.«

»Er war widerlich. Ein trauriger alter Perversling.«

Klein blickte sie fragend an.

»Ich fürchte, jetzt brauchen wir ein paar Details.«

Janina schien eine Weile in sich selbst zu versinken. Sie senkte ihren Blick, doch Klein konnte erkennen, dass sich etwas verändert hatte. Die brennende Angriffslust, das provokative Funkeln in ihren Augen war verblasst.

»Es war unheimlich«, sagte sie. »Dieses dunkle Zimmer. Diese merkwürdige Stille, ich hab mich immer gefühlt wie auf einem Friedhof.«

Wieder setzte eine Pause ein, doch Klein wusste, dass er Janina jetzt nicht drängen durfte.

»Es gibt eine ganze Menge Perverser, mehr, als Sie sich vorstellen können. Aber die meisten sind harmlos.« Sie lachte kurz auf. »Erbärmliche Loser, die sich Babywäsche anziehen, an einer Flasche nuckeln und darauf abfahren, den Hintern versohlt zu kriegen. Aber bei ihm war es anders. Ich hatte Angst vor ihm. Meine Kolleginnen auch.«

Klein dachte an die hellen Flecken am Bettgestell.

»Er hat Sie ans Bett gefesselt, nicht wahr?«

Janina schaute wieder auf und nickte.

»Ja, meist auf dem Rücken, manchmal auf dem Bauch. Aber das war nicht mal das Sonderbarste.«

Klein spürte, wie er innerlich verkrampfte. Mit einem Nicken bedeutete er Janina, fortzufahren, weil er fürchtete, seine Stimme nicht kontrollieren zu können.

»Wir mussten immer auf junges Mädchen machen, eine Brille tragen und seitliche Zöpfe. Das perverse Schwein hat manchmal sogar darauf bestanden, dass wir eine Zahnspange einsetzen. Der Ablauf war immer gleich. Erst wollte er Oralverkehr, danach kam es zum Sex. Er hat immer so laut gestöhnt, dass es mir unangenehm war. Er sagte immer, es könne uns niemand hören. Ich war jedes Mal froh, wenn es vorbei war, was zum Glück nie lange gedauert hat. Ich bin dann schnell raus aus dem Zimmer, hab das Geld vom Küchentisch genommen und bin gegangen. Das ist alles.«

Janina zündete sich eine weitere Zigarette an und schwieg. Auch Klein brauchte einen Moment, um das Gehörte zu verarbeiten.

»Haben Sie ihn gehasst?«, fragte er schließlich.

Janina zögerte.

»Nein. Ich hab mich geekelt und manchmal gefürchtet. Er war bemitleidenswert, aber das sind die meisten. Er war Kunde, und er hat gezahlt. Der Rest spielt keine Rolle.«

»Janina, am 30. Oktober hatten Sie abends gegen 18.00 Uhr den letzten Termin bei Lüscher. Erinnern Sie sich?«

Die junge Frau schloss die Augen und legte den Kopf ein Stück in den Nacken. Klein beobachtete das gleichmäßige Pulsieren der Schlagader unter der dünnen Haut ihres Halses. Sie ist völlig ruhig, dachte er. Entweder hat sie nichts zu verbergen, oder sie liefert eine filmreife Leistung. Dann nahm Janina wieder ihre normale Haltung ein.

»Ja«, sagte sie nur.

»Und?« Klein sah sie erwartungsvoll an. »Erzählen Sie uns von diesem Abend, Janina.«

»Da gibt's nichts zu erzählen«, antwortete sie und zog an ihrer Zigarette. »Es war wie immer. So, wie ich es gerade geschildert habe.«

Klein stand auf und ging ein paar Schritte durch das Zimmer. In einer der Ecken blieb er stehen, verschränkte die Arme vor der Brust und setzte eine unergründliche Miene auf.

»Wissen Sie, genau da liegt das Problem. Wir wissen,

dass nicht alles so war wie immer. An diesem Abend ist Lüscher ermordet worden. Martens hat uns erzählt, Sie hätten nach Ihrer Rückkehr aus Essen von Schwierigkeiten berichtet. Wir würden gerne erfahren, was das für Schwierigkeiten waren.«

»Dieser Idiot«, zischte Janina und drückte die Zigarette auf der Innenseite ihres Etuis aus.

Klein kehrte an den Tisch zurück und setzte sich.

»Ich weiß nicht, was passiert ist, aber wenn Sie heute Abend nach Hause gehen möchten, dann würde ich jetzt gerne die Wahrheit erfahren.«

»In Ordnung, ich hab's kapiert«, sagte sie. »Ich sage Ihnen, was ich weiß, aber machen Sie sich keine falschen Hoffnungen.«

»Das habe ich bereits vor langer Zeit aufgegeben«, seufzte Klein.

»Es war alles wie immer«, begann Janina. »Michael hat mich einen Tag vorher angerufen und mir Bescheid gegeben. Karim hat mich abgeholt, und wir sind nach Essen gefahren. Er hat mich an der Straße rausgelassen und ist weitergefahren. Ich glaube, er wollte etwas zu essen holen. Jedenfalls wollte ich gerade klingeln, als die Haustür aufgerissen wurde. Ich hab mich ziemlich erschreckt. Plötzlich stand eine Frau vor mir. Sie hat pausenlos auf mich eingeredet, irgendwas erzählt, Lüscher sei krank oder nicht da. Ich weiß nicht mehr. Sie hat mir einen Umschlag gegeben, und das war's.«

»Was für einen Umschlag? Geld?«

Janina nickte.

»Wie viel?«

»Die vereinbarten 300 Euro.«

Klein war nicht sicher, ob sie log. Er zwang sich, ruhig

zu bleiben. Es ist immer noch möglich, dass Janina nur ein Spiel mit uns treibt, dachte er.

»Kannten Sie die Frau?«

»Nein.«

»Sie sind ihr nie begegnet? Vielleicht an anderer Stelle?«

»Nein.«

»Was haben Sie dann gemacht?«

»Ich habe mich umgedreht und bin gegangen.«

»Warum?«

»Warum, warum«, äffte ihn Janina nach. »Haben Sie überhaupt einen blassen Schimmer, wovon Sie da reden? Wir mögen keine Leute, die zu viele Fragen stellen. Wir gehen nicht gern unnötige Risiken ein, legen Wert auf Diskretion. Ist besser fürs Geschäft.«

»Ich stelle auch viele Fragen.«

»Ich hab nicht gesagt, dass ich Sie mag. Aber ich hab nichts zu verbergen und keine Lust, länger als nötig hier rumzusitzen. Nur deshalb mache ich euer Spielchen mit.«

»Also gut. Bitte beschreiben Sie mir die Frau an der Tür.«

»Keine Ahnung, es war dunkel und kalt. Sie war eingepackt wie ein Eskimo.«

»Janina, wir müssen das genauer wissen. Überlegen Sie in Ruhe, und erzählen Sie uns alles, woran Sie sich erinnern.«

»Langer brauner Mantel, dick und schwer. Dazu trug sie Stiefel, dunkles Leder. Schwarze Wollmütze, grauer Schal.«

»Sehr gut, was noch?«

»Ungefähr meine Größe, knapp 1,70. Ich glaube, sie war schlank.«

»Haben Sie das Gesicht gesehen?«

»Wie gesagt, das ist schwierig. Die Haut war sehr hell, die Augen schienen dunkel. Mehr konnte ich nicht erkennen.«

»Ihre Stimme?«

»Weiß ich nicht mehr. Ich glaube, kein Akzent, sie klang eher wie feine Leute. Hören Sie, es tut mir leid. Mehr weiß ich wirklich nicht. Das Ganze hat vielleicht 15 Sekunden gedauert.«

»Nachdem Sie sich umgedreht haben, was passierte dann?«

»Ich habe Karim angerufen. Weit war er noch nicht gekommen. Er hat gedreht und mich abgeholt.«

»Und die Frau?«

»Keine Ahnung. Ich bin ein Stück die Straße rauf und habe eine geraucht. Als wir später am Haus vorbeifuhren, war alles dunkel, die Tür war zu, und ich hab sie nicht mehr gesehen.«

Klein wusste, dass Janina nicht mehr viel sagen würde. Er gelangte immer mehr zu der Überzeugung, dass sie ihm nichts vorspielte. Er entschloss sich, noch einen letzten Punkt zu klären.

»Eine Sache noch, Janina, dann sind wir fertig.«

»Das glaub ich erst, wenn ich hier raus bin.«

»Der beigefarbene Mantel, den wir in Tönnies' Hotelzimmer gefunden und den Sie mit hierhergebracht haben. Gehört der Ihnen?«

Janina schien die Frage nicht zu verstehen und sah ihn mit großen Augen an.

»Ist das Ihr Ernst? Wem soll er sonst gehören? Walther Tönnies? Natürlich ist es meiner.«

»Es hätte ja sein können, dass Martens' Agentur über einen Kleiderfundus verfügt, aus dem sich die Angestellten bedienen können.«

Janina lachte auf, ein herzhaftes, rauchiges Lachen.

»Der alte Geizkragen. Aber die Idee ist gut. Ich werde ihm das bei Gelegenheit vorschlagen, aber wenn er mich umbringt, ist es Ihre Schuld.« Ihr Lachen verebbte. Offenbar hatte sie bemerkt, dass ihre letzte Äußerung etwas unpassend war. Klein überging ihre Unsicherheit.

»Besitzen Sie noch weitere Mäntel?«

»Ja, einen leichten Herbstmantel.«

»Farbe?«

»Schwarz. Es ist ein schwarzer Wollmantel. Warum fragen Sie mich das?«

»Es ist wichtig für uns. Wir werden Ihre Angaben überprüfen müssen. Ist er gefüttert?«

»Nein, ist er nicht. Ich sagte, es handelt sich um einen leichten Herbstmantel.« Janina schien zunehmend verärgert. »Und ich werde keine weiteren Fragen beantworten, wenn Sie mir nicht verraten, was das für eine Rolle …« Sie hielt mitten im Satz inne und schaute Klein in die Augen. »Diese Frau«, fuhr sie fort. »Es geht Ihnen um diese Frau an der Tür vor Lüschers Haus, richtig? Ihr Mantel war gefüttert, ich habe das gesehen. Ich habe einen Blick für alles, was mit Mode zu tun hat. Die Frau hat sich Mühe gegeben, alles zu verstecken, aber oben am Kragen war eine Stelle, an der das Innenfell herausschaute. Dunkler Pelz. Ich schätze, der Mantel war ziemlich teuer.« Sie hielt noch immer Blickkontakt zu Klein. »Meinen Sie, diese Frau hat … ich meine, ist sie Lüschers Mörderin?«

»Das wissen wir nicht«, sagte Klein. »Wir stehen noch am Anfang, aber Sie haben uns sehr geholfen, Janina. Ich danke Ihnen.«

»Also kann ich jetzt gehen?«

»Wir werden Karims Vernehmung abwarten müssen. Er ist nebenan und wird von einem meiner Kollegen befragt. Ich glaube aber nicht, dass sich der Verdacht gegen Sie erhärten wird. Allerdings werden wir Sie nach Düsseldorf begleiten und einen Blick in Ihre Wohnung werfen müssen.«

»Ach Scheiße, muss das sein?«

»Ja, und da wäre noch etwas, um das ich Sie bitte.«

Janina wurde ungehalten.

»Da müssen Sie sich an Michael wenden«, sagte sie mechanisch. »Ich vergebe keine Termine.«

Klein betrachtete sie düster. Er hatte genug von Martens' Agentur und seinen Models. Er hatte genug von den Geschichten und den Bildern in seinem Kopf, genug von den widerwärtigen Andeutungen.

»Ich werde das jetzt vergessen«, sagte er völlig ruhig. »Ein zweites Mal sicher nicht. Wir möchten eine Speichelprobe von Ihnen nehmen, sind Sie damit einverstanden?«

Janina sprang von ihrem Stuhl auf und bedachte Klein mit einem wütenden Funkeln. Die Zornesröte in ihrem Gesicht leuchtete durch die dünne Schicht ihrer Schminke. Plötzlich hatte sie etwas Wildes, Unberechenbares. Sie gab sich keine Mühe mehr, ihre Wut zu verbergen.

»Wenn Sie an mir rumfummeln wollen«, zischte sie, »und es ist mir völlig egal, mit was oder wo, dann bezahlen Sie gefälligst dafür. Schaffen Sie mir ein Telefon her. Ich will mit einem Anwalt reden.«

Eine halbe Stunde später saß Klein wieder an seinem Schreibtisch. Er fühlte sich leer und ausgebrannt, sein Kopf dröhnte, und seine Muskulatur war verspannt und schmerzte. Er blickte von den Vernehmungsprotokollen auf und schaute auf die Uhr, es war 22.15 Uhr. Laschinsky und Klee waren mit Janina auf dem Weg in ihre Düsseldorfer Wohnung. Die Vernehmung von Karim hatte nichts Neues ergeben. Seine Angaben deckten sich mit denen von Janina bis ins Detail. Entweder sagten beide also die Wahrheit, oder sie hatten sich perfekt abgesprochen, was Klein jedoch bezweifelte. Mit Karims Intelligenz schien es nicht weit her zu sein. Klein war überzeugt, dass der Fahrer mit einer konstruierten Geschichte nicht durchgekommen wäre. Die Ermittlungen mussten sich auf die Frau konzentrieren, von der sie nur eine Allerweltsbeschreibung hatten und nicht mehr wussten, als dass sie einen Wintermantel mit Fuchspelz besaß.

Klein wollte sich gerade noch einmal in die Unterlagen vertiefen, als ihm der Duft von frischem Kaffee in die Nase stieg. Bergmann stellte eine Tasse vor ihn auf den Schreibtisch und gönnte sich selbst eine Zigarette.

»Du warst gut heute«, sagte sie. »Richtig gut.«

»Danke. Janina war es aber auch, oder?«

»Ja, das war sie. Ich frage mich, wieso sie in solchen Kreisen verkehrt. Sie scheint doch klug zu sein, und Bildung hat sie auch.«

»Du hast es gehört. Der Traum vom Reichtum ist wie ein großer dunkler Magnet für anfällige Menschenseelen.«

»Gut, dass wir nie in diese Gefahr kommen können, was?«, antwortete Bergmann. »Ich bin schon zufrieden, wenn ich Überstunden machen und dabei ein paar trockene Kekse knabbern darf. Da fällt mir ein: Hast du die Keksdose gesehen?«

DIENSTAG, 23. NOVEMBER, 16.40 UHR

Er schlich durch die Dunkelheit und fühlte sich wie ein Geist. Seit Wochen mied Jürgen Kohlmeyer das Tageslicht. Er wollte sich unsichtbar machen, für die anderen und auch für sich selbst. Doch es konnte nicht gelingen. Die dicken Gefängnismauern hatten ihn nicht beschützen können, und die Heile-Welt-Idylle dieses Hauses vermochte es ebenso wenig. Er konnte seinem Leben nicht entfliehen. Er musste den Mut aufbringen, vor all diese Menschen zu treten und ihrem abgrundtiefen Hass standzuhalten. Er hatte die furchtbaren Dinge getan, für die sie ihn verachteten, und er musste für immer damit leben. Den größten Teil seines Lebens hatte er dafür im Gefängnis verbracht, aber das war nicht das Schlimmste. Schlimmer war, dass sie jede Nacht zu ihm kamen. Seine beiden Töchter, die er gequält und missbraucht hatte. Jede Nacht blickte er in ihre stummen anklagenden Gesichter. Sie waren überall, saßen auf der Bettkante, auf einem Stuhl in der Ecke oder standen draußen und schauten durch das Fenster hinein. Zuerst war er wütend gewesen, hatte sie angeschrien, sie sollten verschwinden, doch es half nichts. Wochen später flehte er sie an, zu gehen, doch sie blieben. Dann fing er an, mit ihnen zu reden, aber sie hörten nur zu, sprachen selbst kein einziges Wort. Er wusste nicht, ob sie ihn verstanden, also erzählte er ihnen jede Nacht das Gleiche, seit mehr als 29 Jahren.

Jürgen Kohlmeyer dachte an das Gespräch mit Lothar Nienhaus. Der Anwalt hatte am Mittag bei ihm angerufen und sich nach seinem Befinden erkundigt. Kohlmeyer war das Gefühl völlig fremd, dass es einen Menschen gab, der sich für ihn interessierte, der sich ein Stück weit um ihn sorgte. Selbst sein Bruder, der ihn immerhin aufgenommen hatte, mied ihn, wo es nur ging. Bisher hatte er immer nur erfahren, dass er wertloser Dreck auf der Müllhalde der Gesellschaft war. Selbst im Gefängnis war er ein Geächteter gewesen, und keiner seiner Mithäftlinge wollte mit ihm auf einer Stufe stehen. Schon sein Vater hatte Jürgen als Kind beigebracht, dass er ein fauler Bastard, ein nichtsnutziger, undankbarer Schwachkopf war. Tausende von Gürtelhieben und unzählige Prellungen und Knochenbrüche waren eine ausreichende Lektion gewesen. Seine Mutter hatte ihren Kummer im Alkohol ertränkt und starb, als sie eines Tages in der Badewanne ausrutschte und mit dem Kopf auf den Wannenrand schlug. Sein Vater holte ihn damals ins Badezimmer, deutete auf den verdrehten Hals und sagte, das passiere ihm auch, wenn er nicht lerne, was Gehorsam und Disziplin bedeuteten. Zu diesem Zeitpunkt war Jürgen zehn Jahre alt. In der Zeitung stand, es sei ein tragischer Unfall gewesen, doch er wusste es besser. Er hatte die Wahrheit in den Augen seines Vaters gesehen.

Kohlmeyer schüttelte die Gedanken ab. Es war an der Zeit, die Vergangenheit hinter sich zu lassen. In dem Telefonat mit Nienhaus hatte er bei sich selbst ein weiteres neuartiges Gefühl bemerkt. Er hatte es in dem Moment gespürt, als er seinem Anwalt von dem Job erzählte, den er am nächsten Morgen antreten würde. Er hatte eine Anstellung in einer Schlosserei, zunächst auf Probe, aber immerhin gab es eine Perspektive. Kohlmeyer vermutete, dass es Stolz war, was er fühlte.

Er ging zum Fenster und zog den Rollladen hoch. Es waren nur noch wenige Menschen auf der Straße versammelt. Sie standen im Kreis um eine Kerze und achteten nicht auf das Haus. Er stellte das Fenster auf Kipp und sog die frische Luft in seine Lungen. Zum ersten Mal seit langer Zeit fühlte er sich lebendig.

Kohlmeyer blickte auf die vorbeiziehenden Wolken. Die untergehende Sonne strahlte sie an und tauchte den Abendhimmel in ein malerisches Rot. Plötzlich spürte er ein starkes Verlangen. Er stürmte aus dem Zimmer und rannte nach oben in die erste Etage. Dort zog er die Leiter herunter und kletterte auf den Dachboden. Gebückt lief er zu dem Fenster auf der Westseite. Mit der Hand befreite er die Scheibe von ihrer dicken Staubschicht. Dann sah er sie. Als gewaltiger dunkelroter Feuerball hing die Sonne dicht über dem Horizont. Kohlmeyer glaubte, ihre Wärme auf seinem Gesicht zu spüren. Gebannt folgte er dem unaufhaltsamen Versinken der Sonne, bis der letzte rote Streifen verschwunden war.

Morgen, dachte Kohlmeyer voller Hoffnung, morgen beginnt mein neues Leben.

DIENSTAG, 23. NOVEMBER, 17.00 UHR

Günther Klein legte die letzte Seite zu den anderen auf den Stapel. Der Bericht über den Stand der Ermittlungen hatte ihn wertvolle Stunden gekostet, doch Helmut Boger bestand auf einer ausführlichen Niederschrift. Die turbulenten Ereignisse im Zusammenhang mit Martens' Callgirls hatten neuen Schwung in die Ermittlungen gebracht, aber auch einen Haufen neue Arbeit. Und wieder einmal würden viele der neu aufgeworfenen Spuren im Sand verlaufen, dachte Klein und konnte den Dämpfer, den ihre Motivation bei der in Kürze beginnenden Besprechung erfahren würde, schon förmlich spüren. Er fuhr den Rechner herunter, stand auf und ging in die Küche, wo er Christa Ehlers begegnete. Die rundliche, gut gelaunte Frau arbeitete seit vielen Jahren im Geschäftszimmer und war so etwas wie die gute Seele des Kommissariats. Sie nahm Telefonate entgegen, kümmerte sich um ein- und ausgehende Korrespondenz, verwaltete die Vorgangsakten und war für alles zuständig, was den Mitarbeitern sonst so auf der Seele lag. Christa hatte immer ein offenes Ohr, wenn es sein musste, auch für die privaten Probleme ihrer meist männlichen Kollegen. Sie besaß die einzigartige Fähigkeit, jedem Einzelnen das Gefühl zu geben, ihr persönlicher Liebling zu sein, ohne je den einen gegen den anderen auszuspielen oder Missgunst zu säen. Sie war das, was private Unternehmen die »Mitarbeiterin des Monats« nennen würden, und das stolze zwölf Mal im Jahr.

»So spät noch hier?«, fragte Klein verwundert.

»Ich habe gehört, dass ihr euch nachher noch zusammensetzt. Ich mache bloß schnell den Kaffee fertig.«

»Lieb von dir, den können wir gut gebrauchen.«

»Kommt ihr denn voran?«

Klein nickte und nahm einen Apfel aus der Obstschale. »Leider nicht so schnell, wie uns lieb wäre, aber du weißt ja, wie das ist«, sagte er und zwinkerte ihr zu.

Christa lachte auf: »Ja, ich weiß. Früher oder später kriegt ihr sie alle.«

Sie löffelte duftendes Kaffeepulver in den Filter der Kaffeemaschine, schaltete sie an und verabschiedete sich in den Feierabend.

Der Ermittlungsleiter setzte sich allein an den großen Tisch, aß den Apfel gegen seine Gewohnheit mit Schale und dachte nach.

Um zehn nach fünf trommelte er die Kollegen zusammen.

Hecking berichtete, dass die telefonischen Befragungen weiterer Arbeitskollegen Lüschers allesamt enttäuschend verlaufen waren. Lauterbach hatte die Werkstatt aufgesucht, in der Lüschers Wagen regelmäßig gewartet worden war. Man erinnerte sich an den ungewöhnlich gut erhaltenen Sierra, an seinen Besitzer hingegen kaum. Danach übernahm Laschinsky das Wort. Die Durchsicht der Firmenunterlagen von »Blue Sky Models« hatte zwar einiges Interessante zutage gefördert, doch das meiste davon half im Fall Lüscher nicht weiter. Offenbar nahm Martens es mit der Steuer nicht allzu genau, doch darum würden sich andere kümmern. Von Bedeutung war einzig die Information, dass Lüscher am 23. Oktober gegen 18.00 Uhr zum letzten Mal von einer Frau Besuch gehabt hatte, genau eine Woche vor seinem Tod. Das betreffende Mädchen hielt sich derzeit in Frankfurt auf, und die Kollegen vor Ort waren bereits informiert.

Danach berichtete Bergmann über ihre Recherchen in den Anglervereinen der Umgebung, doch wo immer Lüscher auch geangelt hatte, er war in keinem Verein in einem Umkreis von 100 Kilometern bekannt. Abschließend trug Klein das Ergebnis der Fuchshaaruntersuchung vor, das Sperber ihm zuvor am Telefon mitgeteilt hatte. Es waren Rückstände einer Paraffin-Verbindung gefunden worden. Eine Substanz, die in der Bekleidungsindustrie zur Imprägnierung von Lederbekleidung benutzt wurde. Das stärkte natürlich die Theorie, wonach sich das Haar aus der Pelzbekleidung der oder des Unbekannten gelöst hatte. Die Ausbeute der Ermittlungen war dennoch mager, und die Ergebnisse erschienen noch dürftiger angesichts der Zuversichtlichkeit, die am Vortag geherrscht hatte. Klein setzte eine Besprechung für den nächsten Morgen an und schickte seine Kollegen nach Hause.

Er sah auf die Uhr, es war 18.40 Uhr. Er fühlte sich hungrig und müde. Nach einem kurzen Innehalten stand er auf, nahm seine Sachen und verließ das Präsidium. Er fuhr vom Parkplatz und steuerte den »Kohlenkeller« an, die Kneipe seines Bruders.

Einen Schnaps. Maximal zwei.

MITTWOCH, 24. NOVEMBER, 00.45 UHR

Sabine saß in der Dunkelheit ihres Wohnzimmers und schaltete von einem Programm des Kabelfernsehens zum nächsten um. Doch die Bilder und Geräusche erreichten sie nicht, ihr Blick konzentrierte sich auf einen unsichtbaren Punkt jenseits der Bildschirmoberfläche. Sie fühlte sich kraft- und mutlos, obwohl der Zeitpunkt geradezu perfekt war. Der Tag war angenehm und ruhig verlaufen. Nach dem Frühstück hatte sie Laura zur Schule gebracht, sich dann um alltägliche Erledigungen gekümmert und später Klavierstunden gegeben. Der Schüler war begabt und fleißig, und Sabine hatte sich über die großen Fortschritte, die er machte, gefreut. Sie hatte Laura von der Schule abgeholt, mit ihr zu Mittag gegessen und ihr bei den Hausaufgaben geholfen. Die Sonne hatte geschienen, und Laura war von dem Vorschlag, einen langen Spaziergang mit Branca und ihrer Mutter zu unternehmen, begeistert gewesen. Mit anbrechender Dunkelheit waren sie zurückgekehrt. Nach einem gemeinsamen Abendbrot hatten sie mit Simba und Nala, den liebenswürdigen Tieren aus dem *König der Löwen,* gefiebert. Die DVD hatte Laura von Markus als Belohnung für die Zwei in ihrer letzten Mathearbeit bekommen. Inzwischen schlief Laura tief und fest.

Markus war nicht zu Hause. Er hatte am Vorabend in ihrem Beisein einen Anruf mit der Bitte bekommen, einen Kollegen auf einer mehrtägigen Fachtagung zu vertreten. Der Mann war krank geworden. Markus war zunächst skeptisch gewesen, doch es ging um ein Thema, über das er seine Doktorarbeit verfasst und bereits eine Handvoll Vorträge vor kleinerem Publikum gehalten hatte.

»Das ist eine Chance«, hatte Markus zu Sabine gesagt, »und sie bezahlen recht ordentlich.«

»Geh nur«, hatte sie geantwortet und ihm einen Kuss auf die Wange gedrückt. »Ich komme schon klar.«

Gegen Mittag war sein Flieger gestartet. Erst am Sonntagnachmittag würde er aus Dresden wieder zurück sein.

Sabine stand auf, lief zur Terrassentür und trat hinaus in den nächtlichen Garten. Der Himmel hatte sich zugezogen, und der Wind war stärker geworden. Es roch nach Regen, aber noch wollten die Tropfen nicht fallen.

Sie dachte an Lüscher, der sich in ihren Träumen noch immer fast jede Nacht über sie beugte, geifernd und schwitzend. Er konnte ihr nie wieder schaden, dafür hatte sie gesorgt. Doch Sabine fühlte sich nicht frei, spürte keine Genugtuung. An deren Stelle war vielmehr eine bodenlose Leere getreten, die Sabine neben den unruhigen Nächten für die Kraftlosigkeit ihrer Tage verantwortlich machte. Warum ließen sie die Träume noch immer nicht los? Und warum konnte sie nicht anders, als jeden Bericht über Jürgen Kohlmeyers Freilassung aufzusaugen wie ein Schwamm, während sie zugleich spürte, wie die Informationen sie mehr und mehr vergifteten?

Kaum vier Kilometer von ihr entfernt lag das Monster wieder in seinem eigenen Bett – friedlich schlafend, während seine Opfer, während sie selbst, vor Todesangst kein Auge zutun konnten. Der Mann, der wie aus Häme den Platz in ihrem Kopf eingenommen hatte, nachdem sie Lüscher gewaltsam von dort vertrieben hatte, war näher als jemals zuvor. Dass die Gefahr direkt vor ihrer Haustür lauerte, schnürte ihr die Kehle zu. Jeden Tag trat Laura aus dieser Tür, jeden Tag lief sie die Straßen entlang, die Sabine mit ihrer Tat für sie beide und viele andere hatte sicher machen wollen. Und nun? Kohlmeyer war ihr so nah, dass er sogar dieselbe Luft atmete wie sie. Sabine spürte Wut in sich aufsteigen, eine archaische, verzweifelte, brennende Wut, die alle ihre Kräfte an sich zog, bündelte und sie innerlich zum Beben brachte.

Sie wandte ihren Blick vom Fernseher ab, ging zum Kleiderschrank, öffnete eine der unteren Schubladen und kramte die große Plastiktüte hervor, die sie unter einer Wolldecke versteckt hielt. Sie trat ans Bett und verteilte den Inhalt über die Decke. Obwohl sie wusste, dass es nicht nötig war, kontrollierte sie alles erneut. Schlüpfer, Socken, BH, T-Shirt, Pullover, Jeans, Mütze, Schal, Handschuhe, Jacke und Turnschuhe. Alles war da, und alles war schwarz. Es handelte sich um billige Kleidung, Sachen, die sie in unterschiedlichen Läden gekauft hatte und nur ein einziges Mal in ihrem Leben tragen würde. Dieser Tag war heute, daran gab es nun keinen Zweifel mehr.

Sabine zog sich an und stellte sich erneut vor den großen Spiegel. Nichts erinnerte mehr an das schwache Wesen von eben. Ihre Verwandlung war perfekt und bestätigte Sabine in ihrer Entschlossenheit. Sie zog eine weitere Schublade auf und holte Messer und Elektroschocker unter einem Stapel alter Blusen hervor. Sie öffnete das Fach am unteren Ende des Gerätes und legte eine neue Batterie ein. Dann nahm sie beide Waffen abwechselnd in ihre Hand. Der Schocker fühlte sich seltsam fremd an, schwer, wie ein Widerstand. Das Messer hingegen lag satt und glänzend in ihrer Hand. Es fühlte sich an wie eine natürliche Verlängerung ihres Arms, bereit für seine tödliche Mission. Sabine sah auf die Anzeige des Radioweckers. 01.15 Uhr. Es war an der Zeit, zu handeln. Sie musste den nächsten Schritt machen auf dem Weg, der zur Befreiung führte. Der Weg, an dessen Ende die Erlösung für sie und ihre Familie wartete.

Er barg viele Gefahren in sich, das wusste sie. Doch Sabine fühlte die Erhabenheit einer inneren Kraft, die um vieles mächtiger schien, als es ihre eigene allein sein konnte. Sie stellte sich vor, dass ihr die Kraft von allen geschändeten und schutzlosen Opfern zufloss, in deren Namen sie den Kampf nun erneut aufnehmen musste. Sie fühlte im Namen ihrer ahnungslosen Laura, die durch Sabines Einsatz unversehrt bleiben würde, eine unermessliche Erleichterung, die sie beflügelte. Ja, sie war eine Auserwählte, und als solche würde sie ihren Weg bis zum Ende gehen.

Sabine raffte die restliche Kleidung zusammen und legte sie auf die Ablage im Flur. Sie schaltete ihr Handy auf stumm und legte es zurück in die Schublade. Dann horchte sie in die Stille ihres Hauses. Nichts. Lautlos schlich sie die Treppe hinauf, den Flur entlang bis vor das Schlafzimmer ihrer Tochter. Die Tür war nur angelehnt, so wie Laura es gern hatte. Sabine hielt den Atem an und lauschte in die Dunkelheit. Sie hörte die regelmäßigen Atemzüge ihres Kindes. Leise schob sie die Tür auf und trat an das Bett. Sabine stand reglos, hielt den Kopf leicht schief. Die Friedlichkeit und die zarte Unschuld auf dem Gesicht ihrer Tochter brachen ihr beinahe das Herz. Tränen drängten aus ihren Augen, krochen über die Wangen und fielen lautlos zu Boden. Sabine beugte sich hinunter und berührte das Haar des schlafenden Kindes. Hell und weich und duftend floss es durch ihre Finger. »Ich liebe dich«, flüsterte sie und spürte, wie die Gefühle sie zu überwältigen drohten.

Mit einem Ruck, der ihre Entschlossenheit wiederkehren ließ, richtete sie sich auf und verließ das Zimmer ebenso lautlos, wie sie gekommen war. Sie ging nach unten, legte die restliche Kleidung an und verstaute die beiden Waffen in ihren Jackentaschen. Sie sah in den Spiegel, konnte jedoch nichts erkennen. Ihre Gestalt war eins geworden mit der Dunkelheit, verschmolzen mit den nächtlichen Schatten.

Es ist so weit. Bring es zu Ende.

Sie trat hinaus und zog die Tür mit einem kaum hörbaren Klicken ins Schloss. Den Wagen hatte Sabine an der Straße stehen lassen. Mit wenigen Schritten verließ sie das Grundstück. Sie stieg ein, startete den Motor und fuhr davon.

*

Mühsam wälzte Heinrich Thaler sich auf die andere Seite, das wievielte Mal es in dieser Nacht schon war, wusste er nicht. Die Schmerzen ließen nicht nach, gönnten ihm keine Minute der Erholung, die er doch so sehr benötigte. Er hörte das Schnarchen seiner Frau im Bett neben sich. Das trockene, kehlige Rasseln einer harten, alten Frau. An Schlaf war nicht zu denken. Er schlug die Wolldecke zurück und setzte sich langsam auf die Bettkante. Seine Füße fanden die Pantoffeln, und es gelang ihm, sich aufzurichten. Es war stockdunkel, was Heinrich Thaler nicht störte. Sein Gedächtnis hatte 83 Jahre lang Zeit gehabt, sich die baulichen Gegebenheiten des Hauses einzuprägen.

Er schlurfte in die Küche, nahm ein Glas von der Spüle und füllte es mit Wasser aus dem Hahn. Noch bis vor wenigen Jahren war er zum Wasserholen regelmäßig hinaus in den Garten gegangen und mit einem Kanister voll Brunnenwasser zurückgekehrt. Eines Tages hatte seine Frau Margot verkündet, sie wünsche sich ein bisschen mehr Luxus auf ihre alten Tage. Am Wochenende darauf hatte Heinrich das Loch für die Anschlüsse gegraben.

Der alte Mann ging hinüber zum Ofen und lehnte sich an. Die Restwärme kroch in seinen Rücken und machte die Schmerzen erträglicher. Das Alter ist ein Fluch, dachte er traurig. In über 50 Jahren täglicher harter Feldarbeit war er kein einziges Mal ernsthaft erkrankt. Doch in den letzten Jahren schien der körperliche Verfall im Eiltempo voranzuschreiten. Kaum eine Woche, die schmerz- und beschwerdefrei verlief. Aber Margot und ich, wir haben immer noch uns, dachte er, und dafür müssen wir dankbar sein. Er löste sich vom Ofen und ging hinüber zum Fenster. Seine Augen waren noch gut, doch in der Dunkelheit über seinen Feldern konnte auch Heinrich nichts erkennen. Plötzlich dachte er an den Tod und fragte sich, was ihn erwarten würde. Im Grunde war es ihm egal, wenn er im Jenseits nur nicht von einer so unendlichen Finsternis umgeben wäre, wie sie außerhalb seines schützenden Hauses in dieser Nacht zu lauern schien.

*

Sie glitt durch die pechschwarze Nacht, gleichmäßig und unbeirrbar wie ein Wal auf seiner Reise durch die Weiten des Ozeans. Sabines Wagen schien den Weg von allein zu finden, als würde er angezogen von ihrem Ziel und getragen und geleitet vom Wind ihrer kühnen Entschlossenheit. Sie überquerte die Ruhrbrücke und folgte dem kurvigen Verlauf der Hauptstraße bis zum Friedhof, wo sie in einen schmalen Feldweg einbog. Die Landschaft wurde hügeliger, der Weg holpriger. Nach einer Weile endete auch die letzte, spärliche Bebauung. Rechts und links nichts als Äcker und Felder, dunkle windgepeitschte Erde. Dann erfassten die Scheinwerfer den kleinen Weg, der sie in den Schutz des Dickichts führte. Sabine drosselte die Geschwindigkeit, öffnete das Fenster und hielt Ausschau. Hunderte Male war sie hier entlanggefahren, mit Branca hinten auf der Ladefläche, doch in der Nacht war alles fremd. Die Bäume schienen näher, höher und mächtiger, die Bewegungen der Äste stärker und das Rascheln und Flüstern lauter als am Tage.

Hab keine Angst. Heute bist auch du ein Geschöpf der Dunkelheit. Sie ist dir Freund.

Dann tauchte er vor ihr auf. Der kleine Parkplatz lag links des Weges, halb verdeckt durch Büsche und dornige Sträucher. In den Sommermonaten zog es zur Nachtzeit gelegentlich junge Pärchen hierher, die ungestört sein wollten, doch heute war er vollkommen leer. Niemand würde sie bemerken. Sabine parkte in der Ecke, die am wenigsten einzusehen war, das Heck zum Wald, die Front in Richtung Ausfahrt. Sie schaltete den Motor aus und löschte die Innenbeleuchtung. So verharrte sie eine Weile, lauschte in die Dunkelheit der Nacht und in die Finsternis in ihrem Inneren. Sie hatte das Gefühl der Entschlossenheit die Fahrt über bewahrt und spürte nun, dass sie vollkommen ruhig und bereit war. Sie schloss das Fenster, stieg aus und verriegelte den Wagen. Ein letztes Mal befühlte sie die Gegenstände in ihren Taschen. Sie zog den Schal ein Stück enger und die Mütze tiefer in ihr Gesicht. Dann lief sie los.

Es dauerte nicht lange, bis sich ihre Augen an die Dunkelheit gewöhnt hatten. Die Konturen traten nun deutlicher hervor. Auf unzähligen Spaziergängen hatte sie mit Branca jeden Weg hier erkundet, es gab keinen Trampelpfad, den sie nicht kannte. Zügig marschierte sie gegen den Wind, der ihr scharf und kalt ins Gesicht blies. Nach ein paar Minuten waren vereinzelte Lichter zu sehen. Eine kleinere Wohnstraße schlängelte sich von Süden aus durch die Felder. Wenn sie nicht quer über den Acker laufen wollte, musste Sabine ein Stück weit dieser Straße folgen. Der Ackerboden war feucht und klumpig. Das Laufen würde viel Kraft erfordern, und ihre Abdrücke wären deutlich zu sehen. Die Entscheidung war schnell gefallen. Sie hielt sich links und wählte den Weg über die Straße. Alles war dunkel. Nur im Dachgeschoss einer Doppelhaushälfte brannte ein Licht. Es war die Milchglasscheibe eines Badezimmerfensters, und Sabine musste nicht befürchten, gesehen zu werden. Die 200 Meter legte sie schnell, aber so leise und unauffällig wie möglich zurück. Dann hatte sie es geschafft. Die kleine Abzweigung führte sie wieder in den Wald hinein und ging nach etwa 50 Metern in den unscheinbaren Pfad über, der sie zum Haus führen sollte. Es war nicht der einfachste Weg, aber der einsamste, und Sabine konnte es sich unter keinen Umständen leisten, jemandem zu begegnen. Sabine konzentrierte sich auf den Untergrund. Der Wind pfiff durch die blätterlosen Kronen der Bäume, und es schien ihr, als riefe er ihren Namen. Vorsichtig tastete sie sich weiter voran, dann erreichte sie schließlich die letzte Biegung. Die Stelle war wie ein Foto in ihrem Gedächtnis gespeichert, doch in der Dunkelheit war es schwieriger, als gedacht. Sie irrte eine Weile umher, dann endlich erkannte sie die glatte Rinde, den windschiefen Ast über dem geteilten Stamm: Sie hatte ihren Eingang gefunden. Vorsichtig verließ sie den Pfad und glitt in das Unterholz. Kleine Zweige knackten unter ihrem Gewicht, und Sabines Gefühl sagte, die ganze Welt könne es hören. Ihr Verstand sagte jedoch, das Rauschen des Windes würde es aufsaugen und hinaus auf den See tragen.

Der Waldboden war in dieser Nacht weniger matschig. Meter für Meter schlug sie sich durch den Wald, von Baum zu Baum, immer darauf bedacht, die Richtung nicht zu verlieren. Erste Zweifel begannen an ihr zu nagen, als sie es schließlich entdeckte. Ein schwarzer Schatten lag vor einem Meer aus dunklem Grau, der sich schließlich deutlich zu erkennen gab: Es war das Haus von Karsten Kohlmeyer. Die Behausung der Bestie. Sabine schlich noch ein paar Schritte näher heran, verharrte dann reglos und beobachtete. Die Rollläden vor den Fenstern waren heruntergelassen, hinter den wenigen Schlitzen war alles dunkel. Nirgendwo brannte Licht, nirgendwo warf ein Fernseher sein verräterisches Flackern durch den Raum. Die Straße war zu weit weg, um etwas zu erkennen, Sabine vermutete aber, dass die Polizisten in ihrem Auto saßen und versuchten, mit Karten und Kaffee munter zu bleiben, wenn sie überhaupt noch wach waren. Die Beamten würden wohl kaum den geheizten Wagen verlassen und Zaunrunden um das Grundstück laufen, nicht bei diesem Wetter. Sabine verweilte weitere zehn Minuten, doch nichts geschah. Schließlich trat sie aus der Deckung des breiten Eichenstamms, schlich an den Drahtzaun heran und überprüfte den Erdboden, so gut es ging. Es gab nichts, das auf regelmäßige Kontrollgänge hingedeutet hätte.

Sabine öffnete ihre Bauchtasche und nahm den kleinen Seitenschneider heraus. Lautlos machte sie sich daran, die Drähte zu durchtrennen. Es war leicht. Zwei Minuten später war ein Rechteck in den Zaun geschnitten. Sie verstaute das Werkzeug und bog das lose Stück zur Seite.

Das klaffende Loch schien ausreichend groß. Erneut wartete Sabine ein paar Minuten, aber alles blieb ruhig, nichts und niemand regte sich.

In der Stille des Augenblicks war es Sabine, als habe gar ein Teil von ihr sehnsüchtig auf diesen Moment gewartet. Dieser Teil übernahm nun die Kontrolle, und Sabine ließ es geschehen.

Sabine kroch durch die Öffnung im Zaun, erreichte die Hauswand und verschwand auf der Treppe zum Keller. Leise nahm sie Stufe für Stufe. Die alten Steinplatten schienen nur darauf zu warten, dass jemand auf ihnen ausrutschte und sich die Knochen brach. Den Eingang zum Keller versperrte eine niedrige Holztür, von deren morscher Außenhaut die Farbe blätterte. In den Ecken hingen dicke Spinnweben, brackiges Regenwasser verströmte einen muffigen Geruch. Als Sabine das alte Schloss erblickte, spürte sie fiebrige Erleichterung. Sie hatte mit weit Schwierigerem gerechnet.

Wieder öffnete sie ihre Tasche und zog das passende Werkzeug heraus. Das Metall fühlte sich schwer an, fremd und vertraut zugleich. Es war 18 Jahre her, dass sie das letzte Mal mit etwas Ähnlichem unterwegs gewesen war. Flüchtig dachte sie an die Zeit, in der sie es im Umgang damit zu zweifelhaftem Ruhm gebracht hatte. Sie wischte die Gedanken beiseite und setzte das Gerät in Position. Sie justierte die Spitze, dann begann sie zu drehen. Gleichmäßig, präzise und leise fraß sich der harte Bohrkopf Stück für Stück in das Metall des alten Zylinders. Danach nahm sie den kleinen Maulschlüssel und drehte an den übrigen Schrauben. Die Spitzen stemmten sich gegen das Türblatt und erzeugten immer größere Spannung. Ein letzter Dreh, dann gab der Zylinder nach und brach mit einem dumpfen Knacken in zwei Teile. Sabine gab acht, dass nichts zu Boden fiel. Vorsichtig zog sie die Bruchstücke heraus und verstaute sie zusammen mit dem Werkzeug in ihrer Tasche. Ein weiterer Handgriff, und die Tür war offen. Knatternd bewegte sie sich in den rostigen Angeln.

Sabine schaltete eine kleine Taschenlampe an und betrat den Kellerraum. Der schwache Lichtkegel huschte über verstaubte Fahrräder und rostige Spaten. In den Ecken türmten sich ölverschmierte Kanister und alte Autoreifen. Hier ist lange niemand mehr gewesen, dachte sie und registrierte den Mäusekot auf dem rauen Betonboden. Die Tür auf der anderen Seite war nur angelehnt. Langsam ging sie darauf zu, löschte das Licht und legte das Ohr an den Spalt. Doch so angestrengt sie auch lauschte, es war nichts zu hören. Nichts, bis auf ein dumpfes, gleichmäßiges Bollern ganz in der Nähe.

Sie trat in den Türspalt und erkannte im Schein der Taschenlampe einen schmutzigweißen Flur und eine weitere Holztür. Vorsichtig schlich sie hinaus. Das Geräusch kam eindeutig aus dem Kellerraum gegenüber. Sabine war sicher, dass es das Brummen einer Heizungsanlage war. Sie rechnete nicht damit, hier unten jemandem zu begegnen, aber die Finger ihrer rechten Hand klammerten sich die ganze Zeit über fest um den Griff ihrer Waffe. Sie lief zum Absatz der Treppe und leuchtete hinauf. Die Stufen waren schmal, uneben und tief. Am Ende wartete wieder eine Tür. Vorsichtig begann sie den Aufstieg. Die Treppe war aus Stein. Kein Knarzen, kein Knacken konnte sie verraten. Dann war sie oben. Für einen Moment setzte ihr Herzschlag aus, als sie das massive Schloss erblickte. Wenn diese Tür verriegelt war, war alles vorbei. Das Werkzeug hier oben einzusetzen, kam nicht infrage. Einem alarmierten Hausbewohner wäre sie nicht gewachsen, das wusste sie. Ihre Mission konnte nur dann gelingen, wenn sie die wenigen Vorteile, die ihr blieben, auch nutzte.

Wieder presste sie das Ohr gegen das Holz, um zu lauschen. Nichts als Stille. Sabine hielt den Atem an, ihre Sinne waren geschärft. Jede Faser ihres Körpers war bereit für das, was hinter dieser Tür auf sie wartete. Dann drückte sie die Klinke. Der Weg war frei. Die Jagd konnte beginnen.

*

Er schreckte hoch und riss die Augen auf. Günther Klein brauchte einen Moment, um zu wissen, wo er war. Manchmal hatte er Albträume, er wusste, wie sie sich anfühlten. Doch das hier war etwas anderes. Er befühlte seinen Körper. Kein Herzrasen, keine Schweißausbrüche. Er war sicher, etwas gehört zu haben. Kurz, spitz und durchdringend. Möglicherweise der Schrei einer Frau, ein Kind vielleicht? Er wartete, ob sich das Geräusch wiederholte. Manchmal begegneten sich verfeindete Katzen auf ihren nächtlichen Streifzügen vor seinem Haus. Dann meinte er jedes Mal, einem Kampf auf Leben und Tod beizuwohnen. Die Laute, die diese Tiere von sich gaben, gingen ihm stets durch Mark und Bein. Klein wartete noch eine Weile, dann legte er sich wieder hin. Vielleicht hatte er sich das Geräusch nur eingebildet, dachte er und schob es auf den langen, harten Tag, der hinter ihm lag. Einen Moment lang zwang er sich noch, wach zu bleiben und zu lauschen. Dann drehte er sich auf die Seite und schloss die Augen. Sekunden später war Günther Klein wieder eingeschlafen.

*

Jede einzelne Zelle ihres Körpers war gespannt, als sie unmittelbar vor dem Ziel stand. Die körperliche Intensität dieses Gefühls war immens. Sie fühlte sich wie ein Magnet, der einem zweiten Magneten mit Macht entgegengezogen wurde. Dennoch schlug ihr Herz ganz ruhig.

Hinter der einzigen geschlossenen Tür im Erdgeschoss war ein gedämpftes Schnarchen zu hören. »Keep Out«, las sie auf einem alten, verbeulten Blechschild, das jemand mit Geschenkband am Türblatt befestigt hatte. Plötzlich bekam sie eine Gänsehaut. Sabine empfand tiefsten Ekel und Abscheu vor den Menschen, die hier lebten. Der Zustand des Hauses verstärkte ihr Gefühl. Verkommenheit, Schande und Niedertracht, versteckt hinter einer Fassade aus Scheinheiligkeit und bürgerlicher Normalität.

Draußen riss der Wind an den Rollläden vor den Fenstern, doch in dieser Nacht war sie selbst der Orkan, der die Mauern zum Einsturz bringen und Gerechtigkeit walten lassen würde. Sie war die Naturgewalt, die Rache im Namen all jener nahm, die nicht für sich selbst kämpfen konnten.

Sabine zwang sich zur Konzentration. Schweiß lief ihr die Stirn hinunter in die Augen und tropfte in den Schal vor ihrem Mund. Sämtliche Fenster im Erdgeschoss waren geschlossen. Die Mischung aus Heizungswärme, dem Geruch von Essen aus der Küche und dem abgestandenen Rauch unzähliger Zigaretten drohte ihre Sinne zu vernebeln.

Ihre Hand fuhr in die Jackentasche und zog den Schocker hervor. Sabine schaltete ihn ein und wartete auf das Aufleuchten der grünen LED, die Einsatzbereitschaft signalisierte. Dann öffnete sie den Reißverschluss ein Stück, griff in die Innentasche und zog behutsam das Messer aus der Lederscheide. Ein letztes Mal vergewisserte sie sich, dass alles im Haus ruhig war, dann drückte sie die Klinke herunter.

In der reglosen dunklen Stille raste eine Flut von winzigen Eindrücken auf sie zu und überforderte ihre Sinne für einen Moment. Das leise Quietschen der Scharniere, das lauter werdende Schnarchen, die Größe des Raums, die Lage des Bettes, der schwache Schein eines Weckers – alles drang ungefiltert zu ihr durch und beanspruchte ihr gesamtes Bewusstsein. Ein paar Sekunden verharrte sie reglos im Türrahmen, dann war sie endlich wieder Herr ihrer Sinne.

Das Bett des Mannes stand in der Mitte des Raumes, etwa drei Meter von ihr entfernt. Zuerst erkannte sie nur die längliche Gestalt eines zugedeckten Körpers. Sabine schlich näher heran, behände und geräuschlos wie ein Panther. Jetzt war sie noch einen Meter entfernt. Die Weckuhr zeigte 02.45 Uhr. Der Mann vor ihr lag auf der Seite, das Gesicht zur gegenüberliegenden Seite des Raumes gewandt. Sie betrachtete seinen Hinterkopf. Im Vergleich zu dem Foto aus den Medien war sein Haar länger geworden, die Farbe konnte sie nicht ausmachen. Dann fixierten ihre Augen seinen Nacken. Dieser breite halslose Nacken. Sabine kämpfte die unbändige Wut nieder, die in ihr aufstieg. Sie musste sich an den Plan halten, durfte jetzt keinen Fehler mehr begehen. Sie suchte den Körper nach einer passenden Stelle ab und wurde fündig. Der Mann trug kein T-Shirt, und die Decke war am Rücken etwas zur Seite gerutscht. Unter dem rechten Schulterblatt würde sie ansetzen. Der Schock würde ihn wehrlos machen, und dann würde sie zustechen. In diesem Moment gebot sie ihren Emotionen nicht länger Einhalt. Wut und Hass blähten sich in ihr auf zu einem Ballon, der sie zu sprengen drohte. Sie ging den letzten Meter eine Spur zu schnell, ihr Schienbein stieß leicht gegen das Bettgestell. Sie bemerkte es nicht. Dann hob sie die rechte Hand.

*

Er sah die Gesichter seiner Töchter, so wie in jeder Nacht. Eva saß auf einem Stuhl vor seinem Bett, Caro lehnte weiter hinten am Fenstersims, die Hände lässig in den Hosentaschen. Sie starrten ihn an, und er erzählte ihnen seine Geschichte. Die ewig gleiche Geschichte von seiner Kindheit mit dem strengen Vater, von seiner Hochzeit, dem Glück und der Freude bei der Geburt seiner Töchter. Die Geschichte von Rückschlägen und Misserfolgen, dem Verlust seiner Arbeit, den Depressionen.

Er war gerade an der Stelle, an der es um das Zerwürfnis zwischen ihm und der Mutter ging. Er habe sich nach Liebe gesehnt in diesen Jahren, nach Zärtlichkeit. Niemals habe er ihnen wehtun wollen. Er habe damals den größten Fehler seines Lebens begangen.

Plötzlich hielt er inne. Irgendetwas hatte sich in seinem Traum verändert, ein winziges Detail. Er kam nicht darauf, was es war, aber er spürte die verstörende Veränderung ganz deutlich. Er wollte gerade weitersprechen, als es ihm schlagartig klar wurde. Es waren die Gesichter seiner Kinder, eine minimale Veränderung in ihrem Ausdruck. Er zwang sich, genauer hinzusehen. Dann lief es ihm kalt den Rücken herunter. Ihre Augen. Zum ersten Mal in all den Jahren starrten sie ihn nicht mehr an, sondern blickten über ihn hinweg. Sie fixierten irgendetwas hinter seinem Rücken. Als er die nächste Beobachtung machte, glaubte er zu zerspringen. Er sah Tränen in Evas Augen steigen, während sich ihr Mund zu einem schmalen Lächeln verzog.

Jürgen Kohlmeyer erwachte mit donnerndem Herzklopfen und öffnete die Augen. Die Kinder waren verschwunden, doch er war noch immer wie elektrisiert. Er zwang sich zur Ruhe und gab acht, sich nicht zu bewegen. Fieberhaft suchte er nach einem Anhaltspunkt, nach dem kleinsten Hinweis im Raum. Sein Blick streifte das Fenster, glitt zurück und fixierte die Scheibe. Er glaubte, eine menschliche Silhouette darin zu erkennen, und er glaubte, dass diese langsam näherkam. Dann spürte er die minimale Erschütterung seines Bettes in seinem Rücken. In diesem Moment wusste er Bescheid. Seine Kinder hatten ihn gewarnt. Nicht in aller Deutlichkeit, aber sie hatten ihm einen Hinweis gegeben, und er hatte ihn verstanden. In einer Explosion seiner Muskeln wirbelte Jürgen Kohlmeyer herum und schleuderte dem Eindringling seine Faust entgegen.

Er glühte vor Wut und Zorn. Nicht, weil ihm jemand nach dem Leben trachtete, sondern weil er es ausgerechnet in dieser Nacht tat.

*

Die Bewegung kam derart überraschend, dass der Schrei in ihrer Kehle erstarb, bevor er entstehen konnte. Die

Faust hatte ihr Gesicht um wenige Zentimeter verfehlt, nur der Luftzug streifte ihre Wange, hart und kalt wie Eis. Sie taumelte einen Schritt zurück und wusste im selben Augenblick, dass es um ihr Leben ging. Wieder. Ihre Emotionen gerieten völlig außer Kontrolle. Der Hass auf diesen Mann, die Wut auf sich selbst, die Liebe zu ihrer Tochter, alles entlud sich auf einen Schlag und explodierte in einem Feuerball der Gefühle, der sie blind, stumpf und rasend machte. Ihre Waffen noch immer in beiden Händen stürzte sie sich auf Kohlmeyer, der gerade im Begriff war, die Decke von seinem Körper zu reißen. Als er den neuerlichen Angriff bemerkte, schlug er wie wild auf sie ein, und Sabine ahnte, dass ein einziger Treffer genügen würde, um ihr das Bewusstsein zu rauben. Doch sie war schnell. Mit der rechten Hand lenkte sie eine hervorschnellende Faust Kohlmeyers zur Seite, verlor dabei jedoch ihr Gleichgewicht. Sie taumelte dem Mann ein Stück entgegen und sah seinen linken Schwinger erst im letzten Moment. Mit all ihrer Kraft riss sie den linken Arm schützend vor ihren Kopf und hoffte, den Schlag zu überleben. Sie wartete auf den Knall an ihrer Schläfe, doch er blieb aus. Stattdessen spürte sie, wie das Messer in ihrer Hand auf einen Widerstand traf. Kohlmeyer stöhnte auf. Sabine nutzte die Gelegenheit des Augenblicks, um sich abzustoßen. Die Klinge hatte seinen Unterarm der Länge nach aufgeschlitzt. Ruckartig riss sie das Messer aus seinem Fleisch und wich im nächsten Moment seiner rechten Hand aus, die sie zu packen versuchte. Sabine wusste, dass sie jetzt alles in einen Versuch legen musste. Die Zeit drängte, jederzeit konnte jemand hinter ihr auftauchen und Kohlmeyer zu Hilfe eilen. Sie presste den Elektroschocker noch fester in ihre Hand und stieß das

Gerät in einer blitzartigen geraden Bewegung nach unten. Sie hatte das Ziel fast erreicht, als etwas mit großer Wucht gegen ihren Unterkiefer knallte, kurz und heiß wie eine Stichflamme. Kohlmeyer war es irgendwie gelungen, mit seiner Linken eine weitere Attacke gegen sie zu führen. Sabine verdrängte den Schmerz. Mit einer letzten großen Anstrengung überwand sie die Körperkraft ihres Widersachers und presste das Gerät an seinen Hals. Durch die Handschuhe wäre sie beinahe abgerutscht, doch dann fanden ihre Finger den Auslöser und jagten über 10.000 Volt in seinen Körper. Augenblicklich erstarb jegliche Gegenwehr, und Kohlmeyer fiel zuckend zurück auf das Bett.

Sabine war jetzt wie im Rausch. Sie wechselte das Messer in die rechte Hand und stach zu. Immer und immer wieder jagte sie die scharfe Klinge in seinen Körper, versuchte, sein Herz zu treffen. Sie hatte mindestens 15 Mal zugestochen, als plötzlich ein Poltern das Rauschen in ihren Ohren übertönte und in ihr Bewusstsein drang. Augenblicklich ließ sie von ihrem Opfer ab. Dann hörte sie es erneut. Es waren Schritte in der Etage über ihr. Laute, schwere Schritte. Und sie hatten es eilig. Sabine wusste sofort, wer es war und wohin er wollte. Sie schnappte sich den Schocker und preschte aus dem Zimmer, ohne Kohlmeyer noch einmal zu betrachten. Jetzt hatte es keinen Sinn mehr, leise zu sein. Sie erreichte das Wohnzimmer in dem Moment, in dem die Schritte die Treppe hinunterdonnerten. Sie rannte weiter, stieß gegen einen Glastisch und verlor erneut das Gleichgewicht. Im allerletzten Moment gelang es ihr, sich abzufangen. Jetzt hatte Karsten Kohlmeyer ebenfalls das Erdgeschoss erreicht. Sie hörte ihn schreien. Ein wirres, wütendes Gebrüll, keine zehn Meter von ihr entfernt. Die Tür zum Keller stand halb offen. Sabine stieß sie zur Seite und sprang die dunkle Treppe hinab. Sie sah nichts, allein ihre Füße übernahmen die Abtastung der steilen Stufen. Der Überschuss an Geschwindigkeit ließ sie unten an die Wand krachen. Wieder hatte sie Glück, und ihr Gesicht verfehlte das Messer, welches sie immer noch in ihrer Rechten hielt, nur knapp. Sie rappelte sich auf, drehte sich um und lief in Richtung des Kellerraumes, der sie nach draußen führen würde. Sie schrammte an den rauen Wänden entlang, bis sie den Raum endlich erreichte. Scheppernd flog die Holztür gegen die alten Blechkanister. Sabine rannte durch den Raum und warf sich gegen die letzte Tür. Zusammen mit dem splitternden Holz wirbelte sie ins Freie. Sie hörte das aufgebrachte Gebrüll des Hausbesitzers und stürzte die Außentreppe hinauf. Es war beinahe geschafft, als sie abrutschte und hart mit dem Schienbein gegen die Kante der vorletzten Stufe prallte. Sabine merkte es nicht. Die Synapsen in ihrem Gehirn blockierten jeglichen Schmerz, das Adrenalin machte sie ausdauernd und stark. Sie lief über den Rasen und hechtete durch das Loch im Zaun. Eine Sekunde später war sie wieder auf den Beinen und jagte in den Wald.

*

Christoph Januscheit erhöhte den Einsatz. Nicht allzu weit, denn er wollte, dass Jochen Pfaff mitging. Auf dem Flop hatte er bereits die Straße getroffen, und der Turn brachte eine Dame. Damit lag bereits ein Damenpärchen auf dem Armaturenbrett, doch selbst ein Dreier konnte gegen seine Straße nichts ausrichten. Jochen ging mit und deckte die letzte Karte auf. Herzdame. Nicht zu fassen.

Hatte Jochen eine weitere Dame auf der Hand, wäre die Straße gegen den Vierling nichts mehr wert. Christoph erhöhte um drei. Er wollte seinen Partner dazu bewegen, auszusteigen, um den bisherigen Pott einzustreichen. Jochen zögerte, dann ging er All-In. Christoph stieß ein verächtliches Schnauben aus und ging mit. 30 Euro lagen jetzt auf der Abdeckung der Mittelkonsole. Jochen grinste und legte seine Karten offen vor sich ab. Christoph kam nicht mehr dazu, sie anzusehen, denn plötzlich flog etwas heran und krachte mit hoher Geschwindigkeit gegen die Seitenscheibe. Er stieß einen Schrei aus und ließ vor Schreck die Karten fallen. Sein Knie donnerte gegen das Handschuhfach, und die Erschütterung bugsierte den Becher aus seiner Halterung. Heiß und schmerzhaft ergoss sich der Kaffee über seinen Oberschenkel.

»Verdammt«, schrie Jochen, dem der Schreck ebenfalls in die Knochen gefahren war. Es dauerte einen Moment, doch dann war Christoph wieder ganz Polizist. Er stieß die Tür auf und griff an seine Waffe. Er war kaum ausgestiegen, als die Flüche und Beschimpfungen auf ihn niederprasselten.

»Ihr Penner, das gibt's doch gar nicht!«, schrie ein völlig aufgebrachter Karsten Kohlmeyer. »Ruft einen Notarzt! Er stirbt! Scheiße! Er ist durch den Keller abgehauen!« Er drehte sich um, schrie über die Schulter: »Sucht den verdammten Wald ab!«, und rannte zurück zum Haus.

Im Bruchteil einer Sekunde hatte Januscheit begriffen.

»Ruf den Notarzt«, wies er Pfaff an, dann sprintete er los und folgte Kohlmeyer ins Haus.

Er hatte in 14 Jahren Polizeidienst fast alles gesehen. Kaum eine Abscheulichkeit, eine grausame Szenerie, die ihm noch neu gewesen wäre. Doch das, was ihn in diesem

Zimmer erwartete, ließ ihm das Blut in den Adern gefrieren. Karsten Kohlmeyer kniete neben dem Bett, vor dem leblosen Körper seines Bruders, hatte die Hände erhoben und flehte ihn an, wieder aufzuwachen. Dass es vergeblich war, erkannte Christoph sofort. Die vor Schreck weit aufgerissenen Augen, der schiefe Mund und vor allem das Blut. Er hatte nie zuvor einen Tatort mit so viel Blut gesehen. Bis zur Decke war es gespritzt, tropfte von dort herab oder lief in dicken Fäden an der Wand herunter. Der Druck im Gefäßsystem musste ungeheuerlich gewesen sein. Auf dem Fenster war Blut, es tropfte vom Fernseher und sogar von dem »Stones«-Plakat an der Tür. Januscheit bombardierte Karsten Kohlmeyer mit Fragen, doch der Bruder des Schwerverbrechers schien ihn nicht zu hören. Er kniete am Boden, die Arme herabgesunken, den Kopf nach hinten geneigt, und weinte hemmungslos wie ein Kind. Januscheit erinnerte sich, wie der Mann draußen auf sie zugestürmt war. »Abgehauen durch den Keller. Sucht den Wald ab.« Er verließ den Raum, nahm das Handy aus der Hosentasche und wählte den Notruf. Dann zog er seine Pistole, schaltete die Taschenlampe ein und verstieß gegen alles, was er je gelernt hatte. Jede Regel professioneller Polizeiarbeit wurde in dem Moment gebrochen, als er begann, die Kellertreppe hinabzusteigen. Er wusste es, aber sein Jagdtrieb war stärker.

*

Sabine stolperte, die Zweige schlugen ihr ins Gesicht, und ihr Schweiß vermischte sich mit dem Regen, der inzwischen in dicken Tropfen vom stürmischen Himmel fiel. Sabine konnte nicht einen klaren Gedanken fassen, Körper und Geist waren einzig und allein auf Flucht und Überleben programmiert. Sie kämpfte sich durch Dunkelheit, dichtes Geäst und schlammigen Morast, nichts anderes vor Augen als das rettende Ziel. Dann erreichte sie den schmalen Pfad. Erst jetzt fiel ihr auf, dass sie noch immer beide Waffen in den Händen hielt. Hastig verstaute sie beides mit zittrigen Fingern und begann wieder zu laufen. Sie rannte, so schnell sie konnte, hinaus aus dem Wald, das kurze Stück über die Straße und wieder hinein in die Felder. Sie lief und lief, ohne Pause, ohne Gedanken, ohne Empfindungen. Der Wind war noch stärker geworden, fegte ihr die nassen Böen in den Rücken und schien Sabine regelrecht vor sich herzutreiben. Sie wurde immer schneller und stoppte erst, als sie den Parkplatz erreichte. Keuchend und völlig durchnässt zog sie den Schlüsselbund aus der Hosentasche und setzte sich ins Auto.

Mit dem ersten tiefen Atemzug im verriegelten Wagen strömte eine grenzenlose Dunkelheit in Sabines Körper. So fremd war sie sich noch nie gewesen. Sie war unfähig, sich zu bewegen, während der Schweiß noch aus ihren Poren rann und das Herz wild gegen die Rippen pochte. Sie versuchte, in ihren rauschhaften Schock hineinzuhorchen, und sah Bildsequenzen wild durcheinanderlaufen. Ein Gedankenfetzen tauchte auf, und Sabine bemühte sich, ihn festzuhalten: Sie hatte es geschafft, sie hatte den Auftrag erfüllt und die Welt von einer Bestie befreit. Sie würde glücklich sein. Sabine verzog die Mundwinkel zu einem dünnen Lächeln, aber die Bewegung schmerzte in ihrem vor Anstrengung noch immer erhitzten Gesicht.

III. TEIL

MITTWOCH, 24. NOVEMBER, 03.05 UHR

Zum zweiten Mal in dieser Nacht wurde er unsanft aus dem Schlaf gerissen. An der aufdringlichen Nokia-Melodie erkannte Klein, dass es sein Diensthandy war, das klingelte. Widerwillig öffnete er die Augen und blickte auf die Anzeige des alten Radioweckers.

»Das gibt's doch nicht«, brummte er, drehte sich auf die Seite und erreichte mit Mühe die zerknitterten Jeans auf dem Boden vor seinem Bett. Er bekam das Telefon zu fassen und sank zurück auf das Kopfkissen.

»Klein.«

Seine Stimme klang rau und belegt.

»Leitstelle hier, Heppner. Hab ich dich geweckt?«

Es war immer die gleiche Frage, und Günther Klein ärgerte sich jedes Mal aufs Neue über sie. Er war nicht mehr im Schichtdienst, was glaubten diese Leute eigentlich, was er nachts um drei trieb?

»Nein«, sagte er. »Ich tapeziere gerade den Keller.«

Der Mann am anderen Ende der Leitung überging die flapsige Bemerkung, und Klein spürte trotz der Verärgerung das Erwachen seiner Neugier. Wenn man ihn nachts aus dem Bett klingelte, hatte das in der Regel triftige Gründe.

»Wir haben hier ein Problem«, bestätigte Heppner. »Ziemlich ernst.«

»Ich höre«, sagte er.

»Jemand ist heute Nacht in das Haus der Kohlmeyers eingebrochen. Er hat Jürgen Kohlmeyer erstochen. Du weißt schon, diesen Triebtäter aus Werden.«

Kleins müder Verstand brauchte ein paar Sekunden, um die Tragweite dieser Information zu erfassen.

»Scheiße.«

Langsam richtete er sich auf.

»Du sagst es. Das Ganze ist keine Viertelstunde her. Hier bricht gerade die Hölle los, und es wird sekündlich schlimmer.«

Kleins Gehirn arbeitete jetzt auf Hochtouren. Tausend Fragen schossen ihm gleichzeitig durch den Kopf, aber er fürchtete, dass Heppner zu diesem Zeitpunkt auch nicht viel mehr wusste. »Wird das Haus nicht bewacht?«

»Doch, die Kollegen standen vorne an der Straße. Der Täter ist durch den Wald gekommen und durch eine Kellertür eingedrungen.«

»Wer ist angefordert?«

»Das volle Programm«, antwortete Heppner. »Tatortgruppe LKA, Staatsanwaltschaft, Hubschrauber, Man-Trailer, Technische Einheiten, Streifenteams aus anderen Behörden, der ganze Apparat läuft an.«

»Gut. Was ist mit Klaus Sperber von der KTU?«

»Wie gesagt, die Leute vom LKA sind unterwegs.«

»Ich will ihn trotzdem. Ruf ihn an und schick ihn zum Tatort. Er muss unbedingt dabei sein.«

»Mach ich«, versprach Heppner.

»Presse?«

»Bislang noch nichts. Aber es kann nicht mehr lange dauern, bis die Nachbarn was merken. Und dann werden wir es mit einem Massenauflauf da draußen zu tun haben.«

»Ja, das wird ein Problem. Was sonst noch?«

»Das ist erst mal alles. Vorläufiger Polizeiführer vor Ort ist Harald Wenning, Dienstgruppenleiter Wache Süd. Wann bist du da?«

Klein war bereits auf dem Weg ins Badezimmer. Der Tatort lag keine fünf Kilometer Luftlinie entfernt. »Zehn Minuten«, sagte er und legte auf.

Vier Minuten später jagte Klein die Bundesstraße hinunter. Die Fahrbahn am Werdener Berg war abschüssig, kurvig und nass, doch die Tachonadel kratzte am dreistelligen Bereich. Der Radarkasten am Ende der Geraden verschoss seinen gelben Blitz und dokumentierte einen unrasierten, nicht angeschnallten, telefonierenden Ermittlungsleiter. Neben Bergmann rief Klein auch Hecking und Klee an. Lauterbach und Laschinsky ließ er mit Rücksicht auf ihre familiären Umstände vorerst schlafen. Die anderen Kollegen versprachen, sich umgehend auf den Weg zu machen.

Klein hielt sich scharf links und überquerte die Ruhr. An der nächsten Kreuzung hängte er sich hinter einen Streifenwagen mit eingeschaltetem Blaulicht, der ihn zielsicher durch das Netz aus kleinen Wohnstraßen führte. Um 03.21 Uhr bremste Klein vor dem Haus der Kohlmeyers. Wie befürchtet, hatten die ersten Nachbarn ihre Häuser verlassen und filmten das Geschehen mit ihren Handys und Camcordern. Die uniformierten Kollegen hatten bereits jetzt große Probleme, die Leute hinter die Absperrung zu drängen.

In einem der weiter vorne geparkten Streifenwagen fand Klein einen hektisch ins Funkgerät bellenden Harald Wenning.

»Verfluchtes Sauwetter«, schimpfte der Dienstgruppenleiter, als er Klein bemerkte, »macht uns die ganzen Spuren kaputt.« Dann lächelte er dünn und gab Klein die Hand. »Heute schon gefrühstückt?«, fragte er.

»Nein«, antwortete Klein und sah die Besorgnis im

Gesicht des Kollegen, die sich hinter der Fassade aus Routine und Souveränität versteckte. »Ist wohl besser so, nicht?«

Zur Antwort nickte Wenning knapp.

»Gehen wir«, sagte Klein, zog ein paar Einweghandschuhe aus seiner Tasche und steuerte auf das Haus zu. Das flackernde Licht der Blaulichter hüllte es in ein unruhiges Muster aus Hell und Dunkel. Es sah aus, als stürze sich eine Armee aus angriffslustigen Schattengeistern gegen die Mauern. Das wird eine lange Nacht, dachte Klein und trat durch die Tür.

*

Sabine lag in ihrem Bett und starrte zur Decke. Sie fühlte sich merkwürdig leicht, als würde sie schweben. Das Bad hatte ihr gutgetan, wenn man von dem Brennen des Seifenwassers in den Wunden an Schienbein und Kinn einmal absah. Sie war wieder sauber und rein, und die Wärme kroch zurück in den Körper.

Die letzte Stunde hatte sie wie in Trance verbracht. Die Rückfahrt nach Hause, das Umziehen in der Garage und das Entfernen des Blutes aus ihrem Gesicht. Sabine war nicht in der Lage, ihren Rauschzustand zu beenden. Wie ein Betrunkener nach einer durchzechten Nacht würde sie bis zum Aufwachen am nächsten Morgen warten müssen, bis sich ihr Zustand wieder normalisierte.

Sie schloss die Augen und dachte an ihre Familie. Langsam entstanden Bilder einer Sommerlandschaft, erst undeutlich, dann immer klarer. Sie sah sich an einem langen Strand, ein Spaziergang mit Markus, Laura an der Hand in ihrer Mitte. Branca tollte in den schaumigen

Ausläufern leichter Brandung herum. Sabine schmeckte die salzige Luft und spürte die Wärme auf ihren nackten Schultern. Es war ein winziger Ausblick auf das, was sie erwarten würde.

Allmählich glitt sie in einen tiefen Schlaf, nur ihr Unterbewusstsein registrierte die einsetzenden Geräusche. Es war das dumpfe Knattern zweier tieffliegender Hubschrauber.

MITTWOCH, 24. NOVEMBER, 07.35 UHR

»Günther, lass sie bitte nicht warten, tu mir den Gefallen.«

Der Ermittlungsleiter verzog das Gesicht und eilte geschäftig durch die Gänge des Kommissariats, dicht gefolgt von Helmut Boger, der sich nicht abschütteln ließ.

Klein erreichte den Besprechungsraum und drehte sich um.

»Hör zu, Helmut, ich verstehe den Wunsch der Präsidentin, aber wir haben jetzt andere Sorgen.«

»Wir reden hier von maximal 15 Minuten.«

Klein schüttelte den Kopf.

»Die habe ich nicht.«

»Günther, Herrgott noch mal, sie macht auch nur ihren Job. Der versammelte höhere Dienst ist in hellstem Aufruhr!«

»Wie schön zu hören, ein Puls über 50 kann euch zur Abwechslung sicher nicht schaden.«

»Jetzt ist wohl kaum der richtige Zeitpunkt für …«

»Helmut, ich muss jetzt durch diese Tür. Da drin warten eine Menge Leute, die gerne ihre Arbeit aufnehmen würden.«

Boger stieg eine zornige Röte ins Gesicht, seine Stimme wurde höher und lauter.

»Der Innenminister persönlich hängt in der Leitung und will wissen, was hier los ist.«

»Das ehrt ihn, aber ich kann es nicht ändern.«

»Günther, du bist der verantwortliche Leiter in dieser Sache«, konnte Boger seine Verärgerung jetzt kaum noch bremsen. »Was stellst du dir vor? Ich kann nicht irgendeinen … Vertreter schicken. Die Sache wird in ganz Europa für Aufsehen sorgen.«

Klein warf einen hastigen Blick auf seine Armbanduhr.

»In 20 Minuten findet die Konferenz statt. Heppner ist gerade dabei, die Jungs von der Pressestelle mit Infos zu füttern. Mehr als er weiß ich auch nicht.«

»Ich fasse es nicht«, schimpfte Boger. »Kann hier eigentlich jeder machen, was er will?«

»Nein, Helmut«, antwortete Klein und legte seinem Chef eine Hand auf die Schulter. »Hier tut jeder, was er kann, und das solltest du auch. Nachher kümmere ich mich um die High Society.«

Er wandte sich ab und öffnete die Tür.

»Warte!«, beeilte sich Boger zu sagen. »Ich will wenigstens dabei sein. Es macht sich nicht sonderlich gut, wenn der Direktionsleiter dasteht wie der letzte Trottel.«

Klein lächelte versöhnlich. »Willkommen!«

Der große Besprechungsraum schien winzig und

beengt angesichts der vielen Menschen, die sich hier versammelt hatten. Neben der Ermittlungsgruppe um Herbert Lüscher hatte Klein auch die restliche Mannschaft des KK11 hinzugezogen. Außerdem waren Leiter anderer Kommissariate erschienen, denn es war abzusehen, dass die Stammbesetzung die zusätzliche Aufgabenlast nicht allein bewältigen konnte. Klein bemerkte Staatsanwalt Steffen, der eingeklemmt zwischen Hecking und Klee am Fensterrahmen lehnte. Sein ungekämmtes Haar und der verknautschte Anzug verrieten, dass auch sein Tag früher angefangen hatte als geplant.

»In Ordnung, Leute«, eröffnete Klein die improvisierte Besprechung. »Die meisten wissen längst Bescheid, aber ich möchte uns alle auf einen einheitlichen Nenner bringen.«

Er warf einen fragenden Blick Richtung Bergmann, die eilig die letzten Kabel in die Anschlüsse ihres Laptops steckte. Dann dimmte sie die Raumbeleuchtung über die Fernbedienung und öffnete das Bildprogramm. Der Beamer unter der Decke warf einen Ausschnitt aus Google Earth an die Wand. Das Satellitenfoto zeigte Haus und Grundstück der Kohlmeyers aus sommerlicher Vogelperspektive. Klein ließ das Bild einen Augenblick wirken, dann begann er seine Zusammenfassung.

»Gegen 02.30 Uhr heute Nacht näherte sich ein bislang unbekannter Täter von der Waldseite her dem Grundstück, schnitt ein Loch in den Zaun und drang durch eine Kellertür in das Haus ein. Anschließend gelangte er durch das Kellergewölbe über eine Treppe ins Erdgeschoss.«

Bergmann konzentrierte sich darauf, die jeweils zu Kleins Ausführungen passenden Fotos vom Tatort zu zeigen.

»Der Täter begab sich in das Zimmer von Jürgen Kohlmeyer, während sein Bruder und dessen Frau eine Etage höher in ihrem Bett lagen und schliefen. Es ist nicht klar, was dann passierte, aber es endete in einem Gemetzel.«

Als der Beamer das nächste Bild an die Wand warf, ging ein fassungsloses Raunen durch den Raum. Die Aufnahme hätte ebenso gut aus einem Schlachthaus stammen können. Bergmann selbst verharrte ein paar Sekunden wie gebannt, dann klickte sie weiter und zeigte den Oberkörper des Toten aus der Nähe.

»Letztlich hat der Täter mindestens ein Dutzend Mal zugestochen«, warf Klein in die Stille der professionell überspielten Abscheu seiner Kollegen. »Wie ihr gesehen habt, gibt es Unmengen von Blut in diesem Zimmer.«

Er räusperte sich und spürte, dass jeder im Raum begriffen hatte, womit sie es hier zu tun hatten.

»Wir haben mit Karsten Kohlmeyer gesprochen«, fuhr er fort. »Seinen Angaben zufolge ist er durch lautes Gepolter wach geworden und sofort nach unten geeilt. Er sagt aus, er habe noch den umstürzenden Glastisch sowie das Schlagen der Kellertür gehört, sei aber erst zu seinem Bruder ins Zimmer gerannt und habe versucht, ihn zu retten. Wir vermuten, dass Jürgen Kohlmeyer zu diesem Zeitpunkt bereits tot war. Der Täter ist in der Zwischenzeit zurück durch den Keller gerannt und hat auf seinem Weg eine ganze Reihe Blutspuren an den Wänden hinterlassen. Ob auch sein eigenes Blut darunter ist, ist noch völlig unklar. Anschließend kroch er zurück durch das Loch im Zaun und verschwand im Wald.«

Klein machte eine Pause und trank einen Schluck aus der Wasserflasche.

»Hier verliert sich seine Spur?«

Klein erkannte die Stimme des Staatsanwalts und schüttelte den Kopf.

»Gleich«, sagte er nur, dann knüpfte er wieder an: »Nach Überwinden des ersten Schocks lief ein völlig aufgebrachter Karsten Kohlmeyer vors Haus und beschimpfte die Kollegen, die für die Observation eingeteilt waren. Einer der beiden verständigte den Notarzt, der vier Minuten später eintraf, aber nur noch den Tod feststellen konnte. Der andere telefonierte mit der Leitstelle und folgte dann der Spur des Täters. Allerdings nur bis zum Wald. Er hat das hier entdeckt.«

Bergmann öffnete das nächste Bild, eine unscharfe Nahaufnahme des Zaunlochs.

»Entschuldigt die Qualität«, sagte Klein. »Ich habe mir eine einfache Digitalkamera aus einem der Streifenwagen geborgt. Die Bilder sind ausschließlich für diese Besprechung, nicht für die Akte.«

Er deutete auf den Rand der Aufnahme.

»Was man an diesen Schnittkanten erahnen kann, sind schwarze Fasern. Wir gehen derzeit davon aus, dass es sich um Fetzen der Täterbekleidung handelt. Inwieweit DNA-Spuren daran zu sichern sind, wird sich zeigen müssen.«

Klein warf einen kurzen Blick auf seine Notizen, die er dicht vor seine Augen führen musste.

»Die ersten beiden Helikopter kreisten gegen 03.30 Uhr in geringer Höhe über dem Tatort. Die Wärmebildkameras haben allerdings nichts Verdächtiges aufzeichnen können. Im Wald hat sich der Täter zu diesem Zeitpunkt also nicht mehr versteckt. Kurz vor vier waren die ersten Hundeführer mit Man-Trailern vor Ort. Wir haben sie an einem der Kleidungsreste schnuppern lassen.«

»Man-Trailer? Ist das eine Art Fährtenhund?«

Es war erneut der junge Staatsanwalt, der die Frage stellte. Offenbar war es ihm nicht unangenehm, seine Wissenslücke vor den anderen zu offenbaren. Klein schätzte diesen Charakterzug. Bei der Polizei hatte er eine Vielzahl peinlicher Missverständnisse und Pannen erlebt, die auf solche Eitelkeiten zurückzuführen waren.

»Nicht ganz«, erklärte er geduldig. »Der klassische Fährtenhund verfolgt die Bodenverletzung zertretener Organismen, vornehmlich Pflanzen. Der Man-Trailer hingegen ist darauf trainiert, menschliche Geruchspartikel aufzuspüren.« Klein war nicht sicher, ob jeder im Raum genau Bescheid wusste. Da er die Arbeit dieser Hunde in diesem Fall für wesentlich hielt, beschloss er, näher darauf einzugehen.

»Durch den Abbau von Körperzellen und deren Zersetzungsprozess entsteht der Individualgeruch eines Menschen. Dieser ist ebenso einzigartig wie ein Fingerabdruck. Jeden Tag verlieren wir Millionen dieser Zellen, und genau das kommt den Hunden bei der Suche entgegen. Sie können solche Duftspuren problemlos über mehrere Kilometer hinweg verfolgen. Alles, was sie brauchen, ist ein Geruchsträger der fraglichen Person. Das war in diesem Fall sehr einfach, wir hatten die Kleidungsreste. Es gibt allerdings ein Problem. Duftspuren sind anfällig für Witterungseinflüsse. Wie der Teufel es will, hatten wir heute Nacht denkbar schlechte Bedingungen, hohe Niederschlagsmengen, dazu starker Wind aus wechselnden Richtungen.«

Boger schnitt eine Grimasse, die im Halbdunkel jedoch kaum jemand bemerkte, und fragte: »Also alles für die Katz?«

»Hätten wir nur einen dieser Hunde gehabt, vielleicht. Er hat sich auf einem der schmalen Pfade komplett verzettelt und lief am Ende nur noch im Kreis. Mit dem zweiten Hund hatten wir mehr Glück. Jenny?«

Bergmann rief den Ausschnitt eines Stadtplans auf. Mit dem Laserpointer markierte Klein den Weg, den der Hund ihnen angezeigt hatte.

»Unser Täter hat eine Strecke von gut zwei Kilometern zurückgelegt, ehe er hier angekommen ist.«

»Ich kenne die Stelle«, sagte einer der anderen Leiter. »Dort ist ein kleiner Parkplatz.«

»Richtig«, bestätigte Klein, »täglicher Ausgangspunkt für Dutzende Spaziergänger, die durch die Felder oder zum See wollen. Jedenfalls hat der Hund deutlich in eine der Ecken dieses Parkplatzes gezogen. Die Leute vom LKA konnten an dieser Stelle frische Reifenspuren ausmachen, auch wenn der Regen alles andere als hilfreich war. Sperber war auch dabei, ich denke, die haben das Menschenmögliche getan. Bis hierher Fragen?«

»Diese Hunde«, sagte Hecking, »können die nicht auch Fahrbewegungen verfolgen?«

»Es gibt diese Fälle tatsächlich«, antwortete Klein. »Die Spur ist dann jedoch ungleich schwächer, und dafür war das Wetter einfach zu schlecht.«

»Existiert ein Fahrplan für die nächsten Stunden?«

»Laschinsky und Lauterbach sind jetzt am Tatort und koordinieren das weitere Vorgehen. Die Leiche wurde bereits abtransportiert und in die Rechtsmedizin überführt. Dr. Narayan war ebenfalls vor Ort und führt in diesen Minuten die Obduktion durch. Die Spurensicherung wird sich hinziehen. Sperber meint, dass seine Jungs bis in die Mittagsstunden zu tun haben werden.«

»Vom Tatwerkzeug fehlt jede Spur, nehme ich an?«

Es war die erste Wortmeldung von Klee. Der schmächtige Kriminalist sah besorgt aus, und die Falten auf seiner Stirn machten ihn deutlich älter, als er war.

»Ja, bis jetzt jedenfalls«, sagte Klein. »Wir haben die Frühdienstkräfte der Bereitschaftspolizei aus Kettwig alarmiert. Ab 08.30 Uhr stehen uns etwa 50 Kollegen für die Durchsuchung des Waldstücks zur Verfügung.«

»Das Messer könnte im See liegen.«

»Das stimmt, Henning«, räumte Klein ein, »auch wenn die Hunde nicht angezeigt haben, dass der Täter unmittelbar dort entlanggegangen ist. Zur Sicherheit werden aber die Taucher der Technischen Einheit aus Wuppertal mit einsetzendem Tageslicht den See in Wurfnähe zum Ufer absuchen.«

»Was ist mit all den Menschen vor dem Haus?«

»Dort hat sich die Lage entspannt. Zwar kommen immer noch Schaulustige dazu, aber der Großteil verhält sich ruhig. Ich denke, die meisten wollen einfach hinterher sagen können, sie waren dabei.«

»Gibt es eine neue Soko?«

»Natürlich, darüber werde ich nachher mit Helmut sprechen. Ich denke aber, dass wir Manfred Laschinsky vom Fall Lüscher abziehen und ihm die Leitung übertragen werden. Über die restliche Zusammensetzung kann ich derzeit nichts sagen. Jedenfalls dürfte die Sache unsere eigenen Kapazitäten deutlich übersteigen. Wir brauchen also Hilfe.« Klein zwang sich zu einem schwachen Lächeln in Richtung der leitenden Kollegen, ehe er fortfuhr: »Sämtliche Spuren werden umgehend ins Labor gebracht und mit oberster Priorität behandelt. Mit ein wenig Glück haben wir heute Nachmittag erste Ergebnisse.« Günther Klein dachte an die Präsidentin und den wartenden Minister. »Mal sehen, ob es schon Neuigkeiten gibt«, sagte er und schaltete den kleinen Wandfernseher an. Auf sämtlichen Programmen lief die Nachricht über ein eingeblendetes Laufbanner. Dann war es 08.00 Uhr, und N-TV schaltete live zu der Pressekonferenz, die eine Etage unter ihnen begann.

Eine Viertelstunde später beugte sich Klein über eine dampfende Tasse Kaffee und genoss die erste Verschnaufpause des Tages. Dann klopfte es, und Christa steckte den Kopf zur Tür hinein. Auch ihr war die Hektik dieses Morgens deutlich anzusehen.

»Günther, jemand von der Gerichtsmedizin ist in der Leitung, ich habe das Gespräch in dein Büro gelegt.«

»Ich komme«, sagte Klein, stand auf und verließ den Besprechungsraum. Er sackte in seinen Sessel und griff nach dem Hörer.

»Da bin ich, Christa, wer ist es denn?«

»Eine Frau, den Namen habe ich nicht verstanden, entschuldige.«

»Schon gut.«

Er hörte Christa auflegen.

»Kriminalpolizei Essen, Klein.«

Die Stimme am anderen Ende der Leitung war hell und klar. Die Freundlichkeit ihres Tonfalls stand in sonderbarem Gegensatz zu den Grausamkeiten, über die sie während der folgenden Minuten berichtete.

Als Klein wenig später zurück in den Besprechungsraum lief, klebten die Kollegen noch immer vor dem Fernseher. Bergmann war gerade dabei, ihren Laptop zu verstauen.

»Komm mit, Jenny, wir müssen uns etwas ansehen.«

Bergmann kannte den Unterton in seiner Stimme und wusste, dass jetzt keine Zeit für Fragen war. Sie nahm ihre Tasche und eilte aus dem Raum.

Die beiden waren gerade um die Ecke am Ende des Gangs gebogen, als sie von Bogers wütender Stimme eingeholt wurden. »Und was ist jetzt mit der Präsidentin?«

Als die Ermittler ihren Wagen erreicht hatten, schmunzelten sie noch immer.

MITTWOCH, 24. NOVEMBER, 09.40 UHR

Als er den schmalen Gang beschritt, der zum großen Saal führte, dachte er daran, dass es hier exakt so war, wie die Mehrheit der Menschen es sich wohl vorstellte. Ein verwittertes altes Kellergemäuer, in dem der alles durchdringende Duft der Verwesung hing.

Klein war nie sonderlich gern hier unten, zu sehr spürte er die Verschmelzung des Todes mit diesem Ort. Es war jedoch nicht die Endlichkeit des Lebens selbst, die ihn frösteln ließ. Vielmehr war es die stille Trostlosigkeit, die alles aufzufressen schien. Es gab kein Tageslicht, keine Frischluft und keinerlei Anzeichen menschlicher Herzlichkeit und Wärme. Egal, ob die Welt draußen unter Hitze stöhnte, ob es regnete, stürmte oder schneite, hier unten war es immer gleich. Eine kalte, autarke Welt der Toten.

Das sterile Weiß der Wandfliesen, das schimmernde abgewetzte Grün des Linoleumbodens, das Summen der Klimaanlage, das unstete Flackern der Leuchtstoffröhren, der Widerhall ihrer Schritte, nur leicht gedämpft durch den Plastikschutz über ihren Schuhen. All das drang in Kleins Unterbewusstsein, während sein Blick auf die glänzende Stahltür am Ende des Gangs gerichtet war. »Sektion – Zutritt für Unbefugte verboten«.

Klein blickte zu Bergmann, doch durch den Mundschutz vor ihrem Gesicht konnte er ihre Miene nicht deuten. Viermal war er zusammen mit ihr hier gewesen, einmal davon hatte sie den Raum verlassen und sich auf der Toilette übergeben müssen. Das Bild eines bis zur Hüfte in einen Drechsler gestürzten Forstarbeiters war für alle Zeiten unauslöschlich in ihre Köpfe gebrannt. Klein hatte damals Bergmanns Krämpfe mit angehört, während er sich selbst ins Waschbecken nebenan erbrach. Auch heute würde es unangenehm werden, dachte er, aber heute lag ein verurteilter Vergewaltiger kleiner Mädchen auf dem Tisch. Das war zwar nicht tröstlich, und es traf auch nicht seine Vorstellung von Gerechtigkeit, aber dennoch würde es helfen, damit umzugehen. Er wartete auf Bergmanns Zeichen, dann schob er die schwere Schiebetür beiseite.

Unter den süßlichen Duft des Todes mischte sich augenblicklich der stechende Geruch von Formaldehyd, der Flüssigkeit, in der die Rechtsmediziner entnommene Organproben aufbewahrten.

Um einen der beiden Obduktionstische stand eine Gruppe Menschen in sterile Kleidung gehüllt, die nun aufblickten und den Ankommenden zunickten. Klein erkannte Dr. Narayan und neben ihr Klaus Sperber. Am Kopfende des Tisches stand ein grauhaariger Mann mit freundlichen Augen, den er nicht kannte. Er vermutete in ihm den zweiten Arzt, der bei einer gerichtlich angeordneten Obduktion stets vorgeschrieben war. Im Hintergrund hantierte ein schlaksiger junger Mann, der ein stählernes Tablett mit allerlei Werkzeugen bestückte.

Klein stellte sich neben Bergmann an die freie Seite des breiten Tisches und stellte sie beide den Anwesenden vor.

»Schön, dass Sie so schnell kommen konnten«, sagte Dr. Narayan. Hinter der Bewegung ihres Mundschutzes vermutete Klein ein Lächeln. Ihre Augen waren warm und schimmerten in dem gleichen samtigen Schwarz wie ihr glattes indisches Haar. Straff liefen die Strähnen über den schmalen Kopf und mündeten in einen langen geflochtenen Zopf.

»Ich habe zu danken«, antwortete Klein, »für das große Engagement, das Sie an den Tag legen.«

Dann wandte er sich an Sperber, dessen wuchtiger Körper neben der kleinen Ärztin lächerlich monströs erschien.

»Ich dachte, du wärst noch am Tatort. Seid ihr schon fertig?«

»Nein, nein«, wiegelte Sperber ab, »aber das LKA hat alles im Griff, meine Jungs sind auch mittlerweile dort und unterstützen, wo sie können. Ich kümmere mich um die Spuren auf der Leiche.« Mit dem Kinn wies er auf den Toten vor sich. »Unser Freund hier hat uns einiges mitzuteilen.«

Bis zu diesem Moment hatte Klein es vermieden, den Leichnam zu betrachten, doch nun zwang er sich dazu. Jürgen Kohlmeyer war bereits vollständig entkleidet. Das

Blut war abgewaschen, und er sah die dunklen Verfärbungen, die Totenflecken. Das Blut folgte der Schwerkraft und lagerte sich in den tiefer gelegenen Regionen des Körpers ab. Der Rest schimmerte infolge der Blutleere gräulich blass.

»Wir haben die Kleidung mit Klebefolie abgezogen«, erklärte Sperber. »Wenn es zum Kontakt zwischen Täter und Opfer gekommen ist, könnte ein Austausch von Faserspuren stattgefunden haben, möglicherweise finden wir Haare. Die Kleidung selbst befindet sich gerade in der Trocknung. Wir werden sie lagern und können jederzeit darauf zurückgreifen. Proben des Blutes haben wir ebenfalls gesichert, bevor wir es vom Körper gewaschen haben.«

Klein nickte stumm und ließ seine Blicke über die Brust des Toten wandern.

»14 Stiche«, sagte Dr. Narayan, »alle von vorne und alle in den Thorax. Das Messer ist mit großer Wucht geführt worden.« Sie deutete auf einige der klaffenden Schlitze. »An denen sieht man es gut. Unterhalb der Wunde ist der Abdruck eines Knebels zu sehen, sogenannte Prellmarken. Das passiert nur, wenn das Messer bis zum Anschlag in den Körper getrieben wird, und zwar äußerst kraftvoll.« Sie zeigte auf eine andere Stelle in der Nähe des Herzens. »Und hier – sehen Sie, kleine Rissverletzungen am oberen Wundrand. Diese wurden durch starke Bewegungen vom ungeschliffenen Teil der Klinge verursacht, dem Messerrücken. Nach meiner ersten Einschätzung hat der Täter in einer Art Rauschzustand gehandelt.«

Klein fühlte plötzliches Unbehagen in sich aufsteigen und spürte, wie sich die Härchen an seinen Unterarmen aufstellten. Von allen Wunden und Verletzungen, die einem Menschen zugefügt werden können, war ihm der Anblick von Messerstichen besonders zuwider. Allein der Gedanke an hartes geschliffenes Metall in menschlichem Fleisch erzeugte Übelkeit in ihm. Eine von geübter Hand geführte Klinge konnte in Sekundenschnelle viel grässlichere Dinge anrichten als die meisten anderen Waffen.

»Einige Wunden sind länger als andere«, sagte er mit Blick auf das bizarr anmutende Muster auf der Brust des Toten.

»Ja, das ist keineswegs unüblich. Wenn beim Ein- oder Austritt Horizontalkräfte wirken, sticht das Messer nicht nur, sondern es schneidet auch. Die Wunde ist dann größer als die eigentliche Breite der Klinge.«

»Gibt es Herztreffer?«, fragte Klein, ohne Dr. Narayan dabei anzusehen.

»Derzeit vermuten wir drei unmittelbare Perforationen des Herzmuskels, aber Genaueres zu den Stichkanälen können wir erst nach der Öffnung sagen. Es gibt jedoch erste Details zum Tatwerkzeug.«

»So?« Klein hob die Augenbrauen und betrachtete zum ersten Mal das Gesicht des Toten. Innerlich schreckte er zurück. Der schiefe Mund, die noch immer weit aufgerissenen Augen, der leere Blick zur Decke. Das Gesicht hatte nichts Friedliches, keine Spur von Würde, kein Anzeichen dankbarer Erlösung. Es war eine Fratze. Eine teuflische Maske aus Panik, Schmerzen und Wut, festgemeißelt in dem Augenblick seines gewaltsamen plötzlichen Todes.

»Ja«, bekräftigte die Rechtsmedizinerin. »Sehen Sie sich diese Wunde hier an. Was fällt Ihnen auf?«

Klein begutachtete den dunkel schimmernden Schlitz. »Keine Prellmarke.«

»Ganz genau. Das deutet darauf hin, dass die Klinge

an dieser Stelle nicht ganz eingedrungen ist. Dafür haben wir auf der unteren Seite einen Wundwinkel, der sich von den anderen unterscheidet. Er ist spitz zulaufend.«

»Das heißt?«

»Die Schneide ist außerordentlich scharf, aber wenn sie bis zum Heft eindringt, hinterlässt sie oben wie unten ein identisches Muster so wie bei den übrigen Wunden. Wir nennen es kleine Schwalbenschwänze. Dieses Verletzungsmuster entsteht durch die Schnittwirkung scharfer Kanten.«

»Der spitze Wundwinkel wird also überlagert?«

»Korrekt. Bei dem Tatwerkzeug handelt es sich um eine einschneidige Klinge mit kantigem Rücken, wobei sie am Ansatz auf beiden Seiten kantig beginnt. Das Messer verfügt also über ein Ricasso, auch Fehlschärfe genannt.«

»Helfen uns die Abmessungen weiter?«

»Die breiteste Stelle am Messerrücken schätzen wir derzeit auf fünf Millimeter, die Klingenbreite auf vier Zentimeter. Die Länge können wir, wie gesagt, erst nach der Öffnung exakt bestimmen. Wir haben jedoch eine der Wunden mit einer Sonde untersucht. Berücksichtigen wir die Gewebekompression bei einem wuchtig geführten Stich bis zum Anschlag, erhalten wir eine Klingenlänge von etwa 15 Zentimetern. Vorsichtig geschätzt.«

Klein betrachtete den Toten eine Weile, dann sprach Bergmann seinen Gedanken aus.

»Exakt diese Werte haben Sie uns im Fall Lüscher auch genannt«, stellte sie tonlos fest.

»Das ist richtig«, antwortete nun Sperber. »Ich habe Simon beauftragt, ein bisschen zu recherchieren.« Er deutete auf den jungen Präparator, der immer noch mit dem

Obduktionsbesteck beschäftigt war. »Offenbar sind das die gängigen Maße für ein handelsübliches Jagdmesser. Hinzu kommt, dass Lüscher stark verwest war, sodass wir unsere Aussagen nicht mit 100-prozentiger Sicherheit treffen konnten. Die Übereinstimmung könnte Zufall sein, weiter nichts. Die beiden Morde tragen nun wirklich denkbar unterschiedliche Handschriften.«

Klein hörte schweigend zu, dann fiel ihm etwas ein.

»Ihr habt gute Arbeit geleistet, aber das war nicht der Grund, warum wir herkommen sollten, oder?«

Nun war es wieder die junge Ärztin, die antwortete.

»Wir wollten, dass Sie sich das hier ansehen.«

Sie packte die große Leuchte über sich und lenkte das Licht auf eine Stelle knapp über dem linken Schlüsselbein des Toten.

»Ihr müsst auf die andere Seite kommen«, sagte Sperber, »es ist nur schwach zu sehen. Beinahe wäre es uns selbst entgangen.«

Sperber trat zur Seite und sah zu, wie sich seine Kollegen über den Leichnam beugten. Dr. Narayan dimmte die Helligkeit der Lampe ein wenig. Dann war es zu sehen. Zwei rötliche kreisrunde Punkte in einem Abstand von etwa sechs Zentimetern.

»Was ist das?«, fragte Bergmann. »Sieht aus wie ein Biss, aber dann müsste man Löcher sehen.«

»Korrekt«, sagte Dr. Narayan, »ein Biss ist es auch nicht.«

»Die Flecken erscheinen mir wie winzige Hämatome.«

Klein hatte sich so nahe zu der Leiche hinuntergebeugt, dass er die Kälte fühlen konnte. Er wollte sich gerade wieder aufrichten, als er noch etwas anderes entdeckte.

»Was ist denn das? Sieht aus wie eine Verbrennung.«

»Bingo, Herr Kommissar«, sagte Sperber mit ehrlicher Anerkennung in der Stimme.

»Was Sie hier sehen, sind winzige Strommarken«, erklärte Dr. Narayan. »Ich hätte sie auch nicht gleich als solche erkannt, aber ich erinnerte mich an einen Fachartikel vor einigen Monaten, in dem es um sogenannte Elektroimpulsgeräte ging.«

Klein sah sie verständnislos an. »Sie meinen, Kohlmeyer hat einen elektrischen Schlag erlitten?«

»Ja, davon gehen wir aus.«

»Können Sie sagen, wie lange das zurückliegt?«

»Diese Verletzungen sind frisch. Die Ausprägung der Hämatome lässt Rückschlüsse auf deren Entstehungszeitpunkt zu. Dr. Jurick und ich sind uns einig, dass er mit dem Todeszeitpunkt zusammenfällt.«

Klein dachte nach, aber alles, was ihm zu diesen Waffen einfiel, beschränkte sich auf ein Internetvideo über die Selbstversuche amerikanischer Kollegen, das Hecking zur Aufheiterung per Mail verbreitet hatte.

»Ich hätte gedacht, dass eine derart große Wirkung deutlichere Spuren am Körper zurücklassen würde«, sagte er zweifelnd.

»Es gibt zwei unterschiedliche Systeme«, erklärte Dr. Narayan. »Zum einen sind da die sogenannten Taser. Das sind pistolenähnliche Geräte, die zwei kleine Pfeile über eine Distanz von mehreren Metern verschießen können. Sie durchdringen die Kleidung und bohren sich in die Haut der Zielperson. Da sie über dünne Drähte mit dem Gerät verbunden bleiben, kann der Stromstoß sozusagen ferngezündet werden.«

»Die Kollegen in den USA benutzen diese Dinger«,

warf Sperber dazwischen. »Die Wirkung ist beeindruckend, aber sie werden durchaus kontrovers diskutiert.«

Dr. Narayan nickte zustimmend. »Sie rufen größere Hautverletzungen beim Getroffenen hervor. Außerdem entstehen deutliche Strommarken, da die Elektrizität in den Körper hinein- und wieder hinausfließt. Das neuromuskuläre System zwischen den beiden Pfeilen wird komplett lahmgelegt. Es kommt zu einer willensunabhängigen Immobilisierung dieser Person.«

»Aber bei Kohlmeyer handelt es sich offensichtlich um die zweite Möglichkeit?«, sagte Klein.

»Richtig, hier wurde ein Handgerät verwendet. Der Strom gelangt nur an die Oberfläche des Körpers, welche Muskeln betroffen sind, ist stärker begrenzt, aber der Schlag kann dennoch äußerst schmerzvoll und effektiv sein. Je nach Häufigkeit und Dauer des Stromflusses kann auch hier durchaus eine völlige Wehr- und Orientierungslosigkeit des Getroffenen erzielt werden.«

»Was sagen uns die kleinen Hämatome?«

»Eine mechanische Verletzung. Sie rührt von den metallenen Kontaktstiften her. Diese sitzen wie zwei kleine Dornen am Kopf des Gerätes und führen den Strom. Der Schocker muss, ähnlich wie das Messer, wuchtig gegen den Körper geführt worden sein.«

Klein dachte eine Weile über die neuen Informationen nach. »Das heißt, der Täter könnte das schlafende Opfer zunächst mit einem Stromstoß und anschließend mit dem Messer attackiert haben?«

»Nun«, entgegnete Dr. Narayan, »es gibt Hinweise, dass das Opfer nicht im Schlaf angegriffen wurde.« Sie hob den rechten Arm des Toten. »Sehen Sie den langen Schnitt am Unterarm? Eine typische Abwehrverletzung bei Messerattacken.« Sie legte den Arm behutsam zurück auf den Tisch. »Zudem kann nur ein aufgeregt schlagendes Herz, nur ein schneller und starker Puls das Ausmaß der Blutspuren erklären, das wir vorgefunden haben.«

»Ich finde den Ausdruck auf seinem Gesicht aufschlussreich genug.«

Bergmann war unbemerkt einen Schritt vom Tisch zurückgewichen. Klein drehte sich zu ihr um, bemerkte die blasse Farbe um ihre Mundwinkel und warf ihr einen fragenden Blick zu. Doch sie schüttelte nur den Kopf und machte klar, dass kein Grund bestand, den Raum zu verlassen.

»Da wäre noch eine Kleinigkeit«, meldete sich Sperber zu Wort. Er drehte sich um und präsentierte eine kleine durchsichtige Dose. »Hautreste«, sagte er, und selbst in dem von den Wandkacheln zurückgeworfenen Echo seiner Stimme war der Triumph noch zu hören. »Gefunden unter dem Nagel des Mittelfingers seiner linken Hand. Ihr wisst, was das bedeutet. Unser Freund hat versucht, sich zu wehren, seinen Mörder verletzt und uns somit dessen DNA geliefert. Mit ein bisschen Glück haben wir ihn.«

Klein betrachtete die winzige Hautspur, und sein Wunsch nach einer schnellen Klärung des Mordfalls wurde beinahe übermächtig. Doch um mit der DNA ans Ziel zu kommen, müsste der Täter bereits in der Vergangenheit straffällig geworden sein. Man müsste ihm eine Vergleichsprobe entnommen und sein Muster in der Analysedatei gespeichert haben.

Klein wurde aus seinen Gedanken gerissen, als der junge Präparator das Tablett mit dem Obduktionsbesteck klappernd auf den Tisch stellte.

»Möchten Sie dabei sein?«, fragte Dr. Narayan, wechselte die Handschuhe und brachte die große Lampe in Position.

Klein warf einen flüchtigen Blick auf die elektrische Säge, den Drehmeißel und das Wirrwarr aus Klammern, Spreizern und Hämmern.

»Nein«, sagte er mit gequältem Lächeln. »Wir müssen zurück ins Präsidium. Was passiert mit der DNA-Probe?«

Sperber antwortete: »Der Kurier trifft gleich ein, das LKA ist bereits informiert. In vier bis fünf Tagen kennen wir seinen genetischen Fingerabdruck, und dann sitzt er in der Falle.«

»Dein Wort in Gottes Ohr.«

Sperber lachte auf. »Ob der uns hier unten hört, wage ich zu bezweifeln.«

Es war bereits Viertel nach elf, als Bergmann und Klein das Präsidium erreichten. Sie kämpften sich durch ein ganzes Heer von neugierigen Journalisten, waren jedoch für niemanden zu sprechen.

Zunächst einmal galt es, eine zweite handlungsfähige Mordkommission aus dem Boden zu stampfen. Und die Präsidentin hatte ihn sicher auch noch nicht vergessen.

Er war gerade durch den Eingang geschlüpft, als ein Kollege der Präsidiumswache hinter ihm herrief.

»Da ist jemand für dich«, sagte er und deutete auf einen Nebenraum. »Ich habe ein paarmal versucht, dich zu erreichen, aber dein Handy war aus.«

Klein dachte an das unterirdische Verlies, aus dem er gerade kam.

»Kein Empfang«, murmelte er. »Wer ist es denn?«

Der Beamte setzte sich die Brille auf, die an einer Kette

um seinen Hals baumelte, und zog ein Notizbuch aus seiner Hemdtasche.

»Antonia Obermayer«, las er ab, »21 Jahre. Kommt direkt aus Frankfurt. Sie sagt, sie sei geschickt worden. Worum es geht, wollte sie mir nicht sagen. Aber es scheint wichtig zu sein. Sie wartet schon seit über einer Stunde.«

»Geschickt? Von wem?«

Der Kollege blätterte ein paarmal vor und zurück und errötete bereits, als er den Namen schließlich fand.

»Martens«, sagte er. »Michael Martens.«

MITTWOCH, 24. NOVEMBER, 13.15 UHR

»Was hast du gemacht?«

Laura schlenderte neben Sabine her und betrachtete das braune Pflaster unterhalb des Kinns ihrer Mutter.

Sabine lächelte matt und drückte die Hand ihrer Tochter ein bisschen fester, um sie zu beruhigen. Sie wusste, dass diese Frage unausweichlich war. Noch eine Lüge, dachte sie traurig. Eine Lüge, auf die sie vorbereitet war, aber die dennoch schmerzlicher war als jede körperliche Verletzung. Das Gefühl, etwas zwischen sich und ihre Tochter zu stellen, das sie voneinander entfernte, sei es auch nur eine Winzigkeit, war ihr zuwider.

»Ich habe nicht aufgepasst und bin im Badezimmer ausgerutscht.«

Sie vermied es, Laura dabei anzuschauen, und betrachtete stattdessen die schmutzigen Pfützen, in denen sich das trübe Grau des Himmels spiegelte.

»Hat es doll wehgetan?«

»Nein, Liebes, nur ein Kratzer. In ein paar Tagen ist nichts mehr zu sehen.«

Sie liefen weiter, und Sabine war froh, dass ihre Tochter keine weiteren Fragen mehr stellte. Am Morgen hatte sie direkt nach dem Aufstehen ein Halstuch umgebunden, um ihre Verletzung zu verbergen. So hatte sie Zeit gewonnen, sich eine Geschichte auszudenken, mit der das Pflaster zu erklären war. Die Version mit den nassen Badezimmerfliesen schien ihr plausibel, zumal sie Laura ständig davor warnte, ohne Fußmatte aus der Dusche zu steigen. Als Laura in der Schule war, hatte Sabine ihre Verletzung gründlich betrachten können. Die Wunde war nicht länger als eine Stecknadel, dafür überraschend tief. Sabine konnte sich daran erinnern, dass Kohlmeyer sie während des Handgemenges getroffen hatte. Natürlich wusste sie, dass die Polizei die Spur entdecken würde, dass man somit im Besitz ihrer DNA war und sie zweifelsfrei als Täterin überführen konnte. Aber sie wusste eben auch, dass sie sich keine Sorgen machen musste, solange sie nicht ins Visier der Ermittler geriet. Und dafür gab es keinen Grund. Niemand würde sie verdächtigen. Sie musste nur abwarten und sich ruhig und unauffällig verhalten.

Sabine dachte an das schöne Leben, das ihnen bevorstand. Sie dachte an Markus, der am Nachmittag aus Dresden angerufen hatte. An Weihnachten würde sie ihm ihren Wunsch nach einem zweiten Kind eröffnen. Bis dahin waren es noch genau vier Wochen. Ein ganzer Monat, in dem es nur noch eine Sache zu erledigen galt. Nur diese letzte Sache stand noch zwischen ihr und dem glücklichen Leben, nach dem sie sich schon so lange sehnte. Ein Leben, das sie eigenständig und frei bestimmen konnte. Ein Leben, in dem die dunklen Schrecken ihrer Vergangenheit für alle Zeiten besiegt und vertrieben waren.

»Mami?«

Der beiläufige Ton in Lauras Stimme riss Sabine aus ihren Gedanken.

»Ja?«

»Was ist eine Blasenentzündung?«

Sabine blieb abrupt stehen und betrachtete ihre Tochter voller Sorge.

»Wie kommst du denn darauf, Liebes?«

»Nicole sagt, ihre Mama hat das andauernd.«

Stockend setzte Sabine sich wieder in Bewegung.

»Warum habt ihr denn darüber gesprochen?«

»Wegen gestern Nacht. Ich bin aufgewacht, weil es so gebrannt hat. Das hab ich Nicole erzählt.«

Sabine wurde mit einem Mal nervös, ihr Herzschlag beschleunigte sich, und die Gedanken wirbelten durcheinander. Sie zwang sich zur Ruhe, bevor sie weitersprach.

»Wann bist du aufgewacht, und was hast du dann gemacht?«

»Ich bin aufgewacht, weil ich Pipi musste. Und dann hat es gebrannt. Es tat ein bisschen weh, aber ich hab nicht geweint.«

»Und dann bist du zurück ins Bett gegangen?«

Sabine hörte das Beben in ihrer Stimme, ihre Handflächen schwitzten, und sie löste den Griff, damit Laura es nicht merkte. Es musste während ihrer Abwesenheit passiert sein, sonst wäre sie wach geworden, dessen war sie sicher.

»Ich wollte erst zu dir, aber dann bin ich zurück in mein Zimmer.«

Sabines Herz machte einen Stolperer.

»Du bist nicht in mein Zimmer gekommen?«

»Die Tür war nicht angelehnt wie sonst immer. Du hast sie ganz zugemacht. War das wegen Papi?«

Sabine wurde abwechselnd heiß und kalt, ihre Stimme drohte zu versagen, aber sie zwang sich, die Kontrolle zu behalten.

»Ja. Es ist ungewohnt, wenn Papa nicht da ist. Ich wollte es ganz dunkel und leise haben, damit ich einschlafen kann. Hast du immer noch Schmerzen, Liebes?«

»Nein, jetzt nicht mehr. Ich habe also keine Blasenentzündung?«

»Nein, ich glaube nicht. Alles ist gut.«

Den restlichen Weg berichtete Laura von den Erlebnissen ihres Schultages, aber Sabine konnte ihr nicht folgen. Sie hatte sich für stark und unbesiegbar gehalten, aber jetzt wurde ihr klar, was für eine jämmerliche Figur sie in Wahrheit bot. Wieder einmal hatte sie nur der Zufall davor bewahrt, alles zu verlieren. Wie eine Lawine sah sie die drohenden Konsequenzen auf sich zurasen, wenn sie scheiterte. Alles würde ihr genommen, alles würde zerstört und begraben werden. Wenn es überhaupt noch eine Chance gab, dieses perfide Spiel zu gewinnen, musste sie sich jetzt zusammenreißen. Keine weiteren Fehler. Sie musste kämpfen. Nicht für sich selbst. Für ihre Familie. Für ihr kleines Mädchen.

MITTWOCH, 24. NOVEMBER, 15.20 UHR

Klein saß in seinem Büro und dachte an Antonia Obermayer. Eines musste er Martens lassen. Der schmierige Agenturbetreiber hatte durchaus ein Händchen für attraktive Angestellte. Genau wie Janina Violetta Galuschka hatte sie den Polizisten unverblümt von den Abläufen bei Lüschers Terminen erzählt, und es gab keinen Grund, an ihren Angaben zu zweifeln. Keine widersprüchlichen Details rückten sie auch nur in die Nähe eines Tatverdachts. Klein fragte sich, wie viele Nieten er in diesem Fall wohl noch ziehen würde. Immerhin musste er lächeln, als er an den armen Michael Martens dachte. Wie sehr musste ihr Auftreten ihn beeindruckt haben, dass er seine Mitarbeiterin nach einer mehrtägigen Buchung in Frankfurt auf direktem Wege zu ihm schickte. Nicht ihr *gemeinsames* Auftreten, korrigierte er sich. Es war Bergmanns Auftreten. Wieder musste er lachen, als er sich das Bild in Erinnerung rief, wie seine Kollegin sich voll überschäumender Wut über den Tresen beugte, Martens am Kragen packte und ihn beschimpfte wie ein Rohrspatz. Er schielte hinüber zu ihr und sah, dass sie noch immer damit beschäftigt war, die DVD mit den Tatortfotos zu sichten. Die Spezialisten vom Landeskriminalamt würden zwar einen umfassenden Spurenbericht dazu abliefern, aber Sperber hatte sich dafür eingesetzt, dass seine Kollegen vorab eine Kopie der Fotos erhielten.

»Und? Wie kommst du voran?«

Bergmanns Hirn registrierte die Frage scheinbar erst mit zeitlichem Verzug.

»Ich fürchte, nur langsam«, sagte sie schließlich. »Das eine oder andere Detail hätte ich mir gern erspart.«

»Die Jungs sind halt gründlich.«

»Ja, oder blutgeil.«

In diesem Moment klingelte das Telefon auf seinem Schreibtisch.

»Klein.«

»Hallo, Günther, Manfred hier. Alles so weit erledigt. Das LKA und Sperbers Leute sind weg. Sind Karsten Kohlmeyer und seine Frau schon bei euch eingetroffen?«

»Ja, Hecking nimmt die Aussagen der beiden auf. Was macht das Haus?«

»Bereits versiegelt. Mit unseren Leuten ist auch ein Großteil der Schaulustigen abgezogen.«

»In Ordnung. Hat die Durchsuchung des Waldstücks etwas ergeben?«

»Leider nein. Sie machen aber weiter bis zum Einbruch der Dunkelheit, genau wie die Taucher. Auch sie haben bislang nichts gefunden. Das Haus selbst ist verpostet. Wir rücken dann ab.«

»Gut, Manfred, wir sehen uns nachher.«

Klein legte auf und wollte sich gerade in einen der zahlreichen Berichte vertiefen, als Bergmann ausrief:

»Ach du Scheiße!«

Klein bemerkte, wie sie näher an den Bildschirm rückte. Dic Computermaus flog hektisch über die Unterlage.

»Was ist? Was hast du gefunden?«

»Komm her, das musst du dir ansehen!«, sagte sie, ohne den Blick vom Monitor zu lösen.

Klein schälte sich aus dem Drehstuhl und lief um die beiden Schreibtische herum zu Bergmanns Arbeitsplatz. Er betrachtete das Foto, konnte jedoch nichts als

Schwärze entdecken. »Was soll das sein? Ist dein Bildschirm kaputt?«

»Nein, das ist eine Übersichtsaufnahme von Kohlmeyers Schlafzimmerfußboden.«

»Wow«, sagte Klein lakonisch. »Ziemlich beeindruckend.«

Nur Bergmanns spürbare Aufregung hielt ihn davon ab, zu seinem Platz zurückzukehren.

»Warte ab«, sagte sie und öffnete das nächste Bild. Der Hintergrund war immer noch dunkel, aber plötzlich wimmelte es überall von bläulich leuchtenden Flecken.

»Das hier entstand offenbar nach Aufsprühen eines Kontrastmittels«, vermutete Bergmann.

»Luminol?«

Kleins Interesse war nun geweckt.

»Ja, ich gehe davon aus, dass wir es hier mit sichtbar gemachten Blutspuren zu tun haben.«

»Ziemlich beeindruckend.«

Dieses Mal meinte er es ernst.

»Du hast das nächste Bild noch nicht gesehen.«

Bergmann hatte nicht zu viel versprochen. Die Aufnahme zeigte einen der Flecken in Nahaufnahme, und dieser setzte sich seinerseits aus vielen kleineren Teilen zusammen. Das Muster und die Form, die sie bildeten, waren eindeutig.

»Der Abdruck einer Schuhsohle«, sagte Klein und spürte, wie ein Teil von Bergmanns Aufregung auf ihn übersprang.

»So ist es, aber es kommt noch besser.«

Wieder ein Klick und wieder ein neues Bild. Das Motiv blieb gleich, doch jetzt war die Spur nummeriert und vermessen. Seitlich und oberhalb des Abdrucks war Zentimeterfolie auf den Boden geklebt.

»Jetzt schau mal auf die Zahl oben links«, forderte Bergmann ihn auf.

Klein rückte ein Stück näher heran.

»27«, sagte er, überlegte eine Weile und fügte dann hinzu: »Das ist nicht sonderlich viel, habe ich recht?«

»Sehe ich auch so. Gibst du mir mal dein Lineal?«

Klein ging zu seinem Schreibtisch, kramte in einer der Schubladen und kam mit einem alten 30-Zentimeter-Lineal zurück, das aber nur noch 16 Zentimeter und eine Bruchkante zeigte. Bergmann riss es ihm förmlich aus der Hand, legte ihren linken Fuß auf den rechten Oberschenkel und hielt das Lineal unter die Schuhsohle. Mit dem Kugelschreiber markierte sie die Stelle bei 16, dann schob sie das fehlende Stück nach.

»28,5«, sagte sie, »und ich trage Größe 39.«

Eine Weile sagte niemand etwas. Bergmann verharrte in ihrer Position, Klein stand neben ihr und legte den Kopf in den Nacken. Schließlich atmete er schwer aus und blickte sie an. »Wie viele Männer kennst du, die Schuhgröße 39 oder weniger tragen?«

Bergmann musste nicht lange überlegen.

»Zumindest keine, die älter sind als zwölf.«

»Das habe ich mir gedacht.«

»Hör mal, Günther. Wie heißt die Frau von Karsten Kohlmeyer noch gleich?«

»Gertrud.«

»Ja, wir wissen nicht, ob sie auch im Zimmer war, oder? Der Abdruck könnte von ihr stammen.«

»Nein, angeblich hat ihr Mann sie angewiesen, im Zimmer zu bleiben. Sie ist erst runtergegangen, nachdem die ersten Kollegen eingetroffen sind. Und dann hätte ihr sicherlich niemand erlaubt, den Tatort zu betreten. Aber ich werde das überprüfen.« Plötzlich ergriff ihn ungeheurer Eifer. Er lief zum Telefon. »Vorher rufe ich Sperber an. Ich will verdammt noch mal wissen, warum wir diese Entdeckung selber machen müssen.«

Er hielt gerade den Hörer ans Ohr, als polternde Schritte auf dem Flur zu hören waren. Eine Sekunde später stand ein sichtlich angeschlagener Sperber in der offenen Tür und grinste ihnen müde entgegen.

»Ich wollte dich gerade anrufen«, sagte Klein zur Begrüßung und legte wieder auf.

»Entschuldigt, ich komme gerade aus der Gerichtsmedizin. Es gibt interessante Neuigkeiten.«

»Wartet auf mich«, sagte Klein und lief in Richtung Tür. »Ich muss runter zu Dieter. Gebt mir fünf Minuten.«

Dann war er verschwunden.

»Möchtest du etwas trinken?«, fragte Bergmann.

»Nein danke«, lehnte Sperber ab und ging ein paar Schritte auf sie zu. »So eine Obduktion verdirbt mir schon mal den Magen.«

Dann warf er einen Blick auf den Bildschirm.

»Ach«, sagte er verblüfft. »Ihr habt es also schon entdeckt?«

»Ja, gerade eben. Günther ist ziemlich aus dem Häuschen deswegen. Er ist gerade bei Hecking, um rauszukriegen, ob Kohlmeyers Frau im Zimmer war.«

»Nun«, seufzte Sperber, holte sich einen Stuhl aus der Ecke und setzte sich neben Bergmann. »Das kann ich ausschließen, sie trägt Größe 40. Außerdem hätte es bedeutet, dass die gute Trudi nicht nur im Schlafzimmer war, sondern auch durch den Zaun gekrochen und in den Wald abgehauen ist.«

Bergmann drehte sich um und sah den Kriminaltechniker ungläubig an.

»Du meinst, es gibt weitere Abdrücke im Waldboden?«

»Ja«, bestätigte er und schenkte ihr ein erschöpftes Lächeln. »Die sind sogar noch besser.«

Er nickte aufmunternd in Richtung Computer. Bergmann wechselte den Ansichtsmodus und suchte nach den Bildern, die außerhalb des Hauses aufgenommen wurden.

»Ganz hinten«, sagte Sperber, doch sie war bereits fündig geworden.

Die Eindruckspur im lehmigen Waldboden war gestochen scharf. Sie erkannte das Sohlenprofil von eben, nur dass es hier noch jede Menge mehr zu sehen gab. Sie musste nicht einmal die Zoomfunktion benutzen, um die Zahl in der Mitte zu erkennen.

»Das gibt's doch nicht!«

»Was meinst du?«, tönte es grimmig von der Seite. »Ihr solltet doch warten.«

Klein kam eilig hinzu, sodass sie jetzt zu dritt um den Monitor versammelt waren. »Was ist das?«, wollte er wissen.

»Diese Eindruckspur stammt aus dem Waldboden hinter dem Zaun«, klärte Bergmann ihn auf.

»Und sie ist so freundlich, uns die Größe des Spurenlegerschuhs zu verraten«, ergänzte Sperber. »Die Fünf ist die internationale Bezeichnung für die deutsche Größe 38. Herrschaften, das bedeutet, wir jagen einen Zehnjährigen, einen Zwerg oder eine Frau.«

Es dauerte eine ganze Weile, bis alle drei die Bedeutung

dieser Information diskutiert hatten. Schließlich verabredeten sie sich zu einer Besprechung am nächsten Morgen, und Sperber verließ das Zimmer.

»Ziemlich unheimlich das Ganze, oder?«, fragte Bergmann, nachdem sie wieder allein waren.

Klein musterte sie erstaunt. »Was meinst du? Den Psychopathen da draußen?«

»Ich weiß es nicht. Ich meine, wieder ein Messermord, und wieder finden sich Hinweise darauf, dass es vielleicht kein Mann war.«

»Fakten gibt es nur im aktuellen Fall!«, platzte Klein hervor. »Bei Lüscher ist es nichts weiter als ein Gefühl.«

Er wusste, dass die Bestimmtheit seines Tonfalls nur die eigene Unsicherheit überspielen sollte. Doch Bergmann kannte ihn zu gut, um sich täuschen zu lassen.

»Ich glaube, ich liege goldrichtig. Du denkst es doch auch. Warum redest du nicht darüber?«

Klein stand auf und ging zum Fenster. Er vergrub beide Hände in den Hosentaschen und beobachtete eine Weile das Verkehrschaos unten auf der Straße.

»Also gut«, sagte er schließlich und drehte sich um. »Du glaubst also nicht an einen Zufall. Dann beweise mir das Gegenteil. Such nach Verbindungen zwischen Lüscher und Kohlmeyer, bring alles ans Licht, was auch nur im Geringsten eine Gemeinsamkeit aufweisen könnte. Du hast freie Hand. Überzeuge mich.«

Bergmann zuckte mit den Achseln.

»Das wird nicht ganz einfach sein. Kohlmeyer saß beinahe drei Jahrzehnte im Knast.«

»Nicht ganz einfach, oder umso leichter. Du musst vielleicht nicht so sehr in die Breite gehen, aber dafür stärker in die Tiefe. Bohre in seiner Vergangenheit.«

»Einverstanden«, sagte Bergmann. »Schaden kann es jedenfalls nicht.«

»Tu mir nur einen Gefallen, häng es nicht an die große Glocke. Noch nicht. Betrachte es einfach als …«

»Geheimen Spezialauftrag?«, ergänzte Bergmann und zwinkerte ihm verschwörerisch zu.

»Wie auch immer.«

Klein grinste und ging zurück an seinen Schreibtisch.

»Hey, ich hol mir erst mal was zu essen«, wechselte Bergmann das Thema. »Möchtest du auch?«

Klein saß bereits wieder vor dem Rechner.

»Nein, ich muss jetzt diesen verdammten Bericht zu Ende bringen«, sagte er und rief sich den tobenden Boger ins Gedächtnis. »Ansonsten hast du morgen die nächste Leichensache auf deinem Schreibtisch.«

FREITAG, 26. NOVEMBER, 10.30 UHR

Klein las den Ausdruck noch einmal durch, dann legte er das Papier müde zur Seite. Laschinskys Bericht über die aktuellen Ergebnisse war ebenso kurz wie enttäuschend. Der gestrige Tag hatte nichts Neues ergeben. Die Befragung der wenigen Anwohner in der Nähe des mutmaßlichen Fluchtwegs des Täters war erfolglos geblieben, genau wie die Suche nach der Tatwaffe. Einzig die Ermittlungen im Zusammenhang mit den Schuhabdrücken hatten Ergebnisse hervorgebracht. Sie konnten bereits mit Sicherheit sagen, dass neuwertige Schuhe benutzt wurden. Der Gipsausguss von der Eindruckspur im Waldboden war so gut, dass man Abnutzungen oder charakteristische Beschädigungen der Schuhsohle ausschließen konnte. Das Profil passte zu einem Sportschuh der Marke RunStar. Ein Massenprodukt, das vor allem durch Discounter und über das Internet abgesetzt wurde.

Das Medieninteresse war ungebrochen groß, und das Präsidium glich in diesen Tagen einer belagerten Burg aus dem Mittelalter. Die Kollegen der Pressestelle waren nicht zu beneiden. Sie konnten nichts anderes tun, als fortwährend darauf zu verweisen, dass sie zu laufenden Ermittlungen nichts Näheres sagen durften.

Laschinsky war wie erwartet Leiter der »Soko Wald« geworden, wie die bunt zusammengewürfelte Ermittlungsgruppe im Fall Kohlmeyer hieß. Klein bestand jedoch darauf, zu jeder Zeit im Bilde zu sein und an allen wichtigen Entscheidungen teilzuhaben.

Er trank einen Schluck aus der Kaffeetasse und blinzelte in Richtung Bergmann, doch seine Kollegin war in eine Akte vertieft, und Klein beschloss, sie nicht zu stören. Er gähnte ausgiebig, dann nahm er den dünnen Stapel Papier und las die handschriftliche Notiz, die jemand mit einer Klammer an das oberste Blatt geheftet hatte. Es waren Hinweise aus der Bevölkerung. Klee hatte sie gesammelt und ihm jeweils eine Kopie zukommen lassen. Klein überflog die Meldungen, doch außer den üblichen Verdächtigungen und Vermutungen, die nach jedem aufsehenerregenden Kriminalfall eingingen, war nichts Interessantes dabei. Dann bekam er das vorletzte Blatt in die

Finger, überflog das Gedruckte und las es im Anschluss ein zweites Mal. Er griff zum Hörer und wählte die Nummer von Klee. Der Kollege meldete sich sofort.

»Günther hier, danke für die Kopien.«

»Keine Ursache.«

»Bist du Hinweis Nummer 7 schon nachgegangen?« Klein wartete und hörte das Rascheln von Papier.

»Nein«, sagte Klee. »Soll ich mich darum kümmern?«

»Nein, nein, ich mach das schon. Zeitlich passt es gerade.«

»Soll ich mitkommen?«

»Nein, lass nur. Wir sehen uns später.«

Klein legte auf, erhob sich von seinem Stuhl und zog die Jacke an.

»Was machst du?« Bergmann löste sich von ihren Unterlagen und blickte ihn neugierig an.

»Nichts Großes. Nur ein Hinweis hier aus der Nähe. Wahrscheinlich eine Niete, aber das Beste, was wir momentan haben.«

»Soll ich mitkommen?«

»Nein, ich will deine Arbeit nicht unterbrechen.«

Dann fiel ihm ein, dass er gar nicht wusste, womit sie sich eigentlich beschäftigte, und fragte nach.

»Ich suche nach dem Arzt, der Lüscher in Rente geschickt hat. Wir sollten ihn befragen.«

»In Ordnung, bis später.«

Klein ging hinaus, wartete entgegen seinen sonstigen Gewohnheiten nicht auf den Aufzug und steuerte stattdessen die Treppe an. Er bereute es schon auf der ersten Stufe. Der Stich in seinem Knie ließ ihn zusammenzucken. Verdammte Scheiße, dachte er, ging zurück und drückte den Knopf. Er war froh, die Kabine allein zu benutzen, und als sich die Türen hinter ihm geschlossen hatten, betrachtete er sein Spiegelbild. Was er sah, war ein müder alter Mann in Parka und Turnschuhen, der einen beträchtlichen Bauch vor sich herschob. Er wandte den Blick ab. Der Aufzug kam rumpelnd zum Stehen, und Klein verließ das Gebäude durch den Hinterausgang.

Wenig später saß er im Wagen und folgte den Anweisungen des TomTom. Ein kleiner Abstecher in die Beschaulichkeit des Essener Südens war genau das, was er jetzt brauchte. Die Fahrt dauerte etwa 15 Minuten, dann verließ er die kleine Straße und rollte über einen Kiesweg auf ein altes Bauernhaus zu. Klein parkte den Wagen in der Nähe eines halb verfallenen Zwingers. Er stieg aus und schloss den Reißverschluss seiner Jacke. Die klare Luft im Tal der Ruhr fühlte sich zehn Grad kälter an als der abgas- und dreckgeschwängerte Mief der Großstadt. Kleins Blick fiel auf den Stall neben dem Zwinger. Die grüne Farbe blätterte großflächig ab, der Riegel vor dem breiten Tor war in der Mitte durchgerostet, die beiden Enden hingen schief und nutzlos in ihren Schienen. Durch eine zerborstene Scheibe warf Klein einen flüchtigen Blick ins Innere des Stalls. Etwas in der Größe eines Fahrzeugs wurde dort gelagert, unter Decken und Tüchern begraben und scheinbar genauso in Vergessenheit geraten wie der rostige Riegel und der Rest des Hofs. Die Vogelnester in den Ecken waren längst verlassen und dienten nun als Behausung für Spinnen und anderes Getier.

Auf dem Weg zur Vorderseite des Hauses kam Klein an der Tenne vorbei. Das riesige Schiebetor stand einen Spaltbreit offen. Er erlag der Versuchung, ging hinüber und warf einen Blick in die Scheune. Es dauerte eine

Weile, bis sich seine Augen an das schummrige Licht gewöhnten, doch als die ersten Konturen und Formen hervortraten, versetzte es ihm einen Stich, den er nicht erklären konnte. Die Boxen mit den altertümlich anmutenden Melkanlagen waren verwaist, in den brüchigen Futtertrögen nichts als verkrusteter Dreck und dicker flockiger Staub. Traurig und leer lag das vor ihm, was einst das Herz des Bauernhofs gewesen war. Einzig der Geruch erinnerte noch an das lebhafte Treiben vergangener Zeiten.

Hinter sich hörte Klein plötzlich ein Geräusch. Ruckartig drehte er sich um, erblickte aber nur ein paar Hühner, die scharrend und gackernd über ein kleines Stück Wiese liefen. Auf der Koppel dahinter sah er ein Pferd, das ihn kauend beäugte. Der Atem aus den mächtigen Nüstern des Tieres kondensierte dampfend in der kalten Novemberluft. Für einen Moment dachte er daran, dass es ihm gefallen würde, hier zu leben. Hier hätte er seine Ruhe, bräuchte keine Treppen zu steigen und könnte sich Hunde halten. Dann besann er sich auf sein Anliegen, ging zur Tür und klopfte.

Eine lange Zeit passierte nichts. Schließlich nahm er eine Bewegung hinter einer der Gardinen wahr.

»Wer ist da?«, drang eine Stimme durch das dünne Glas des Küchenfensters.

»Klein, Kripo Essen. Ich komme wegen des Hinweises von Herrn Thaler.«

Wieder musste er lange warten und glaubte bereits, sich in der Adresse geirrt zu haben, als die Haustür geöffnet wurde und ein alter gebeugter Mann erschien.

»Entschuldigen Sie das Misstrauen«, sagte der Bauer in breitem Westfälisch, »aber seit diesem Mord …« Er verstummte und streckte Klein die Hand hin. »Heinrich Thaler.«

Klein erwiderte die Geste und biss sich im selben Moment auf die Zunge. Der Griff dieses Mannes glich dem einer Schraubzwinge, und Klein bekam eine ungefähre Ahnung davon, wie hart diese Hände ein Leben lang hatten zupacken müssen.

»Wenn Sie sich angekündigt hätten«, sagte der Mann, »dann könnte ich Ihnen jetzt etwas anbieten.«

»Nicht nötig«, sagte Klein und folgte Heinrich Thaler in die Küche. Er stellte fest, dass das Innere des Hauses mit den Nebengebäuden nichts gemeinsam hatte. Zwar fehlte es an jeglichem Luxus, aber die Kargheit der alten Räume wirkte sauber und wohltuend überschaubar.

Thaler wies ihm den Platz auf einer kleinen Holzbank neben dem Ofen zu und nahm sich selbst einen abgewetzten Hocker auf der anderen Seite des Tisches.

»Auch keinen Tee oder Kaffee?«, fragte er, doch Klein lehnte dankend ab.

»Lassen Sie uns über das sprechen, was Sie gesehen haben.«

Der alte Mann nickte und schien einen Moment lang zu überlegen. Dann begann er zu reden.

»Es war die Nacht von Dienstag auf Mittwoch. Ich hatte Kreuzschmerzen, fürchterliche Kreuzschmerzen. Ich stand auf und ging in die Küche. Es muss etwa kurz nach zwei gewesen sein. Das Licht der Scheinwerfer habe ich gesehen, bevor ich ihn kommen hörte.«

Klein wusste nicht, was er von der ganzen Sache halten sollte, aber Thaler machte absolut keinen verwirrten Eindruck. Im Gegenteil, der alte Mann wirkte intelligent und lebensnah.

»Sie meinen diesen Wagen?«, fragte der Ermittler zögerlich.

»Ja. Zuerst sah ich ihn die Straße runterfahren. Ziemlich langsam. Dann bog er nach rechts in den Feldweg ein und verschwand hinter den Bäumen.«

»Wie heißt dieser Weg?«

»Pörtgensiepen.«

Klein wurde schlagartig hellhörig.

»Das ist der Weg, der zum Ufer führt, richtig? Dort, wo der kleine Parkplatz ist.«

»Ja«, bestätigte der Bauer. »Die Leute machen dort Ausflüge und schmeißen ihren ganzen Müll auf die Felder. Furchtbar ist das.«

»Was passierte dann?«

»Weil ich nicht schlafen konnte, habe ich mir Tee gemacht und mich auf die Bank gesetzt.« Er deutete auf Klein. »Genau da, wo Sie jetzt sitzen. Ich muss zwischendurch mal gedöst haben, aber die meiste Zeit war ich wach.«

»Und dann?« Klein wurde langsam etwas ungeduldig.

»Erst passierte nichts, doch dann kam der Wagen zurück. Aus der anderen Richtung und ziemlich schnell.« Heinrich Thaler drehte sich um und zeigte zu den fernen Bäumen.

»Um wie viel Uhr war das?«

»Etwa drei.«

Klein stieß die Luft aus. Das passte exakt in den Zeitrahmen. Er wagte kaum zu hoffen, der alte Mann könne das Kennzeichen abgelesen haben.

»Und dieses Mal haben Sie genauer hingeschaut?«, fragte er vorsichtig, doch Thaler machte den zarten Hoffnungsschimmer zunichte.

»Das Nummernschild konnte ich nicht erkennen, aber ich habe mir die Scheinwerfer gemerkt.«

»Sie haben was?« Klein konnte nicht verbergen, wie diese neuerliche Enttäuschung ihn frustrierte.

»Wissen Sie, ich verstehe nichts von Fußball«, fuhr Thaler fort. »Wir haben kein Internet, und der Fernseher ist 30 Jahre alt. Dafür kaufe ich mir diese Zeitschriften, auch wenn meine Frau immer sagt, es sei Geldverschwendung.«

»Welche Zeitschriften?«

»Autos«, sagte Thaler. »Ich habe mich schon immer für Autos interessiert. Wir konnten uns nie ein tolles leisten, aber interessiert hat es mich trotzdem.«

Klein war nicht sicher, ob er nur enttäuscht oder auch ärgerlich war.

»Herr Thaler, Sie haben uns also nur angerufen, weil Sie die Scheinwerfer eines Autos gesehen haben? Sonst nichts?«

»Nicht irgendwelche«, antwortete der Greis, erhob sich mühsam und ging über die knarzenden Dielen ins Zimmer nebenan, wo Klein die gute Stube vermutete. Kurz darauf kehrte er mit einer Ausgabe der »AutoBild« zurück. Thaler schlug die passende Seite auf und legte das Magazin vor Klein auf den Tisch. Der Ermittler warf einen kurzen Blick auf den Testbericht eines Kombis.

»Sie meinen, es war dieser Wagen, den Sie gesehen haben?« Klein versuchte erst gar nicht, seine Zweifel zu verbergen.

»Schauen Sie auf die Scheinwerfer«, antwortete Thaler. »Außen dieses moderne Licht, Xenon. Daneben die Leuchtringe, wie nur BMW sie benutzt. Aber das Wichtigste ist der orangefarbene Balken darüber, den man vor allem in der Dunkelheit sieht. Es gibt an der Seite eine kleine Reihe von LEDs. Wenn das Licht eingeschaltet ist, strahlt es über eine Art Schlauch nach vorne und erzeugt diesen typischen Balken.«

Klein betrachtete die Aufnahme und spürte, wie sein Ärger verflog. Dann musterte er den Bauern.

»Sie haben wirklich Ahnung davon, was?«

Dieser deutete ein Schulterzucken an.

»Früher kamen die Leute ab und zu mit ihren Wagen vorbei. Wenn ich Zeit hatte, habe ich sie hinten im Stall repariert.«

Klein dachte an das zugedeckte Fahrzeug, und der Bauer schien seine Gedanken zu erraten.

»Citroën«, sagte er lächelnd. »Eine 1967er DS. Wissen Sie, was das bedeutet?«

»Nein.«

»*DS* ist das Kürzel für das französische *Deesse* und bedeutet *Göttin*. Und das war sie wahrhaftig.«

In Heinrich Thalers Augen schimmerte ein Glanz, in dem Klein Sehnsucht und tiefe Traurigkeit erahnte. Weil er nicht wusste, was er sonst sagen sollte, wurde er wieder sachlich.

»Sagen Sie, wie viele Modelle verfügen über die Eigenschaft mit diesem speziellen Licht?«, fragte er und deutete auf den Testbericht.

»Das ist es ja eben.« Der Bauer kehrte in die Gegenwart zurück. »Nur die Fünfer-Baureihe von BMW.«

Klein dachte darüber nach, dann nickte er zustimmend.

»Wenn das zutrifft, könnte es uns tatsächlich voranbringen.«

»Die Farbe habe ich nicht erkannt«, erklärte Thaler.

»Den Fahrer auch nicht, aber ich habe gesehen, dass es ein Kombi war.«

Klein blinzelte ihn an, und der Bauer verstand.

»Meine Augen sind gut, aber so gut nun auch wieder nicht.« Er ging hinüber zum Fenster und deutete hinaus auf die Straße. »Sehen Sie.«

Klein trat hinzu und sah die Laterne am Straßenrand, etwa 60 Meter von ihnen entfernt.

Wieder nickte er, und dieses Mal spielte ein Lächeln um seine Mundwinkel. Dann blickte er zu den Bäumen am Pörtgensiepen, einen knappen Kilometer weit weg. Er betrachtete ihre schlanken Silhouetten, die sich im sanften Rhythmus des schwachen Westwindes wiegten. Stumme Zeugen, die alles sahen und nichts verrieten.

Klein notierte sich Thalers Aussage in Stichpunkten, bedankte sich herzlich und verließ das alte Bauernhaus mit einem guten Gefühl.

Gegen 20 nach eins war er zurück im Präsidium und trat durch die Tür seines Büros. Bergmann war nicht am Platz, doch ihr privater Laptop stand aufgeklappt auf dem Schreibtisch. Offenbar hatte sie wieder das Internet für ihre Recherchen benutzt. Klein zog die Jacke aus und ließ sich schwer in seinen Stuhl fallen. Die alte Gasdruckfeder ächzte unter der plötzlichen Last, hielt aber stand. Klein überlegte, welcher seiner Kollegen Ahnung von Autos haben könnte, doch ihm fiel niemand ein. Schließlich rief er Sperber an und schilderte ihm die Beobachtungen des Bauern. Der Kriminaltechniker versprach, sich darum zu kümmern. Klein bedankte sich und fuhr den Rechner hoch, als Bergmann ins Zimmer kam.

»Für eine Niete warst du ziemlich lange weg«, sagte sie fröhlich.

Klein überging die Zweideutigkeit mit einem Grinsen und berichtete ihr in knappen Sätzen von seinem Besuch.

»Klingt vielversprechend«, sagte Bergmann. »Auch wenn ich mich etwas wundere, dass ein betagter Landwirt Ahnung davon hat.«

»Er hat sonst nichts«, sagte Klein und glaubte, dass Thaler es so gemeint hatte.

»Ich habe den Namen von Lüschers Arzt in den Unterlagen des Versorgungsamtes gefunden«, kam Bergmann auf ihre Nachforschungen zu sprechen.

»Ist er noch tätig?«

»Nein, er ist mittlerweile Anfang 80. Ich habe ein bisschen recherchiert. Praxis in Aachen. Mit 67 ist er in Rente gegangen. Er muss ganz gut gewesen sein. Im Internet tauchen jede Menge Fachartikel auf, in denen er zitiert wird.«

»Von mir aus«, sagte Klein. »Aber ich denke, du hast recht. Wir sollten mit ihm reden. Vielleicht kann er Licht in die Sache Lüscher bringen.«

Klein stand auf.

»Möchtest du auch einen Kaffee?«, fragte er.

»Gern.«

Als er wenige Minuten später den heißen Becher auf ihren Schreibtisch stellte, streifte sein Blick den Bildschirm des Laptops.

»Ist das der Arzt?«, fragte er.

Bergmann sah kurz von ihren Unterlagen auf.

»Ja, Dr. Ehrmann. Das ist einer dieser Artikel. Sie haben ein altes Bild von ihm eingefügt. Ich schätze, es zeigt ihn in seiner früheren Praxis.«

Klein betrachtete das Foto des Arztes. Der reservierte Blick, der weiße Kragen des akkurat gebügelten Kittels, die Fingerspitzen beider Hände locker gegeneinander gelehnt. Er wollte sich gerade abwenden, als irgendetwas sein Interesse auf sich zog. Er konnte nicht sagen, was es war, aber das Zucken seines Unterbewusstseins war ein eindeutiges Signal. Klein vergrößerte die Distanz zum Bildschirm, ging dann wieder näher heran. Er musterte den Arzt selbst, dann die Gegenstände auf dem Schreibtisch, aber das war es nicht. Erst als er seine Aufmerksamkeit auf den Hintergrund lenkte, überkam ihn erneut dieses Gefühl.

Und dann sah er es. Am rechten, oberen Bildrand bemerkte er ein Foto an der Wand, das nur zur Hälfte erkennbar war, ihm aber dennoch seltsam bekannt vorkam. Bergmann war sein sonderbares Verhalten nicht entgangen.

»Was ist?«, fragte sie ein wenig belustigt.

»Kannst du einen Ausschnitt vergrößern?«

»Klar. Was hast du denn gesehen?«

»Weiß ich selber noch nicht genau«, sagte Klein und zeigte auf die Stelle, die er meinte.

Er hatte Glück. Es war ein hochauflösendes Bild, sodass die Zoomfunktion tatsächlich etwas bewirkte. Das Foto im Hintergrund war eine Schwarz-Weiß-Aufnahme, die eine Gruppe junger Männer zeigte. Alle in kurzen Hosen und weißen ärmellosen Hemden mit dem gleichen Abzeichen auf der Brust.

»Ich kenne dieses Foto«, sagte Klein und betrachtete es lange. Dann legte er die Hände in die Hüften und schloss die Augen. Sein Hirn suchte minutenlang fieberhaft nach der Verbindung, dann endlich rückten die Puzzleteile an ihren Platz.

»Weinheimer!«, platzte es aus ihm heraus. »Die Ruderer! Genau dieses Foto hing in seinem Arbeitszimmer. Ich habe es gesehen, als er nebenan bei seiner kranken Frau war.«

»Bist du sicher? Was soll das bedeuten?«

Klein musste nicht lange suchen, es war der Zweite von links.

»Hier«, sagte er, nahm die Maus und bewegte den Cursor an die passende Stelle. »Das ist Weinheimer. Und hier!« Nun zeigte er auf die Person, deren rechte Schulter durch den Bildrand abgeschnitten wurde. »Schau auf die Augen und die spitze, lange Nase. Ich wette, das ist der Arzt.«

Bergmann verglich die junge Ausgabe des Arztes mit der gealterten Version.

»Du könntest recht haben, ich verstehe aber noch immer nicht, was uns das sagen soll.«

»Das sagt uns, dass Weinheimer gelogen hat. Erinnerst du dich nicht? Er sagte ausdrücklich, er kenne den Arzt nicht, der Lüscher damals untersucht habe.«

»Ja, ich erinnere mich.«

»Und dieses Foto ist der Beweis, dass die beiden sich sehr wohl gekannt haben müssen.«

Klein ging in Gedanken zurück in Weinheimers Arbeitszimmer. Er versuchte, sich das zweite Bild in Erinnerung zu rufen, vor dem er gestanden hatte. Jene Aufnahme, die Weinheimer nach seinem Examen zeigte.

»Bonn«, sagte er schließlich. »Diese Abzeichen auf den T-Shirts. Versuch es mal mit der Uni Bonn.«

Es dauerte keine Minute, bis Bergmann herausgefunden hatte, dass Klein mit seiner Vermutung richtiglag. Das Emblem auf der Brust der jungen Männer war das Siegel der Rheinischen Friedrich-Wilhelms-Universität Bonn.

»Irgendeine Rudermannschaft«, spekulierte er. »Eine Verbindung vielleicht.«

20 Minuten später waren sie auf dem Weg zu der prachtvollen Altersresidenz in Hünxe, einer friedlichen, sauberen Kleinstadt fernab des nördlichen Ruhrgebiets. Nach einer Stunde Fahrt waren sie am Ziel. Doch keine zehn Minuten später saßen Klein und Bergmann schon wieder im Auto und traten übellaunig den Rückweg an.

Sie hatten den Grund ihres Kommens am Telefon bewusst verschwiegen, um eine authentische Reaktion des Arztes zu erhalten. Doch als dieser hörte, dass es um Lüscher ging, berief er sich auf die Schweigepflicht, die auch über den Tod des Patienten hinaus gültig sei. Damit hatten die Ermittler nicht gerechnet. Der Arzt nahm sein Recht in Anspruch, und dagegen waren sie völlig machtlos.

Die Frage nach Alois Weinheimer blieb ebenso erfolglos. Offenbar war Dr. Ehrmann nicht empfänglich für das einschüchternde Moment der Kriminalpolizei. Die Beamten hätten ihn offiziell vorladen und über seine zeugenschaftlichen Rechte belehren müssen, hielt er ihnen vor. Angesichts der deprimierenden Erfolglosigkeit ihres Besuches blieb Bergmann und Klein nichts anderes übrig, als mit leeren Händen zurückzukehren.

Klar war nur, dass sie Alois Weinheimer gleich am nächsten Morgen zum zweiten Mal besuchen mussten. Der alte Mann hielt etwas vor ihnen geheim, dessen waren sich beide nun sicher. Klein beschlich das untrügliche Gefühl, dass dieses Geheimnis für den Fall Lüscher von erheblicher Bedeutung war.

Als Klein gegen 01.30 Uhr schließlich ins Bett fiel, drehte sich die Erde in ihrem eigenen schwindelerregenden Rhythmus. Klein hatte nach Feierabend wieder einmal seinen Bruder besucht, und Berthold hatte ihm so oft nachschenken müssen, dass er dem Gast schließlich genervt die ganze Whiskeyflasche auf den Tresen stellte. Nun bereute Günther Klein jedes einzelne dieser Gläser und verfluchte sich dafür, denn am nächsten Morgen würde er mit dem Bus zum Präsidium fahren müssen. Sein eigener Wagen stand noch vor dem »Kohlenkeller« auf einem kostenpflichtigen Parkplatz.

Die letzten noch aktiven Windungen seines Hirns registrierten ein Gepolter irgendwo über ihm, hitzige Stimmen drangen durch das dünne Mauerwerk. Der folgende Knall war dumpf, der Schrei spitz und kurz. Dann fiel er in bewusstlosen Schlaf.

SAMSTAG, 27. NOVEMBER, 08.50 UHR

Die Bremsschwellen im Bereich der Tempo-30-Zone erschienen Klein wie moderne Folterinstrumente. Jedes Schaukeln, jeder Ruck, jedes Geräusch verursachte einen Schmerz in seinem Kopf, der sich anfühlte, als träfe ihn die Wucht einer Abrissbirne. Das doppelte Aspirin am Morgen hatte nicht den gewünschten Erfolg gebracht, und Klein war dankbar, dass Bergmann die Feinfühligkeit besaß, die Fahrt schweigend mit ihm zu verbringen.

Erst vor wenigen Tagen waren sie hier gewesen, doch die Gegend erkannte er kaum wieder. Klein konnte nicht sagen, ob es an seinem ausgeprägten Kater lag oder an dem nasskalten Novembermorgen, dessen diffuses Licht alles in einen grauen und trostlosen Schleier hüllte.

Erst als sie an dem Fahrradgeschäft mit dem geflügelten Drachen im Schaufenster vorbeifuhren, konnte er sich wieder erinnern. Nächste Einmündung links, dann waren sie auf der Straße mit den riesigen Grundstücken, auf denen die Menschen wohnten, deren Sorgen sich nicht um gestiegene Mieten oder die nächste Ratenzahlung drehten.

»Was ist das denn?«

Es waren Bergmanns erste Worte, und sie stieg unwillkürlich auf die Bremse, was sofort einen pochenden Druckschmerz in Kleins Schädel hinterließ.

»Scheiße, ich halt das nicht aus«, fluchte er und registrierte, wie die eigenen Worte ihm neuen Schmerz bereiteten. Gequält folgte er Bergmanns Blick. Durch die Schlieren aus Dunst und Sprühregen erkannte er das Blitzen von Blaulichtern vor dem schweren Eisentor. Bergmann fuhr ein Stück näher heran und hielt am rechten Fahrbahnrand. Klein betrachtete die Fahrzeuge der Feuerwehr, den großen Rettungswagen und den kleineren davor, in dem der Notarzt gefahren wurde. Auch ein Streifenwagen war vor Ort und versperrte die Einfahrt zum Haus der Weinheimers.

»Vielleicht seine Frau«, vermutete Bergmann.

»Vielleicht«, murmelte Klein und schälte sich aus dem Wagen. Doch im Grunde glaubte er nicht daran. Er ahnte bereits, was sie erwarten würde.

Langsam gingen sie zu den Fahrzeugen auf der anderen Seite, doch es war niemand dort. Sie blickten hinüber zum

Haus. In der Ferne konnten sie erkennen, dass die Haustür offen stand, sonst war nichts zu hören oder zu sehen.

»Das ist ja beinahe gespenstisch«, sagte Bergmann. Sie zog ihre Jacke zurecht, aber Klein entging nicht, dass ihr eigentlicher Handgriff dabei der Überprüfung ihrer Waffe galt, die sie stets in ihrem Schulterholster trug.

»Komm, wir sehen nach«, sagte er und stapfte über den feuchten Kies. Zu Fuß erschien der Weg beinahe endlos lang, und das Knirschen der Steinchen auf dem Boden verursachte ein unangenehmes Echo in seinem Kopf. Sie hatten kaum die Stufen zum Eingangsbereich erreicht, als plötzlich ein junger Polizist erschien. Offenbar hatte er direkt hinter der Tür gestanden und gewartet. Klein konnte es ihm angesichts der frostigen Temperaturen nicht verdenken.

»Wer sind Sie?«, fragte der junge Mann und versuchte, eine Autorität in seine Stimme zu legen, die genauso wenig zu ihm passte wie die Knollennase in seinem Gesicht.

Klein holte geduldig Ausweis und Marke hervor.

»Klein. Kriminalpolizei Essen«, sagte er. »Das ist Frau Bergmann. Wir möchten zu Herrn Alois Weinheimer.«

Der junge Beamte akzeptierte diese Erklärung, ohne weiter nachzufragen, und gab bereitwillig Auskunft. Dabei schielte er immer wieder zu Bergmann hinüber.

»Wir haben vor einer halben Stunde den Einsatz bekommen. Die Haushälterin hat heute früh zwei leblose Personen entdeckt und sofort den Notarzt gerufen. Sie sagt, es sei das Ehepaar Weinheimer. Mein Kollege war gerade oben. Die Sanitäter haben alles versucht, aber wie es aussieht, sind beide tot. Näheres weiß ich auch noch nicht.«

Klein sah zu Boden und schloss die Augen. In diesem Moment hätte er alles dafür gegeben, sich in Luft aufzulösen und wie ein Geist an einen anderen Ort zu schweben. Weg von all den Toten, weg von Boger und der Präsidentin, weg von seinen Kopfschmerzen und dem nasskalten Novemberwetter.

Er verdrängte die Gedanken, hob den Blick und betrachtete den Uniformierten. »Wissen die Kollegen Bescheid?«

»Ja«, entgegnete der Polizist beflissen. »Die Leute von der Kriminalwache sind unterwegs.«

In diesem Augenblick vernahm Klein ein Wirrwarr gedämpfter Stimmen im Hintergrund. Koffer und Gerätschaften wurden bewegt, dann hörte er Schritte. Kurz darauf sah er die leuchtende rot-gelbe Jacke, in der der kleine Notarzt förmlich zu ertrinken schien. An den stark verschwitzten, müden Gesichtern seiner Assistenten konnte er bereits erkennen, dass alle Bemühungen vergebens geblieben waren.

Klein stellte sich vor und erfuhr, dass die Eheleute tot in ihren Betten lagen. Der Arzt vermutete irgendein Gift und hatte auf dem Totenschein eine unbekannte Todesursache vermerkt. Alois und Hildegard Weinheimer würden obduziert werden müssen, wie es in einem solchen Fall vorgeschrieben war.

Klein nickte und ließ den Arzt passieren. Dann fiel sein Blick auf das Schloss der schweren Haustür. Keine Spuren eines Aufbruchs. Er hätte alles darauf gesetzt, dass auch an den übrigen Türen und Fenstern nichts zu finden war. Alois Weinheimer hatte sein Geheimnis mit ins Grab genommen. Und er hatte selbst dafür gesorgt.

»Vielen Dank«, hauchte er in Richtung des Polizisten

und reihte sich gerade hinter den Sanitätern in die stumme Prozession zur Straße ein, als er seinen Namen hörte. Er drehte sich um und blickte in das verweinte Gesicht der Haushälterin, die ihn beim letzten Besuch zuerst so misstrauisch beäugt und sich danach als so herzlich erwiesen hatte. Schwester Augusta zitterte noch immer am ganzen Leib, und ihr zarter Körper erweckte den Eindruck, als könne er jeden Moment einfach in der Mitte auseinanderbrechen.

Klein hastete die Veranda hoch, wobei er sich zwang, seinen Schmerzen nicht mehr die volle Aufmerksamkeit zu widmen. Er dachte, sie würde ihn bitten, wieder hereinzukommen, aber das tat sie nicht. Sie stand in der Tür, und Kleins Unterbewusstsein registrierte die unsichtbare Mauer, die sie errichtet hatte. Es schien, als wolle sie das Ehepaar schützen, es vor noch mehr fremden Eindringlingen bewahren. Loyal und ergeben bis über den Tod der ihr Anvertrauten hinaus. In ihrer zittrigen Hand erkannte Klein einen Briefumschlag.

»Der lag auf seinem Nachtschrank. Oben im Schlafzimmer …« Erneut stiegen ihr Tränen in die Augen, und ihre Stimme versagte. Klein ließ ihr Zeit, sich zu fangen. »Es steht Ihr Name drauf«, hauchte sie nach einer Weile und hielt ihm den Umschlag hin. Klein nickte und nahm ihn entgegen. Er blickte der alten Frau einen Moment lang fest in die Augen.

»Es tut mir aufrichtig leid«, sagte er in einem Tonfall, der keinen Zweifel an der Ehrlichkeit seiner Worte ließ. Dann drehte er sich um, steckte den Umschlag in die Innentasche seiner Jacke und verließ mit Bergmann das Weinheimer'sche Anwesen. Er spürte den Brief wie eine tonnenschwere Last auf seiner Brust. Was hatte ihm der

Tote so Wichtiges mitteilen wollen? Vielleicht hatte er Weinheimer unterschätzt. Als er den Griff der Wagentür packte, merkte Klein, dass jetzt auch seine Finger zitterten. Schwer ließ er sich in den Sitz fallen und riss den Umschlag auf.

Bergmann saß neben ihm und versuchte, unauffällig mitzulesen. Doch Klein war so konzentriert, dass es ihm kaum auffiel.

Werter Herr Klein. Ich lasse Ihnen diese Zeilen zukommen, da ich fühle, dass sie bei Ihnen in guten Händen sind. Sie haben die richtigen Fragen gestellt, aber ich war zu schwach, sie zu beantworten. Wenn Sie trotz meiner Feigheit am Ende Ihrer Ermittlungen stehen, werden sich neue Fragen ergeben. Verständnis zu erwarten, wäre der Sache nicht angemessen. Aber vielleicht offenbaren sich Ihnen meine Ideale, der höhere Zweck, der all meinem Denken und Handeln zugrunde lag, von dessen Richtigkeit ich zutiefst überzeugt war. Sich eingestehen zu müssen, dass man falschlag, ist eine überaus schmerzliche Erfahrung. Mit Scham blicke ich heute zurück auf das, was ich getan habe. Das gilt in gleicher Weise für das, was die letzte Tat meines Lebens sein wird. Ich bete dafür, dass Gott mir vergeben wird. Suchen Sie Pastor Paulsberg. Ihn trifft keine Schuld, aber er wird Ihnen helfen. In Respekt und Vertrauen, Alois Weinheimer

Klein ließ die Hände in seinen Schoß sinken und fühlte große Leere. Pastor Paulsberg. Wieder eine neue Figur. Wieder eine Möglichkeit für eine herbe Enttäuschung. Klein kam sich vor wie bei einer Schnitzeljagd, die zum Vergnügen des Veranstalters absichtlich ins Leere führte.

Noch immer schweigend zog er schließlich sein Mobiltelefon aus der Tasche und rief im Präsidium an. Hecking meldete sich in dem Augenblick, als jemand in der Leitung anklopfte. Da Klein nicht wusste, wie man den zweiten Anruf entgegennahm, ignorierte er das Piepen und trug Hecking auf, alles Wissenswerte über Pastor Paulsberg herauszufinden. Ihn zu sprechen, hatte mangels aussichtsreicher Alternativen oberste Priorität. Dann hörte er Bergmanns Handy klingeln und sah zu, wie sie den Wagen verließ. Beim Telefonieren allein und ungestört sein zu wollen, war eine Eigenheit von ihr, die Klein gelegentlich auf die Nerven ging. In diesem Moment war er froh darüber, sein Kopf konnte jede ruhige Minute gebrauchen.

Hecking hatte nichts Nennenswertes zu berichten, und Klein steckte das Telefon zurück in die Jacke. Er hielt Ausschau nach Bergmann, konnte sie aber nirgends entdecken. Stattdessen bemerkte er in der Ferne einen Wagen, der ihnen entgegenkam, langsamer wurde und schließlich in Höhe des alten Eisentores anhielt. Zwei Männer stiegen aus, und Klein wusste sofort, dass es die Kollegen der Düsseldorfer Kriminalpolizei waren. Beide waren Anfang 40, trugen Jeans und dienstlich gelieferte Schuhe. Das eigentlich Verräterische war jedoch die Bauchtasche, die ausreichend Platz für Bleistift, Zettel und die P99 bot. Klein wuchtete sich aus dem Wagen und begrüßte die Kollegen. Er teilte kurz mit, warum er hier war und was er wusste. Auch den Brief erwähnte er, zumal er von erheblichem Beweiswert für die Theorie des erweiterten Selbstmords war. Dann kehrte er zurück zum Wagen und sah, dass auch Bergmann inzwischen wieder eingestiegen war.

»Was ist?«, fragte er nach einem flüchtigen Blick in ihr Gesicht.

Bergmann schien merkwürdig verändert.

»Sperber hat mich angerufen«, sagte sie leise, den Blick starr geradeaus. »Die Ergebnisse der DNA-Untersuchung sind da.«

Klein spürte augenblicklich, wie sein Körper mit erhöhter Herzfrequenz reagierte. Mit einem Anflug gekränkter Irritation fragte er sich, warum Sperber nicht zuerst ihn, sondern Bergmann in dieser Angelegenheit informierte. Dann fiel ihm das Anklopfen in der Leitung ein, und er spürte Unbehagen ob seiner unbegründeten Eifersucht.

Er wusste, dass dies der entscheidende Moment in den Ermittlungen war. Jetzt würde sich herausstellen, ob der Täter binnen kürzester Zeit gefasst wurde oder weiterhin völlig unbehelligt blieb.

»Und?«

Selbst dieses eine Wort kam Klein nicht ohne Zittern über die Lippen.

»Es gibt einen Treffer.« Jetzt blickte ihm Bergmann direkt in die Augen. »Die Spur aus Kohlmeyers Haus passt zu einer Spur eines anderen Tatortes.«

»Was?« Klein war jetzt so aufgewühlt, dass ihm die Gedanken durcheinandergerieten. »Haben wir einen Namen?«

»Nein, keinen Namen.«

Bevor die Wucht der Enttäuschung ihn treffen konnte, fuhr Bergmann fort: »Aber das DNA-Muster ist identisch mit einer gesicherten Tatortspur nach Einbruch in einen Kiosk.«

»Wie hilfreich«, fauchte Klein. »Der große Unbekannte ist also nicht nur ein Mörder, sondern auch ein Dieb.

Das dürfte die Zahl der Verdächtigen entscheidend eingrenzen.« Wütend schlug er gegen das Handschuhfach. »Mann, haben wir ein Glück!«

Bergmann wartete, bis die Sarkasmusattacke ihres Kollegen vorüber war. Sie wusste, dass der zweite Teil ihres Berichts seine Stimmung deutlich aufheitern würde.

»Die Spur wurde im Jahre 1992 gesichert. Und zwar hier in Aachen.«

Sie ließ ihn nicht aus den Augen, um jedes Detail seiner Reaktion einzufangen. Aber bis auf ein leicht gesenktes Kinn und ein minimales Verengen seiner Pupillen ließ sich Klein nichts anmerken.

»Aachen?«

»Aachen. 250 Meter Luftlinie entfernt vom Schlossinternat.«

Klein ließ die angehaltene Luft geräuschvoll durch die Nase entweichen.

»Das bedeutet, du hattest möglicherweise recht. Kohlmeyer. Lüscher. Die Verbindung. Sie könnte tatsächlich existieren.«

»Ja«, erwiderte Bergmann. »Und es gibt noch etwas, womit wir richtiglagen.«

Es dauerte eine Weile, doch dann funktionierten die Synapsen in seinem Gehirn. »Die nicht codierten Bereiche der DNA?«

»Richtig, Günther.« Auf Bergmanns Gesicht trat der Schatten eines Lächelns. »Die geschlechtsspezifischen Merkmale der Probe lassen keine Zweifel. Der Mörder ist eine Frau.«

Die folgenden Minuten verliefen ebenso hektisch wie chaotisch. Klein rief Sperber, Helmut Boger und den Staatsanwalt an, während Bergmann mit Hecking sprach, der zumindest die Adresse von Pastor Paulsberg herausgefunden hatte. Da er seinen Wohnsitz in Bergheim hatte, einer kleinen Gemeinde nordöstlich von Aachen, entschlossen sich die Ermittler zu einem spontanen Besuch. Klein fühlte sich wie ausgewechselt. Statt lähmender Schmerzen durchströmten ihn neue Energie und ein Tatendrang, von dem sich schließlich auch Bergmann anstecken ließ. Gegen 11.05 Uhr stoppte ihr Wagen in Bergheim vor einer weiß gestrichenen Doppelhaushälfte.

Als sie ins Freie traten, war der Regen stärker geworden, der Wind hatte aufgefrischt. Wenn das hier vorbei ist, dachte Klein, gönne ich mir ein paar Tage Sonne. Er sah sich bereits auf einem Felsvorsprung über einer malerischen Bucht an der Küste des Mittelmeeres sitzen. Er meinte den Duft von warmen Steinen zu riechen und das Kreischen der Vögel zu hören. Als Bergmann ihn antippte, schrak Klein aus seinen Gedanken und zog die Jacke ein Stück enger. Er versuchte, sich auf die Fragen zu konzentrieren, die zu stellen waren. Dann las er den Namen auf dem Schild, nickte Bergmann zu und drückte auf die Klingel.

SAMSTAG, 27. NOVEMBER, 11.15 UHR

»Mein Gott, das ist ja furchtbar.«

Der rundliche kleine Mann lehnte sich zurück, schloss die Augen und legte die Hände vor das blasse Gesicht. Seine Bestürzung schien echt, und die andächtige Haltung seines Kopfes ließ Klein vermuten, dass der Mann ein stilles Gebet sprach. Klein gab ihm die Zeit. Schließlich öffnete der Alte die Augen, und Klein bemerkte den feuchten rötlichen Schimmer.

»Wie sind sie gestorben?«, fragte Paulsberg mit derart brüchiger Stimme, dass Klein sich fragte, wie dieser Mann jemals in der Lage gewesen sein konnte, das Wort Gottes zu verkünden.

»Es tut mir leid«, sagte Klein, »darüber dürfen wir im Moment keine Angaben machen. Es würde sich ohnehin nur um Spekulationen handeln, da die Untersuchung noch aussteht.«

Paulsberg nickte stumm, dann wandte er seinen Blick ab und betrachtete die Hände in seinem Schoß.

»Ich bin Ihnen dankbar, dass Sie es mir gesagt haben. Aber das ist nicht der Grund Ihres Kommens. Erzählen Sie mir, warum Sie hier sind.«

»In Ordnung«, begann Klein und entschloss sich, so offen wie möglich zu sein. »Alois Weinheimer steht nicht im Zentrum unserer Ermittlungen. Er ist, ich meine, er war ein wichtiger Zeuge in den Mordermittlungen, die wir derzeit führen.«

»Mordermittlungen? Es gibt also noch einen Toten?«

»Ja, und ich fürchte, dass Sie auch ihn möglicherweise gekannt haben.«

Der alte Mann musterte Klein mit ängstlicher Neugier, bereit für den nächsten schmerzlichen Schlag.

»Es handelt sich um Herbert Lüscher«, erklärte Klein, »einen ehemaligen Lehrer am Gymnasium sowie am Schlossinternat in Aachen. Sagt Ihnen der Name etwas?«

Paulsberg runzelte die Stirn und schloss erneut seine Augen. Ansonsten saß er völlig still und reglos.

»Nein«, sagte er nach kurzem Zögern. »Im Moment erinnere ich mich nicht. Wissen Sie, an der Schule war ich nicht, und meine Zeit am Internat war begrenzt.«

»Herr Weinheimer war offenbar anderer Meinung.«

Damit hatte Paulsberg nicht gerechnet. Mit offenem Mund starrte er auf seine Besucher, und Klein war überzeugt, eine Spur von Feindseligkeit in seinem Blick zu erkennen.

»Wie kommen Sie darauf?«, fragte Paulsberg harsch. »Warum haben Sie mit Alois über mich geredet?«

»Wir haben nicht über Sie geredet.«

Der Pastor schien verwirrt.

»Dann bleibt die Frage, wie Sie das eben gemeint haben.«

Klein überlegte eine Sekunde. Seine Vorgehensweise mochte drastisch sein, aber letztlich unterlag seine Feinfühligkeit dem Ärger über die Unehrlichkeit des alten Mannes. Er griff in die Jacke, holte den Umschlag heraus und warf ihn vor Paulsberg auf den Tisch.

»Möchten Sie ihn selbst lesen, oder glauben Sie mir, dass Herr Weinheimer mich zu Ihnen geschickt hat?«

Die Wirkung war nicht zu übersehen. Paulsberg sank noch tiefer in seinen Sessel und bekreuzigte sich. Klein fürchtete um die Informationen, die so wichtig für sie waren, und bemühte sich um Schadensbegrenzung.

»Keine Sorge, Herr Paulsberg. Alois Weinheimer hat Sie nicht belastet. Aber er hat deutlich gemacht, dass Sie in der Lage sind, uns zu helfen. Ich rate Ihnen dringend, keine weiteren Ausflüchte zu machen. Woher kennen Sie Herbert Lüscher, und was können Sie mir über ihn sagen?«

Wenn es überhaupt so etwas wie Kampfesmut bei Pastor Paulsberg gegeben hatte, so war er zerbrochen und lag in Scherben vor seinen Füßen. Er blickte zur Wand über der Wohnzimmertür, wo ein großes edel geschnitztes Holzkreuz mit der leidenden Gestalt Jesu Christi hing. Klein sah, wie der Pastor seine Lippen zu einem stummen Gebet bewegte. Danach schien er verändert. Gefestigt und bereit für die Wahrheit.

»Ich kannte Herbert Lüscher«, sagte er unvermittelt. »Wir waren zwei gemeinsame Jahre am Internat. Ich hatte damals eine Stelle als Religionslehrer und Seelsorger. Vertrauenslehrer, würde man heute sagen. Alois und seine Frau kannte ich bereits vorher.« Er lächelte traurig. »Ich habe die Trauung der beiden vorgenommen.«

Klein hörte aufmerksam zu. Er hatte jetzt keine Zweifel mehr an Paulsbergs Ehrlichkeit. Der alte Kirchenmann war ihm auf sonderbare Weise vertraut und sympathisch.

»Lüscher war ein unauffälliger, tugendhafter und stiller Mann. Ich habe nie viel mit ihm geredet. Über christliche Themen schon gar nicht. Ich glaube aber, er war kein religiöser Mensch. Dafür war er außerordentlich gut auf seinen fachlichen Gebieten, Erdkunde und Geschichte, wenn ich mich recht erinnere. Seinen fehlenden praktischen Bezug zur katholischen Kirche hat man aufgrund seiner Expertise in Kauf genommen. Immerhin war er getauft.«

Paulsberg machte eine kurze Pause, und Klein spürte, dass ihm das Folgende nicht mehr so leicht über die Lippen gehen würde.

»Dann gab es irgendwann ein Gerücht. Schreckliche Vorwürfe standen im Raum.«

»Was für Vorwürfe?«

Klein versuchte, ruhig zu bleiben, aber es gelang ihm nur mit äußerster Mühe. Er schielte zu Bergmann hinüber, und auch sie rutschte nervös auf ihrem Stuhl herum.

»Es war an einem Sonntag, im Frühjahr 1991. Es bestand damals Beichtpflicht für alle Schüler des Internats. Einmal in der Woche. Es ging um Kleinigkeiten. Streitereien und Gehässigkeiten unter Mitschülern, Ungehorsam, das Übliche. Aber dann saß dieses Mädchen hinter dem Vorhang. Als ich sie fragte, ob sie etwas Böses getan habe, fing sie an zu weinen. Es waren fürchterliche Tränen, dazu diese grässlichen Laute. So etwas habe ich bis dahin noch nie erlebt. Der Kummer schien direkt aus ihrer Seele zu fließen.«

Paulsberg verstummte und faltete seine Hände.

»Was hat das Mädchen gebeichtet?«

»Es ging nicht um das, was sie getan hatte, sondern um das, was ihr angetan wurde. Sie sagte, einer der Lehrer sei in ihr Zimmer gekommen und habe …«

Offenbar fehlten Paulsberg die Worte. Der Ekel, den er empfand, stand ihm regelrecht ins Gesicht geschrieben.

»Es waren abscheuliche Dinge, unaussprechliche Dinge.«

»Wir wissen, dass es schwer ist für Sie. Aber wir müssen es genau wissen.«

»Sie sagte, er sei nachts in ihr Zimmer gekommen und habe sie ausgezogen. Dann habe er sie berührt, und sie habe ihn berühren müssen. Zum Schluss sei er in sie eingedrungen, und ihre Freundin habe zuschauen müssen. Sie fragte mich, ob er der Teufel sei und was sie Schlimmes getan habe, dass er ihr das antat. Das arme Mädchen. Es muss bestialisch gewesen sein.«

Klein spürte sein Herz rasen. Der Atem ging flach und schnell. Die Worte des Pastors wirbelten in seinem Schädel, hart und scharfkantig wie gebrochenes Glas. Er fühlte sich wie ein Ritter in schwerer Rüstung, der in vollem Lauf seines Pferdes von der Lanze des Gegners getroffen wird, dann mit dem Rücken auf dem Boden liegt und unfähig ist, zu handeln. Irgendwo in der Ferne hörte er Bergmanns belegte Stimme.

»Hat das Mädchen den Namen des Mannes verraten, der das getan hat?«

»Ja. Es war ihr Erdkundelehrer Herbert Lüscher. Und er hatte es nicht zum ersten Mal getan.«

Alle im Raum brauchten eine Pause, aber gleichzeitig war eine Atmosphäre der Erleichterung zu spüren. Paulsberg war dabei, die Last abzulegen, die er all die Jahre mit sich herumgeschleppt hatte, und die Ermittler kamen mit großen Schritten voran. Hier lag sie offen vor ihnen, die Verbindung der beiden Mordfälle Lüscher und Kohlmeyer.

Bergmann war die Erste, die die Worte wiederfand.

»Was Sie da sagen, Herr Paulsberg, ist eine schwere Anschuldigung. Wenn es zutrifft, hat Lüscher während seiner Zeit am Internat eine seiner Schülerinnen missbraucht. Möglicherweise mehrfach. Dies wird sich entscheidend auf unsere Ermittlungen auswirken. Ich muss Sie deshalb fragen, wer dieses Mädchen war.«

»Das weiß ich nicht«, sagte Paulsberg. »Ich habe den Vorhang nicht geöffnet, und ihre Stimme war leise und gedämpft, verfremdet von ihrer Angst und all den Tränen. Außerdem ist das ja gerade das Wesen der Beichte. Die Möglichkeit, sich nur vor Gott offenbaren zu können.«

»Es ging aber nicht um Diebstahl oder vergessene Hausaufgaben! Sie haben von einer Vergewaltigung erfahren! Es wäre Ihre Pflicht gewesen, zu handeln!«

Bergmann hatte jetzt ihre Emotionen nicht mehr im Griff. Klein betrachtete sie und wusste, dass es nicht Paulsbergs unterlassene Hilfe, sondern ihr glühender Hass auf Lüscher war, der sie beben ließ.

»Ich habe damals falsch gehandelt.«

Paulsberg unternahm nicht einmal den Versuch einer Verteidigung.

»Wie Sie sich denken können, war ich selbst völlig überfordert mit dieser Situation. Es war das erste und einzige Mal, dass mir das zu Ohren gekommen ist. Niemals zuvor und nie wieder danach gab es ähnliche Klagen oder Beschwerden.«

»Das heißt, Sie haben absolut nichts unternommen?«

»Ich habe eine Woche mit mir gehadert. Dann bin ich zu Alois gegangen. Wir haben bis tief in die Nacht geredet und beraten. Er wollte nicht, dass die Sache nach außen dringt, konnte es aber auch nicht einfach ignorieren. Er hat mir versprochen, sich der Angelegenheit anzunehmen. Drei Monate später ging Lüscher in den vorzeitigen Ruhestand. Angeblich eine ernsthafte Erkrankung. Alois und ich haben nie wieder darüber geredet.«

Es trat ein Moment betroffener Stille ein. Niemand wusste, was er sagen sollte. Pastor Paulsberg schien wieder in ein Gebet zu verfallen, und Klein erwachte nur langsam aus seiner Befangenheit.

Zehn Minuten später standen sie an der Haustür der Doppelhaushälfte. Der alte Mann hatte ihnen alles erzählt, was er wusste. Die Last des Schweigens war ihm genommen, mit den Vorwürfen und Selbstzweifeln würde er weiterleben müssen.

»Auf Wiedersehen«, sagte Paulsberg und gab den Polizisten die Hand. »Möge Gott Sie beschützen und uns Menschen unsere Sünden vergeben.«

Klein erwiderte den Händedruck und sah in Paulsbergs wässrige Augen.

»Weinheimer«, sagte er, »er war Ihr Freund, nicht wahr?«

»Ja.«

Klein nickte stumm.

»Er hat sich vergiftet. Zuerst seine kranke Frau, danach sich selbst.«

Er sah Tränen in die Augen des Pastors schießen. Dann drehte er sich um und ging.

Die Fahrt zum Präsidium verlief schweigend. Was sie erfahren hatten, belastete die beiden Ermittler sehr. Zuerst war Lüscher nur ein einsamer alter Mann gewesen, brutal getötet, in seiner eigenen Wohnung. Nach und nach hatten sie Dinge über ihn erfahren, die mindestens als anstößig zu bezeichnen waren. Jetzt war ein Element dazugekommen, das niederträchtig und in höchstem Maße verachtenswert war. Lüscher war ermordet worden, und sie mussten nach wie vor den Täter finden. Aber tief in ihrem Innern war eine Veränderung eingetreten. Etwas, das man nicht offen zugab, von dem sich aber niemand völlig freisprechen konnte, der täglich mit Verbrechen gegen das Leben zu tun hatte. Verständnis für die Tat.

SAMSTAG, 27. NOVEMBER, 16.20 UHR

Klein zog die Zahlkarte aus der Innentasche, hängte die Jacke über die Lehne und ließ sich schwer in den Sessel in seinem Büro fallen. Bergmann hatte ihn auf dem Rückweg zum Präsidium am »Kohlenkeller« abgesetzt, wo sein Wagen noch immer auf dem kostenpflichtigen Parkplatz gestanden hatte. Den gelben Zettel hinter der Windschutzscheibe hatte er schon von Weitem gesehen. Missmutig hatte er den Auszug aus dem Tatbestandskatalog für Ordnungswidrigkeit im Straßenverkehr überflogen: *Sie parkten im Bereich eines Parkscheinautomaten ohne gültigen Parkschein – länger als drei Stunden.* 25 Euro würde ihn die Angelegenheit kosten.

Das ist ja mehr als die verdammte Taxifahrt, dachte er übellaunig, versenkte die Verwarnung tief hinten in einer der vielen Schubladen und zog die Wasserflasche zu sich heran. Dann zerbröselte er ein weiteres Aspirin auf der Platte seines Schreibtisches und ließ das Pulver durch ein trichterförmig gerolltes Papier in die schmale Öffnung rieseln. Erst verfolgte er gebannt die schäumende Vermischung, dann nahm er einen tiefen Zug und begleitete das Absetzen mit einem donnernden Aufstoßen. Er war allein.

Die große Nachmittagsbesprechung hatte knapp zwei Stunden in Anspruch genommen und war erst vor wenigen Minuten zu Ende gegangen. Alle waren erschienen: die Mitglieder beider Ermittlungskommissionen, Helmut Boger und der Staatsanwalt. Selbst die Präsidentin hatte es sich nicht nehmen lassen, der Zusammenkunft beizuwohnen. Am Ende waren sich alle einig gewesen, dass die Verbindungen und Parallelen in beiden Fällen nicht zu ignorieren waren und aller kriminalistischen Erfahrung nach nicht auf Zufällen beruhten. Der Presse gegenüber hatten sie Stillschweigen vereinbart.

Klein rieb sich die Schläfen und spürte, wie die dritte Kopfschmerztablette des Tages ihre Wirkung entfaltete. Die Säure schien den hartnäckigen Gegner endlich zu bezwingen.

Er blickte auf, als Bergmann ins Zimmer kam. Mit der Schärfe seiner neu gewonnenen Klarheit fiel ihm auf, wie blass sie war. Die Schatten unter den Augen zeugten von der Belastung der letzten Tage, ihr Haar wirkte spröde und stumpf. Selbst ihre sonst so beschwingten und federnden Bewegungen waren der nagenden Müdigkeit zum Opfer gefallen. Klein empfand Mitleid und überlegte, was er tun konnte. Sperber hatte gesagt, er brauche noch etwa zwei Stunden für die vorläufigen Halterlisten der aufgrund der Beschreibungen des aufmerksamen Bauern infrage kommenden Fahrzeuge. Ebenso verhielt es sich mit der Schülerliste des Schlossinternats, die er nach der Rückkehr aus Bergheim angefordert hatte. Der richterliche Beschluss hatte nicht lange auf sich warten lassen, und Klein konnte sich ein schadenfrohes Grinsen nicht verkneifen, als er an die Aachener Kollegen dachte, die in diesem Moment den Launen der grantigen Sekretärin ausgesetzt waren, die für die Erstellung der Übersicht aus ihrem freien Tag hatte geholt werden müssen. Dann dachte er an den Bericht, der noch zu Ende zu bringen war, schob den Gedanken aber wieder beiseite. Stattdessen wandte er sich an Bergmann.

»Darf ich dich einladen?«, fragte er und erntete einen verdatterten Blick.

»Auf einen Drink?« Jetzt lachte sie. »Gern.«

»Ich dachte eher an ein frühes Abendessen. Du siehst hungrig aus.«

»Gut«, stimmte sie zu.

»Italienisch? Griechisch?«

Sie sprang auf und schnappte ihre Jacke. »Überlege ich mir im Auto.«

Gegen kurz nach fünf saßen sie in einem kleinen chinesischen Restaurant, in dem beide noch nie gewesen waren. Auf dem Tisch brannte eine Kerze, und im Hintergrund spielte klassische Musik. Klein ertappte sich bei dem Gedanken, dass es lange her war, seit er das letzte Mal mit einer Frau beim Essen gesessen hatte.

»Wie geht es dir?«, fragte er und nippte an seinem Begrüßungslikör.

»Danke, alles in Ordnung.«

Klein betrachtete sie genau. Er meinte zu erkennen, dass sie das kitschig-romantische Ambiente und der Wechsel von der beruflichen auf die persönliche Ebene ein wenig in Verlegenheit brachten. Auch er selbst wusste nicht recht, wie er mit der unverhofften Intimität umgehen sollte, und begann sich bereits zu fragen, ob es eine gute Idee gewesen war, hierherzukommen. Er trank den Rest des Likörs in einem Zug.

»Was machen deine Urlaubspläne?«, fragte er. »Wann geht der Flieger noch gleich?«

»10. Dezember«, antwortete Bergmann, und Klein bemerkte das leichte Zögern. Ihre Begeisterung hielt sich scheinbar in Grenzen.

»Aber?«

Jetzt sah sie ihm ins Gesicht.

»Ich denke darüber nach, meiner Freundin abzusagen. Dieser Fall. Ich spüre, dass wir kurz davor sind, ihn aufzuklären, und …«

»Und du möchtest den entscheidenden Augenblick nur ungern verpassen?«

»Nein. Ja. Ich meine, ich kann nicht in der Sonne liegen und entspannen, wenn ich weiß, dass ihr gerade dabei seid, die Festnahme zu planen. Kannst du das verstehen?«

Klein zog die Augenbrauen hoch und blies die Luft durch die Nase.

»Nur zu gut«, sagte er und dachte an eine ähnliche Situation, die er vor einigen Jahren erlebt hatte. Damals hatte er den Start in den Sommerurlaub mit seiner Familie verschieben müssen. Sie hatten die zweite Hälfte der großen Ferien gebucht, und so waren von den drei Wochen Schweden lediglich neun Tage geblieben, die zu allem Überfluss auch noch kalt und verregnet gewesen waren. Danach war er eine ganze Zeit lang mit Ausgrenzung und bedrückender Nichtbeachtung gestraft worden.

»Deine Freundin wird es sicher verstehen«, sagte er und fügte nach einer kleinen Pause hinzu: »Aber wenn du mal Familie hast, würde ich's mir gut überlegen.«

Bergmann schien zu verstehen und nickte knapp. Dann trank auch sie ihren Schnaps.

»Sag mal, Günther, du hast mich nicht eingeladen, um mit mir über den Urlaub zu plaudern, hm?«

Klein spielte verlegen mit der Gabel und drückte kleine Löcher in die Papierserviette.

»Nein«, gab er schließlich zu. »Ich möchte gern deine Meinung hören.«

»Meine Meinung? Wozu?«

»Kohlmeyers Schlafzimmer. Ich rede von der Tatsache, dass es eine Frau ist, die wir suchen. Ich möchte wissen, wie eine Frau zu so etwas in der Lage ist. Was zur Hölle muss da bloß schiefgelaufen sein?«

»Du klingst so, als sei sie die erste Mörderin auf diesem Planeten.«

»Natürlich nicht. Aber Frauen handeln anders. Emotionaler. Sie töten spontan, in Notwehr oder bei extremer Eifersucht. Wenn die Tat geplant ist, was selten genug vorkommt, verwenden sie Gift oder töten aus der Distanz. Mit einer Schusswaffe. Was in Teufels Namen treibt unsere Unbekannte dazu, zum Messer zu greifen und ein solches Blutbad anzurichten?«

»Sie geht ein hohes Risiko ein, natürlich. Sie weiß auch um ihren körperlichen Nachteil, denk an den Schocker. Wir müssen davon ausgehen, dass sie Kohlmeyers Widerstand damit erheblich geschwächt hat. Außerdem hat sie sich nachts in sein Schlafzimmer geschlichen. Sie wusste sehr wohl, dass sie bei einer offenen Konfrontation unterliegen würde. Wir suchen also nicht nach einer keulenschwingenden Amazonenkriegerin.«

»Das ist alles plausibel«, sagte Klein ungeduldig. »Aber es beantwortet meine Frage nicht. Warum tut eine Frau so etwas Furchtbares?«

»Das weiß ich nicht, aber ich vermute, du hast es bereits

selber gesagt.« Bergmann machte eine kurze Pause. »Gefühle. Jürgen Kohlmeyer war ein sadistischer Mann. Er hat das Schlimmste getan, was sich viele Menschen vorstellen können, den Missbrauch der eigenen Kinder. Die Töchter kommen als Tatverdächtige nicht in Betracht, das haben wir ausschließen können. Aber die wahre Täterin könnte sich in einer Art Stellvertreterrolle sehen.«

»Ein Racheengel?«

»So ungefähr. Vielleicht ist jemand, der dieser Frau nahesteht, Opfer seiner Misshandlungen geworden. Möglicherweise sie selbst. In jedem Fall denke ich, dass das Thema Missbrauch in ihrem Umfeld eine große und bedrohliche Rolle spielt.«

»Und wie passt Lüscher in das Bild?«

»Bis vor wenigen Stunden war er für uns ein einsamer alter Mann mit einer verstaubten Angelausrüstung im Keller und einer Vorliebe für Whiskey und junge Prostituierte. Seit heute Morgen besteht der vage Verdacht, dass auch er in den Missbrauch von Kindern verwickelt sein könnte.«

»Ja«, pflichtete Klein ihr bei. »Und auch bei ihm gibt es Anhaltspunkte für einen weiblichen Täter.«

»Nur sehe ich doch einen gewaltigen Unterschied. Über Jürgen Kohlmeyer und seine schändliche Vergangenheit wusste die ganze Nation Bescheid. Kein Tag seit seiner Entlassung, an dem er nicht im Fernsehen war. Herbert Lüscher ist das krasse Gegenteil. Wenn es jemanden gab, der von seinen Taten gewusst hat, dann, weil Lüscher es ihm erzählt hat.«

»Das mag glauben, wer will«, sagte Klein und rümpfte die Nase.

»Richtig. Die andere Möglichkeit ist, dass dieser

Jemand es deshalb wusste, weil es ihm selbst passiert ist.«

»Du meinst, eine ehemalige Schülerin?«

»Ich meine erst einmal gar nichts, Günther. Ich äußere Überlegungen, Gedankenspiele, Gefühle. Darum hast du mich doch gebeten.«

»Natürlich, mach weiter.«

»Ich halte das alles nicht für Zufall. Bei Kohlmeyer suchen wir eine Frau, bei Lüscher vermuten wir eine. Kohlmeyer hat kleine Mädchen missbraucht, bei Lüscher existieren seit heute ebenfalls Hinweise in diese Richtung. In beiden Mordfällen wurde ein Messer benutzt, das übereinstimmende Wunden hinterlässt.«

»Ich sage dir ehrlich, dass ich mittlerweile auch daran glaube, dass es ein und dieselbe Täterin war. Sag mir, wie sie aussieht. Wer ist diese Frau?«

In diesem Moment kam der Kellner mit den Speisen. Geduldig warteten sie, bis alles serviert und der freundliche kleine Mann wieder verschwunden war.

»Lass es dir schmecken«, murmelte Klein und spießte ein Stück Ente auf seine Gabel.

»Ja, guten Appetit.«

Schweigend aßen beide ein paar Minuten, dann legte Bergmann das Besteck zur Seite und ergriff das Wort.

»Ich schätze sie auf 25 bis Ende 30. Gut aussehend. Sonst hätte sie Lüscher nicht freiwillig in die Wohnung gelassen, und davon gehen wir aus. Sportlich und einigermaßen kräftig. Eine untrainierte Person hätte den Weg durch den matschigen Wald und den anschließenden Lauf zum Parkplatz nicht in dieser kurzen Zeit zurücklegen können. Sie ist entweder Hausfrau oder jemand mit flexiblen Arbeitszeiten. Lüscher ist an einem Samstagabend gestorben, aber Kohlmeyer nachts unter der Woche. Niemand begeht um halb drei einen Mord und erscheint dann um 08.00 Uhr pünktlich und seelenruhig auf der Arbeit. Ich sehe keine Frau aus der sozial schwachen Schicht. Sie ist wohlhabend. Denken wir an den Fuchspelz und den neuen BMW, den der Bauer beobachtet hat. Wenn wir annehmen wollen, dass sie eine ehemalige Internatsschülerin ist, muss sie aus gutem Hause stammen. Die monatlichen Gebühren waren und sind horrend. Außerdem ist sie intelligent. Die Ausführung beider Taten bedurfte sorgfältiger Planung und Vorbereitung.«

Bergmann verstummte, nahm einen Schluck Cola Light und stellte das Glas achselzuckend zurück auf den Tisch.

»Das sehe ich, wenn ich an sie denke. Reine Spekulation.«

Günther Klein hatte seine Kollegin keine Sekunde aus den Augen gelassen, während sie sprach. Mit jedem einzelnen Wort war seine Bewunderung und Anerkennung für sie gestiegen.

»Ich glaube, aus dir könnte mal etwas werden«, sagte er leise.

»Danke, aber ich würde gern Polizistin bleiben.« Sie lächelte. »Im Ernst, ich habe nur eins und eins zusammengezählt.«

»Lass uns weitermachen. Warum fällt ihr Lüscher erst in hohem Alter zum Opfer?«

»Nicht verwunderlich. Er lebte abgekapselt wie in einer verdammten Raumstation. Ich tippe auf eine zufällige Begegnung. Oder eine gezielte Suche.«

»Die erste Möglichkeit gefiele mir besser.«

»Mir auch, denn das würde bedeuten, dass sie sich in der Gegend aufgehalten hat, möglicherweise hier wohnt.«

»Vielleicht gab es sogar ein Gespräch«, spekulierte Klein. »Sie könnte ihn erkannt haben.«

Der Kellner kam und räumte ab. Zum Abschluss bestellten beide eine Tasse Tee. Klein ließ den Gesprächsfaden nicht abreißen. Es war eine Mut machende Bestätigung, dass Bergmann laut aussprach, was er selber dachte, auch wenn er die Gefahr, sich zu verrennen und auf eine falsche Fährte zu geraten, nicht außer Acht ließ. »Wieso ist sie in der Lage, Schlösser zu knacken?«, fragte er und ließ es wie einen Test klingen.

»Weil sie es früher gelernt hat.« Bergmann war bisher nicht dazu gekommen, ihrem Kollegen davon zu berichten. »Ich habe die Strafanzeige von dem Einbruch damals gelesen. Der Zylinder des Kiosks wurde ebenfalls mithilfe eines Ziehfix geknackt. Solch ein Gerät kauft man nicht im Supermarkt, aber wenn man es einmal gesehen hat und über ein wenig handwerkliches Geschick verfügt, lässt sich ein einfaches Modell schnell zusammenbauen. Es gab damals übrigens weitere Einbrüche. Der Kiosk wurde ganze fünf Mal heimgesucht, aber auch benachbarte Trinkhallen und Gartenlauben waren betroffen. Spuren hat man jedoch nur dieses eine Mal gefunden. Es gab Hinweise von Zeugen auf eine Gruppe Jugendlicher, aber zu handfesten Ergebnissen oder gar Festnahmen ist es nie gekommen.«

»In Ordnung«, sagte Klein, der aufmerksam zugehört hatte, »aber wir müssen bedenken, dass der Einbruch 1992 war, also erst ein Jahr nach Lüschers Weggang.«

Bergmann wischte sich mit der Serviette über den Mund, ehe sie fortfuhr: »Das sehe ich nicht als Ausschlusskriterium, im Gegenteil. Damals sind Zigaretten und ein paar Flaschen billigen Wodkas entwendet worden. Der teure Whiskey blieb unangetastet. Wahrscheinlich gehörte sie zu dieser Gruppe Jugendlicher.«

»Jenny, das Internat ist nicht gerade bekannt für seine laschen Regeln. Es wäre aufgefallen, wenn sich die Schüler regelmäßig versammelt hätten, um auf Beutezug zu gehen.«

»Das wissen wir nicht. Es könnten auch Schüler der öffentlichen Schule beteiligt gewesen sein. Und auch am Internat gab es Freizeit. Du hast Dambeck gehört, wichtig war nur, dass man pünktlich zu den festen Zeiten wieder im Haus war. Außerdem fand ein großer Teil der Einbrüche an den Wochenenden statt. Da waren die Regeln ja etwas gelockert und das Personal weniger zahlreich.«

Eine halbe Stunde später hatte das Auto der beiden Ermittler gerade die Schranke zum Präsidium passiert, als Sperber ihnen auf dem Parkplatz winkend entgegenkam. In seiner Rechten hielt er einen dicken Stoß Papier. Klein kurbelte die Seitenscheibe herunter.

»Hallo, Klaus. Das sieht wichtig aus.«

Der Kriminaltechniker beugte sich tief herab und reichte Klein die Ausdrucke durch das Fenster.

»Das sind alle bundesdeutschen Halter der infrage kommenden BMW. Interne Modellbezeichnung E61 und F11. Beides Kombis mit entsprechender Beleuchtung.« Er wies auf einen dünneren Stapel, der obenauf lag. »Das sind die Essener Halter. Ihr müsst aber wissen, dass es sich nur um aktuell zugelassene Fahrzeuge handelt. Abgemeldete oder ins Ausland verkaufte Wagen sind nicht dabei. Wenn ihr die auch noch braucht, sagt Bescheid. Ich tue, was ich kann.«

»Danke, Klaus. Ich denke, das reicht uns fürs Erste. Wenn wir nicht weiterkommen, überlegen wir neu.«

Der Riese legte die Hand an die Stirn, trabte davon und verschwand um die Ecke.

Gegen 22.00 Uhr hatten Klein und Bergmann den dringendsten Papierkram erledigt und einen ersten Blick auf die Listen geworfen. Der erhoffte Erfolg war ausgeblieben. Keiner der Namen stand sowohl auf der Schülerliste als auch auf der Liste der Fahrzeughalter.

Morgen, flüsterte Klein beim Hinaustreten in die nächtliche Kälte, und dachte an die langwierige, akribische Kleinarbeit, die die Auswertung und Überprüfung der Namen erfordern würde. Morgen.

SAMSTAG, 27. NOVEMBER, 23.10 UHR

Sie spürte seine Hand. Groß und kräftig ruhte sie auf ihrem Bauch, knapp oberhalb des geöffneten Knopfes ihrer Jeans. Dann begannen seine Finger, ihren Nabel zu umkreisen. Jenny liebte es, dort berührt zu werden. Doch etwas stimmte nicht. Irgendetwas war anders als sonst. Das warme, vertraute Kribbeln stellte sich nicht ein, stattdessen kamen ihr die Berührungen fremd vor. Kalt und bedrohlich. Sie lag auf dem Rücken und spürte den Luftzug. Leicht und gleichmäßig bewegten sich die feinen Härchen an ihrem Hals im Rhythmus seines Atems. Sie roch das Bier. Es waren nur ein paar Flaschen gewesen, die sie getrunken hatten, nachdem Mike gegen halb zehn überraschend bei ihr geklingelt hatte. Normalerweise störte sie das nicht, aber jetzt empfand sie den süßlichen Alkoholgeruch als unangenehm und penetrant.

»Warum bist du heute so verkrampft?«, fragte er und ließ seine Hand ein Stück höher wandern.

»Bin ich nicht«, presste sie hervor und zwang sich zu einem Lächeln. Sie bemühte sich redlich, aber es gelang ihr nicht, sich auf seine Zärtlichkeiten einzulassen. Seit sie am frühen Abend das Präsidium verlassen hatte, konnte sie an nichts anderes mehr denken als an die Listen. Hätte Klein nicht auf den Feierabend gedrängt, sie wäre ihrem Gefühl gefolgt und im Büro geblieben. Bisher hatte sie noch nichts Auffälliges entdeckt. Die Auflistung aus dem Schlossinternat wies gut 70 Namen von Schülerinnen auf, die zeitgleich mit Lüscher am Internat gewesen waren. Der Ausdruck der Essener Fahrzeughalter förderte 249 Namen zutage. Jeden einzelnen war sie durchgegangen, konnte jedoch keine Übereinstimmung ausmachen. Und dennoch. Irgendetwas musste sie übersehen haben. Dessen war sie sicher. Doch es war, als sei eine Wolke, die einfach nicht weichen wollte, zwischen ihre Gedanken und die Erkenntnis getreten.

Die Hand schob sich tiefer unter ihr Hemd und streichelte den weichen Ansatz ihrer Brüste. Jetzt bereute sie, keinen BH zu tragen. Nach dem Duschen hatte sie in der Eile nur ein T-Shirt übergezogen. Alles an ihr war wie elektrisiert. Die Härchen an ihren Armen standen aufrecht, jede Zelle ihres Körpers schien die Luft anzuhalten. Und die Wolke begann, sich aufzulösen.

Sie registrierte, wie die Finger immer forscher wurden. Gierig kneteten sie ihre kleinen Hügel.

»Da bist du ja«, flüsterte Mike kichernd, als er ihre aufgerichtete Brustwarze berührte.

In diesem Augenblick traf es sie wie ein Schlag. Grob packte sie seinen Arm und löste sich aus der Umklammerung. Wie eine aufgescheuchte Katze sprang sie blitzschnell aus dem Bett, schloss ihre Hose und suchte nach den Schuhen.

»Was ist denn jetzt los? Sag mal, spinnst du?« Mike hatte sich aufgerichtet und starrte sie an wie eine Fremde. Im Grunde lag er richtig. Bergmann war nur noch körperlich im Zimmer. Ihre Gedanken waren längst woanders.

»Jenny!«, fauchte er jetzt ärgerlich. »Was soll die Scheiße?«

»Ich muss noch mal zurück ins Präsidium«, murmelte sie und bückte sich nach den Schuhen.

»Warum? Ich denke, du warst den ganzen Tag dort?«

Bergmann schlüpfte in die Jacke und schob ihr Handy in die Tasche. Dann wandte sie sich an Mike.

»Du liegst nicht in meinem Bett, weil du so gut denken kannst. Du wusstest, worauf du dich einlässt. Ich muss etwas überprüfen. Meinetwegen kannst du hier auf mich warten. Wenn nicht, werde ich das auch überleben.«

Dann drehte sie sich um verließ ihre Wohnung.

Unten auf der Straße hörte sie ihn immer noch fluchen. Bergmann sprang in den Wagen und startete den Motor. Der alte Golf stöhnte laut auf, doch dann setzte er sich gefügig in Bewegung. Mit quietschenden Reifen verschwand sie hinter der nächsten Einmündung und hinterließ eine Wolke aus Dunst und blauem Abgas.

Die Fahrt zum Präsidium war kurz, die Liste der begangenen Verstöße auf dieser Strecke dafür umso länger. Geschwindigkeitsbegrenzungen kamen in Bergmanns Gedanken nicht vor, und selbst das Rotlicht einiger Ampeln fiel ihrer Ungeduld zum Opfer. Mit dem guten Liter Bier in ihrem Körper wäre sie unter anderen Umständen nicht mehr gefahren, aber das spielte im Augenblick keine Rolle. Alles, was sie antrieb, war dieser eine Name. Irgendwo im oberen Drittel der zweiten Seite.

Dann war sie am Ziel. Sie stellte den Wagen im Parkverbot ab, vergaß, abzuschließen, und betrat das Gebäude durch den Vordereingang. Sie nickte den ehemaligen Kollegen von der Kriminalwache zu und drückte den Aufzugknopf. Nach drei Sekunden dauerte ihr das Warten zu lang, und sie nahm die Treppe. Bergmann funktionierte jetzt wie eine Maschine. Ihr Ziel zog sie an wie ein riesiger Magnet. Es war eine zweiseitige Anzeige, eingebunden in einen zerfledderten Ringordner in Christas Büro. Eine letzte Glastür, dann stand sie im dunklen Flur des KK11. Es roch noch immer nach dem Kaffee, den sie wenige Stunden zuvor gekocht hatte. Sie schaltete die Beleuchtung ein und kramte nach ihrem Schlüsselbund.

Zuerst öffnete sie die Tür ihres eigenen Büros. Die Papiere lagen genauso, wie sie sie zurückgelassen hatte. Wild verstreut über den ganzen Schreibtisch. Es dauerte eine Minute, dann hielt sie das richtige Blatt in den Händen. Sie las den Namen, und ein Gefühl der Anspannung blies sich in ihr auf zu einem riesigen Ballon, der ihr den Atem zu rauben drohte. Auf wackligen Beinen lief sie hinüber zum Geschäftszimmer und drückte die Klinke. Es war verschlossen – Nachlässigkeit gehörte eben nicht zu Christas Eigenschaften. Wieder fummelte Bergmann nervös an ihren Schlüsseln und probierte mehrere von ihnen aus. Sie wusste nicht, welcher ihrer Kollegen die Anzeige bearbeitete, die sie suchte. Aber von jeder einzelnen gab es eine Durchschrift. Sie hätte auch den Computer bemühen können, aber sie wollte es schwarz auf weiß. Real und greifbar. Der dritte Schlüssel passte, und die Tür sprang auf. Zielstrebig näherte sie sich dem Schrank. Es war ein riesiges Metallmonster, das die komplette Breitseite des Büros in Anspruch nahm. Sie öffnete die Doppeltür und überflog die Ordnerrücken. Sie waren nicht deliktspezifisch, sondern chronologisch sortiert. Dann entdeckte sie ihn. Mit zitternden Fingern zog sie den Ordner heraus und knallte ihn auf Christas Schreibtisch. Hektisch begann sie zu blättern. Vor. Zurück. Wieder vor. Dann endlich fand sie, wonach sie suchte. Der Name des Anzeigeerstatters sprang ihr entgegen wie ein gefederter Clownskopf, der endlich aus seiner Schachtel befreit wird. Markus Kleiber. Der Name, der auch auf der Liste der Essener Fahrzeughalter stand. Sie hatte sich also nicht geirrt.

Bergmann riss die Anzeige heraus und überflog den Sachverhalt, den sie selbst vor gut fünf Wochen niedergeschrieben hatte. Sie las noch einmal durch, was der kleinen Laura Kleiber in der Nähe des Spielplatzes am Schellenberger Wald passiert war. Nach dem Namen der Mutter suchte sie aber vergeblich. Ärgerlich griff sie zum Telefon und rief eine Etage höher bei der Leitstelle an. Der Kollege erkannte offenbar die angezeigte Nummer.

»Nanu, Christa, so spät noch bei der Arbeit?«

»Hier ist Bergmann«, murrte sie, die keine Lust auf Small Talk verspürte. »Ich brauche eine Auskunft vom Einwohnermeldeamt. Hier aus Essen.«

»Augenblick.«

Bergmann nannte die Adresse aus der Anzeige. Zehn Sekunden später erhielt sie Namen und Geburtsdatum.

Sie notierte sich die Angaben und lief zurück in ihr Büro. Sabine Kleiber, wiederholte sie den Namen immer wieder und setzte all ihre Hoffnung darauf, sie auf der Liste des Internats zu finden. Unter den 71 Mädchen gab es sechs, die Sabine hießen. Geburtsdaten waren nicht vermerkt, und sie geriet in glühenden Zorn über die Unfähigkeit der Internatssekretärin. Bergmann ging die Aufstellung ein zweites und drittes Mal durch, aber es gab keine Sabine Kleiber.

Plötzlich schlug sie sich entsetzt mit der Hand vor die Stirn und begann, lautstark zu fluchen. Wie konnte ihr das nur passieren? Nicht mal dem blutigsten Anfänger würde dieser Fehler unterlaufen. Mit einer Mischung aus Wut und Scham rief sie ein zweites Mal die Leitstelle an und spürte große Erleichterung, als ein anderer Kollege das Gespräch entgegennahm. Jetzt ließ sich Bergmann den Geburtsnamen der für die Unruhstraße verzeichneten Frau geben. Als sie ihn schließlich hörte, vergaß sie sogar, sich zu bedanken, und gab sich ohnmächtig der Gefühlsexplosion in ihrem Innern hin.

Sie wusste nicht, wie lange sie dort gesessen hatte, als sich Pulsschlag und Atmung langsam normalisierten und sie wieder in der Lage war, klare Gedanken zu fassen. Immer und immer wieder las sie den Namen des Mädchens. Sabine Schwarz. Schülerin am Schlossinternat von 1988 bis 1996. Geboren am 16. Mai 1977, heute 33 Jahre alt. Wohnhaft nur wenige Kilometer von beiden Tatorten entfernt. Mutter einer achtjährigen Tochter, die vor wenigen Wochen Opfer eines Exhibitionisten geworden war.

Bergmann wusste nicht, ob sie glücklich oder unendlich traurig sein sollte. Eine halbe Stunde saß sie vollkommen reglos in ihrem Stuhl, die Augen geschlossen, und dachte nach.

Es war bereits kurz nach eins, als sie ein drittes Mal in dieser Nacht zum Telefon griff.

*

Der Anruf riss Klein unsanft aus dem Schlaf. Wie oft er in all den Jahren bei der Kriminalpolizei schon aus dem Bett geklingelt worden war, wusste er nicht. In der überwältigenden Mehrheit aller Fälle verhießen diese nächtlichen Störungen nichts Gutes. Sie bedeuteten scheußliche Anblicke oder stundenlanges Arbeiten in Regen, Kälte und Müdigkeit.

In dieser Nacht allerdings handelte es sich um eine jener seltenen Ausnahmen, die der Grund dafür waren, sich in den übrigen Fällen überhaupt aus dem Bett zu quälen. Sie hatten einen dringend Tatverdächtigen.

Um zwei 02.00 Uhr morgens betrachtete sich Klein im Flurspiegel. Er fühlte sich so frisch und lebendig wie schon lange nicht mehr. Der Polizistenberuf stellt alles auf den Kopf, dachte er. Ich hätte besser den »Kohlenkeller« übernehmen sollen.

Dann nahm er den Schlüssel vom Brett und ging hinaus.

SONNTAG, 28. NOVEMBER, 10.15 UHR

Unter den Duft ihres frisch aufgebrühten Kaffees mischte sich der schwache Geruch nach Chlor. Sowohl Laura als auch Nicole waren gute Schwimmerinnen, aber Sabine war wohler, wenn die Glastür offen stand und sie die Kinder beim Planschen hören konnte.

Sie nahm den Becher, ging ins Wohnzimmer und schaute hinaus in den Garten. Ein friedlicher Morgen. Die Nacht war sternenklar gewesen, und nun übersäten Eiskristalle den frostigen Boden und glitzerten sterbend in den hellen Sonnenstrahlen, die schräg und grell durch die blätterlosen Kronen fielen.

Plötzlich spürte sie eine sanfte Berührung. Branca war unbemerkt herangeschlichen und stupste mit der Schnauze gegen ihr Bein. Sabine kniete sich neben die Hündin und kraulte das dichte Fell hinter den Ohren.

»Zeit für deine Runde, was?«

Sie richtete sich auf und streichelte über den schmalen Kopf, der ihr fast bis an die Hüfte reichte. Dann ging sie zurück in die Küche und holte Klöße und Rotkohl zum Auftauen aus dem Eisfach. Nach dem Spaziergang würde sie sich um das Mittagessen kümmern und anschließend mit den Mädchen in ein großes Outlet fahren. Mit gemischten Gefühlen nahm sie zur Kenntnis, dass die Kinder langsam in ein Alter kamen, in dem Mode und äußere Erscheinung immer wichtiger wurden.

Sabine ging zur Garderobe, wo sie ihre Jacke und die Leine holte. Die Hündin wartete bereits hechelnd vor der Tür. Sabine zog den Reißverschluss bis zum Kinn, setzte die Mütze auf und befestigte den Karabiner an Brancas Halsband. Dann hielt sie kurz inne und lauschte den Geräuschen im Keller. Laura und Nicole planschten und kreischten so ausgelassen und vergnügt, dass es ihr selbst eine Freude war. Lächelnd überlegte sie, ob sie hinuntergehen und den beiden Bescheid geben solle, entschied sich dann jedoch dagegen. Die Kinder würden noch eine Weile beschäftigt sein und ihre Abwesenheit nicht mal bemerken. Wie immer, wenn sie das Haus verließ, tastete sie kurz den Inhalt ihrer Innentaschen ab. Beides war an seinem Platz. Sabines Lächeln verdüsterte sich.

Eines Tages werde ich ihm begegnen. Irgendwann wird er sein nächstes Opfer suchen, und dann werde ich in der Nähe sein.

Als sie die Haustür öffnete, war ihr Gesichtsausdruck so frostig wie der Wintertag, in den sie hinaustrat.

*

Die Augen fielen ihm immer wieder zu, trotz der eisigen Kälte, die Klein seit Stunden zittern ließ. Über eine Standheizung verfügte der Wagen nicht, und den Motor zu starten, kam nicht infrage. Zwar parkten sie einige Hundert Meter vom Ziel entfernt, aber sie konnten es sich unter keinen Umständen erlauben, aufzufallen.

Klein beugte sich vor und versuchte, in der Ferne etwas zu erkennen, aber der frostige Tau auf der Scheibe machte sie blind. Wir hätten auf der anderen Seite parken sollen, dachte er übellaunig. Dort, wo jetzt die Sonne scheint. Sein Blick fiel auf das Funkgerät, und er überprüfte, ob es noch funktionierte. Es war ihre einzige Verbindung zum Haus. Sie hörten den Kanal des Sondereinsatzkommandos, aber die letzte Durchsage war bereits lange her. Anders als bei den Kollegen des Streifendienstes waren Späße und lockere Sprüche bei den Elitepolizisten verpönt.

Klein zwang sich, wach zu bleiben, und rief sich noch einmal die Ereignisse der turbulenten Nacht ins Gedächtnis. Nachdem er auf dem Präsidium erschienen war, hatte ihm Bergmann zunächst die Hintergründe ihrer Entdeckung geschildert. Sie musste mehrmals ansetzen, da sie vor Anspannung und Aufregung immer wieder wichtige Einzelheiten vergaß. Doch ihr Vortrag überzeugte ihn, und er informierte die restlichen Kollegen der Kommission. Danach klingelten die beiden Ermittler sowohl Boger als auch Richter und Staatsanwalt aus ihren Betten. Die Indizien gegen Sabine Kleiber waren derart stichhaltig, dass alle erforderlichen Anordnungen und Beschlüsse innerhalb weniger Stunden getroffen und herbeigeschafft waren. Das SEK war gegen 06.30 Uhr in Stellung gegangen. Lautlos und unsichtbar hatten die Männer rund um das Grundstück ihre Positionen eingenommen und meldeten die Ergebnisse der Aufklärung an den Kommandoführer. Niemand rechnete ernsthaft mit aggressiver Gegenwehr, auf der anderen Seite bestand der dringende Verdacht, dass Sabine Kleiber im Besitz von Waffen war, mit denen sie bereits getötet hatte.

Klein zog die Jacke enger und schielte hinüber zu Bergmann. Ihr Kopf lehnte seitlich am Fenster, und er vernahm tiefe, gleichmäßige Atemzüge. Die extreme Müdigkeit hatte die Aufregung längst besiegt.

Er versuchte gerade, sein eingeschlafenes Bein in eine bequemere Position zu bringen, als plötzlich ein Funkspruch der quälenden Warterei ein Ende setzte. Es waren die Worte eines der Aufklärer. Klar, präzise und knapp. Offenbar tat sich etwas im Haus. Bisher wussten sie nur, dass Sabine allein mit zwei kleinen Kindern und einem Hund zu Hause war. Die beiden Mädchen waren auch der Grund, weshalb das Haus noch nicht gestürmt war und Sabine Kleiber noch nicht überwältigt und gefesselt auf dem Boden ihrer Küche lag. Auch das Handeln der speziell für solche Situationen trainierten Polizisten unterlag Überlegungen der Verhältnismäßigkeit und Menschlichkeit. Man wollte alles vermeiden, was den Kindern schaden könnte. Natürlich bestand die Gefahr, dass die Verdächtige das Haus entweder gar nicht oder nur in Begleitung der Mädchen verlassen würde, und dann hatten die Polizisten keine Wahl. Aber dieses Risiko waren sie eingegangen, und wie es aussah, gab der Erfolg ihnen recht. Klein drehte am Lautstärkeknopf.

»Zielperson verlässt das Haus. Der Hund wird mitgeführt.«

»Bewaffnung?« Klein erkannte die Stimme des Kommandoführers.

»Nichts zu erkennen. Hände sind frei.«

Klein knuffte Bergmann in die Seite. Innerhalb weniger Sekunden war sie wach, und ihre volle Aufmerksamkeit war wiederhergestellt.

»Gehrichtung Garage. Langsames Tempo.«

»Team zwo bereit?«

Klein wusste, dass überall Zugriffsteams postiert waren. Eines vermutete er jetzt auf dem Dach der Garage.

»Zwo bereit.«

»Warten.« Wieder die Stimme des Aufklärers. »Vorbei an Garage. Jetzt Richtung Straße. Erreicht Tor in drei, zwo, eins, jetzt.«

»Team drei bereit?«

»Drei bereit.«

»Tor wird geöffnet … jetzt.«

»Zugriff!«

Der Befehl des Kommandoführers schoss wie eine Kugel durch das Funkgerät.

Klein spürte eine Gänsehaut am ganzen Körper, und er wusste, dass nicht die Kälte der Grund dafür war.

*

Sabine trat aus der Haustür und hielt intuitiv die Leine etwas straffer. Nach dem Fressen war der morgendliche Spaziergang das größte Highlight in Brancas Tag, und normalerweise konnte die Hündin es kaum erwarten, ins Freie zu stürmen. Doch heute war es anders. Der Retriever war zurückhaltend und vorsichtig. Sabine erkannte die Anzeichen der Anspannung. Die aufgestellten Nackenhaare, die leicht erhobene Rute, der schleichende Gang und der starre gesenkte Kopf. So verhielt sich das Tier sonst nur, wenn andere, unliebsame Artgenossen ihre Wege kreuzten.

»Was ist los?« Sabine amüsierte sich über das sonderbare Verhalten und tätschelte beruhigend die Flanke der Hündin. Auf dem kurzen Weg zur Garage überlegte sie, ob sie den Wagen nehmen und die landschaftlich schönere Strecke an der Ruhr laufen sollte. Doch sie wollte die Kinder nicht zu lange allein lassen und entschloss sich für die kurze Hausrunde durch den Schellenberger Wald.

Sabine blickte in den stahlblauen Morgenhimmel. Kleine Wolken hingen dort wie angenagelt. Scharfkantig und unbeweglich wie schwebende weiße Felsen. Sie liebte solche Tage. Die klaren Konturen, die frische, kühle Luft, frei von Staub, Lärm und der flimmernden Hitze des Sommers. Ihr Verstand schien viel besser zu funktionieren. Sie fühlte sich frei und lebendig. Jeder Atemzug in die Tiefen ihrer Lunge gab ihr das Gefühl, den Tag in sich aufzusaugen. Dann sah sie die breite Wolkenfront aufziehen, ganz weit weg am südlichen Horizont. Sie dachte kurz an Markus, der in wenigen Stunden landen würde. Sie wusste um seine Flugangst, ein Unwetter würde die Sache noch erheblich verstärken. Dann öffnete Sabine das Tor und trat hinaus auf die Straße.

Die schwarzen Schatten nahm sie erst wahr, als es längst zu spät war. Sie wurde von etwas getroffen, dumpf und übermächtig wie eine stählerne Dampflok. Eine Explosion dröhnte in ihren Ohren, und ihre Füße verloren den Halt. Für den Bruchteil einer Sekunde war sie schwerelos. Ihr Blick streifte die Vollkommenheit des Winterhimmels, und sie spürte die Wärme der Sonne auf ihrer Stirn. Dann knallte sie auf den Asphalt und spürte nichts weiter als Schmerz. Jemand drehte sie auf den Bauch, hebelte ihre Arme auf den Rücken und verbog ihre Handgelenke.

Branca war schneller gewesen als sie selbst. Sie hatte die Schatten eher gesehen und sich einem von ihnen in den Weg geworfen. Ihr Knurren war ebenso bösartig wie kurz gewesen. Das Aufjaulen der Hündin traf Sabine schlimmer als der eigene Schmerz, war beängstigender als der metallische Geschmack nach Blut in ihrem Mund. Mit letzter Kraft drehte sie den Kopf auf die Seite und entdeckte das Tier neben sich auf dem Boden, keine zwei Meter entfernt und doch unerreichbar. Branca lag bewegungslos auf der Seite, den Rücken zu ihr. Mein treuer Beschützer, kam es Sabine lautlos über die Lippen. Was haben sie dir angetan? Dann senkte sich Leere auf sie hinab und bedeckte sie wie ein wärmender Mantel. Sabine schloss die Augen und starrte ungläubig in das schwarze unendliche Nichts.

*

Bergmann sprang aus dem Wagen und kratzte ein winziges Guckloch in die zugefrorene Windschutzscheibe. Dann schoss sie zurück hinters Lenkrad und jagte den Opel zum Haus. Das SEK hatte sauber und gründlich gearbeitet. Sabine Kleiber stand bereits wieder auf ihren eigenen Füßen, durchsucht und gefesselt. Den Schocker hatte man ebenso schnell gefunden wie das Jagdmesser in der Innentasche ihrer Jacke. Beides lag außerhalb ihrer Reichweite auf dem Boden.

Klein stieg aus und nickte den vermummten Männern zu, worauf Sabine zum Einsatzwagen geführt wurde.

»Warten Sie! Die Kinder.«

Es waren ihre ersten Worte. Die Stimme klang dünn und brüchig, aber gleichzeitig lag eine solche Bestimmtheit und Stärke darin, dass die Männer stehen blieben und eine Haltung einnahmen, die an Ehrfurcht erinnerte. Sabine drehte sich um in Richtung des Hauses, und Klein folgte ihrem Blick. Was er dort sah, sollte sich auf ewig in sein Gedächtnis brennen. Es sollte ihm für alle Zeiten Sinnbild sein für abgrundtiefe Trauer und Schmerz.

Was er sah, waren zwei kleine Mädchen, reglos und stumm hinter dem weihnachtlich geschmückten Fenster der Küche. Die nassen Haare klebrig um die vor Schreck geweiteten Augen, die kindlichen Körper in bunten niedlichen Badeanzügen. In ihrer grenzenlosen Angst hielten sie einander an den Händen und weinten.

Klein spürte, wie seine Knie nachgaben. Wäre er allein gewesen, er hätte seiner eigenen Trauer freien Lauf gelassen. Doch er nahm alles an Kraft zusammen, was er aufbringen konnte, und durchbrach das bedrückte Schweigen.

»Kommen Sie«, sagte er mit zugeschnürter Kehle. »Wir kümmern uns um die Kinder. Darauf haben Sie mein Wort.«

Sabine Kleiber wandte sich ab. Ihr feuchter Blick streifte den Hund, der noch immer reglos auf dem Boden lag, das helle Fell der Flanke blutverschmiert.

Dann gingen sie wortlos zum Wagen.

SONNTAG, 28. NOVEMBER, 13.10 UHR

Markus hasste diesen Moment. Er wusste, dass er unvermeidlich war, aber dennoch erschrak er jedes Mal aufs Neue. Der Pilot verringerte den Schub der Triebwerke, und für eine Sekunde fühlte es sich an, als würden sie abstürzen. Dann begann der Druck auf den Ohren, denn die Maschine ging in den Sinkflug über. Markus schluckte ein paarmal und sah aus dem Fenster. Die Tragfläche blitzte und funkelte im grellen Sonnenlicht. Der

Himmel schimmerte bläulich schwarz und bildete einen scharfen Kontrast zu der riesigen weißen Wolkenschicht, die sich unter ihnen erstreckte wie ein unberührtes verschneites Gebirge.

Markus dachte an den Urlaub, der vor der Tür stand. Die Weihnachtsfeiertage wollten Sabine, Laura und er noch zu Hause verbringen, doch danach würden sie eine Woche lang in Österreich Ski fahren. Er freute sich darauf, denn Laura war mittlerweile gut genug, auch die schwierigen Pisten zu nehmen. Es würde eine schöne Auszeit werden, in der sie als Familie neu zusammenfinden konnten. Genau das hatte ihnen auch Isabella empfohlen, einen Tapetenwechsel. Einen neutralen Ort, an dem die eingefahrenen Mechanismen des Alltags außer Kraft gesetzt waren.

Markus dachte zurück an das Gespräch mit ihr. Es war ein sehr angenehmes Wiedersehen gewesen. Seine anfänglichen Bedenken hatten sich als völlig unbegründet erwiesen. Sie fanden schnell in ein lockeres Gespräch, scherzten und entdeckten eine Vertrautheit, die Markus nach all den Jahren nicht für möglich gehalten hätte. Doch schließlich waren sie auf den eigentlichen Grund seines Besuchs gekommen, und die Unterhaltung verlief von nun an in deutlich ernsteren Bahnen. Markus erzählte ihr von Sabine, ohne dabei allzu sehr auf die Anfangszeit einzugehen. Diesen Teil kannte Isabella ja bereits in groben Zügen. Er erzählte von der Hochzeit, dem gemeinsamen Haus, ihren Klavierstunden und von Laura. Er berichtete auch über den Vorfall auf dem Spielplatz, über die Anzeige und Sabines Verhalten danach. Es machte ihm nichts aus, über intime Details zu sprechen. Er vertraute Isabella, und es tat gut, mit jemandem darüber zu reden.

Isabella saß einfach nur da und hörte zu. Als er geendet hatte, stand sie auf und kochte Tee. Danach redete sie. Sie sprach über posttraumatische Belastungsstörungen und stellte Fragen zu Sabines eigener Kindheit. Markus musste feststellen, dass er im Grunde erstaunlich wenig darüber wusste. Isabella war klug und kompetent, das klang durch in jedem ihrer Sätze, aber ohne die Kenntnis der Hintergründe musste sich ihre Sicht der Dinge auf die Oberfläche beschränken. Sie bot ihm an, Sabine irgendwo in lockerer Atmosphäre auf einen Kaffee einzuladen, um selber mit ihr reden zu können. Auch ein Gespräch zu dritt zog sie in Erwägung, aber Markus wusste, dass das für Sabine niemals infrage käme.

Am Ende verließ er ihre Wohnung dennoch etwas beruhigter, als er sie betreten hatte. Er würde Isabellas Rat befolgen und Sabines Verhalten genauer beobachten. Mit Zärtlichkeiten würde er warten, bis sie von Sabine selbst kamen. Sollte sich bis zum Urlaub in vier Wochen keine Veränderung ergeben haben, würde er sich etwas überlegen müssen.

Er schrak aus seinen Gedanken, als die Maschine plötzlich ins Schaukeln geriet. Sie waren in die tiefe Wolkendecke eingetaucht, und das strahlende Weiß verwandelte sich augenblicklich in ein dunkles Grau, in dem er nicht einmal mehr das Ende der Tragfläche erkennen konnte. Das Schaukeln wurde stärker, und er spürte die angespannte Atmosphäre in der Kabine. Dann drangen endlich die ersten Lichter durch den Dunst, und die Maschine stabilisierte sich wieder. Markus erkannte die Umrisse von Feldern und Äckern, von kleinen Vororten und Straßen. Auf der Autobahn schien wieder einmal Stau zu herrschen, und die Autoschlange sah aus wie ein endloser Bandwurm, der sich gefräßig durch die Landschaft wand. Die Bäume und Häuser zogen so langsam vorüber, dass er sich wunderte, dass das Flugzeug nicht wie ein Stein vom Himmel fiel. Dann sah er die blinkenden Lampen und den dunklen Asphalt der Landebahn. Seine Finger klammerten sich krampfhaft um die Schnalle seines Beckengurts. Noch fünf, vier, drei, dann sackte die Maschine ein Stück herab, und er hörte das Quietschen der aufsetzenden Fahrwerksbereifung. Die Nase senkte sich, und der Pilot betätigte die Schubumkehr. Innerhalb weniger Sekunden bremste das Flugzeug auf eine Geschwindigkeit, die es ihm erlaubte, sich wieder zu entspannen.

Wenn man ihn ein weiteres Mal auf eine Vortragsreise schicken sollte, dachte er, würde er den Wagen nehmen.

Eine Viertelstunde später lief er durch die Gangway in Richtung des Flughafengebäudes. Er war kaum in der großen Gepäckhalle angekommen, als er die Menschen sah. Überall dort, wo ein Fernseher hing, standen Leute herum, gestikulierten aufgebracht mit den Händen oder standen mit geöffneten Mündern da. Beim Abflug in Dresden war ihm ein ähnliches Verhalten auch schon aufgefallen, aber er hatte sich nicht weiter darum gekümmert. Doch jetzt war auch seine Neugier geweckt. Er blickte sich um, entdeckte ein kleineres Gerät, an dem nicht so viel Betrieb herrschte, und trat näher heran. Es war ein Livebericht auf N-TV. Die Moderatorin kannte er nicht, aber der ernste Blick passte nicht zu ihrem jungen Gesicht. Der Ton war ausgeschaltet, doch Markus las die Nachricht auf dem Laufbanner am unteren Rand. Dann wechselte das Bild, und der Sender zeigte ein Haus.

»Unser Haus«, flüsterte er fassungslos und erntete ungläubige Blicke der Menschen neben ihm. Dann zeigte der Sender ein anderes Bild. Ein Gesicht. Markus entglitt die Tasche mit dem Laptop und seinen Unterlagen.

»Sabine«, hauchte er und verharrte für ein paar Sekunden wie betäubt. Dann traf ihn die Information wie ein Hammerschlag. Er vergaß die Tasche auf dem Boden, vergaß den Koffer auf dem Rollband. Wie von Sinnen rannte er in Richtung Ausgang. Unterwegs versuchte er, sein Handy einzuschalten, doch es glitt ihm aus der Hand, landete hart auf dem Steinboden der Eingangshalle und rutschte unter einen Heizkörper. Fluchend bückte er sich und verfolgte, wie das Handy unerreichbar in eine Bodenritze fiel. Noch immer fluchend eilte er hinüber zum Parkhaus.

Kurz darauf raste er vom Flughafengelände und nahm die Auffahrt zur A52 Richtung Essen mit quietschenden Reifen. Der Lastwagen kam bei der anschließenden Vollbremsung immer näher. Mit durchgestreckten Armen krallte Markus sich ins Lenkrad, wohl wissend, dass ihm ein Aufprall beide Schultern brechen würde. Einen halben Meter vom Stahlträger des Sattelzugs entfernt kam er zum Stehen. Mit wild pochendem Herzen und keuchendem Atem stand Markus Kleiber im Stau.

SONNTAG, 28. NOVEMBER, 15.10 UHR

Am frühen Nachmittag dieses Sonntags waren die dringlichsten Schritte getan. Sabine Kleiber saß im Zellentrakt des Präsidiums und wartete auf die Anhörung vor dem Haftrichter. Nicole war an ihre sichtlich erschütterten Eltern übergeben worden, und Laura war in ständiger Begleitung zweier Mitarbeiterinnen des Jugendamtes. Zusätzlich wurde sie durch einen Kinderpsychologen betreut, der vorsichtig die ersten Fragen stellte.

Markus Kleiber war nicht zu erreichen, obwohl die Maschine aus Dresden schon vor über zwei Stunden gelandet war.

Da er ein Mitwisser sein könnte, würden Laschinsky, Hecking und Sperber ihn bei seiner Ankunft im Haus vernehmen. Inzwischen organisierten sie die systematische Durchsuchung des Anwesens.

Die Pressestelle gab erste Informationen an die Öffentlichkeit.

Als Klein an diesem Abend nach Hause kam, schwirrten noch immer tausend Fragen in seinem Kopf. Alles war so schnell gegangen. So einfach. Sabine verzichtete auf einen Anwalt, räumte sämtliche Tatvorwürfe ein und präsentierte Wissen, das nur der Täter haben konnte. Sie gab freiwillig eine Speichelprobe zum Abgleich der DNA-Spuren und zeigte sich in jeglicher Hinsicht kooperativ, ohne auch nur das Geringste für sich selbst herausschlagen zu wollen. Lediglich die Fragen nach ihrem Motiv stießen auf hartnäckiges Schweigen und blieben vorerst unbeantwortet.

Klein wusste, dass die Aufarbeitung auch das Unvermeidliche mit sich bringen würde. Psychologen, Gutachter, Anwälte und Medienvertreter würden sich auf den Fall stürzen wie Wespen auf süße Limonade und jedes Detail beleuchten, jedes Steinchen der Geschichte umdrehen und das Entdeckte zu ihren jeweiligen Gunsten erbarmungslos ausschlachten.

Klein war elend zumute, als er unter die Bettdecke kroch. Sein Gefühl sagte ihm, dass der Fall Sabine Kleiber noch Einiges für sie bereithalten würde. Er spürte weiteres Unheil auf sie zukommen, wie eine dunkle Gewitterwolke am abendlichen Horizont eines sonnigen Tages. Es dauerte lange, bis er endlich in einen unruhigen Schlaf fiel.

MITTWOCH, 1. DEZEMBER, 10.45 UHR

Die Uhr sagte ihr, dass sie schon eineinhalb Stunden hier an der Pforte des Präsidiums stand und ausharrte, um endlich eingelassen zu werden. Ihr Gefühl sagte ihr, dass sie schon seit 22 Jahren genau hier hätte stehen müssen.

Schuld ist ein relativer Begriff, dachte Julia. Lüscher hat uns damals eingeredet, selbst Schuld an dem zu tragen, was er uns antat. Ich habe es geglaubt und habe diese Last nie wieder ablegen können. Ist Sabine schuld an dem, was sie getan hat? Mein halbes Jurastudium habe ich mit dem

Thema Schuld zugebracht und habe nie loslassen können. Ich wollte sehen, wie die Bestien für ihre Gräueltaten bestraft werden. Ich wollte sehen, wie ein Opfer auch Opfer genannt und freigesprochen wird. Es war wie ein Sog, in den mich die Arbeit geführt hat, mein Leben der verzweifelte Versuch, Abstand zu bekommen, selbst klarzukommen.

Heilung? Meine Wunden sind nicht einmal verschorft. Seit 22 Jahren habe ich niemanden mehr in mein Leben gelassen, nie wieder eine Berührung ertragen. Der Rausch der Arbeit, das hohe Tempo des Alltags, alles war nur eine trügerische Flucht.

Nun bin ich wahrhaft schuldig geworden. Dafür gibt es keine Entschuldigung und keine psychologische Erklärung. Schon gar keine Wiedergutmachung. Mein Schweigen.

Meine Flucht hatte einen hohen Preis. Für mich, die ich vor meinem Leben davongelaufen bin – und für Sabine, die sich dem Kampf gestellt und nun alles verloren hat. Warum habe ich sie nur damals im Stich gelassen? Warum habe ich nie wieder den Kontakt gesucht? Sie war meine einzige Freundin, die Einzige, die mich wirklich versteht.

Ein Schwindelgefühl erfasste Julia und zwang die junge Frau, sich auf einen der Stühle im Empfangsraum zu setzen. Als sie die Augen wieder öffnete, stand eine Beamtin vor ihr.

»Soll ich Ihnen ein Glas Wasser bringen?«, fragte sie freundlich.

Julia blickte hoch und hauchte: »Ich muss zu Klein«, und es klang wie aus einer fernen Welt.

Der Tonfall ließ die Beamtin erschaudern, und sie bat

die Kollegen am Empfang, noch einmal oben nachzufragen.

Julia hatte indes das Gefühl, eine bleierne Einheit mit dem Stuhl zu bilden, auf den sie gesunken war. Wie hatte ihr Leben in so hoher Geschwindigkeit verlaufen können, ohne dass sie auch nur einmal erkannt hatte, was das Richtige gewesen wäre? Das Richtige – wie oft wusste niemand, was das war.

Als sie bemerkte, wie die Beamtin am Empfang noch einmal den Telefonhörer in die Hand nahm und zu reden begann, spürte sie ihren Körper plötzlich wieder. Vielleicht war doch noch nicht alles zu spät. Vielleicht konnte sie wenigstens ein bisschen von dem wiedergutmachen, was sie versäumt hatte. Vielleicht gab es doch noch einen Weg, wie ihr eigener Beruf zu ihrer Erlösung beitragen konnte.

MITTWOCH, 1. DEZEMBER, 11.05 UHR

Günther Klein verfluchte die leeren Batterien der Fernbedienung, stand auf und brachte den Fernseher zum Schweigen, indem er das Kabel aus der Steckdose riss. Es war noch schlimmer gekommen, als er befürchtet hatte. Kaum ein Sender, der nicht voll war mit Berichten, Hintergründen und Mutmaßungen zum Fall Sabine Kleiber.

Die »Rächerin von der Ruhr«, wie die Boulevardpresse in gewohnt einfallsloser und reißerischer Manier titelte, polarisierte die Menschen wie kaum eine Kriminelle zuvor. Während die einen das brutale Vorgehen scharf verurteilten, feierten sie andere als Heldin, als menschliches Symbol für Mut, Stärke und Gerechtigkeit, als Kampfansage an ein Justizsystem, das in den Augen vieler Menschen zu lasch und täterfreundlich war. In den politischen Talkshows erwachten die Diskussionen um härtere Strafen für Sexualtäter und das Instrument der Sicherungsverwahrung zu neuem Leben.

Auch Klein selbst war von dem gewaltigen Echo des öffentlichen Interesses betroffen. Mehrmals am Tag musste er sein elektronisches Postfach leeren, da ihn eine Flut von Anfragen und Einladungen zu Interviews erreichte. Klein wollte das alles nicht und verließ sein Büro so selten wie möglich. Seit dem Vortag arbeitete er an dem Abschlussbericht der Ermittlungen, der auch die jüngsten Ergebnisse seiner Kollegen miteinbezog. Laschinskys Leute hatten einen Mantel mit Fuchspelzeinsatz in Sabines Kleiderschrank gefunden, und obwohl der Kamin gereinigt worden war, hatten sie noch Reste von schwarzer Kunstfaserbekleidung entdeckt. Sperber war es sogar gelungen, winzige Spuren von Blut in der feinen Holzgriffmaserung des Messers zu sichern. Jennifer Bergmann nahm sich der kleinen Laura an, soweit es die Umstände erlaubten. Das Mädchen war vorerst zu den Großeltern väterlicherseits gezogen, wo sie Bergmann täglich besuchte. Markus Kleiber war derzeit nicht in der Lage, sich um seine Tochter zu kümmern. Als er von Hecking befragt und über die Taten seiner Ehefrau unterrichtet worden war,

war er zusammengebrochen und befand sich seitdem in ärztlicher Behandlung.

Klein dachte einmal mehr an Sabine. Er hatte sie am Vortag in der JVA Gelsenkirchen besucht, wo sie in Untersuchungshaft saß. Es war ein kurzer Besuch gewesen, denn sie weigerte sich weiterhin, über ihre Beweggründe zu sprechen. Überhaupt hatte sie den Kontakt zu anderen Menschen abgebrochen. Seit Montag war es niemandem mehr gelungen, mit ihr zu reden. Lediglich nach Laura fragte sie unaufhörlich. All ihre Gedanken schienen einzig dem Wohlergehen ihrer Tochter zu gelten.

Klein schob die Tastatur von sich weg und rollte mit dem Bürostuhl ans Fenster. Er dachte an seine eigenen Kinder und beschloss, beide an Heiligabend zu sich einzuladen. Er durfte nicht zulassen, dass sie ihm mehr und mehr entglitten. Sie waren seine Familie. Seine einzige.

Er stand auf und ging in die Küche, um sich einen Kaffee zu holen. Auf dem Flur stieß er beinahe mit Christa zusammen.

»Günther, da ist jemand für dich.«

»In Ordnung, stell ihn durch.«

»Nicht am Telefon. Sie ist unten an der Anmeldung.«

»Eine Frau? Was will sie denn?«

»Ich weiß es nicht. Die Kollegen sagen, sie sei Anwältin.«

Klein schnaufte verächtlich. Wütend betrat er die Küche, nahm einen Becher und knallte die Schranktür zu. »Diese verdammten Blutegel werden immer dreister! Schick sie weg und sag ihr, sie soll sich zum Teufel scheren.«

Christa legte ihm sanft eine Hand auf den Arm. »Offenbar ist sie sehr beharrlich. Ist extra aus München gekommen. Vielleicht kannst du kurz mit ihr reden. Rauswerfen kannst du sie immer noch.«

Klein drehte sich um und betrachtete Christa eine Weile. Das freundliche Gesicht der kleinen Frau ließ seinen Ärger verrauchen.

»Meinetwegen«, sagte er. »Schick sie hoch.«

Er saß bereits wieder an seinem Bericht, als es fünf Minuten später an der Tür klopfte.

»Herein«, rief er und achtete darauf, seiner Stimme eine Mischung aus Geschäftigkeit und Ablehnung zu verleihen. Er sah erst auf, als die Frau vor seinem Schreibtisch stand.

Klein schätzte sie auf Mitte 30, ihr blondes Haar war kurz geschnitten und passte gut zu dem dunkelgrauen Hosenanzug. Die Handtasche war aus Leder und edel gefertigt, genau wie die schwarzen Halbschuhe.

»Was wollen Sie hier?«

Kleins guter Vorsatz, die Frau freundlich zu empfangen, war bereits gebrochen. Die Frechheit dieser Person ärgerte ihn maßlos.

»Ich bin Rechtsanwältin aus München. Mein Name ist …«

»Ich fragte, was Sie hier wollen?«

Seine Feindseligkeit gewann die Überhand.

Das kurze Stocken der Anwältin entging ihm nicht.

»Ich bin hier aufgrund der Verhaftung von Sabine Kleiber.«

»Nun, das überrascht mich nicht«, stichelte Klein und beugte sich demonstrativ über seine Papiere.

»Ich möchte die Verteidigung übernehmen, aber dafür brauche ich Ihre Hilfe.«

In diesem Moment brach sich Kleins Ärger freie Bahn.

»Was bilden Sie sich eigentlich ein?«, fauchte er sie an. »Kommen hierher und besitzen die Frechheit, die Polizei für Ihre unverschämte Gier nach Geld und Aufmerksamkeit zu missbrauchen! Verschwinden Sie!«

Es irritierte Klein, dass die Anwältin die ganze Zeit über seinem wütenden Blick standgehalten hatte. Langsam beschlichen ihn erste Zweifel, was ihre egoistischen Beweggründe betraf.

»Es geht hier nicht um mich«, flüsterte sie auf dem Weg zur Tür. »Es geht um Sabine.«

Klein schnaubte, sein wütendes Herz pochte noch immer heftig gegen die Rippen.

»Es geht um Sabine«, wiederholte er abfällig. »Das klingt, als würden Sie sich schon jahrelang kennen.«

Sie drehte sich um, und er bemerkte das Zucken um ihre Augenwinkel.

»Das tue ich.« Ihre Stimme war jetzt fest und klar. »Ich kenne sie von früher. Wir sind zusammen auf das Internat gegangen. Ich kannte auch den toten Lehrer. Herbert Lüscher.« In ihrem Blick lag jetzt eine ungeheure Intensität. »Herr Klein, ich weiß mehr, als Sie sich vorstellen können. Ich möchte Sabine anbieten, sie zu verteidigen. Aber vor allem möchte ich sie wiedersehen.«

Klein war derart perplex, dass er nichts anderes tun konnte, als die Anwältin anzustarren. Er war wie gelähmt von der Bedeutung und Tragweite ihrer Worte.

»Ich kenne Ihren Namen noch nicht«, sagte er leise.

»Ich hatte noch keine Gelegenheit.«

Ihr Lächeln war traurig, und Klein spürte ihren Schmerz. Jetzt wusste er, dass die Frau nicht aus Profitgier in seinem Büro stand. Womöglich hatte sie als Mädchen das schreckliche Schicksal von Sabine Kleiber geteilt.

»Mein Name ist Julia Winter.«

Klein schielte auf den Ausdruck und musste nicht lange suchen. Sie hatte ihren Mädchennamen behalten. Er atmete schwerfällig aus.

»Sie wissen also Bescheid?«

Julia Winter nickte stumm.

»Entschuldigen Sie bitte«, sagte Klein, »das konnte ich nicht ahnen.«

Wieder nickte sie nur.

»Es ist außerordentlich wichtig für uns, dass Sie hierhergekommen sind«, bemühte sich Klein um einen versöhnlichen Ton. »Es gibt noch viele Fragezeichen in diesem Fall. Ich meine, besonders was die Hintergründe …«

»Später«, unterbrach sie ihn leise. »Möglicherweise können wir später darüber reden. Jetzt möchte ich zu Sabine. Können Sie das für mich regeln?«

Klein stand auf und suchte nach den Fahrzeugschlüsseln. Dann fiel ihm ein, dass Bergmann mit dem Opel unterwegs war. Er würde seinen eigenen Wagen nehmen müssen.

»Kommen Sie«, sagte er und führte sie behutsam aus seinem Büro.

MITTWOCH, 1. DEZEMBER, 11.20 UHR

Die weiß verputzten Wände bildeten einen scharfen Kontrast zu der finsteren Schwärze in Sabines Innerem. Seit Tagen aß sie nichts mehr, sondern schüttete die Mahlzeiten heimlich in die Toilette. Sie fühlte auch nichts mehr. Nichts außer der tiefen, unauslöschlichen Sehnsucht nach ihrer Tochter. Man hatte ihr angeboten, Laura zu sehen, wollte sie ködern, um sie zum Sprechen zu bringen. Ihr Herz schrie vor Verlangen, doch ihr Verstand lehnte ab und war überzeugt, dass es besser für das Mädchen sei. Sie sollte ihre Mutter nicht so sehen. Diese eingesperrte traurige Gestalt, die im Begriff war, sich selbst zu zerstören.

Was hatte sie in ihrem Leben nur falsch gemacht? Womit hatte sie es nur verdient, dass Gott ihr dieses Schicksal auferlegte? Ihre Seele war ihr genommen worden, als sie zehn Jahre alt war. Jetzt nahm man ihr die körperliche Freiheit. All das konnte sie irgendwie akzeptieren. Aber dass man ihr Laura wegnahm, war mehr, als sie ertragen konnte. Egal, was für eine Strafe sie auch erwartete, ihre Tochter würde nie wieder bei ihr leben dürfen. Nur für Laura hatte sie gekämpft. Nur um sie zu schützen, hatte sie das getan, was sonst niemand gewagt hatte. Nun würde Laura für immer anderen Menschen gehören. Ihre kleine Laura, die nun auch noch mit der Tatsache leben musste, dass ihre Mutter eine Mörderin war. Was hatte sie ihr nur angetan?

Plötzlich dachte Sabine zurück an jene Nacht, in der ihr eigenes junges Leben eine so dramatische Wende genommen hatte. Draußen auf der feuchten laubbedeckten Straße waren nicht nur ihre Eltern ums Leben gekommen. Auch ein Teil von ihr selbst war damals gestorben, das hatte sie immer gespürt. Sie dachte an ihre Großmutter. Lotta war liebevoll und gutmütig gewesen. Sie hatte alles getan, um ihrer Enkeltochter ein gutes Leben zu ermöglichen. Das Geld aus dem Erbe reichte für die Ausbildung am exklusiven Schlossinternat. Die freien Wochenenden und Ferien verbrachte sie bei der Großmutter auf dem Dorf. Doch Lotta war alt. Und krank. Anfangs hielt sie ihr Leiden vor dem Kind geheim, aber mit der Zeit wurde sie immer schwächer, bis sie schließlich nicht mehr imstande war, für das Kind zu sorgen. Das Jugendamt hielt endgültig Einzug in ihr Leben, und keine vier Monate später hatte der Krebs ihre Großmutter besiegt. An die Tage und Wochen danach konnte sie sich nur dunkel erinnern, wie durch einen nebligen dichten Schleier. Die schulfreien Tage verbrachte sie fortan in Einrichtungen der öffentlichen Erziehungshilfe. Ständig tauchten neue Gesichter auf. Fremde Menschen, die Anteilnahme heuchelten und vorgaben, Verantwortung für sie zu übernehmen. Doch mit jedem dieser neuen Gesichter wuchs ihre Einsamkeit.

Als sie gerade anfing, sich mit diesem Leben zu arrangieren, als sie damit begann, zaghafte Freundschaften mit Gleichaltrigen zu knüpfen und neuen Lebensmut zu fassen, kam Herbert Lüscher das erste Mal in ihr Zimmer und veränderte alles. Als er in dieser Nacht die Tür hinter sich zuzog und Sabine blutend und weinend zurückließ, war der Rest ihrer Kindheit, der den Tod ihrer Eltern überlebt hatte, endgültig und unwiederbringlich begraben. Es gab niemanden mehr, zu dem sie gehen konnte. Niemanden, der sie verstand. Bis auf Julia. Sabine versuchte, sich das Gesicht ihrer alten Freundin ins Gedächtnis zu rufen, aber es war zu lange her. Nicht mal ein knappes Jahr hatten sie sich das Zimmer geteilt, bevor Julia eines Tages spurlos verschwand und Sabine endgültig allein und schutzlos war. Allein und schutzlos, dachte sie traurig. Genau das hatte sie ihrer Tochter ersparen wollen. Aber sie hatte versagt und würde es nie wieder gutmachen können. *Es tut mir leid, Laura.*

Sabine saß vollkommen reglos. So lange, bis sich ihr Körper aufzulösen und mit der stickigen Gefängnisluft zu verschmelzen schien. Wenn ich hierbleibe, bin ich jetzt schon tot, dachte sie und senkte den Blick auf ihren Schoß. Die Finger spielten mit dem Seil. Sie hatte das Bettlaken in Streifen gerissen und die Stücke zu einer Kordel gedreht. *Ich bin schon tot.* Dann traf sie die Entscheidung, die Augen geschlossen zu einem kurzen stillen Gebet. Angst kroch in ihren Körper, aber es gab kein Zurück. Sabine stand mechanisch auf, kletterte auf den kleinen Hocker und befestigte die Kordel am Fenstergriff. Das andere Ende band sie zu einer Schlaufe, überprüfte, dass es fest verknotet war, und legte das Seil um den Hals. Auf Zehenspitzen zog sie so lange am losen Ende, bis sie den Druck des Knotens in ihrem Nacken spürte. Ein letztes Mal dachte sie an Laura und ihre kleine Familie. Sie würden sich in einer anderen Welt wiedersehen. Glücklich und für alle Zeiten vereint. Dann stieß sie sich mit einem Ruck nach vorn und spürte das Zubeißen der Schlaufe wie einen elektrischen Schlag. Das Geräusch des umfallenden Hockers war das Letzte, was sie hörte. Einen Moment lang kämpfte sie mit der panischen Angst. Dann ließ sie los und ergab sich in das, was Gott für sie bereithielt. Sie spürte, dass es gut war.

MONTAG, 6. DEZEMBER, 10.40 UHR

Klein stützte den Kopf in beide Hände und betrachtete den dicken Packen mit Untersuchungsberichten vor sich auf dem Schreibtisch. Unter formalen Gesichtspunkten war dieser Fall ein riesiger Erfolg. In kaum einer anderen Ermittlung seiner Karriere hatte es trotz der anfänglichen Schwierigkeiten derart viele Indizien und klare Beweise gegeben wie in dieser. Nicht nur, dass man die Königin aller Beweise hatte: die DNA der Täterin unter dem Fingernagel des Opfers. Nein, es gab eine ganze Reihe weiterer signifikanter Übereinstimmungen, die jedem Strafverteidiger Tränen der Verzweiflung in die Augen getrieben hätten: die Schuhgröße; das zu den gesicherten Spuren auf dem Parkplatz passende Reifenprofil; der passende Fahrzeugtyp, der zur Tatzeit in Tatortnähe gesehen wurde; das spezifische Fuchshaar am Tatort, das mit hoher Wahrscheinlichkeit dem Mantel in ihrem Kleiderschrank zugeordnet werden konnte; zudem die Überreste verbrannter Kunstfasern in ihrem Kamin; die Übereinstimmung von Geruchsproben der Täterin mit denen der Kleidung, die am Zaun gesichert wurde; die Auffindung von Einbruchswerkzeug sowie zweier Waffen, die exakt denen entsprachen, die bei den Morden verwendet worden waren; die Vorbeziehung zu einem der Opfer und somit die klare Motivlage; ein fehlendes Alibi und nicht zuletzt das umfassende Geständnis der Tatverdächtigen.

Klein hätte glücklich sein können, doch er schob den Packen weit von sich. Es war sein erster Arbeitstag nach der selbst genehmigten Pause, und er wünschte sich nichts sehnlicher, als auf der Stelle wieder nach Hause zu gehen. Die Nächte in der Kneipe seines Bruders hatten die Ereignisse nur vorübergehend aus seinem Gedächtnis gelöscht. An diesem Morgen war er das erste Mal seit Tagen wieder nüchtern, und mit dem Kater kam die Erinnerung.

Nachdem Julia Winter und er am Empfang der JVA vom Selbstmord Sabine Kleibers erfahren hatten, war Klein ausgerastet. Rasend vor Wut, hatte er den Bediensteten angeschrien und einen Stuhl im Wartebereich an die Wand gedonnert. Er hatte getobt und gebrüllt, bis er schließlich unsanft von zwei Vollzugsbeamten in die Schranken gewiesen wurde. Klein war eine Viertelstunde zu spät gekommen. Mit etwas Abstand betrachtet, war er froh, dass man Sabine so schnell gefunden hatte und ihnen der Anblick des erhängten Körpers erspart geblieben war.

Die Anwältin und er waren zurück zum Parkplatz geschlichen und hatten eine ganze Stunde schweigend nebeneinander im Auto verbracht. Dann fing Julia Winter plötzlich an zu reden. Sie erzählte offen und schonungslos bis zur Schmerzgrenze. Klein erfuhr von den wiederholten nächtlichen Besuchen, den abwechselnden Vergewaltigungen, den Drohungen und der hilflosen Angst der Mädchen. Winter erzählte ihm auch von dem Hilferuf an Pastor Paulsberg, der offenbar aber folgenlos geblieben war. Sie berichtete von ihrer verzweifelten Flucht zu einer entfernten Verwandten nach Bayern und ihren quälenden Schuldgefühlen, die sie in all den Jahren nie hatte ablegen können. Zu spät hatte sie begriffen, dass ihre Verdrängung nicht nur ihr eigenes Leben verhinderte, sondern dass sie dadurch auch ihre Schuldgefühle Sabine gegenüber nie ablegen würde. Als sie sich endlich auf den Weg zu Sabine gemacht hatte, war sie von einer verzweifelten

Hoffnung getrieben. Einer Hoffnung, die sich nach Wiedergutmachung sehnte, nach Erlösung. Aber es war zu spät gewesen. Diese Chance war für immer vorbei. Julia würde mit ihrer Schuld weiterleben müssen, die ihr größer und unerträglicher vorkam als jemals zuvor.

Es war bereits dunkel, als sie zum Präsidium zurückkehrten. Julia Winter hatte sich noch am gleichen Abend auf den Heimweg nach München gemacht, und Klein hatte den »Kohlenkeller« aufgesucht, um zu vergessen.

Jetzt wurde ihm klar, dass es ihm nicht gelungen war. Er schloss die Augen und versuchte, ein wenig zu ruhen, doch das Klingeln des Telefons holte ihn zurück in die Gegenwart.

»Klein.«

Seine Stimme klang erschöpft und mutlos.

»Christa hier. Du hörst dich nicht gut an. Ist alles in Ordnung?«

»Ja«, log er. »Ich bin nur müde.«

»Ein Kollege am Apparat. Oben aus dem Norden.«

»Erst München, jetzt der hohe Norden. Was zum Teufel wollen die Leute von mir? Ich muss unheimlich beliebt sein.«

»Stimmt, ich mag dich jedenfalls«, sagte Christa und legte auf.

»Klein. Kripo Essen.«

»Guten Morgen. Hildebrandt. Polizei Oldenburg, Niedersachsen.«

»Was kann ich für Sie tun?«

»Sie sind der Leiter der Kommission, die den Tod von Herbert Lüscher untersucht?«

»War«, betonte Klein, »die Ermittlungen sind abgeschlossen.«

»Nun, ich weiß nicht, ob es wichtig ist, aber wir hatten am Wochenende eine Einbruchserie in der Seekolonie.«

Das ist mit Sicherheit äußerst wichtig, dachte Klein ironisch und fragte sich, warum er nicht einfach auflegte.

»Wo?«

»Seekolonie, ein kleines Freizeitdorf für Rentner. Die Leute haben dort kleine Gärten oder Hütten. Es gibt einen großen See in der Nähe, das Zwischenahner Meer.«

»Jetzt bin ich gespannt, was das mit mir zu tun hat.«

»Der Name des Besitzers einer der Hütten lautet auf Herbert Lüscher. Wir haben die Personalien in den Rechner gegeben und sind auf eure Mordermittlung gestoßen.«

Das war es also, dachte Klein. Kein örtlicher Angelverein. Eine kleine Hütte in der Abgeschiedenheit Norddeutschlands. Doch jetzt half ihnen diese Information auch nichts mehr. »Wurde etwas entwendet?«

»Wir sind nicht sicher. Zum Inventar gehörten ein Bett, ein Kühlschrank, eine Kochplatte und Reste einer Angelausrüstung, Haken und Köder. Wahrscheinlich haben die Diebe die Ruten mitgenommen.«

Oder sie sind völlig leer ausgegangen, sagte Klein sich im Stillen und dachte an die Angeln in Lüschers Keller. »Danke, dass Sie uns informiert haben«, sagte Klein. »Ich denke, wir brauchen die Sachen nicht mehr. Kümmern Sie sich um die Entsorgung? Angehörige gibt es nicht.«

»Das können wir. Aber da wäre noch etwas.«

»Ja?«

»Lüscher hatte hinter der Holzvertäfelung ein Versteck eingebaut. Eine Art Geheimfach. Der Kollege hat es nur durch Zufall entdeckt, als er gestolpert und gegen die Wand gefallen ist.«

»Haben Sie nachgesehen?«

»Ja, wir haben eine Blechkassette gefunden.« Hildebrandt räusperte sich. »Ich muss mich entschuldigen«, fuhr er fort, und Klein beschlich das Gefühl, dass ihm die Worte peinlich waren. »Die Kollegen der Streife waren etwas voreilig. Sie haben die Kassette aufgebrochen.« Hildebrandt lachte gequält. »Immerhin haben sie vorher Handschuhe angezogen.«

Klein dachte an die silberfarbenen Schlüssel in Lüschers Wohnzimmerschrank und wusste nun, wozu sie passten.

»Was wurde gefunden?«

»Ein Buch.«

Der Anrufer machte eine Pause, und Klein spürte, dass es kein Angelführer war, von dem der Kollege sprach.

»Was für ein Buch, Herr Hildebrandt?«

»Es sind handschriftliche Aufzeichnungen. Wir haben … nun ja, Leseproben genommen.«

»Sie meinen, es sind Aufzeichnungen von Lüscher selbst?«

»Ja, das glauben wir.« Wieder eine kurze Pause. »Herr Klein, was dort steht, ist nur schwer zu verdauen. Es ist fürchterlich.«

Klein wurde schlagartig klar, was er meinte. »Zu fürchterlich für das Telefon, nicht wahr?«

»Ja.«

Der Ermittler überlegte zwei Sekunden.

»Geben Sie mir drei Stunden. Ich komme.«

Die lange Autofahrt war ein willkommener Ausbruch aus der bedrückenden Enge seines Büros. Er hatte Bergmann überreden wollen, mitzukommen, aber die Kollegin steckte gerade mitten in den Vorbereitungen für ihren Urlaub, den sie nun doch antreten konnte. Klein schaltete den Tempomaten auf Reisegeschwindigkeit, betrachtete die mit jedem Kilometer ländlicher werdende Landschaft und dachte an das, was ihn erwarten würde. Im Grunde wusste er es längst. Es war das Werk eines grausamen Sadisten. Die Bibel des Teufels selbst.

EPILOG

MONTAG, 6. DEZEMBER, 21.16 UHR

Als sich Klein an diesem Abend hinauf zu seiner Wohnung schleppte, begegnete er Irina im Hausflur. Sie trug ihre Hausschuhe und hielt den Flaschenträger in der Hand, war also offenbar auf dem Weg in den Keller. Sie grüßte verlegen und hielt den Kopf zur Seite, als sie aneinander vorbeigingen. Doch Klein hatte es längst bemerkt. Um das rechte Auge hatte Irina einen dicken blauen Fleck. Die geschwollene Braue schimmerte rötlich dunkel und schien vor Kurzem aufgeplatzt. Klein schloss die Augen und legte die letzten Stufen zurück. Ihm fehlte die Kraft. Als er den Schlüssel ins Schloss der Wohnungstür steckte, fühlte er sich machtlos und einsam wie nie zuvor in seinem Leben. Lüschers Tagebuch war wie die Frucht eines vergifteten Baums. Er hatte davon gekostet und war nun infiziert mit den widerlichen Abartigkeiten eines kranken Gehirns. Lüscher hatte jedes einzelne seiner *Abenteuer*, wie er seine Verbrechen selber nannte, präzise dokumentiert. Es verursachte Übelkeit und körperlichen Schmerz, in welcher Art und Weise die abscheulichen Misshandlungen seine perverse Fantasie beflügelt hatten. Die brutale Macht über die Mädchen war der Jungbrunnen seines erbärmlichen Lebens gewesen.

Klein sackte auf der Couch in sich zusammen, löschte das Licht und starrte an die Decke seines Wohnzimmers. Dann konnte er es nicht länger zurückhalten. Es war seine Seele, die sich mit aller Gewalt Luft verschaffte, um nicht zu ersticken.

Er weinte noch immer, als er eine Stunde später aus fiebrigem Halbschlaf erwachte. Resigniert stellte er fest, dass sich nichts verändert hatte. Der Schmerz und die Bitterkeit hielten ihn nach wie vor in ihrem eisernen Griff. Er würde niemals davor weglaufen können, das wurde ihm in aller Klarheit bewusst.

Er stand auf, wusch sein Gesicht und wechselte das Hemd. Ohne auch nur eine Sekunde zu zögern, verließ er die Wohnung und begab sich ein Stockwerk höher.

Als er gegen kurz vor 09.00 Uhr bei Irina klingelte, war er der festen Überzeugung, dass zwei geschlagene Seelen ebenso gut gemeinsam trauern konnten.

MONTAG, 13. DEZEMBER, 15.30 UHR

Sie spürte das Aufspritzen des feuchten Bodens unter ihren Schuhen und achtete darauf, wenigstens den größeren Pfützen auszuweichen. Die Wolkendecke brach vereinzelt auf, aber die letzten fünf Tage hatte es beharrlich durchgeregnet.

Jenny dachte an Sabine, dachte an ihre Freundin und an Afrika, wo sie gerade bei 30 Grad und kühlen Drinks unter blauem Himmel liegen könnte. Aber vor allem und in erster Linie dachte sie an Laura. Seit der Festnahme und dem Freitod ihrer Mutter lebte das Mädchen bei den

Großeltern in Velbert, wo der Rummel sie ein wenig verschonte. Bergmann besuchte sie jeden Tag, malte, redete oder puzzelte mit ihr im Zimmer, ging spazieren oder bot einfach nur ihre Schulter, wenn Lauras Trauer Oberhand gewann. Es war ein Experiment. Sie hatte nicht wissen können, ob Laura sich auf sie einlassen würde, und sie wusste noch immer nicht, ob es überhaupt eine gute Idee war. Als Polizistin musste sie klare Grenzen ziehen. Ihr Beruf durfte sich mit ihrem Privatleben nicht vermischen. Ansonsten würde er sie auffressen. Aber Bergmann fühlte sich verantwortlich, hatte eine besondere Beziehung zwischen sich und Laura von Anfang an gespürt. Und sie hatte recht damit gehabt. Laura hatte langsam Vertrauen zu ihr gefasst, erzählte ihr Dinge, die sie einem Fremden gegenüber niemals erzählt hätte. Jennifer Bergmann hatte eine Freundin dazugewonnen und würde es niemals zulassen, dass der Kontakt abriss. Irgendwann würde Laura sie nicht mehr brauchen, aber bis dahin würde sie für sie da sein.

Bergmann horchte in sich hinein und fühlte sich gut in Form. Zur Kontrolle warf sie einen Blick auf die Uhr, die über Funk mit einem Sensor verbunden war, der ihren Herzschlag erfasste. Ihr Puls lag bei 140, genau im Bereich ihrer Trainingsfrequenz.

Sie lauschte in den Wald. Doch außer ihrer tiefen regelmäßigen Atmung war nichts zu hören. Sie joggte schon seit 20 Minuten, war aber noch niemandem begegnet. Im Sommer konnten es gut und gerne 100 Autos sein, die auf dem Parkplatz standen. Der Wald war ein beliebtes Ziel für Naherholungssuchende. Aber heute hatte außer ihrem Wagen lediglich ein weiterer dort geparkt. Ein alter Mercedes, wahrscheinlich ein Rentner, der eine einsame Runde mit seinem Hund drehte.

Bergmann bog auf eine längere Gerade ein, sie hatte jetzt etwa die Hälfte der Strecke zurückgelegt. Der abschüssigere Teil lag hinter ihr, der zweite war wesentlich anstrengender. Es dämmerte bereits leicht, und die nahende Dunkelheit war Ansporn genug, nicht schlappzumachen.

Sie hatte gerade eine enge Abzweigung passiert, als sie etwas hörte. Sie wusste, dass die Tiere des Waldes die erstaunlichsten und unheimlichsten Geräusche machen konnten, aber das hier war kein Tier. Dann hörte sie es erneut, und diesmal drang ihr der Schrei bis ins Mark. Es war schwer, die Richtung auszumachen, weil der Schall durch die Bäume versprengt wurde, aber sie glaubte, dass der Schrei von links gekommen war. Bergmann überlegte fieberhaft. Der Weg würde sie in einer großen Schleife in diese Richtung führen, aber zunächst führte er davon weg. Wieder klang der Schrei in ihren Ohren, aber sie wusste, dass es dieses Mal nur ein Echo in ihrem Unterbewusstsein war. Dann kam ihr die Erkenntnis. Der Spielplatz! Am anderen Ende der Schleife befand sich der große Kinderspielplatz. Eines wusste sie sicher: Es war kein fröhlich spielendes Kind gewesen, das dort geschrien hatte. Im Bruchteil einer Sekunde fasste sie ihren Entschluss. Sie verließ den befestigten Weg und schlug sich durch das Unterholz. Die Brombeersträucher waren zum großen Teil vertrocknet und konnten ihr nicht mehr gefährlich werden. Dennoch verhakten sich immer wieder einzelne Stacheln in dem dünnen Stoff ihrer Hose und hinterließen blutige Kratzer auf ihrer Haut. Bergmann achtete nicht darauf. Angetrieben von Unruhe und Wut, bahnte sie sich ihren Weg durch den Wald.

Keine drei Minuten später war der Weg wieder in Sicht.

Keuchend schlug sie sich hinter den dicken Stamm einer Kastanie und spähte hinüber zum Spielplatz. Sie erkannte zwei kleine Mädchen in bunten Jacken. Der Spielplatz hatte auf der dem Wald abgewandten Seite einen zweiten Zugang. Viele Kinder aus dem angrenzenden Neubaugebiet kamen regelmäßig hierher. Bergmann fokussierte ihren Blick noch stärker und entdeckte ihn. Dort stand er, rücklings an einen Baumstamm gelehnt, den weiten Mantel geöffnet, seine Hand in Höhe seines Geschlechts. Er hatte den Kindern den Weg abgeschnitten, sodass diese nicht einfach weglaufen konnten.

Bergmann hätte am liebsten laut aufgeschrien vor Wut, doch sie wusste, dass sie nur diese eine Chance bekommen würde. Langsam schlich sie näher, von einer Deckung zur nächsten. Dann war sie am Weg, der ihr für einen Moment lang jegliche Deckung nehmen würde. Sie schätzte die Entfernung zum Spielplatz auf 60 Meter. Der Mann stand seitlich zu ihr, sodass ein gewisses Risiko bestand, dass er sie zu früh entdeckte. Sie wartete auf einen günstigen Moment, dann sprintete sie los und steuerte auf den nächsten dicken Stamm auf der anderen Seite des Weges zu. Sie hatte ihn beinahe erreicht, als sie mit dem Fuß auf einen großen, halbmorschen Ast trat. Das Geräusch war zu laut. Der Mann hielt inne, blickte in ihre Richtung, und für einen Moment starrten sie sich gegenseitig in die Augen. Dann rannte er los. Er sprang über einen niedrigen Zaun und nahm den Weg in den Wald hinein. Bergmann warf einen Blick zu den Kindern, die noch immer völlig verängstigt auf dem Boden kauerten.

»Lauft nach Hause!«, schrie sie ihnen entgegen und wartete, bis sich die Mädchen in Bewegung setzten. Dann drehte sie sich um und nahm die Verfolgung auf. Sie lief so schnell, dass ihr die Koordination der Beine zu versagen drohte, so schnell, dass sie die Pause zwischen den einzelnen Herzschlägen kaum noch ausmachen konnte. Der Mann hatte einen großen Vorsprung, aber der Mantel würde ihn beim Laufen behindern. Bergmann befürchtete bereits, ihre Lunge könne platzen, als er endlich vor ihr auftauchte. Mit wehendem Mantel lief er jetzt vor ihr, noch etwa 50 Meter entfernt. Offenbar spürte er ihre Anwesenheit, denn sein Schritt schien sich zu beschleunigen. Bergmann spürte die Grenzen ihres Körpers, aber der Hass in ihr war stärker, als sämtliche Warnsignale es je hätten sein können.

Ein letztes Mal erhöhte sie ihr Tempo. Noch eine Minute, dachte sie, während ein kaltes Zittern durch ihre Muskeln kroch.

Sie war bis auf acht Meter herangekommen, als sich der Mann vor ihr plötzlich umdrehte. Sie sah seinen hochroten Kopf und wusste, dass sie es geschafft hatte. Mit der Wucht eines Ambosses warf sie sich ihm entgegen und … verfehlte ihn. Eine der zahlreichen Unebenheiten auf dem schlüpfrigen Waldboden wurde ihr zum Verhängnis. Bergmann kam aus dem Tritt, geriet ins Trudeln und schlitterte in den Matsch am Wegesrand. Die Gummisohle der Laufschuhe rutschte weg wie auf Eis, und sie landete bäuchlings im Schlamm. Ihr wütender Aufschrei ließ den Flüchtenden über die Schulter zurückblicken. Verblüfft und ungläubig, als könne ihn die zornige Furie doch noch mit einem Blitzschlag zur Strecke bringen, registrierte er die neue Situation. Es schien, als verliehe ihm Bergmanns Scheitern neue Kraft. Die stampfenden Schritte beschleunigten sich, und wenige Sekunden später war der flatternde Mantel hinter der nächsten Biegung verschwunden. Bergmann spuckte die Erde aus und versuchte, sich aufzurappeln. Keuchend entkam sie dem Schlamm, doch sie spürte, dass ihr Missgeschick nicht folgenlos geblieben war. Ihr Knöchel schmerzte höllisch, an eine weitere Verfolgung war nicht mehr zu denken. Mit zitternden Fingern fischte sie das Handy aus der Neoprentasche an ihrem Oberarm. Das Gerät war trocken geblieben, aber vor dem Sturz hatte der dünne Stoff nicht schützen können. Bergmann versuchte, die Anruffunktion zu starten, doch das zersplitterte Display war tot. Mit einem Aufschrei der Wut schleuderte sie das Gerät gegen den Stamm einer Buche. Das Handy zerbrach, und die Einzelteile versanken mit Bergmanns Hoffnung im Dreck. Sie hatte versagt. Der Exhibitionist war entkommen und nun für alle Zeiten gewarnt. Kurzfristig würde die Belästigung von Kindern aufhören, aber es war nur eine Frage der Zeit, bis sich der Mann an weitere Opfer heranschleichen würde. Vielleicht würde er sogar mutiger werden, vielleicht würde er es nicht länger dabei belassen, sich Kindern nur zu zeigen. Bergmann verspürte Übelkeit bei dem Gedanken, dass sie einen Teil dieser Schuld würde tragen müssen. Humpelnd machte sie sich auf den Weg zum Parkplatz, während sie krampfhaft versuchte, die Einzelheiten seines Gesichts in Erinnerung zu behalten.

MONTAG, 18. APRIL, 12.00 UHR

Die Kinder hatten großes Glück. Es waren die ersten schönen Tage in diesem Jahr. Pünktlich mit Beginn der Osterferien hielt der Frühling seinen triumphalen Einzug. Die Natur schien ihre mächtigen Kräfte für die ersten sonnigen Strahlen aufgespart zu haben. In einer Explosion aus Farben und Geräuschen erwachte die Welt zu neuem Leben. Selbst hier, wo die Toten ihre letzte Ruhe fanden, blühte und sprießte es in voller Pracht. Das Nebeneinander von Vergänglichkeit und blühendem Neubeginn musste jedem Mut schenken, der hier stand, weil er einsam zurückgeblieben war.

Markus beugte sich vor und legte die Blumen vor das Grabmal. Es war ein einfacher Stein, der an Sabine erinnerte. Das Grab war das letzte einer kleinen Reihe im wenig besuchten hinteren Teil des Friedhofs. Die Ausläufer einer riesigen Kastanie boten Schutz vor Regen und der prallen Sonne. Ein gutes Grab, dachte Markus. Irgendwann würde auch er hier liegen. Aber bis es so weit war, gab es noch einiges, was auf ihn wartete. Laura würde ihren Vater noch eine ganze Weile brauchen. Und er brauchte sie.

»Meinst du, Mami schaut uns von da oben zu?«

Laura hielt die ganze Zeit über seine Hand, und er spürte ihr leichtes Zittern.

»Ja, Liebes. Das tut sie ganz bestimmt.«

Er zog sie näher zu sich heran und legte einen Arm um die zierliche Schulter seiner Tochter. Mit der freien Hand hielt sie das Stofftier und drückte es an ihre Brust. Es war ein kleiner Eisbär, dessen schmutziges, abgegriffenes Fell an einigen Stellen bereits abgescheuert war. Markus hatte ihn in einer der wenigen Kisten gefunden, in denen Sabine eine Reihe von Erinnerungen aufbewahrte. Solange dieser Eisbär bei ihr sei, hatte er vor dem Bett seiner Tochter kniend versprochen, sei auch Sabine immer bei ihr und beschütze sie. Seit diesem Tag hatte Laura das Tier keine Sekunde mehr aus den Augen gelassen.

Ein paar Minuten blieben sie noch am Grab stehen und redeten über glückliche Momente. Dann winkten sie zum Abschied und gingen zurück auf den Weg. Branca hatte geduldig auf sie gewartet. Jetzt tänzelte sie freudig um die beiden herum. Von ihrer Schussverletzung war ein leichtes Humpeln zurückgeblieben, das sie nur geringfügig behinderte. Auch wir werden unsere Narben für immer behalten, dachte Markus. Aber wir müssen lernen, mit ihnen zu leben.

Als sie das Auto erreichten, piepte sein Handy. Er fischte es aus der Tasche und las eine Nachricht von Isabella. Es war eine Einladung zum Eisessen. Zu dritt. Markus und sie hatten in den vergangenen Wochen ein paarmal miteinander telefoniert. Er war dankbar für die fachlichen Ratschläge im Hinblick auf den Umgang mit Laura und seine eigene Trauerbewältigung, aber die Häufigkeit ihrer Kontaktversuche irritierte ihn zunehmend.

Irgendwann würde er wieder eine Frau finden. Eine, die seiner Tochter eine Mutter sein konnte.

Aber jetzt noch nicht. Er schaltete das Handy aus und half Laura beim Anschnallen.

Jetzt noch nicht.

Weitere Krimis finden Sie auf den folgenden Seiten und im Internet:

WWW.GMEINER-SPANNUNG.DE

HANS W. CRAMER
Wer Sünde sät

978-3-8392-1884-6 (Paperback)
978-3-8392-5023-5 (pdf)
978-3-8392-5022-8 (epub)

»Der erste Fall für das schräge Trio aus Dortmund: psychologisch tiefgründig und beängstigend real«

Eine Frau verschwindet spurlos, ein junger Mann sucht seine Mutter und auf einem Golfplatz wird eine mumifizierte Leiche entdeckt. Alles nur Zufall? Unmöglich. Die Fälle müssen miteinander verknüpft sein – nur wie? Geheimnisse aus der Vergangenheit könnten Hinweise geben, aber wenn du dich in die Tiefen des Vergessenen wagst, musst du damit rechnen, etwas Schreckliches herauszufinden.

GMEINER SPANNUNG

WWW.GMEINER-VERLAG.DE
Wir machen's spannend

Das Neueste aus der Gmeiner-Bibliothek

Unser Lesermagazin

Bestellen Sie das kostenlose Krimi-Journal in Ihrer Buchhandlung oder unter www.gmeiner-verlag.de

Informieren Sie sich …

www … auf unserer Homepage:
www.gmeiner-verlag.de

@ … über unseren Newsletter:
Melden Sie sich für unseren Newsletter an unter www.gmeiner-verlag.de/newsletter

f … werden Sie Fan auf Facebook:
www.facebook.com/gmeiner.verlag

Mitmachen und gewinnen!

Schicken Sie uns Ihre Meinung zu unseren Büchern per Mail an gewinnspiel@gmeiner-verlag.de und nehmen Sie automatisch an unserem Jahresgewinnspiel mit »mörderisch guten« Preisen teil!

WWW.GMEINER-VER
Wir machen's spa